모산 마을

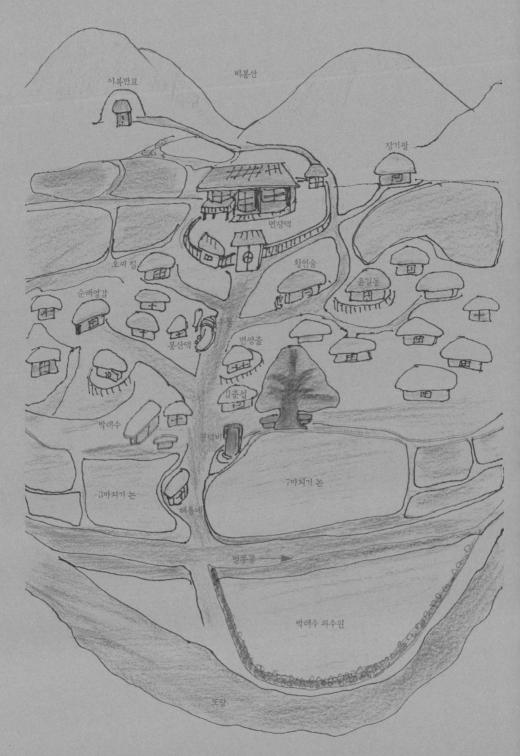

금강

⑦

구름을 벗어나려는 달

제3부

금강

한만수 대하장편소설

7

글누림

1. **언어** : 충청북도 영동은 남으로는 경상북도 김천, 남서쪽으로는 전라북도 무주와 접해있다. 그래서 이 지역의 언어는 경북 사투리와 전라도 사투리가 혼용되어 있는 특징을 갖고 있다. 세월이 흐르면서 이 지역의 언어도 요즈음은 표준어에 가깝게 변화되어 가고 있지만, 리얼리즘을 살리기 위해 50~60년대는 토속적 사투리를 그대로 살렸다.

2. **시대사** : 한국 근·현대사를 사실 그대로 재현하여 주요 사건과 주요 인물을 그려냈다.

3. **물가** : 당시의 물가를 고증하여 실제적으로 적용했다.

4. **지리** : 지역과 지명은 있는 그대로 드러냈다.

5. **문화 및 풍속** : 시대적 흐름에 따라 변화하는 문화 및 풍속을 사실대로 묘사했다.

차
례

제3부
구름을 벗어나려는 달

제3부

●

구름을 벗어나려는 달

눈물의 해후

담벼락 틈 사이에 나와 있는 쑥을 가만히 쓰다듬어 본다.
너도 참 불쌍하구나.
쪼금만 저쪽으로 가면 지천에 깔려 있는 것이 쑥이고,
마음껏 클 수 있는 들판인데.
너는 전생에 무슨 업을 안고 있길래 이런 데 터를 잡았냐.

"두 번째로는, 만약 선처를 빌 일이 있으믄 왜 나를 찾아온 겨? 당사자인 문기출을 찾아가서 탄원서를 제출하든, 아니믄 무슨 합의서 같은 걸 판사한테 제출해서 형을 감량 받게 하는 거이 원측 아녀. 그런데도 날 찾아온 이유가 뭐여?"

"의원님 저도 그 점은 잘 알고 있슈. 요번 일은 순전히 문기출 그 양반하고 걸린 문제유. 그런데도 의원님을 찾아온 것은……."

"영동에서 감옥에 계신 아버지를 석방시켜 주실 힘을 가지신 분은 오직 의원님밖에 안 계시다는 생각에 염치없이 찾아왔습니다. 지금 아버지 몸 상태가 굉장히 안 좋으십니다. 의원님은 영동에서 제일 어른이시니까, 힘을 써 주시면 충분히 가능하다는 생각에 찾아왔습니다. 만약 힘을 써 주시면 아까도 말씀드린 것처럼 그 은혜 정말로 잊지 않겠습니다."

서정기의 말이 끝나기 전에 유철수가 침통한 목소리로 다시 한번 허리를 숙여 보였다.

"자네는 군대 제대한 후에 뭐 하고 사나?"

이동하는 순전히 부탁을 하러 왔다면 좀 생각해 볼 여지가 있다는 생각에 한결 부드러워진 목소리로 물었다.

"저는 충북대학교 법대를 이 학년까지 다니다 입대한 후 작년 십이월에 제대했습니다. 올 삼월에 복학할 생각입니다."

"고등학교는 영동에서 나왔겠구먼."

"예."

"그럼 고현수라고 아는지 모르겠구먼. 서울대 법대 졸업한 사람 말여."

"그 선배님은 잘 알고 있습니다. 지금은 고시 공부를 포기하고 어떤 무역회사에 다니시는 걸로 알고 있습니다."

"그 사람이 내 사위가 될 사람이여. 올봄이나 여름에 내 큰딸하고 결혼식을 올리기로 했구먼."

"어이구! 축하드려유. 서울대 법대 나온 사위를 보게 되셨으니 참말로 든든하시겠네유. 참말로 축하드려유. 그라고 봉께 여기 철수하고 사위되실 분이 동문이네유."

서정기가 사돈의 팔촌 이웃 사람을 연줄로 갖다 붙이는 식으로 말하며 허리를 굽실거렸다.

"부면장도 우스갯소리를 할 줄 아는구먼, 그런 식으로 말한다면 우리

나라 사람들 죄다 일가들이잖여. 술 한잔 들게. 자네도 한잔하고."

"아! 예, 예."

서정기는 이동하의 마음이 풀어지고 있다는 것을 눈치채고 유철수에게 눈짓을 보내며 술잔을 들었다.

"공은 공이고, 사는 사여. 내가 힘이 되는지는 몰라. 하지만 내일 저녁 영동 어디서 신년 하례회를 겸해서 기관장들이 만나기로 했구먼. 그 자리에 영동 지원장도 나올 겨. 내가 힘을 써 보는 것은 엄연히, 이 지역 국회의원으로 군민의 민원을 봐주는 공적인 일이란 말일씨. 사적으로는 이 일에 좁쌀만큼도 관여하고 싶지 않다 이거여. 내 말 무슨 뜻인지 잘 알겠나?"

이동하는 말과 다르게 유진표의 석방에 힘쓰고 싶은 생각은 손톱만큼도 없었다. 말로 적선해서 나쁠 것이 없다는 생각에 미소까지 지어가면서 부드럽게 말했다.

"아이구! 그러면유. 의원님이 그런 말씀을 하지 않아도 잘 알고 있슈."

서정기가 잘 나가다 삼천포로 빠질지 모른다는 생각에 얼른 황송하다는 얼굴로 말했다.

"자네는 내 말을 똑똑히 새겨들어야 할 겨. 지난번에 자네 부친이 선거운동을 불법으로 하다가 교도소 신세를 진 적이 있지 않은가? 그때 출옥해서 나한테 찾아온 적이 있구먼. 자네 아부지한테 물어보면 잘 알겠지만, 내가 그 사람을 보자고 한 것도 아녀. 내가 서울 국회에 있을 때 유진표 그 사람이 영동 사무실에 즌화를 했드라고. 언지 시간 좀 내 달라고 사정사정해서 내가 역부러 만나 준거여. 그 자리에서 자네 아부지가 머라고 했냐 하믄, 지가 잘못 생각을 한 것 같다, 옛날 자유당 시절,

위원장으로 모신 정을 생각해서라도 지난 일은 잊어버리고 용서를 해 달라, 그렇게 말을 했단 말이지. 그래서 그때 내가 머라고 했냐믄, 죄는 미워도 사람은 밉지 않다. 우리가 평소 어떤 사사로운 감정이 있어서, 내가 직접 고발을 한 것은 아니고 사무장이 고발했지만, 또 같은 지역 사람들찌리 사이좋게 살고 싶지만, 서로 정치적 성향이 달라서 부득불 고발을 하지 않을 수가 읎었다. 그렇게, 서로 지난 일은 깨끗하게 잊어 뻐리고 앞으로는 거리에서 만나도 얼굴 붉히는 일은 읎도록 하자, 그렇 게 말했단 말여. 그라고 자네 아부지 인격하고 체면이 걸린 문제라서 내 가 구구절절 말은 못하겄지만, 귀신도 시 번 말을 하면 말을 알아듣는다 고 했어. 이번이 나한테 해꼬지를 한 것이 딱 시 번째여. 시 번씩이나 나 한테 찐짜를 붙는 사람을 내가 뭐가 이쁘다고 내 입으로 지원장한테 야 기를 해 주겄나, 자네도 워디 입이 있으믄 한마디 해 봐."

이동하는 입술에 게거품이 일도록 말을 냈더니 목이 말랐다. 술잔을 비웠더니 서정기가 기다렸다는 듯이 얼른 빈 잔을 채워준다.

"세 번째라는 것이 무슨 말씀이신지……."

유철수가 도무지 이해할 수 없다는 얼굴로 서정기에게 도움을 청했 다.

"내가 내동 말했잖어. 자네 아부지 인격과 체면이 걸린 문제라서 누누 이 말을 하지 못하겄다고 말여. 아마 양심이 있는 사람이라믄 자네가 직 접 물어봐도 자세한 내막을 말 안 해 줄 거여……."

"저, 의원님, 죄송하지만 아까 말씀은 내일 지원장님을 만나시면, 유 진표 씨 껀에 대해서 말씀을 해 주시겠다고……."

이동하가 다시 흥분하기 시작하자 서정기도 난감하기는 마찬가지였다. 괜히 손가락을 만지작거리며 이동하의 눈치를 살폈다.

"허어! 아까 분명히 말했잖여. 공적으로는 내가 얼매든지 야기를 해 줄 수 있다고 말여. 하지만 사적으루는 말을 해 줄 수가 없단 말일씨."

"저! 이런 말씀을 드리기 송구스럽습니다만, 사적으로는 더 이상 의원님에게 엉뚱한 짓을 하지 않겠다는 각서나 증표라도 써 달라는 말씀이십니까?"

"허, 이 사람들 정초부터 까마귀 괴기를 자셨나. 아까 자네 입으로 약속을 못 지키믄 전 재산을 내놓겠다고 말하지 않는가?"

이동하는 이병호로부터 상대방이 허리를 굽히면 사정없이 쥐 잡듯이 구석으로 몰아넣어서 쥐어짜야 된다는 것을 배웠다. 서정기와 유철수를 번갈아 노려보며 물었다.

"당연히 써 드리겠습니다. 어떻게 써 드리면 되겠습니까?"

유철수가 각오를 하고 왔다는 얼굴로 주머니에서 볼펜과 편지지를 꺼내며 물었다.

"아까, 부면장이 연대보증을 하겠다고 했응게, 부면장이 보증을 스고, 나한테 천만 원을 차용했다는 차용증서를 쓰게."

이동하는 유철수와 서정기의 눈이 휘둥그레지든 말든 싸늘하게 말하고 잔을 홀짝 비웠다. 일부러 그들을 외면하며 주전자를 들어서 스스로 천천히 잔을 채웠다.

"처, 천만 원은 평생 만져 보지도 못할 돈이잖유."

유철수는 어이가 없다는 얼굴로 말을 잇지 못했다. 서정기가 어물어물하다 까닥하면 전 재산을 날리게 될지도 모른다는 생각에 바짝 긴장한 얼굴로 말했다.

"약속을 지킬 생각이 읎으면 어마어마한 돈이 될 터이고, 약속을 지킬 생각이 있다믄 종이 쪼가리에 불과한 것을 못 써주겠다믄 더 이상 말이 필요 읎구먼."

이동하는 밑져야 본전이라고 생각했다. 쥐어짤 때까지 쥐어짜서 말을 들으면 득이 되는 것이고, 안 들어도 그만이라고 생각하며 누마루 쪽의 문을 바라봤다.

"아, 아닙니다. 써 드리겠습니다. 윤상배 위원장님이 기자회견을 안 할 시는 천만 원을……."

"이 사람, 젊은 사람이 아주 못쓰겠구먼. 야! 이 새꺄! 니 눈깔로 볼 때 내가 그릏게 만만한 놈으로 보이냐? 이 새끼 이거 아주 상종 못할 놈이구먼. 너 이 새끼 시방 나한테 사기 칠라고 온 거 아녀? 이동하가 유진표를 빼 주는 조건으로 해서 약속을 못 지킬 시에는 돈 천만 원을 차용한 걸로 하겠다. 그걸로 날 개망신시키겠다는 수작이잖여. 그라고, 서정기 당신! 나는 그래도, 학산면 부면장으로 재직을 했던 정 땜시 남달리 봤는데 아주 상종 못할 인간이구먼. 영동 로타리에서 길을 막고 물어 봐. 아까 이 자식이 말한 대로 쓴 각서를 맘먹기에 따라서 워티게 사용을 할 수 있는지……."

이동하는 이쯤에서 유철수와 서정기가 완전히 전의를 상실하도록 사정없이 몰아쳐야 된다고 판단했다. 금방이라도 술상을 엎어 버릴 것처럼 무릎을 들썩거리며 삿대질을 했다.

"의, 의원님, 무슨 오해를 하고 계시는 모양인데. 저, 절대 그렇지 않아유."

서정기는 이동하가 학산면사무소에 근무할 때 상전한테는 개가 되고,

밑에 사람한테는 철면피에 흡혈귀가 된다는 소문을 들었다. 오죽했으면 면장은 허수아비고, 이동하가 면장이라는 소문이 돌았을까. 까닥 잘못하다가는 이동하에게 전 재산을 빨리게 될지도 모른다는 생각에 식은땀을 흘리며 연신 침을 삼켰다.

"야, 약속을 지키겠습니다. 아버지께서도 어떠한 일이 있어도 약속은 지켜드리겠다고……."

"야, 이 자식아! 너 내가 그렇게 만만하게 뵈냐? 너 지금 내 앞에서 지껄인 말이 무슨 죄가 되는지 알고 지껄이고 있는 거여? 너, 이 새끼 법대 댕긴다고 했지? 법대 댕기는 놈이 지키지도 못할 말을, 명색이 이 나라 국회의원 앞에서 지껄이믄 무슨 죄가 되는지 알고 있어?"

"철수야, 아, 아무 조건 붙이지 말고 의원님한테 현금으로 일천만 원을 차용했다고 써. 느 아부지가 나오면 어채피 아까 의원님이 말씀하신 것처럼 휴지 조각이나 마찬가징게 어서 써. 보증인은 나를 앉혀 놓구 말여."

서정기는 이동하가 관운이 좋아서 학산면사무소 부면장을 하다 삼선 의원까지 해먹는 줄 알고 있었다. 하지만 막상 대해 보니까 삼선 국회의원 자리를 화투판에서 딴 것이 아니라는 생각이 들었다. 이웃에 사는 유진표를 도와주러 왔다가 까닥하면 사기범으로 몰려서 교도소에 갈지 모른다는 생각이 번쩍 들어서 유철수의 옆구리를 연신 찔러댔다.

"아! 알겠습니다. 의원님이 뭔가 오해를 하고 계시는데 사실은 그게 아닙니다. 얼른 차용증서 써 드리겠습니다."

유철수는 이동하의 입에서 거침없이 욕이 나오는 순간부터 얼이 빠져 있었다. 천만 원이 얼마나 큰 금액인지 가늠해 볼 여유도 없었다. 이동하를 채권자로 하고 유진표를 채무자로 한 차용증서 천만 원짜리를 떨리는 손으로 썼다.

"이, 인주 좀."

서정기는 유철수가 내민 차용증서 보증인란에 자기 이름을 휘갈겨 쓰고 오른손 엄지손가락을 들고 이동하를 바라봤다.

"정치에는 영원한 적도 읎고, 영원한 동지도 읎는 벱여. 자네도 법대를 댕기고 있응께 판검사가 되야 할 거 아녀. 고등고시에 합격을 했다고 해서 무조건 출세를 하는 거는 아녀. 막말로 영동 지원 같은 데나 발령을 받으믄 외려 경찰서 형사과장보담 못한 벱여. 든든한 줄이 있어야, 서울지검이나 검찰청 같은 데로 빠질 수가 있단 말이지. 내 말 무슨 뜻인지 알겄어?"

이동하는 문갑에서 인주를 꺼내 서정기 앞으로 내밀었다. 서정기가 떨리는 손으로 지장을 찍어서 유철수에게 돌려주었다. 유철수가 유진표의 도장을 주머니에서 꺼내 차용증서에 찍는 모습을 바라보며 한결 부드러운 목소리로 말했다.

"앞으로 잘, 부, 부탁드립니다."

유철수가 두 손으로 천만 원짜리 차용증서를 내밀었다.

"법대를 댕기고 있다니께, 나보담 잘 알고 있겄지만 말여. 내가 알기로는 법에는 한 번 판결을 내린 것은 상소를 하지 않는 이상, 뒤엎는 것은 불가능하다드만. 내 말이 틀리는가? 여기 밑에다 '아버지 유진표의 부탁을 받고 자식 유철수가 이 차용증서를 작성했음'이라고 써 두는 것이 좋겠구먼. 감옥에 있는 사람이 차용증서를 써 줄 수 읎잖여."

"예, 일사부재리 원칙이라는 것 때문에 그렇습니다."

유철수는 서정기의 말만 듣고 이동하를 학산부면장 출신 정도로만 알고 온 것이 뼈가 저리도록 후회됐다. 일사부재리 원칙을 들먹이는 것하며, 차용증서의 법적 효력까지 날카롭게 지적하고 있는 것으로 보아서 약속을 지키지 못하면 영락없는 알거지가 될 것이라는 생각에 두 눈을 둥그렇게 뜨고 바라봤다.

"그럼, 더 이상 긴 말 안 해도 잘 알겠구먼. 나도 알아 보겠지만, 나만 전적으로 믿고 있지 말고 다각도로 연구를 해 봐. 내 생각에는 확정판결을 받았응께 재심 청구를 해야 하는 걸로 알고 있구먼. 형을 줄일 수 있는 방법을 다각도로 연구를 해 봐. 법에도 눈물이 있다는 말은 있잖여."

이동하는 낚시에 물린 고기를 어망에 집어넣는 기분으로, 차용증서를 착착 접어서 과거 이병호가 사용하던 손금고에 집어넣고 다이얼을 돌렸다.

"아, 알겠습니다."

유철수는 이동하가 아버지의 형을 감형시켜준다는 건지, 자신이 직접 뛰어서 재심청구를 해야 한다는 것인지 얼른 판단이 서질 않았다. 자세하게 확언을 받고 싶지만 입이 떨어지지 않아 서정기를 바라봤다.

"그만 일어서지."

서정기는 바늘방석에 앉아 있는 것 같아서 견딜 수가 없었다. 유철수의 시선을 받자마자 꼭 꿈을 꾼 기분으로 그만 일어설 수밖에 없었다.

"사람은 맘을 올바르게 써야 하는 거여. 맘을 올바르게 쓰면 두 번씩이나 그런 데를 갈 리는 읎겠지……."

유철수와 서정기가 일어나서 엉거주춤 인사를 했다. 이동하는 이병호처럼 약자의 모습을 바라보지 않았다. 누마루를 바라보며 앉아서 담배를 입에 물었다. 유진표 구명 운동을 해 줄 생각은 추호도 없었다. 만약 그랬다가는 일부러 잡아넣었다는 역습을 당할 수도 있기 때문이다. 뜻하지 않게 정월 초하루부터 손도 안 대고 유진표의 목줄을 쥐게 되었다고 생각하니까 풋! 웃음이 터져 나오려고 해서 간신히 참았다.

대전역 광장에는 3월인데도 늦가을 날씨처럼 스산한 바람이 불었다. 잿빛 하늘은 역 광장과 금방이라도 붙어 버릴 것처럼 낮게 엎드려 있었다. 그 하늘 밑으로 오가는 사람들은 때늦은 추위에 고개를 잔뜩 움츠리고 걷거나, 목도리로 얼굴을 칭칭 감고 눈만 내놓고 걷고 있었다.

윤길동은 역사를 나와 공중전화가 있는 곳으로 갔다. 빨간색 공중전화 박스 10여 대가 나란히 붙어 있었다. 전화박스 앞에는 전화를 걸려는 사람들이 많게는 10여 명, 적게는 몇 명씩 줄을 서 있다. 전화번호가 적혀 있는 종이쪽지를 들고 있는 사람, 전화번호가 적혀 있음직한 수첩을 들고 있는 사람 등이 바람이 불어올 때마다 바람의 반대 방향으로 돌아서기도 했다.

"여기서 만나기로 했는데……."

윤길동은 주머니를 뒤져서 담배를 꺼내 불을 붙였다. 담배 연기를 날리면서 누군가를 찾고 있는 것으로 보이는 여자를 찾아서 두리번거렸다.

"즌화로 분명히 여기서 만나기루 했슈?"

"내가 어린아여? 출구에서 나오자마자 오른편이 있는 공중전화 앞에서 분명히 만나기로 했구먼."

"우리가 열 시 삼십 분에 도착한다는 말도 했슈?"

"허어, 내가 영동에서 대전 가는 차표를 끊은 담에 공중즌화기로 즌화를 했다고 내둥 말했잖여……."

"저기, 시방 몇 시래유?"

모리댁이 시계탑의 시계를 턱으로 가리켰다.

"열 시 오십 분……."

윤길동은 무심코 시간을 말해 주다가 스무 살 남짓 들어 보이는 여자가 눈앞에서 멈추는 것을 보고 입을 다물었다.

"저! 혹시 영동에서 오신 분들 아니셔유?"

"근데?"

"혹시, 요 앞에 있는 공중전화 앞에서 선녀보살님이 보낸 사람을 만나기로 했남유?"

영순이 윤길동과 모리댁을 번갈아 보며 조심스럽게 말했다.

"아이구! 우리, 향숙이가 보냈구면."

모리댁이 영순의 손을 덥석 잡을 것처럼 양손을 내밀며 말했다.

"죄송해유, 빨리 올라고 했는데 집에 갑자기 손님이 오셔서 대접을 하고 오느라 늦었슈. 엄청 춥쥬. 얼릉 가셔유."

"그려, 여기서 워디로 가야 하능 겨?"

모리댁이 영순을 오래전부터 알고 있었던 것처럼 바짝 붙어 걸으면서 살갑게 물었다.

"요 앞 택시정류장에서 택시를 타고 가면 얼매 안 걸려유."

"택시? 진규 말로는 시청 근처에서 걸어가믄 된다고 했는데 여기서 시청이 멀어?"

모리댁이 놀란 얼굴로 윤길동을 바라봤다.

"진규도 츰에 갈 때 택시를 타고 갔다잖어."

윤길동도 택시를 타고 간다는 말에 놀라기는 했지만 가만히 있으라는 눈짓을 보냈다.

"으메, 그리고 봉께 진규 오빠하고 한동리 사람이잖아유. 진규 오빠는 역전에서 택시를 탄 것이 아니고, 저 아래 있는 시청 쪽에서 택시를 탔거든유……."

영순도 모리댁을 오래전부터 알고 있었던 것처럼 진규가 처음에 택시를 타서, 택시 운전사를 혼낸 이야기를 바로 어제 있었던 일처럼 재잘재잘 말했다.

"진규 가는 어릴 때부텀 보통은 넘었구먼. 국민핵교만 나온 아가 순전히 저 혼자 책 사다 공부를 해서 충남대학교 들어간 걸 보면 더 이상 말이 필요 읎잖여."

"요기서 택시를 타믄 됭께 줄을 서야 해유."

택시 정류장에도 공중전화기 앞에서처럼 사람들이 길게 줄 서 있었다. 영순이 모리댁을 먼저 줄에 세워주고 나서 다시 입을 열었다.

"보살님도 진규 오빠가 집에 같이 상께 얼매나 좋아하는지 몰라유. 솔직히 그전에는 여자 두 명만 살고 있응께, 밤에는 쫌 무섭기도 했거든유. 하지만 진규 오빠가 들어오고부텀은 한밤중에 마당에 나와도 하나도 안 무서워유. 그리고 이상한 사람들이 보살님한테 억지를 부리는 수가 있잖유. 그랑께, 그 머여. 보살님 말씀 믿고 장사를 했는데 다 망해먹었응께, 보상을 해줘라, 머 그런 억지를 부리는 사람들이 한 번씩 생겨유……."

택시 탈 순서가 됐다. 영순은 말을 끊고 택시 뒷문을 열어서 모리댁과 윤길동을 뒷자리에 태웠다. 자신은 앞자리에 올라타서 운전사에게 목적지를 말해주고 다시 입을 열었다.

"그때 진규 오빠가 있으면 참말로 찍소리도 못하게 쫓아 버려유. 진규 오빠 말로는 대학교에 댕기기 전에 집에서 농사만 졌다는데 저는 참말로 못 믿어유. 그래서 보살님한테 물어봤슈. 진규 오빠가 워디 집에서 농사만 진 것이 아니고, 어디 무슨 변호사 사무실 같은 데서 근무를 안 했냐? 내가 생각할 때는 국민학교를 졸업하고 농사만 진 사람은 분명히 아니라고 말유. 그람 보살님이 머라고 하시는 줄 아셔유? 소리도 안 나게 가만히 웃으시고 하시는 말씀이, 사람은 지가 처세를 하기에 달렸다. 진규는 어릴 때부텀 똑똑했고, 자기가 할 일이 먼지 확실하게 아는 사람이라서 그런 거라고 말씀을 하시대유. 그런 점을 보믄 보살님도 참말로 처세를 잘하시는 분유. 지가 이런 말씀을 드리기 머 하지만, 보살님은 참말로 이쁘잖아유. 옷을 곱게 차려 입고 앉아 계시믄 같은 여자인 지가 바라봐도 참말로 선녀처름 이쁘시거든유. 그렇께, 어뜬 남자들이 점 보러 와서는 이상한 말을 하기도 하는 거 가텨유. 그럴 때마다 보살님은 '이놈! 여기가 감히 워디라고 명줄을 놓고 싶은 야기를 지껄이는 거여!' 라고 말씀하심서 손바닥으로 밥상을 탁 치믄, 등치가 항우장사만 한 남자도 새파랗게 질려서 두말 못 하고 도망치는 걸 한두 번 본 것이 아뉴 ······. 다 왔구먼. 저 골목 앞에서 세워 줘유."

영순은 밤을 새워서 해도 하고 싶은 말이 많지만 어쩔 수가 없다는 얼굴로 입을 다물고 내렸다.

"저 집이여?"

모리댁이 영순에게 파란 대문집을 손짓했다. 대문 앞 공터에는 검은 색 승용차 한 대가 정차해 있었다. 작년에 출시된 150만 원짜리 피아트지만 모리댁의 눈에는 몇 백만 원짜리 고급차로 보였다.

"예. 저기 파란 대문집이 보살님 집유."

영순이 자랑스럽게 말하며 앞장서서 걸었다. 모리댁은 승용차 앞에서 걸음을 멈추고 반짝반짝 빛을 내고 있는 지붕을 슬쩍 만져 봤다. 차 안에 운전사가 앉아 있는 것을 보고 깜짝 놀라 얼른 손을 몸 뒤로 감췄다.

윤길동은 향숙이 뭇 남자들을 혼냈다는 말이 가시처럼 목에 걸려서 기분이 착잡했다. 향숙을 만나기 전에 어디 조용한 데 가서 담배라도 한 대 피우고 마음을 추스르고 싶었다. 그나마 다행스러운 점은 꼬막네 같은 점집에서 흔히 볼 수 있는 오방기가 걸려 있지 않다는 점 그리고 대문이며 담벼락에 절을 뜻하는 만(卍) 표시가 그려져 있지 않다는 점이었다. 영순이 대문을 여는 동안 향숙에게 걱정하는 모습을 보여주지 않으려고 천천히 눈을 감았다 뜨면서 심호흡을 했다.

"손님이 안직 계시네유."

대청마루 앞에는 고급스러워 보이는 남자 구두와 여자 하이힐이 나란히 놓여 있었다. 그 옆으로 꽃고무신이며 옥고무신 몇 켤레가 있었다.

"보살님, 영동에서 아부지하고 어머 오셨슈."

영순이 신당의 문을 조심스럽게 한 뼘 정도 열고 작은 목소리로 말했다.

"잠깐만 거실에서 기다리시라구 햐."

향숙은 문을 박차고 나가서 모리댁의 품에 안기고 싶었다. 하지만 스스로 생각해도 놀랄 정도로 초연한 목소리로 말했다.

"아닙니다. 보살님 부모님이시라면 저하고 초면이 아닙니다."

박광호가 벌떡 일어서서 문을 열고 윤길동과 모리댁에게 인사했다.

“아이구! 의원님이 오셨구먼유.”

윤길동이 깜짝 놀란 얼굴로 허리를 굽실거렸다. 모리댁은 놀라서 윤길동 뒤로 숨었다. 박광호는 윤길동과 반갑게 인사를 하고 엉거주춤 서 있는 아내를 손짓해서 불렀다.

“인사드려, 내가 말씀을 드린 보살님 부모님이셔.”

“안녕하세요. 처음 뵙겠습니다.”

흰색 투피스를 입고 얌전하게 고대를 한 박광호의 아내가 미소를 띤 얼굴로 인사를 했다.

“저흰 그만 가보겠습니다. 생각 같아서는 더 앉아 있고 싶습니다. 그러나 보살님 말씀을 들어보니 오늘 처음으로 여길 오신다고 하시더군요. 다음에 또 시간이 되면 만나 뵙지요.”

“아, 아녀유, 우린 이따 봐도 됭께 어여 말씀 나누세유.”

윤길동이 모리댁과 같이 박광호에게 인사를 하려고 두리번거렸다. 모리댁은 옥색 한복을 입고 안방에 차려 놓은 신당 앞에 정숙하게 앉아 있는 향숙에게 감전이라도 된 것처럼 눈물을 주르르 흘리며 목석처럼 서 있었다.

“뭐햐?”

윤길동이 뒤늦게 상황을 알아차리고 박광호에게 민망한 웃음을 날리며 모리댁의 손목을 잡아당겼다.

“그럼 저흰 가 보겠습니다. 여보, 어서 가요.”

박광호 아내는 모리댁이 왜 눈물을 흘리는지 이유를 알 것 같았다. 같은 여자 입장으로 가슴이 처연해지는 것을 느끼며 박광호의 등을 떠밀며 거실 마루를 내려갔다.

"그럼, 언제 이동하 의원댁에 들릴 일이 있으면 찾아뵙겠습니다."

박광호도 서둘러 거실 마루를 내려갔다.

"저는 안 나가 봅니다."

향숙이 앉은 자리에서 꿈쩍도 안 하고 조용한 목소리로 말했다.

"그럼은요 보살님 그럼 일간 다시 한번 들리겠습니다."

"이거, 즈희들 땜시 볼일도 못 보고 가시는 거 아닌가 모르겠네유."

윤길동은 신발을 신는 둥 마는 둥 서둘러 대문을 나가는 박광호를 따라 나갔다. 대문 밖에 있는 승용차의 문이 열리고 운전사가 얼른 뛰어나와서 재빠르게 뒷문을 열고 부동자세로 서 있는 모습이 보였다.

"아참!"

윤길동은 승용차가 떠날 때까지 대문 앞에 서 있었다. 승용차가 천천히 앞으로 가는가 했더니 멈췄다. 뒷문이 열리면서 박광호가 뛰는 걸음으로 윤길동 앞으로 다가왔다.

"작년 선거도 보살님 덕분에 잘 치렀습니다. 이거, 보살님 드리려고 가지고 왔는데 안 받으시더군요 아버님께 드릴 테니 보살님께는 말씀 드리지 마시고, 살림에 보태 쓰십시오."

박광호가 양복 안주머니에서 봉투를 꺼내 윤길동의 손에 쥐어주고 뒤돌아서서 승용차가 있는 곳으로 뛰어갔다.

"이라믄 안 돼유. 저번에도 너무 많은 걸 받아서 죄스러워 죽겠는데……."

윤길동이 황송하다는 얼굴로 따라갔으나 승용차가 출발을 해서 중간에 멈추고 말았다.

내가 이 돈을 받아야 하는지 모르겠구먼. 향숙이가 뭐라고 하믄 워틱하지…….

윤길동은 봉투를 바라봤다. 봉투 두께가 얇았다. 오백 원짜리가 서너 장 들어 있는 것 같았다. 이 정도면 받아도 되지 않을까 하는 생각이 들었으나 일단 향숙이한테 보여주는 게 옳을 것 같았다. 대문 안으로 들어서 거실 마루로 올라서려는데 안방에서 모리댁이 향숙이를 부둥켜안고 울고 있었다. 향숙이는 애써 눈물을 참고 모리댁의 등을 두들기며 위로하고 있는 모습이 보였다.

에이, 내가 이래서 안 올라고 했는데…….

윤길동은 눈물이 핑 돌아서 거실 마루에 올라설 수가 없었다. 슬그머니 뒤돌아서서 마당을 바라봤다. 아직 꽃이며 채소들이 자랄 때가 아니라서 화단에 무엇을 심었는지 알 도리는 없었다. 무슨 꽃인지 모르겠지만 푸른 싹들이 뾰족하게 여기저기 나 있는 것을 물끄러미 바라보고 있으니까 기어이 눈물이 났다. 향숙이 앞에서 눈물을 보여서는 안 된다고 생각하며 빠르게 걸어서 대문 밖으로 나갔다.

골목은 비어 있었다. 한 바퀴 둘러보니 크고 작은 주택들 위로 산이 보였다. 향숙이 말한 보문산인 것 같았다. 눈물이 자꾸 나와서 크음! 기침을 하고 담배를 입에 물었다. 담벼락 밑에 쑥 몇 포기가 나 있는 것이 보였다. 담배를 입에 물고 쪼그려 앉아서 담벼락 벽 사이에 나와 있는 쑥을 가만히 쓰다듬어 본다.

너도 참 불쌍하구나. 쪼금만 저쪽으로 가면 지천에 깔려 있는 것이 쑥이고, 마음껏 클 수 있는 들판인데. 너는 전생에 무슨 업을 안고 있길래 이렇게 척박한 데 터를 잡았냐.

모산에서 눈만 뜨면 볼 수 있는 하찮은 쑥인데도 시멘트가 벌어진 틈에 용케 머리를 내민 쑥이 꼭 향숙이 신세 같아서 또 눈물이 울컥 치밀어 오른다.

"어머! 불쌍한 우리 아부지 워틱한다. 나 하나만 믿고 살아온 아부지하고 어머 불쌍해서 어틱한다. 어어엉! 시방까지 나 하나만 믿고 살아온 두 분 불쌍해서 내가 워티게 간다. 아부지 아부지! 우리 아부지 이날 이 때까정 못난 딸 향숙이 하나만 믿고 살아왔는데 앞으로는 무슨 재미로 살아가신다. 어머, 불쌍한 우리 아부지 외동딸을 신한테 시집보내고 무슨 재미로 살아 간다. 어머가 잘 보살펴서 오래오래 살아야 해유. 우리 불쌍한 아부지!"

윤길동은 향숙이 내림굿을 할 때 모리댁의 어깨를 껴안고 통곡을 하던 때가 떠올랐다. 부모한테 한참 귀염을 받고, 밖으로는 한껏 싱그럽게 자라야 할 나이에 서릿대를 들고 덩실덩실 춤을 추면서도 떠나가는 것이 서럽고 원통해서 통곡을 하던 향숙이다. 어느덧 스무 살이 넘어 저혼자 집을 차지하고 앉아서 세상의 온갖 풍파를 헤쳐 나가고 있다는 것을 생각하니, 부모 된 도리와 책임을 다 못해 죄스럽기가 하늘을 찌르는 것 같아서 가슴이 너무 아팠다.

비록 넉넉한 집은 아니지만 자식이라고는 달랑 향숙이 하나뿐이어서 어릴 때부터 금지옥엽 길렀다. 향숙이도 제 분수를 알고 외동딸이라는 명분을 앞세워 투정 한 번 부리지 않고 착하게 살아서, 이다음에 은행 같은 데 취직해서 좋은 신랑 만나 행복하게 살 줄 알았더니…… 길거리에서 향숙이 또래 여자만 봐도 걸음을 멈추게 되고, 일을 하다 문득 하늘에 떠 있는 구름만 봐도 향숙이 얼굴이 그려지고, 모처럼 맛난 음식이 밥상에 올라와도 향숙이가 생각나서 선뜻 젓가락이 안 가고, 자다 일어나 변소에 갔다가 둥구나무 우는 소리가 하 수상해도 남은 잠을 못 자고 뜬눈으로 밤새우게 될 줄은 꿈에도 몰랐다.

그려, 업이겄지. 업보여. 업이 읎었다면 저리도 고운 향숙이가 신당 앞에 부채를 들고 앉아서 징을 두들기고 꽹과리를 치지는 않지. 암, 아무리 돈 읎으면 개돼지 취급받는 세상이라고 하지만 머가 부족해서 보살이라는 말을 듣고 살아.

윤길동은 오늘도 향숙이 슬픔으로 달려와서 한숨의 날개를 달고 먼 하늘로 달아나는 것을 느끼며, 마치 향숙의 머리카락을 쓰다듬듯 손바닥으로 쑥을 쓰다듬었다.

향숙은 안방으로 들어와야 할 아버지가 소식이 없어서 마당으로 나갔다. 변소에도 인기척이 없어서 열린 대문 앞으로 걸어갔다. 대문 밖에서 아버지가 담벼락 앞에 쪼그려 앉아 어깨를 들썩이고 있었다.

향숙은 아버지가 담벼락 앞에 쪼그려 앉아 들에 나가면 지천으로 깔려 있는 쑥 두어 포기를 손바닥으로 쓰다듬으며 어깨를 들썩이는 이유를 알 것 같았다. 눈물이 콱 쏟아졌지만 얼른 뒤로 돌아서서 눈물을 닦았다. 모산에서 대전까지의 거리가 서울과 부산 사이 거리도 아니고, 강원도 저 꼭대기 고성이나 전라도 끝에 있는 해남까지의 거리도 아니다. 모산에서 택시를 대절하면 시간 반이면 너끈한 거리고, 기차와 버스를 번갈아 옮겨 타고, 또 갈아타고 학산 삼거리에 내려서 걸어간다고 해도 아침 일찍 출발하면 점심은 집에서 먹을 수 있는 반나절 거리다. 그 짧은 거리에 살면서 거의 8년 만의 해후에도 마음대로 기쁨의 눈물을 흘릴 수 없는 처지가 서럽고 또 서러웠지만 내 눈물 한 방울이 아버지의 눈에서 피 울음을 쏟게 할 것 같다는 생각에 저고리 고름으로 눈을 콕 콕 찍어서 눈물을 말끔히 닦았다. 하늘을 바라보고 눈을 크게 치켜떠서 눈자위에 있는 눈물까지 말렸다.

윤길동은 마당에 누군가 서 있는 것 같은 인기척에 고개를 돌렸다. 대문 안에 서 있는 향숙이 돌아서서 하늘을 바라보고 있다.

저것이 필경 나한테 눈물을 보이지 않으려고 참고 있구먼.

딸이 눈물을 보이지 않는데 애비가 눈물을 보여서 딸의 가슴을 미어지게 만들어서 안 된다는 생각이 들었다. 일고여덟 살 아이가 눈물을 닦는 것처럼 소매로 눈물을 말끔히 닦고 나서 점잖게 담배 연기를 날리며 대문 안으로 들어섰다.

"여기서 뭐하고 있능 겨, 어여 들어가지 않구선."

"아부지는 여기서 뭐하고 있어. 엄마가 기다리시는데 빨리 들어오지 않구선. 여기 오신다고 아침도 드시지 못했을 끼고 배 많이 고프시지? 아부지하고 어머 즘심 때 오시믄 불고기 해 먹을라고 영순이가 사 왔구먼. 아부지 좋아하는 갈치도 사 왔구, 엄마가 좋아하는 김도 사 왔어, 그랑께 어여 방으로 들어가."

향숙은 마치 연인이나 되는 것처럼 윤길동의 팔짱을 끼고 걸으면서 그녀답지 않게 수다를 떨었다.

"그려, 어여 먹자. 오랜만에 우리 향숙이하고 같은 밥상에서 배가 터지도록 먹어보자."

윤길동은 향숙이 일부러 수다를 떠는 모습이 더 가슴 아프게 와 닿았으나 맞장구를 쳐 줄 수밖에 없었다.

"여기가 진규 방이여? 책이 많구먼."

모리댁이 거실 마루로 나와서 진규가 머무는 방문을 열고 둘러보며 혼잣말로 중얼거렸다.

"진규 장학금도 받아유."

향숙이 모리댁 곁으로 가서 자랑스럽게 말했다.

"진규하고 너하고 나이가 및 살 차이여?"

"두 살 차이구먼. 왜 그랴?"

"아, 암것도 아녀."

모리댁은 진규처럼 똑똑하고 의젓한 남자가 향숙이와 결혼을 한다면 얼마나 좋을까 하고 생각해 보다가 올라가려고 쳐다보는 나무는 따로 있다는 생각에 고개를 흔들었다.

"여기는 영순이 방여?"

모리댁이 구석에 있는 방문을 열며 물었다. 모산에 있는 향숙이 방보다 훨씬 크고 창문이 커서 방 안이 환하다. 창문에 쳐 놓은 커튼도 싸구려처럼 보이지 않았다. 두 칸짜리 서랍장 위에 세워 놓은 거울 앞에 있는 화장품 몇 개가 눈에 띈다.

내참, 쥔을 잘 만나니께 식모도 화장품을 쓰는구먼.

똑같은 개도 부잣집 개는 고깃국물만 먹고 가난한 집 개는 쉰밥 덩어리만 먹는다는 말이 꼭 맞다는 생각이 들면서 한숨이 나온다.

"왜 한숨을 쉬고 그런댜?"

"내가 언지 한숨을 셨다고 그라능 겨?"

"아까 봉께 한숨을 쉬데?"

"잘못 들었겄지."

"내가 볼 때도 한숨을 쉬던 걸 머."

윤길동이 뒷짐을 지고 향숙과 모리댁을 따라다니다가 향숙이 눈치채지 못하도록 모리댁을 쏘아 보았다.

"배고프다. 밥 은제 먹냐?"

모리댁은 집에서 출발하기 전에 윤길동으로부터 향숙이 앞에서 눈물을 보이거나, 향숙이가 가슴 아파할 행동을 했다가는 그 즉시 내려올 것이라는 다짐을 몇 번이나 받았다. 윤길동이 쏘아보는 눈빛을 모르는 척 외면하며 딴청을 피웠다.

"다 됐을 겨. 아부지, 반주도 한잔 해야쥬, 무슨 술로 드실 텨. 맥주 사 오라고 할까? 아니믄 소주 마시고 싶어?"

향숙이가 아버지의 손을 잡고 살갑게 물었다.

"난, 맥주 및 번 마셔 봤지만 별로드라. 우리 딸이 사 주는 소주나 한잔할까?"

윤길동은 향숙을 향해 부드럽게 웃어주고 신방으로 사용하는 안방으로 들어갔다. 윗목 벽에 삼단 제단을 차려 놓고 한가운데는 부처상이, 왼쪽으로는 산신령상이, 오른쪽에는 지팡이처럼 긴 손잡이가 달린 부채를 엇비스듬하게 들고 있는 선녀상이 있다. 그 밑의 제단에는 여러 가지 과일이, 맨 밑의 상에는 반짝반짝 빛을 내는 놋그릇이며, 향로와 촛대들이 있다. 자신도 모르게 부처님 앞에 합장을 하고 반배를 했다.

"근데, 징이며 꽹가리 같은 것이 눈에 안 보이네?"

"부채도 안 보이네요. 방울 같은 것도……."

"제가 모시는 선녀대신님이 워낙 영민하고 힘이 있는 분이라 무구가 없어도 인사만 하믄 오셔유. 원래가 신어머니 밑에서 삼 년 동안 공부를 해야 하잖아유. 근데 제가 모시는 선녀대신님이 옥황상제를 바로 옆에서 모시는 분이라서 공부를 할 필요가 읎다고 해서 여기로 온 거잖유.

그라고 저는 절대로 굿은 안 해유. 굿을 한다고 안 좋은 운세가 바로잡히는 것도 아니고, 아무리 춤을 춰도 안 오실 신령이 오시는 것은 아니라고 생각해유."

윤길동과 모리댁이 속삭이는 말에 향숙이 웃는 얼굴로 설명을 해 줬다.

"다행이구먼. 참말로 다행여."

윤길동은 그나마 향숙이 손님들 앞에서 춤을 추고 꽹과리를 두드리지 않는다는 말에 눈물이 글썽이도록 좋았다.

"텔레비도 있고, 라디오도 있고, 즌화도 있고, 냉장고도 있고, 선풍기도 있고…… 저기 있는 저건 또 머여?"

향숙이 부엌으로 가서 영순에게 심부름을 시키고 안방으로 들어왔을 때였다. 모리댁은 딸이 기거하는 방이라는 생각이 들어서 그런지 신당이 무섭거나 이상하게 보이지 않았다. 편하게 앉아서 방 구경을 하다가 전기다리미를 향해 손짓했다.

"전기다리미유."

"그라믄 다리미에 숯을 늫지 않고 전기를 이용해서 옷을 다린단 말여? 저건 얼매씩 한다?"

"저거, 미제 중곤데 이천오백 원 줬슈."

"어매, 쌀 반 가마니가 넘는 돈을 주고 샀구먼. 다리미 옆에 있는 저건 또 머여?"

"저건 믹서라는 거유. 저 안에다 사과나 배 같은 거를 넣고 갈아 먹는 거유. 저기 일본에 있는 산요라는 회사에서 만든 건데 얼맨지 아셔유?"

방에 상을 차리러 들어온 영순이 모리댁에게 자랑스럽게 물었다.

"사과나 배를 갈아 먹는다는 말이 난 무슨 말인지 통 모르겠구먼. 저기 얼매짜리여?"

"백화점에서 만 팔천 원씩 판대유. 여기 오시는 박광호 국회의원님 아시쥬? 아까 보셨잖유. 그 국회의원님 사모님이 백화점에서 사 오신 거래유. 보살님 입맛 읎으실 때, 사과나 배며 귤 같은 것을 갈아 드시라구 말여유."

"향숙이 아부지, 영순이가 시방 하는 말 들었슈? 저거시 만 팔천 원짜리래유."

모리댁이 윤길동에게 말을 하고 나서 입을 딱 벌렸다.

"참, 아까 의원님이 봉투를 주고 가시더라. 너한테는 얘기하지 말고 집에서 쓰라고 하던데. 봉투 안에 얼매가 들어 있는지 모르겠다."

모리댁의 말에 덩달아 놀란 표정을 짓고 있던 윤길동이 갑자기 생각이 났다는 얼굴로 품 안에서 봉투를 꺼냈다.

"얼매가 들었는지는 모르겠지만, 아부지가 필요하실 때 쓰셔유. 아까 봉투를 내밀길래 참말로 못 받겠다고 했드니 기어이 아부지한테 드리고 갔구면."

"봉투를 봉께 이삼천 원 되겠구면."

윤길동이 들고 있는 봉투를 모리댁이 낚아챘다. 봉투를 벌려서 안에 있는 것을 꺼냈다. 돈이 나오지 않고 누런 용지 한 장이 나왔다. 조흥은행에서 발행한 10만 원짜리 보증수표였다. 보증수표를 본 적이 없어서 앞뒤를 살펴보다 이게 뭐냐는 표정으로 윤길동에게 내밀었다.

"이것이, 그 수표라는 거여?"

윤길동도 보증수표를 본 적이 없었다. 자기앞수표라고 써 있는 것을 보니, '이것이 수표라는 것이구먼'이라고 짐작하며 향숙에게 내밀었다.

"너무 과하셨구먼. 십만 원을 눟다니, 나는 몇만 원 정도 넣었을 것이라고 생각했었는데……. 이 일을 워쩐댜, 그려. 아부지, 이 수표가 십만 원짜리유. 은행에 들고 가면 십만 원을 내줄 겨. 난 이 돈을 안 받을라고 했는데 아부지 손에 들어간 걸 보믄, 아부지하고 인연이 있는 돈이 틀림읎구먼. 그렁께 그냥 들고 가서 농협조합에 빌린 돈이랑, 농자금 대출 받은 거며, 비료대나 농약대 미수 깔린 거를 갚아유. 글구 자전거도 한 대 사유. 그렇지 않아도 올봄에는 아부지 자전거 한 대 사 줄라고 했는데 잘됐구먼."

향숙이 수표를 반으로 접어서 윤길동의 손을 잡아당겨 손바닥에 쥐어 주었다.

"난, 이 돈을 내가 써도 되는지 모르겄다. 그렇지 않아도 의원님 송덕비를 세우는 날 오셔서, 텔레비랑 라디오며 이것저것 잔뜩 싸가지고 오셨구먼. 그라고 내가 농사 짓기 심이 들면 대전 워디 있는 담배 공장 같은 데를 취직시켜 준다는 말씀까지 하셨는데……."

윤길동이 수표를 받기는 했지만 난감하다는 얼굴로 말했다.

"그 얘기는 진규한테 자시하게 들었구먼. 의원님이 신경을 써 주시는 점이 부담스러운 거는 사실여. 하지만 의원님도 손해는 안 봐. 우리한테 베푼 거 이상으로 들어오는 것이 있응께 베풀지. 베풀기만 하고 들어오는 것이 읎으면 베풀겄어? 그렁께 부담 갖지 말고 요긴하게 써유. 자전거는 꼭 사. 내가 알아 봉께 만 천 원이믄 살 수 있더라고."

"잘됐구먼. 자전거만 있으믄 학산까지 가는데 삼십 분도 안 걸릴 겨. 그릿고개만 올라가믄 그 담부텀은 내려가는 길이잖여."

모리댁이 윤길동의 손에 있는 수표를 가져왔다. '이 종이 쪼가리가 십만 원이라는 말여'라고 놀란 눈빛으로 바라보며 수표를 쓰다듬어 봤다. 오백 원짜리는 돈 고유의 감촉을 느낄 수 있었는데 그냥 빳빳한 종이를 문지르는 감촉만 일어날 뿐 아무런 느낌이 오지 않았다.

영순이 나름대로는 자신의 부모님을 모신다는 생각으로 정성껏 차렸더니 상다리가 휘어질 지경이었다. 소불고기를 중앙에 놓고, 갈치는 노릿노릿하게 굽고, 구운 김을 사각으로 공들여 잘라 접시에 얹고, 멸치볶음에 마른 가지볶음, 깻잎장아치, 잡채에, 삼색전까지 차려서 부잣집 생일상 못지않았다.

"이걸 영순이 니가 혼자 다 했단 말여?"

모리댁이 밥상 앞에 앉아서 젓가락을 들며 놀란 얼굴로 물었다.

"어제 오후부텀 준비를 했슈. 더 잘할 수 있는데 보살님이 이 정도만 돼도 좋다고 자꾸 말리는 통에……."

"아녀, 너무 잘했구먼. 너도 어여 같이 앉아 먹자."

윤길동이 입맛을 다시며 말했다.

"아녀유. 오랜만에 보살님 만났응께 식구들끼리 드셔유. 서로 하실 야기들도 많으실 거잖유. 전 이따 찬찬히 먹을 게유."

"그려, 그람 그래라."

향숙이는 대꾸를 하지 않았고 모리댁이 대답했다.

"아부지, 지가 아부지한테 술 한잔 올린 적이 읎잖유, 죄송해유, 인제사 우리 아부지한테 술 한잔 쳐 드리네."

향숙이 소주병을 들고 윤길동을 바라보며 말했다.

"난도, 우리 딸이 따라 주는 술 한잔 할란다."

윤길동은 감격해서 말을 할 수가 없었다. 모리댁이 소주잔을 향숙이 앞으로 내밀며 매끄럽게 말했다.

"진작부텀 여길 오고 싶었는데, 느 아부지가 하는 말이, 가면 뭐하냐, 가서 향숙이한테 좋은 인상만 보여주고 오면 몰라도, 향숙이한테 눈물 짜는 꼴만 보여 줄게 뻔한데 무소식이 희소식이라고 차라리 안 가는 거이 향숙이한테 보태주는 거람서 당최 말을 들어야지. 그래서 요번에는 지난 설날부텀 내가 약속을 했다. 너한테 절대로 눈물 안 보이고 올 자신이 있응께 딱 한 번만 가 보자고 말여. 그래 놓고 기어이 눈물을……"

"사설은 일절로 끝내고 이 불고기 좀 먹어봐. 영순이가 나이는 어려도 반찬 맨드는 거는 상규네나 봉산댁 못지않구먼. 입에서 아주 살살 녹네."

모리댁의 말이 눈물 짜는 쪽으로 흘러가고 있다는 것을 느낀 윤길동이 밥상 밑으로 뻗은 발로 모리댁을 툭 차며 말했다.

"참말로 맛나구먼. 나는 이렇게 맛있는 불고기는 츰 먹어 본다. 영순이가 아무리 솜씨가 좋다고 하드래도, 좋은 괴기를 썼응께 이렇게 맛이 있을 거여. 야, 참말로 맛있구먼. 상규네나 철용네도 이런 불고기를 같이 먹어 봐야, 내가 머라고 자랑을 할 텐데. 나 혼자만 먹고 가서 무슨 맛이라고 자랑을 햐. 고래 괴기 안 먹어 본 사람 앞에서 고래 괴기 맛 자랑하는 거하고 같잖여."

"아부지는 인제 향숙이 걱정 놓을란다. 난 맨날 우리 향숙이가 어린안 줄 알았는데 이렇게 살고 있는 걸 봉께 맘이 놓인다. 참말여."

윤길동이 소주를 쭉 소리가 나도록 비우고 나서 기분 좋은 얼굴로 향숙을 바라보며 말했다.

"옛날부팀 걱정하지 말라고 했잖여. 네가 워디 멀리 간 것도 아니고, 엎드리면 코 닿을 대전에 살고 있잖여. 그라고 진규가 한집에 살고 있응께 궁금한 일이 있으면 언제든지 물어볼 수도 있응께 오늘부터라도 일체 걱정하지 마. 엄마도 내 말 무슨 말인지 알겠지?"

향숙은 일부러 기분 좋은 목소리로 말하며 김 한 장을 젓가락으로 집어서 모리댁의 밥 위에 얹었다.

방안퉁수

서울 가면 두 눈 번쩍 뜨고 있어도
코를 베간다는 말을 열 번도 더 한 양반이, 사기를 당했구먼.
그러게 내가 머랬어.
금순이가 서울역에 마중 나온다는 말에 못 이기는 척 가만히 있기나 하지.

유철수와 서정기는 서울역에서 택시를 타고 국회의사당이 있는 태평로에서 내렸다.

태평로는 흔히 알고 있기를 조선시대 중국 사신이 묵었던 태평관(太平館)의 이름을 따서 지은 것이라고만 알고 있다. 그러나 여기에는 일제가 조선 왕궁의 정기를 끊으려는 치밀한 전략이 숨어 있다.

태평로는 일제가 기획하고 만든 대표적인 신작로다. 경복궁과 남대문을 직접 잇는 길을 내지 않았던 조선의 남북 간 상징 측선을 무시하고, 육조거리를 보호하는 언덕인 황토마루(세종로사거리)를 깎아 내는 등 무리한 공사를 통해 만들었다.

이 길을 내느라 고종이 정사를 보던 덕수궁 담을 헐어내어 궁 동쪽에 있는 전각들이 잘려 나갔다. 남대문 성곽도 잘려 나갔다. 성곽이 없는 남대문은 다리가 없는 몸통만 남은 셈이 되고 말았다. 그 태평로에 1935년 경성부민관이 세워졌다.

경성부민관은 황국신민화를 부추기는 정치 집회와 위무 공연이 열리던 시민회관 용도로 지어졌다. 정식 이름은 경성부 부림극장이다.

해방이 되기 직전인 1945년 7월 24일, 박춘금(朴春琴)이 조직한 대의당(大義黨) 주최로 친일어용대회인 '아세아민족분격대회'가 열릴 예정이었다. 친일파의 거두 박춘금이 조직한 대의당 주최의 '아세아민족분격대회'에는 일본, 조선, 만주, 중국에 사는 친일파들이 참석하기로 했다.

이 정보를 입수한 조문기, 유만수, 강윤국 등 대한애국청년단 단원들은 친일어용대회를 열지 못하게 하기로 했다. 유만수를 공사장 발파 인부로 잠입시켜 다이너마이트로 만든 사제 폭탄 두 개를 만들었다. 이후 몇 번의 실험을 거쳐서 폭탄 성능을 확인한 뒤, 대회가 열리는 24일 저녁 부민관에 잠입하였다.

부민관에는 조선 총독, 조선군사령관 왕자오밍(汪兆銘)의 괴뢰중국 대표 정위안간(丁元幹), 만주국 대표 탕춘톈(唐春田), 일본 대표 다카야마 도라오(高山虎雄) 등이 연사로 참석하여 미국, 영국을 규탄하는 선전극을 벌이고 있었다. 저녁 9시 무렵 박춘금이 단상에 오를 차례가 되자 유만수와 조문기 등이 폭탄 심지에 불을 붙인 뒤, 계단 옆과 복도, 화장실에 장치해 폭발시켰다. 대회장은 아수라장으로 변해 버렸다.

이 사건은 일제강점기에 행하여진 마지막 의거로 꼽히지만, 박춘금은 그 뒤에도 살아남았다. 1992년에는 일본인에 의해 경상남도 밀양에 공덕비가 세워졌다. 그 치욕적인 장소에 한국의 국회의사당이 자리 잡고 있다.

그들은 검은색 현관 지붕 정면에 '국회의사당'이라고 써진 글씨를 읽으며, 약속이나 한 것처럼 서로의 얼굴을 바라봤다. 문 앞에는 정복을 입은 국회경비대원 두 명이 서 있었다.

　"몇 시에 약속한 거여?"

　"세 시에 만나기로 했응께 삼십 분 정도 남았습니다."

　"그람, 우선 저쪽에 가서 담배 좀 한 대 피우고 들어가 보자."

　서정기는 주머니를 뒤적거려 담배를 꺼내며 덕수궁 쪽으로 슬슬 걸어갔다.

　"기차에서도 말했지만 암만 생각해 봐도 이동하 그 인간을 만나도 별소득이 없을 거 가텨. 아부지가 사기나 절도나 강도질을 해서 들어간 것도 아니고, 제우 문기출 그 썩어 빠진 인간 명예를 훼손시켰다는 죄로 들어간 거잖여. 내가 알아봉께, 그런 죄는 솔직히……."

　"저도 다 알아봤습니다. 아버지가 아무리 전과가 있다고 하더라도, 명예훼손죄 같은 것은 집행유예에 벌금형을 받는다고 하네요. 하지만 현재 들어가 계신 것이 문제잖아요. 지난주에도 면회를 갔었잖아요. 처음에는 멋모르고 형을 살았는데, 내가 또 억울하게 형을 살아야 하나, 그 생각을 하면 밤에 잠이 오지 않아서 몸무게가 십 킬로나 빠졌대요. 제가 보기에도 몸이 말이 아닙니다. 완전 뼈만 남아서, 저러다 돌아가시면 어쩌나 하는 생각에 눈물이 나려고 해서……."

　유철수는 서정기가 덕수궁 담벼락 앞에 쪼그려 앉으며 하는 말을 끊고 아버지 이야기를 하다 목이 메어 도로 쪽으로 시선을 돌렸다.

　"그려, 나도 심정은 이해햐. 그렇게 만사 제쳐 놓고 여기까지 올라왔잖여. 내 말은 이동하 그 인간을 만나서 좋은 소식을 받을 거라고 잔뜩 기대하지 말란 말여."

"각서까지 써 줬잖아요. 천만 원을 빌렸다는 차용증서까지 써 줬는데 설마 모른 척하기야 하겠습니까?"

"그려, 저도 인간이라면 차용증까지 받아 놓고 나 몰라라 하지는 않겠지. 대충 시간이 된 것 같응께, 가 보자."

서정기는 담배 연기를 길게 내뿜고 나서 꽁초를 눌러 끄고 일어섰다. 국회의사당 건물 꼭대기를 바라보는 순간 소리 없이 웃으며 옆눈으로 차갑게 째려보는 이동하의 얼굴이 떠올랐다.

"만약, 여기까지 올라왔는데……"

유철수는 자신도 모르게 주먹을 움켜쥐고 국회의사당 건물을 노려보았다.

"엉뚱한 생각하지 마. 아부지가 죽을죄를 져서 감옥에 가셨냐? 힘 있는 사람 앞에서는 법이라는 것이 귀에 걸면 귀걸이고, 코에 걸면 코걸이가 되는 세상여."

서정기는 유철수의 목소리가 심상치 않게 들려서 걸음을 멈추었다. 유철수의 얼굴을 바라보며 긴장한 목소리로 말했다.

"만약 힘써 주지 않으면 구정 날 써 준 차용증이라도 돌려받아야 되는 거 아닙니까? 인간 말종 같은 놈을 내 손으로 죽여 버리지는 못할망정 말입니다."

유철수가 국회의사당을 향해 걸으면서 감정이 묻어 있지 않은 목소리로 말했다.

"말이 씨가 된다는 말 못 들어 봤나 보구먼."

서정기의 귀에는 너무 섬뜩하게 들려서 자신도 모르게 걸음을 멈추고 유철수를 바라봤다. 어디선가 날아온 낙엽 한 잎이 유철수의 어깨에 내려앉았다. 조용히 낙엽을 털어 내는 유철수의 표정에는 변화가 없었다.

원래, 자살할 사람은 평소 자살한다는 말을 안 한다고 하던데……

이동하가 아무리 약속을 어긴다 해도 유철수가 해를 입힐 수는 없을 것이다. 그러기에는 유철수는 갓 전역을 한 예비역 육군 병장에 불과하고, 이동하는 이 나라의 국회의원이기 때문이다. 그런데도 이상하게 자꾸 마음이 불안했다. 처음부터 유진표 구명운동에 참여를 안 했어야 하는데, 이웃에 산다는 정 때문에 내키지 않게 유철수와 동행해서 모산에 갔던 것이 자꾸 후회로 밀려왔다.

"뭣 때문에 왔습니까?"

유철수와 서정기는 긴장한 얼굴로 국회의사당 앞으로 갔다. 문을 지키고 있는 경비요원 두 명이 앞을 가로막았다. 그중 한 명이 유철수와 서정기를 번갈아 보며 아랫것을 바라보는 시선으로 물었다.

"이, 이동하 국회의원님을 만나러 왔습니다."

유철수는 괜히 긴장이 되는 것을 느끼며 마른침을 삼켰다.

"약속은 했습니까?"

"네, 세 시에 만나기로 했슈."

서정기는 무슨 죄를 지은 것처럼 떨리는 목소리로 말했다.

"따라오슈."

경비요원 한 명이 그들을 데리고 안으로 들어갔다. 국회의사당 문을 열고 들어가자 안에 경비실이 또 있었다. 경비실 안에 있는 요원들에게 이동하 국회의원님을 면담하러 온 사람들이라는 말을 전해주고 밖으로 나갔다.

"밖에 나가서 잠깐 기다리슈."

경비실 안에 앉아 있던 뚱뚱한 요원이 이동하 의원 사무실로 전화를 했다. 통화를 끝내고 수화기를 내려놓으며 턱으로 그들을 밀어냈다.

유철수와 서정기는 서로의 얼굴을 짤막하게 바라본 후에 밖으로 나갔다. 4월 초인데도 꽃샘추위가 와서 그런지 바람이 찼다. 손을 비비며 바람이 덜 불 것 같은 벽 쪽으로 가서 문을 지키고 있는 경비대 요원들을 바라봤다.

"어디 가서 얼큰한 짬뽕 한 그릇에 소주 한 병 했으면 딱 좋겠구먼."

서정기가 주머니에서 담배를 꺼내 들며 혼잣말로 중얼거렸다.

"저도 괜히 떨리네요."

유철수는 서정기도 자신처럼 긴장이 돼서 하는 말일 것이라고 생각하며 헛기침을 했다.

"내 말이 바로 그 말여. 이동하하고 약속이 돼서 왔는데 왜 이따구로 사람을 찬밥 대접하는지 모르겠구먼. 안에서 기다려도 될 텐데 말여."

"좌우지간 우리나라 사람들은 문제가 많아요. 국회의사당에서 근무를 하면 죄다 국회의원이 된 줄 아는 거 같습니다."

"검찰청 수위도 검사처럼 군다잖여. 법원 청소부도 판사 행세를 하고…… 하긴 서울 같은 데 검찰청 수위 빽만 되도 영동경찰서장보담은 나을 겨. 영동 같은 촌구석 경찰서장보담은 검사들을 더 많이 만날 거잖여."

서정기는 담배를 한 모금밖에 피우지 않았다. 국회의사당에서 누군가 나와서 가까이 다가오는 것을 보고 얼른 담배를 벽에 비벼 껐다.

"영동에서 오신 분들입니까?"

이동하의 보좌관 차승태가 서정기를 바라보며 물었다.

"그, 그런데유?"

"저는 이동하 의원님의 보좌관 차승태라고 합니다."

차승태는 양복 안주머니에서 명함 두 장을 꺼내 각각 한 장씩 건네주었다. 이어서 서정기에게 손을 내밀었다.

"야, 저는 서정기라고 해유."

두 손으로 명함을 받아 쥔 서정기가 황망하게 손을 내밀며 허리를 굽실거렸다.

"오늘 세 시에 만나기로 의원님하고 약속이 되어 있는 걸로 알고 있습니다."

"네, 오늘 세 시에 의원님 사무실에서 만나기로……."

갑자기 귀가 시릴 정도의 매서운 바람이 몰아쳤다. 유철수는 찬바람에 귀가 떨어져 나가는 것 같았다. 차승태가 준 명함을 만지작거리며 바람을 등지고 섰다.

"그런데 갑자기 의원님이 중요한 모임이 생기셨습니다. 일본에서 온 손님들하고 모임이 있어서 지금 신라호텔에 계십니다. 그래서 오늘은 그냥 내려가셔야 할 것 같습니다. 자세한 내용은 영동 지구당 사무실로 연락을 하시겠답니다. 그리고 이건, 차비라도 하시라고 의원님께서 준비해 주신 겁니다."

차승태는 준비해 가지고 온 봉투 한 개씩을 유철수와 서정기 손에 쥐어 주었다.

"이, 이러지 않아도 되는데……."

유철수는 너무 어이가 없어서 말을 잊어 버렸다. 서정기는 얼떨결에 봉투를 받으며 허리 숙여 인사했다.

"그럼, 저는 바쁜 약속이 있어서 그만 올라가보겠습니다."

차승표는 내 임무는 다했다는 얼굴로 돌아섰다.

"우, 우리도 내려가 보겠습니다."

서정기가 유철수에게 너도 어서 인사를 하라는 얼굴로 옆구리를 쿡 찔렀다. 유철수는 갑자기 추위를 느낄 수가 없었다. 차승태가 준 봉투도 내동댕이치고 싶었지만 차마 그럴 수가 없어서 벌린 옆을 다물지 못하고 차승표의 뒷모습을 노려보았다.

"오백 원짜리 아녀?"

서정기가 봉투 안에 들어 있는 돈을 확인하고 중얼거렸다.

"아저씨, 지금 오백 원이 문젭니까?"

"아까, 보좌관님이 하는 말을 못 들었어? 영동 지구당 사무실로 연락을 해 준다잖여."

"우리나라 국회의원이 일본 쫑입니까?"

"나도 알아. 나도 안다구. 명색이 국회의원인데 일본 사람이 갑자기 찾아올 리가 있겠어? 최소한 며칠 전에 연락을 했겠지. 그것이 아니면 일본 손님을 만난다는 말이 공갈이겠지. 하지만 워째겠어? 이동하 그놈이 시방은 만나기 싫다는데……"

"아저씨는 승질이 안 나세요?"

유철수가 어이가 없다는 얼굴로 서정기를 바라봤다.

"일 보 전진하기 위해서는 이 보 후퇴하란 말도 있잖여, 오늘은 그냥 내려가고 내일이라도 지구당 사무실에 가 보자구. 지가 양심이 있으면 낼쯤 무슨 말이라도 있겠지. 안 그려?"

서정기는 이동하가 유진표의 구명운동에 신경을 쓰지 않고 있을 것이라고 판단했다. 이동하가 관심이 없는 일에 계속 매달린다면 자기 역시 언제 어느 시에 유진표 꼴을 당하지 말라는 법도 없을 것이다. 이럴 때는 은근슬쩍 물러서는 게 좋을 것 같았다. 그렇다고 자신의 생각을 있는 그대로 밝힐 수는 없었다. 금방이라도 국회의사당 안으로 뛰어들 것처럼 씩씩거리고 있는 유철수의 손을 잡고 돌아서면서 살갑게 말했다.

서울역 앞의 도로는 교통대란이 따로 없었다. 직행버스와 완행버스 백여 대가 서로 엉켜서 손님을 받으려고 안내양들이 고함을 질러대고 있었다. 보따리며 가방을 든 손님들은 차도까지 나가서 자기가 원하는 버스를 찾아 이리저리 헤매고 다녔다. 공중전화 부스 앞에는 수십 명이 줄을 서지 않고 파리 떼처럼 붙어 있었다. 염천교 가는 쪽에는 포장마차가 줄지어 붙어 있었다. 호객꾼들이 포장마차 앞을 지나가는 사람은 무조건 허리를 붙잡고 끌고 가려했다. 광장 구석 여기저기에서는 화투장 석 장을 가지고 촌사람들의 돈을 따려는 야바위꾼들이 무리를 지어서 서로 짜고 돈내기를 하는 척하고 있었다.

광일네는 서울 역사를 나왔을 때부터 거리를 가득 메운 버스며 택시, 승용차들에 질려서 머리가 어질어질했다. 공기도 모산처럼 맑지가 않고 뿌연 안개가 낀 것 같아서 학산에서 버스를 탔을 때도 차멀미를 안 했는데 뒤늦게 멀미가 올라왔다. 거리를 가득 메운 버스들이 흐물흐물거리는가 하면 땅이 올라갔다 내려왔다하면서 속이 울렁거려 참을 수가 없었다.

"어머, 저쪽으로 가서 게워."

얼굴이 하얗게 질린 광일네가 헛구역질을 하기 시작하자 광배가 놀란 얼굴로 손을 잡았다.

황인술도 어리둥절하기는 마찬가지였다. 서울역에 도착하면 눈알이 뱅뱅 돈다더니 거짓말이 아닌 것 같았다. 그러나 아내와 자식 앞에서 촌사람처럼 굴고 싶지 않아 턱 버티고 서서 담배를 입에 물었다. 광배가 얼굴이 하얗게 변해서 손바닥으로 입을 막고 금방이라도 토악질을 할 것 같은 광일네의 손을 잡고 공중전화 부스 뒤를 손짓했다. 그곳에는 이미 한복 치마저고리를 입은 중년 여인이 아이를 뒤에 세워두고 토악질을 하고 있었다.

황인술은 다른 사람들 눈에 촌사람처럼 보이지 않게 하려고 일부러 아랫배에 힘을 주었다. 담배를 손가락 사이에 깊숙이 꽂고 연기를 힘껏 빨아들였다가 훅 내뿜으며 점잖은 얼굴로 어지럽도록 바쁘게 오가는 차량들이며 높은 건물들을 바라봤다.

60대로 보이는 중절모를 쓴 신사가 땀을 뻘뻘 흘리며 뛰는 걸음으로 다가와서 눈앞을 스쳐갔다. 버스를 타려는 중인지 한 손을 번쩍 들고 가면서 신문지로 싼 무엇을 떨어트렸다.

"어! 이봐유!"

황인술은 담배를 입에 물고 중절모를 부르는 한편 땅에 떨어진 것을 주우려고 허리를 숙였다. 막 신문지에 쌓여 있는 것을 집으려고 하는데 누군가 재빠르게 낚아채며 일어섰다.

"이게 뭐지?"

신문지에 싼 물건을 든 사람은 넥타이까지 맨 말끔한 신사였다. 그는 대뜸 신문지를 풀기 시작했다.

"그거, 아까 저⋯⋯."

황인술은 신문지에 싼 물건의 주인을 찾아 버스가 서로 엉켜 있는 쪽을 바라봤다. 중절모는 어디로 갔는지 보이지가 않았다.

"돈이잖아!"

넥타이를 맨 신사가 깜짝 놀란 얼굴로 속삭이는 소리에 황인술은 가슴이 덜컹 내려앉는 것을 느끼며 시선을 돌렸다. 얼른 보니까 오백 원짜리가 오륙만 원은 되어 보이는데 고무줄로 양쪽이 단단하게 묶여 있다. 넥타이가 황인술이 놀라움을 감출 틈도 없이 누가 볼세라 재빠르게 신문지로 돈을 감쌌다.

"어디서 왔슈?"

"추, 충북 영동이라는 데서 왔슈."

황인술은 지지난 겨울 성주옥의 노름방에서 봤던 오백 원짜리 뭉치와 신문지에 쌓여 있는 오백 원짜리 뭉치가 눈앞에서 어른거리는 것 같아서 입 안이 바짝 말라 버렸다.

"우리 둘이 오늘 횡재했슈. 잠깐 저쪽으로 갑시다."

넥타이가 흥분을 감추지 못한 얼굴로 두 눈을 번쩍였다.

"어, 어디로 가잔 말유?"

황인술은 반사적으로 광일네가 있는 곳을 바라봤다. 광일네는 공중전화 부스 뒤에서 허리를 숙여 토하고 있었고 광배가 등을 두드리고 있다.

"가만있어 보자. 저기 버스 뒤로 가면 아무도 없을 거요. 거기 가서 우리 둘이 서로 나눕시다."

넥타이가 손짓을 하는 곳에는 손님이 한 명도 없는 버스가 정차해 있었다. 기름때가 묻은 작업복을 입은 남자 한 명은 버스 밑에 들어가 있고, 다른 한 명은 공구를 들고 버스 밑바닥을 바라보고 있다.

"주, 주인을 찾아 줄라면 파출소에 갔다 줘야 하는 거 아닌감유?"

황인술이 자신도 모르게 넥타이를 따라가면서 손에 땀을 쥐었다. 버스 뒤에는 차도다. 수많은 버스며 승용차에 택시들이 바쁘게 오가고 있을 뿐 사람들은 보이지 않았다.

"내 정신 좀 봐. 지금 대전에서 어머니가 도착하셨을 시간인데, 이거 어쩌지?"

넥타이는 황인술이 묻는 말에 대답하지 않았다. 돈을 싼 신문지를 풀다 말고 갑자기 손목시계를 봤다. 당황한 얼굴로 황인술을 바라봤다.

"몇 시에 도착을 하시는 데유?"

"벌써 십 분이나 지났는걸. 몸이 많이 편찮으셔서 서울대학교병원에 검사 받으시러 오시는 길이거든. 어머니는 서울이 첨이신데 나를 찾다가 이상한 곳으로 가셨으면 어쩌나? 내가 지금 빨리 서울역에 들어가봐야 하거든요 여기 잠깐 있어요. 내가 빨리 어머니 모시고 올 테니까."

"자, 잠깐, 그 돈은!"

넥타이가 막 떠나려는 찰나에 황인술이 재빠르게 앞을 가로막았다.

"내가 금방 갔다 온다고 했잖아요"

"이 사람 좀 봐. 내가 그렇게 우습게 뵈이는 거유. 내가 이래 뵈도 모산 구장을 십 년 넘게 한 사람유."

황인술은 서울 가면 두 눈 똑바로 뜨고 있어도 코를 베어간다는 말이 번뜻 생각났다. 넥타이가 도망을 갈지도 모른다는 생각에 여차하면 허리띠를 움켜잡을 자세로 노려봤다.

"내 참, 사람을 이렇게 못 믿어서야. 좋소 그럼 당신이 이 돈을 들고 꼼짝 말고 여기 서 있어야 합니다. 내가 빨리 가서 어머니를 모셔 올 테니까요."

넥타이가 한시가 급하다는 얼굴로 돈뭉치를 황인술에게 안겨주고 버스 뒤로 뛰어갔다.

"그, 그래유. 이 자리에서 한 발자국도 움직이지 않고 서 있을 모양잉게 빨리 댕겨와……."

엉겁결에 돈뭉치를 받은 황인술의 말이 끝나기도 전에 황급히 뛰어갔던 넥타이가 다시 돌아왔다.

"아까, 다, 당신이 날 못 믿는다고 했잖소?"

넥타이가 숨찬 목소리로 물었다.

"그, 그런데유?"

"내가 처음 보는 당신을 어떻게 믿고 이 돈뭉치를 맡깁니까? 그러니 이렇게 합시다. 돈이 얼마인지 세어 볼 필요 없이 무조건 반으로 나눠서 가집시다. 어차피 공돈이니까 복불복 아닙니까?"

"그런 법이 워디 있대유? 오백 원짜리 한 장이믄……."

황인술은 대범하지 못한 촌놈이라는 말을 들을 것 같아서 쌀 한 말을 넘게 살 수 있는 돈이라는 말을 못하고 우물쭈물거렸다.

"내 참 환장하겠군. 빨리 어머니한테 가 봐야 하는데. 좋소 그럼 이 돈은 선생님이 가지고 계시고, 나한테 뭐든 담보를 맡겨요 주머니에 돈이 얼마나 있습니까?"

"한, 육칠천 원 되는데……."

황인술은 금순을 만나면 옷이라도 한 벌 사주고 구두라도 사 주려고 광일이에게 오천 원을 받고, 상규네에게 삼천 원을 빌려서 서울에 올라왔다.

"그럼, 그 돈을 나한테 맡겨요. 내가 빨리 어머니 모시고 올 테니 그
때 정확하게 나눕시다. 빨리요. 시간 없어요."

"아, 알았슈."

넥타이가 재촉을 하는 통에 황인술은 얼른 바지 뒷주머니에 있는 돈
을 꺼내서 백 원짜리 두 장을 빼고 모두 내밀었다.

"꼼짝하지 말고 이 자리에 서 있어야 합니다. 아셨죠? 만약 내가 없는
사이에 도망가 버리면 경찰에 신고할 겁니다."

넥타이는 황인술이 내민 돈을 낚아채서 일분일초가 급하다는 얼굴로
뛰어갔다.

오만 원만 잡아도 이만 오천 원 아녀……. 서울역에서 코 베간다는 말
은 들어 봤어도, 횡재했다는 말은 츰 들어보는구먼.

황인술은 마냥 버스 뒤에 서 있을 수만은 없었다. 어차피 버스 근처를
떠나지 않으면 된다는 생각에 버스를 돌아서 광장 쪽으로 나갔다. 광배
가 광일네의 손을 잡고 긴장한 얼굴로 사방을 바쁘게 두리번거리고 있
었다.

"일루 와. 일루!"

황인술은 양손으로 손짓을 하며 광배를 불렀다.

"아부지! 한참 찾았잖아유. 거기서 뭐 해유?"

"어여 가유. 금순이가 기다리겄어."

광일네는 아침 먹은 것부터 기차간에서 먹은 계란이며 귤까지 다 토
해냈더니 아무 생각 없었다. 어서 어디든 가서 눕고 싶은 생각밖에 들지
않았다. 황인술의 얼굴을 똑바로 바라보지도 않고 해쓱한 얼굴로 무조

건 버스가 있는 방향을 가리켰다.

"가만있어 봐. 쪼꼼만 기다리면 횡재를 하게 되어 있단 말여."

"횡재라뉴?"

황인술이 긴장한 표정으로 하는 말에 광배도 작은 목소리로 물었다.

"아까 돈을 줏었어. 한 오만 원은 넘는 돈여. 나 혼자 줏은 것이 아니고 둘이 줏었단 말여. 시방 그 사람이 즈덜 어머 데리러 갔거든. 그 사람 올 때까지 기다려야 햐."

"오만 원을 줏었단 말유?"

광일네가 내가 언제 멀미를 해서 비틀거렸느냐는 얼굴로 두 눈을 동그랗게 떴다.

"내 생각에는 최소한 육만 원은 넘어 보여. 그 사람이 오기 전에 얼른 살짝 볼 텨?"

황인술은 넥타이가 오기 전에 돈만 보여주는 것은 상관이 없다고 생각했다. 사방을 두리번거린 다음에 광배를 잡아당겼다. 세 명이 머리를 맞대고 있는 사이에 떨리는 손으로 신문지를 풀었다.

"참말로 돈이구면. 이기 얼마나 되능……."

광일네가 깜짝 놀라며 자신도 모르게 돈을 확 움켜잡았다. 순간 돈뭉치가 비틀리면서 신문지 조각이 드러났다.

"머여!"

황인술이 깜짝 놀라서 얼른 고무줄을 벗겨내고 돈을 펼쳤다. 앞뒤도 아닌 앞에만 오백 원짜리이고 뒷장부터는 신문지를 돈 크기로 오린 것이다.

"아부지, 이건 신문지잖아유."

"아이구! 내 돈, 내 돈 워딨어?"

광배가 어이가 없다는 얼굴로 하는 말에 황인술은 느닷없이 뒤통수를 얻어맞은 것 같았다. 들고 있던 신문지를 떨어트리며 허공을 향해 허우적거렸다.

"아! 오백 원이라도 줏었으믄 됐지. 먼 소리유?"

광일네가 바닥에 떨어져 있는 신문지 조각에 섞여 있는 오백 원짜리 돈을 챙겨 들며 물었다.

"아까, 넥타이 멘 놈이 내 돈 칠천 원을 갖고 갔단 말여. 쪼끔 있다 그 돈을 정확히 농구자고 함서, 담보물로 내 돈 칠천 원을 갖고 갔단 말일 씨."

"어이구, 방안통수가 따로 읇구먼! 서울 가면 두 눈 번쩍 뜨고 있어도 코 베간다는 말을 열 번도 더 한 양반이 사기를 당했구먼. 그러게 내가 머랬어. 금순이가 서울역에 마중 나온다는 말에 못 이기는 척 가만히 있기나 하지. 서울에 대해서는 개똥도 모르는 양반이 기어이 봉천동사무소를 찾아간다고 우길 때부텀 알아 봤당께."

"광배야, 내가 이러고 있을 때가 아녀. 그놈이 서울역에 즈 에미 마중을 나간다고 했거든. 내가 그리로 가서 그놈의 멱살을 잡고 파출소로 끌고 가야겄다."

황인술은 빈정거리고 있는 광일네를 탓할 여유가 없었다. 서울역 쪽으로 달려갈 것처럼 허우적거리며 말했다.

"아부지, 신문지 쪼가리를 돈이라고 사기 친 놈이 시방 거기서 잘도 기다리고 있겠슈. 좋은 경험했다 치고 어여 택시나 타유."

"그, 그렇구먼."

황인술은 광배의 말에 온몸의 기운이 쭉 빠져 나가는 것을 느끼며 털썩 주저앉았다. 이제 5월인데도 아스팔트가 오라지게 뜨거웠다.

"어여, 가유."

광배가 어이가 없다는 얼굴로 황인술을 바라보던 시선을 거두고 광일네의 손을 잡았다. 택시 정류장에는 끝이 보이지 않을 정도로 줄이 이어져 있었다. 거의 삼십 분 이상 차례를 기다린 끝에 택시를 타고 봉천동사무소 앞에 내리니까 날이 어둑어둑해지고 있었다. 눈앞으로 보이는 약국이며, 옷가게, 라디오수리점, 미용실에는 모두 불이 켜져 있었다.

"아부지, 여기서 다섯 시에 만나기로 한 거 아녀유?"

광배가 묻는 말에 황인술은 말없이 고개를 끄덕거리며 사방을 두리번거렸다. 손목시계가 없어 자세한 시간은 모르지만 일곱 시는 훨씬 넘었을 것 같았다. 금순이가 기다리다 지쳐 집에 들어갔나, 라고 생각하고 있는데 어떤 여자가 빠르게 뛰어오는 모습이 보였다.

"어머!"

"우, 우리 금순이냐!"

광일네는 도시 여자들처럼 머리를 고데하고 투피스를 입고 하이힐을 신은 여자가 달려오며 부르는 소리에 반사적으로 대꾸하며 달려들었다.

"어이구, 우리 금순이. 금순이가 맞구먼. 광일이 아부지, 야가 우리 금순이 맞쥬."

광일네는 금방이라도 숨이 넘어가 버릴 것처럼 발을 동동 구르며 울부짖는 목소리로 말했다. 광일네는 금순이의 얼굴을 만지랴, 손을 만지랴, 어깨를 주무르랴 정신없다가 다시 딸의 얼굴을 만졌다.

"아부지, 여기서 이라고 있을 것이 아니라 어서 미용실로 가유."

"미, 미용실이라니?"

광일네가 언제 내가 발을 동동 구르며 울부짖었냐는 얼굴로 물었다.

"저기가, 내가 하는 미용실유."

"머셔?"

서울역에서 두 눈 똑바로 뜨고 칠천 원을 네다바이 당한 황인술은 아무 생각도 하고 싶지 않았다. 그저 취하도록 술이나 마시고 잠이나 푹 자고 싶었다. 그러다 금순이 직접 미용실을 한다는 말에 눈을 번쩍 뜨며 금순이 손짓하는 미용실을 바라봤다. 조금 전에는 간판을 여사로 봤는데 자세히 읽어 보니, 학산미용실이라는 간판이 붙어 있었다.

"참말로 여기가 니 미장원이란 말여?"

광일네가 금순의 손을 놓고 혼자 뛰어가서 미용실 앞에 멈춰서 믿어지지 않는다는 얼굴로 물었다.

"그렇대두. 아부지 어여 들어가유. 광배야 넌도 들어가?"

"미용실은 영동에 있는 미용실보다 훨씬 큰데 왜 미용사들이 읎냐?"

황인술은 어리둥절한 얼굴로 미용실 안으로 들어갔다. 거울 앞에 있는 의자가 6개다. 손님들이 기다리는 소파도 고급이고, 전화며 텔레비전에 라디오도 있고, 구석에는 냉장고도 있다. 책꽂이에는 잡지책이 몇 권 꽂혀 있다. 벽에는 미용요금표가 붙어 있는데 아이롱비 50원, 고데 150원, 파마 300원, 매니큐어 200원, 마사지 300원 등이 적혀 있다.

"직원이 시다를 포함해서 네 명인데 오늘은 아부지하고 어머가 오신다고 해서 일찍 들어갔슈."

"아이고! 광배야 시방 내가 꿈을 꾸는 거냐? 아니믄 워디로 홀려 온 거냐?"

광일네는 도저히 믿어지지 않는다는 얼굴로 소파에 털썩 주저앉았다.

"누나, 물 어딨어?"

광배도 현실인지 꿈인지 분간을 할 수가 없었다. 미용실에 들어가 본 적은 없다. 하지만 서울에서 이 정도의 미용실을 가지고 있으려면 적지 않은 돈이 있어야 할 것이다. 전당포에 식모살이로 올라간 금순이 이렇게 많은 돈을 벌었다는 게 도무지 믿어지지 않았다. 금순에게 건성으로 물으며 의자를 만져 보고, 거울 앞에 있는 드라이며 미용기구를 만져 보았다.

"그람 시방까지 미용 기술을 배운 거여?"

금순이 냉장고 문을 열고 보리차가 들어 있는 물병을 꺼냈다. 테이블 위에 있는 컵에 물을 따라 광일네에게 건네는 모습을 바라보며 황인술이 물었다.

"시간이 많응게 찬찬히 야기하기로 하고, 우리 저녁 먹으러 가유. 참, 경훈이 오빠하고 철용이도 요 근방에 살고 있슈. 아부지하고 어머가 오늘 올라오신다고 함께 이리로 온다고 했슈. 지가 부를게유."

금순은 경훈이와 미리 짜 놓은 각본대로 전화기 앞으로 갔다.

"참말로 경훈이 형하고 철용이 형이 이 근방에 산단 말여?"

라디오를 틀어 보고 있던 광배가 놀란 얼굴로 전화를 걸고 있는 금순이 앞으로 다가갔다.

"전화하면 금방 올 겨. 이왕이면 같이 먹으라고 식당에 미리 예약을 해 놨슈."

금순이가 전화 신호가 가는 동안 수화기를 손바닥으로 막고 놀란 얼굴을 지우지 못하고 있는 황인술에게 말했다.

"가들은 여기서 뭐 하냐? 소문에는 고물상을 한다고 하던데?"

황인술이 이게 꿈이나 생시냐 하는 얼굴로 미용실을 둘러보며 건성으로 물었다.

"경훈이 오빠하고 철용이는 여기서 기반 잡았슈. 동리 어른들이 칭찬이 대단해유."

"그건 또 무슨 말여? 서울처럼 순 사람 못 살 동리서 칭찬을 받고 산다는 것이?"

황인술은 서울역에서 감쪽같이 사기를 당한 걸 생각하면 몇 날 며칠은 잠을 이루지 못할 것 같았다. 순 사기꾼들만 사는 서울에서 칭찬을 받고 산다는 말이 믿어지지 않는다는 얼굴로 물었다.

"이 동리는 건달들이 읎슈. 누가 술 마시고 깽판치거나, 애먼 사람들한테 시비를 걸거나 하믄, 철용이하고 경훈이 오빠가 달려와서 찍소리도 못하게 쫓아 버리거든유. 그라고 고물상에 있는 사람들을 데리고 나와서 한 달에 두 번씩 거리 청소를 함께, 시방은 온 동리 사람들이 철용이하고 경훈이 오빠를 따라서 청소를 하고 있는 판이유……. 양반은 못 되네유. 벌써 오는 걸 봉께……."

금순이가 수화기를 내려놓은 지 채 5분도 지나지 않아 경훈이와 철용이 미용실 문을 열고 들어왔다.

"참말로, 모산 아들이 맞구먼."

경훈은 서울에서 오래 산 사람답게 기지양복에 노타이 차림으로 재킷을 걸쳤다. 철용은 의수를 끼고 있기는 했지만 기지양복에 구두를 신고 깨끗한 와이셔츠를 입고 있어서 어딘지 모르게 당당해 보였다. 광일네가 놀란 얼굴로 부르르 떨다 달려들어서 둘을 한꺼번에 껴안으며 반겼다.

"철용이 형, 나 광배여."

광배는 경훈이 어렸을 때 서울로 올라가서 잘 모른다. 철용에게 달려가서 멀쩡한 손을 잡고 반가워했다.

"광배, 많이 컸구먼. 으런 다 됐어. 아저씨 안녕하셔유. 그동안 별고 없으셨쥬? 광성이는 인제 기술자 다 됐겠네유. 광일이 형은 장가갔다는 말은 들었슈. 그래서 아부지한테 제 대신 부조금 좀 내라고 했슈."

철용은 광배의 등을 쓰다듬다 뒤늦게 놀란 얼굴로 서 있는 황인술에게 인사했다.

"그려 니 이름으로 부조한 봉투가 있드라. 이런 데서 만낭께, 참말로 너무 반갑구먼."

"저 날망집 작은아들 경훈이라고 해유."

"그려, 경훈이하고 철용이하고 서울에서 고물상인가 뭐를 한다고 하드니 이 동리서 하는 모양이구먼."

황인술은 경훈이와 철용의 얼굴을 바라보다가 광배를 바라봤다. 경훈이야 서울 생활을 오래 했으니까 서울 사람다운 건 당연하다. 철용은 국민학교를 졸업하고 서울로 올라가서 광성이 군대 갈 무렵 팔을 잃었다. 그런데도 매끈하게 생겼을 뿐만 아니라 눈빛을 보니까 어딘지 모르게 자신감이 넘쳐흐르고 있다. 광배는 중학교를 졸업했지만 집에서 똥장군이나 지고, 논이나 매고, 나무나 해서 그런지, 국민학교를 졸업하고 군대 제대하고 집에서 농사를 짓고 있는 철재보다 나은 것도 없고 못할 것도 없는 시커먼 머슴이 따로 없다.

황인술이 금순을 따라서 간 곳은 봉천동에서 가장 크다는 갈빗집이

57

다. 경훈이 앞장을 서서 황인술과 광일네를 데리고 갔다.

"철용아, 나 시방 가슴이 떨려 죽겠다. 차라리 있는 그대로 말을 해 버릴까?"

금순은 일부러 속도를 늦췄다. 광배가 따라서 속도를 늦추자 먼저 황인술을 따라서 가라고 손짓을 해 보였다. 철용의 옷깃을 잡아당겨서 귓속말로 속삭였다.

"누나, 맘 약하게 먹지 말라고 및 번이나 말했잖여. 누나가 있는 그대로 말을 하믄, 아저씨 아줌마 속이 워떡졌어? 그렇게 나하고 경훈이 형이랑 스이 짠 대로 말을 해야 하능 겨."

"나도 그런 건 알고 있구먼, 근데 막상 얼굴을 봉께, 자꾸 가슴이 떨려서 그짓말을 하다가 들킬 거 같은 생각이 드는구먼."

"누나, 누나는 나만 믿고 가만히 있어. 나하고 경훈이 형하고 알아서 다 할 팅께."

"고마워. 난 철용이만 믿고 있을께."

금순이 철용의 하나밖에 없는 손을 잡았다. 철용의 손에 땀이 묻어 있었다. 자신보다 나이는 어리지만 듬직한 손이다.

"누나, 나한테 고맙다, 미안하다, 니 얼굴 바라볼 면목이 읎다, 그런 말 하지 말라고 했지?"

철용은 앞서가는 황인술과 광일네, 광배의 눈치를 보며 금순의 여리고 작은 손을 잡은 자신의 손에 힘을 주었다. 친구의 누나가 아닌, 이성의 손에서 느낄 수 있는 가슴 뭉클한 감촉이 빠르게 온몸을 휘어 감는 것을 느끼며 슬그머니 손을 놓았다.

"누나가 어여 앞장서서 가."

"알았구먼."

금순은 철용이 등을 떠밀자 뛰어가서 갈빗집 앞에 도착했다. 당당하게 앞장서서 문을 열고 들어가 카운터 앞으로 갔다. 식당 예약을 한 학산미용실 주인이라고 말을 하자, 주인이 굽실거리며 얼른 앞장을 섰다.

광일네의 머릿속에 남아 있는 금순의 모습은 달랑 보따리 하나 들고 무명치마에 학산 장날 산 나일론 블라우스를 입은 모습이다. 그런 모습은 간데가 없고 서울역에서 보았던 멋쟁이 아가씨들처럼 보였다. 몰라보도록 서울 아가씨로 변한 모습이 너무 감격스러워서 눈물이 자꾸만 났다. 이런 날 내가 왜 이러능 겨, 하고 눈물을 참으려고 해도 또 눈물이 나서 뒤로 처졌다. 돌아서서 치맛말기로 눈물을 닦아내고 뒤늦게 방으로 들어갔다.

일행이 자리를 잡고 앉자마자 숯불이 들어왔다. 이어서 석쇠가 얹어지고 스무 가지가 넘는 반찬이 상을 가득 채웠다. 조금 전까지 눈물을 흘리던 광일네는 무엇부터 먹어야 할지 눈이 휘둥그레져서 이것저것 반찬을 살피느라 정신이 없었다. 광배는 철용이 앞에 앉아서 어떡하면 나도 서울에 있을 수 있을까 말머리를 짜내느라 진수성찬이 눈에 보이지 않았다. 황인술은 영동이며 성주옥에서 가끔 보아 왔던 술상이라 점잖게 앉아서 경훈이 따라 주는 소주를 받았다.

"그려, 인제 금순이가 말을 해 봐라. 지난번에 보내 준 돈 오만 원은 참말로 요긴하게 쓰기는 했지만, 왜 주소를 적지 않고 편지를 보냈는지 이 애비가 알아듣도록 말을 해 봐."

황인술은 경훈이와 철용이 연거푸 따라 주는 소주 몇 잔에 얼큰하게 취기가 올랐다. 벌겋게 달아오른 얼굴로 영동에 내놔도 손색이 없을 정도로 몰라보게 예뻐진 금순을 바라봤다.

"그러니께······."

황인술에게 보내 준 5만 원은 평화전당포 김우성의 아내에게 받은 돈 50만 원의 일부였다. 그것도 금방 받은 것이 아니고 몇 개월 동안이나 갖은 협박을 한 끝에 받은 돈의 일부이다. 금순은 경훈이로부터 황인술을 만나게 되면 어떤 식으로 말을 해야 하는지를 몇 번이나 들었다. 갑자기 5만 원 운운하니까 설움이 복받쳐서 경훈이 해줬던 말을 모두 잊어버렸다. 눈물이 나서 말을 하다 말고 고개를 숙였다.

"아저씨, 제가 금순이한테 자세하게 말을 몇 번이나 들어서 그간의 사정을 잘 알고 있슈. 그래서 드리는 말씀인데 제가 대신 말을 하면 안 될까유?"

금순을 지켜보고 있던 경훈이 자신이 말을 하는 수밖에 없다는 생각에 황인술의 빈 잔에 술을 채워주며 물었다.

"그랴, 경훈이 니가 말을 하는 것이 더 쉬울 겨. 금순이 자는 나처럼 너무 반가워서 정신이 읎을지도 모릉께 니가 차근차근 야기해 봐."

광일네도 기분이 좋아서 두어 잔 소주를 마셨다. 햇볕에 시커멓게 그을린 얼굴이 불그죽죽하게 변했다. 갈비를 뒤적거리다 말고 젓가락으로 경훈을 가리켰다.

"철용이하고 저하고 이 동리서 고물상을 한다는 거는 다 알고 계시니께 생략하겠슈. 그랑께, 아까 보신 그 미용실 이름이 원래는 학산미용실이 아니고, 신진미용실이었슈. 주인도 금순이가 아니고, 시방은 종로 어디선가 파리미용실을 한다는 여자가 하던 데유. 근데 금순이가 거기서 시다를 하고 있었던 모양유."

"시다가 뭐여? 양복점의 그 시다를 말하는 거여? 우리 광성이가 즈 외삼촌이 하는 양복점에 시다로 들어갔잖여."

"쬥히 있어봐. 시방 경훈이가 중요한 야기를 하고 있잖여. 그랑께, 그머여. 여기 같은 봉천동에 살고 있어도 서로 몰라봤단 말여?"

황인술이 서울은 사람들이 많이 사는 곳이라 충분히 그럴 수도 있다는 얼굴로 금순을 바라봤다.

"그랬구먼."

금순은 갈비를 뜯는 것이 아니라 마치 마른 가죽을 씹는 것처럼 아무 맛도 느껴지지 않았다. 오직 빨리 이 순간이 지나갔으면 하는 생각밖에 들지 않았다.

"그때가 언지여?"

황인술이 취한 목소리로 물었다.

"한 삼 년 됐슈."

"그럼 그전에는 뭐를 한 겨? 뭐를 했길래 그 흔한 편지 한 장 못한 겨?"

"잠깐만유. 제가 하던 말을 계속 할게유. 요 앞을 지나가다가 왠지 얼굴이 어디서 본 것 같은 여자가 연탄재를 버리러 나왔더라구요. 그래서 첨에는 암 생각 읇이 지나가다 봉께, 금순이가 저를 먼저 알아보고 불렀슈. '혹시 모산 사시는 분 아뉴?' 라고 물어볼 때 자세하게 봉께 금순이 잖유……."

경훈은 황인술이며 광일네와 광배의 시선이 집중되는 것을 느끼고 침을 꿀꺽 삼키고 나서 말을 이어가기 시작했다.

그날 저녁 금순을 만났다. 집에서 찾고 있는데 왜 연락을 안 하고 숨어 사느냐고 물어보니까 금순이 그간의 사정을 얘기해주었다.

전당포를 나온 직후 금순은 미용 기술을 배우려고 신설동에 있는 미용실에 시다로 취직을 했다. 고향이 청주라고 하는 주인이 친동생처럼 잘해주길래 열심히 기술을 배울 생각이었다. 그랬더니 주인이 어느 날 차용증서라는 걸 한 장 내밀면서, 요 밑에 이름 석 자하고 지장 좀 찍어 달라고 부탁을 했다. 왜 그러냐고 물었더니 미용실을 더 큰 곳으로 옮기려는데 돈이 좀 부족해서 그렇다는 것이었다. 큰 데로 이사를 가면 시다를 벗어나서 준미용사를 시킬 모양이니 빨리 기술 배워서 너도 독립하라는 말에 이름을 쓰고 지장을 찍어주었다. 그랬더니 며칠 있다 그 여자가 미용실을 다른 여자한테 팔아 버리고 도망을 갔다.

그것으로 끝난 게 아니라, 그날 돈을 빌려 준 남자 두 명이 찾아와서 보증을 섰으니까 돈을 갚으라고 했다. 돈이 없다고 했더니, 그러면 너희 집에 가자, 집에 가서 가재도구를 팔든, 집을 팔든 돈을 받아야겠다, 안 주면 경찰에 사기꾼으로 고소하겠다고 윽박지르기에 나는 고향도 없고 부모도 없는 여자다, 하지만 반드시 내가 돈을 벌어서 갚겠다고, 사장님이 빌린 돈이 얼매냐고 물었더니 그때 돈으로 삼십만 원이었다.

그때부터 금순은 그 돈을 갚기 전에는 집에 편지 한 장 안 보내고 죽어라 일만 했다. 식당에서 설거지도 하고, 목욕탕에서 때밀이도 해 보고, 구두닦이한테 취직을 해서 사무실을 돌아 댕김서 구두 걷어 오는 일도 해 보고, 하여튼 안 해 본 일이 없이 열심히 해서 빚을 다 갚았다. 그다음에는 진짜로 돈을 벌 생각으로 봉천동에 있는 신진미용실에 취직을 해서 시다로 근무를 하고 있다가 경훈을 만났다.

마침 신진미용실 주인을 경훈이 잘 알고 있어서 당장 준미용사로 승진을 시키라고 해서, 그 다음날부터 머리 커트 치는 것부터 시작해서 차근차근 기술을 배웠다. 그런데 미용실이 잘돼서 신진미용실 사장이 종로로 이사를 가면서 금순이한테 미용실을 인수할 의향이 있느냐고 물었다. 금순이 그 애기를 경훈에게 해서 그가 딴 데서 빌려온 돈 오십만 원으로 미용실을 인수했다.

그렇게 해서 시방은 돈을 다 갚고 있는 중이라고 마치 있었던 사실을 전해주는 것처럼 한 마디도 막히지 않고 술술 말했다.

경훈의 말이 끝나자 광일네는 눈물을 글썽이며 옆에 앉은 금순의 손을 끌어당겼다. 손등을 말없이 쓰다듬으면서 소리 없이 눈물만 흘렸다. 황인술은 소주를 천천히 비우고 나서 술병을 끌어당겼다. 경훈이 얼른 술병을 받아서 황인술의 잔에 채웠다. 광배는 눈물을 참으려고 고개를 푹 숙인 채 손톱으로 방바닥만 긁었다.

"그렇게 돈이 없는데, 워짠 오만 원씩이나 부친 겨?"

광일네가 금순의 손등을 쓰다듬으며 감격 어린 목소리로 물었다.

"그건……."

금순은 또 말이 막혀서 경훈을 바라봤다.

"그랑께, 그때가 바로 미용실을 인수하던 때유. 금순이가 너무 오랫동안 연락을 안 주다가 어머가 어떻게라도 되면 평생 후회한다고 빌린 돈에서 일부분을 송금해 준 거유."

"어이구, 에미를 그렇게도 끔찍하게 생각하는 년이 오 년 동안이나 사람 피를 말렸남?"

광일네가 금순의 어깨며 등을 쓰다듬으며 눈물을 뿌렸다. 금순이는 광일네에게 안겨서 어떡하다 자신의 처지가 결혼도 못 할 신세가 되어 버렸냐는 생각에 서럽게 눈물을 뿌렸다. 얼큰하게 취한 황인술도 오랜만에 보는 딸이 어미 품에 안겨 서럽게 흐느껴 우는 모습을 보고 있노라니까 눈자위가 뜨거웠다. 크음! 헛기침을 하며 애써 시선을 외면하고 담배를 뻑뻑 피웠다. 광배는 울지 않으려고 했지만 자꾸 눈물이 나서 고개를 푹 숙이고 눈물을 뚝뚝 떨어트렸다.

"아저씨, 그리고 아줌마, 지 말 좀 들어 봐유. 중요한 것은 금순이 누나가 성공했다는 거유. 금순이 누나가 한 달에 얼매씩이나 버는지 아셔유?"

철용이 착 가라앉은 분위기를 깨트리고 빠른 목소리로 물었다.

광일네는 눈물을 훌쩍이며 철용을 향해 시선을 돌렸다. 황인술은 그렇지 않아도 그 점이 궁금했었다는 얼굴로 철용을 바라봤다. 금순은 생각 같아서는 밤을 새워 광일네를 붙들고 울고 싶었다. 하지만 그럴 수가 없는 상황이라서 눈동자에 그렁하게 맺힌 눈물을 닦았다.

"미용실에 시다를 포함해서 네 명이 근무를 해유. 시다는 월급이 별거 없응께 빼놓고, 제일 짝게 받는 미용사가 만 이천 원이유, 젤 많게 받는 미스 오는 이만 원도 넘어유. 그 가운데 있는 미스 박이 만 오천 원을 받는다고 하데유. 그람 미용사들 한 달 월급만 해도 시다 빼놓고 사만 칠천 원유. 가게는 원래 금순이 누나 꺼라 들어가는 돈이 읎지만 전기세며, 쓰레기세에, 물세 같은 것을 더하면 최소한 한 달에 들어가는 돈만 해도 오만 오천 원은 넘데유. 돈 벌어서 미용사들 월급만 주는 것이 아니잖유. 금순이 누나도 먹고살아야지유. 옷 사 입어야지, 이런 돈 저런 돈 해서 들어가는 돈이 솔찮다고 하데유. 제가 생각할 때 한 달에 최소한 칠팔만 원은 벌어야 미용실을 유지할 수 있다고 봐유. 모산에서 달랑 차비만 갖고 올라와서 한 달에 칠팔만 원씩 착착 벌어들이면 성공했다고 봐유. 저는 그렇게 생각하는데 아저씨는 워티게 생각하셔유?"

"금순아, 참말로 한 달에 니가 칠팔만 원씩 버냐?"

광일네가 이건 또 무슨 조화냐는 얼굴로 금순의 손을 당겨 잡으며 물었다.

"신부 화장 같은 것은 최하 삼천 원씩 받는구먼. 많이 받으면 사천 원도 받고 머리하는 것부터 시작해서 매니큐어 발라 주고 마사지까지 해 주는 것은 오백 원도 받고 천 원도 받응게. 칠팔만 원은 벌어유. 하지만 여름이나 겨울에는 손님이 읎어서 미용사들 월급 주기도 바빠유."

금순은 광일네보다 황인술을 바라보며 은근한 목소리로 말했다.

"버는 돈은 읎드라도, 서울에 와서 지 입 하나 건사하는 것만 해도 대단하잖여. 미용실까지 갖고 있다믄 장차 먹고사는 데는 지장이 읎응게 성공한 거나 마찬가지여."

황인술은 비수기에는 미용사들 월급 주기에 바쁘다는 말이 실망스럽게 들려왔다. 그러나 식모살이보다는 백번 낫다는 생각에 대견하다는 얼굴로 금순을 바라봤다.

"신부 화장이라믄? 제우 얼굴에 연지곤지 발라 주고 머리 올려주는데 최하 삼천 원을 받는다는 말여?"

황인술은 말없이 침만 꿀꺽 삼켰다. 광일네가 별천지라도 와 있는 것 같은 표정으로 다시 물었다.

"여기는 변두리라 싸게 받는 편이여, 종로나 명동 같은 데 가믄 아이롱만 하는데 이백오십 원씩 받는 데도 있구먼."

"워녕, 서울에서 대충 살라믄 한 달에 최소한 이만 원은 있어야 된다는 말이 틀린 말은 아니구먼. 그래도 제우 아이롱만 하는데 이백오십 원은 너무 비싸구먼."

황인술은 금순이 돈을 번다는 말인지, 겨우 현상 유지만 하고 있다는 말인지 혼란스러웠다. 분명한 것은 아이롱만 하는데 이백오십 원은 너무 비싸다는 점이었다. 서울에서 살려면 한 달에 돈을 몇만 원씩 벌어도 부족할 것 같다는 생각에 혀를 찼다.

"아부지, 살림하는 여자들은 그렇게 비싼 데 못 가유. 명동이나 종로 같은 데 있는 미용실 가는 여자들은 돈 많은 집안 딸이나, 지가 돈을 버는 여자들이나, 술집 같은 데 나가는 여자들이유."

"그럴 테지, 느 어머 같은 사람은 평생 가도 서울에 있는 미장원 출입 못할 겨."

"어머, 서울 올라온 김에 머리 파마하고 가유. 내가 우리 미장원에서 젤 잘나가는 아를 시켜서 파마를 해 주라고 할 팅께. 파마하믄 얼매나 편한지 몰라유. 비녀를 안 꽂아도 되고, 머리를 깎고 나서 신경 써서 빗질할 필요도 읎고 참말로 좋아유. 이왕이믄 염색까지 해 줄게. 염색을 하믄 십 년은 젊어 보일 겨. 그라지 말고 아부지도 새치가 많은께 같이 염색을 해유. 아부지는 주름살이 읎어서 염색을 하믄 이십 년은 젊어 보일 겨."

"학산장에 가면 나만 한 이들도 파마를 한 사람들이 있기는 한데 넘 승하지 않을까?"

광일네가 싫지만은 않다는 표정으로 황인술의 눈치를 살폈다.

"나는 괜찮고 느 어머나 해 줘라. 서울에서 미장원을 하는 딸내미가 해 줬다믄 동리 사람들이 주책읎다고 욕하는 이는 읎겠지."

"아저씨. 제 생각인데유. 광배는 집에서 농사를 진담서유?"

"내년에 군대 가잖여. 군대 갈 때까지는 농사를 짓고, 제대해서는 딴 일을 할 겨."

경훈이 황인술에게 묻는 말에 광배가 얼른 대답했다.

"광배야, 너도 군대 갔다가 와서 농사질 생각 말고 서울에서 누나하고 같이 살면서 미용 기술이나 배워라. 내가 볼 때 장차 남자 미용사가 되믄 돈을 가마니로 끌어 모을 겨."

"에이, 불알 달린 놈이 세상에 할 일이 읎어서 제우 여자 머리나 만지고 있단 말여?"

황인술이 그건 아니라는 표정으로 고개를 흔들었다.

"아부지, 시방 우리나라에 미용사를 하는 남자가 전국적으로 열 명 정도 돼유. 전부 다 명동이나 종로에서 일하는데 고급 여자 손님만 받아서 한 달 월급이 오만 원이 넘는대유. 팁은 십만 원이 넘는다니께, 한 달에 십오만 원은 너끈히 번다고 하데유."

"팁은 머여?"

"파마를 하고 나믄 파마 값은 파마 값대로 지불하고 미용사한테 수고했다며 따로 주는 수고빈데, 파마 값이 삼백 원이믄 팁은 오십 원쯤 줘유. 그란데 명동 같은 데는 파마 값이 오백 원이믄, 팁은 천 원씩 준다데유."

"그람 배보다 배꼽이 더 크단 말여?"

황인술이 이건 말도 안 된다는 표정으로 반문했다.

"아부지, 저 누나하고 여기서 살면서 미용 기술 배울래유."

광배는 남자가 미용 기술을 배운다면 십오만 원을 번다는 말에 정신이 아득해질 지경이었다. 이미 마음의 결심이 섰다는 표정으로 말했다.

"우리 집도 인제야 심이 피는구먼. 느 아부지 말 들어 볼 필요도 읎어. 집에서 똥장군이나 지고, 새벽부텀 넘 집에 품일을 나가봤자 이삼백 원 벌기 심들어. 금순이도 혼자 있는 것보담은 아무래도 동기간이 같이 있으믄 편할 거잖여. 아녀, 이랄 기 아니라 광일이도 군청 사표 내고 서울로 올라오는 것이 낫겠구먼. 광성이도 양복 기술 배워 봤자 앞으로는 희망이 읎어. 요새는 기성복이라는 것이 있다는구먼. 기성복이 머냐 하믄 공장에서 똑같은 옷을 막 맨들어 내는 거랴. 그래서 옷감은 양복점에서 파는 것보다 좋고, 돈은 싸고 그렇다드만. 사돈어른도 기성복을 입었는데 참 잘 어울리드라……."

"아여, 대관절 언제 끝나?"

황인술이 가만히 듣고 있다가는 못하는 말이 없을 것이라는 생각에 광일네의 말을 끊었다.

"하여튼, 모산에서 뼈가 빠지게 일을 해도 희망이 읎응께. 광배는 집에 내려갈 생각하지 말고 누나 옆에 붙어서 군대 갈 때까지 기술을 배워. 알겠지?"

광배는 광일네가 묻는 말에 대답을 못하고 황인술의 눈치를 살폈다.

"가겟방도 두 칸이유."

금순이 자신도 모르게 옆에 앉아 있는 광배의 손을 꼭 움켜잡으며 눈물을 글썽거렸다.

"서울 사는 사람들은 죄다 야당이라고 하드니, 느덜도 야당이냐? 즈애비 눈이 시퍼렇게 살아 있는데 즈덜 멋대로 결정을 하고 있구먼. 군대나 갔다 와서 미용 기술을 배우든지, 면사무소에 취직을 하든지 할 생각하고 있어."

황인술은 경훈과 철용이 바라보고 있는데도 제멋대로 결정을 해 버리는 광일네를 노려보며 술잔을 들었다.

이사 가는 날

지난 이월부팀 고속도로를 깔잖여.
고속도가 머여? 학산에서 영동 오는 버스처럼,
막게며, 묵정리, 유점리 같은 데 일일이 안 스고 고속으로 달려가는 도로여.
서울에서 부산까지 말여.

버스가 김천행이라고 써진 플랫폼 안으로 들어갔다. 남원에서 출발해 장성, 진안, 무주 그리고 학산을 거쳐 영동에 도착한 운전사는 길게 하품을 했다. 그의 여정은 영동에서 끝나는 것이 아니고 김천까지 다시 가야 한다.

버스 차장이 문을 열고 내리는 손님들에게 차표를 받기 시작했다. 버스 안은 사람 열기와 햇볕을 받아 따뜻했는데 버스 밖에서 부는 바람은 버스 정류장 특유의 매캐한 기름 냄새를 품고 있다.

"여기서 내리는 거유, 아여! 해룡아 니 식구 손 꼭 잡고 내려. 알겠지?"

운전사 뒷자리에 앉았던 해룡네가 중간과 뒷자리를 바라보며 양손을 흔들어 보였다.

"아여! 해룡네, 해룡이 귀 안직 안 먹었응게 살살 말햐. 듣는 사람 귀청 떨어지겄어. 형님 어여 내려유."

변쌍출이 창문 쪽에 앉아서 창유리를 뚫고 들어오는 따뜻한 햇볕을 받으며 옆자리에서 졸고 있는 순배 영감의 어깨를 흔들었다.

"어! 벌써 온 겨?"

순배 영감이 눈을 뜨고 두리번거리다 지팡이를 챙겨 들었다.

"벌써 오긴, 한참을 달려왔는데."

박평래는 오랜만의 영동읍내 나들이라서 중절모 차림에 재색 두루마기까지 걸쳤다. 허리를 구부정하게 숙여서 축 늘어진 두루마기 깃이 바닥에 닿을 듯 말 듯 하다.

"우리 동리 사람들찌리 단체로 읍내 나들이 하는 건 언젠가 이동하 의원님 선거 유세 때 오고 이븐이 첨이지?"

"그때는 둥구나무거리서 제무시를 타고 왔잖여."

"맞아, 유세 끝내고 우동을 먹었잖여. 짜장면도 먹고"

"근데 대관절 시훈이가 가게를 열었다는 데가 어디여?"

동네 아낙네들이 서로 말을 주고받으며 버스 차장에게 펜으로 17원이라고 휘갈겨 쓴 버스표를 내밀고 내렸다. 일행은 버스 정류소 앞에서 한 군데 둥그렇게 모여서 각각 다른 방향을 바라보고 있었다.

"이 근방이유. 자, 저를 따라와유. 지가 한 번 가 봤응게, 어딘가 알고 있슈."

황인술이 광일이 결혼식 때 며느리에게 얻어 입은 감색 양복 차림으로 앞장을 섰다. 모산 사람들은 그 말을 기다렸다는 얼굴로 자연스럽게 이열을 맞춰서 따라가기 시작했다.

"아여! 구장."

"왜유?"

황인술은 뒤에서 지팡이를 짚고 따라오는 순배 영감이 부르는 목소리에 걸음을 멈췄다. 황인술이 걸음을 멈추니까 뒤따라가던 아낙네들이며 남정네들도 걸음을 멈췄다.

"이사 가는 집에 빈손으로 갈 텨?"

"내 정신 좀 봐. 성냥하고 양초를 사 가지고 가야 하는데 워디서 산댜? 옳지 저기서 사믄 되겠구먼."

"동리 사람들이 너도나도 일일이 한 갑씩 사들고 가는 것보담은, 한 사람 앞이 얼매씩 걷어서 동네 이름으로 갖다 주는 거이 날 거 가텨. 그기 푸짐하잖여. 뭐를 사도 메지가 있고?"

"그게 낫겠구만유. 성냥 한 통이 사십오 원씩인데 아싸리 오십 원씩 걷는 것이 어뗘유?"

"그려, 이사 간 집에 집들이 감서 맨손으로 온 사람은 읎을 거잖여. 학산서 영동까지 오는 채비며, 성냥이라도 사 들고 갈라믄 돈 백 원씩은 갯주머니에 늫고 왔을 겨. 나부텀 내놓지."

박평래가 두루마기 안으로 손을 집어넣어 저고리 주머니에 넣고 온 돈 중에서 오십 원짜리 한 장을 꺼내 내밀었다.

"다들 들었쥬 한 집당 오십 원유. 혼자 왔어도 오십 원, 둘이 왔어도 오십 원, 해룡이네는 며느리까정 시 명이 왔어도 오십 원만 내유."

황인술이 큰 소리로 말하자, 여기저기서 주머니를 뒤지거나 손수건에 싸서 보관한, 혹은 치마 안에 입은 속바지 주머니에 넣고 온 돈을 꺼내서 구장에게 다가갔다.

"춘섭이하고 길동이는 잠깐 나 좀 봐."

황인술은 돈의 액수와 서 있는 사람들의 숫자를 확인해서 액수를 맞춰봤다. 오십 원이 부족하다. 돈을 낸 사람 이름을 일일이 적은 것도 아니다.

젠장, 오늘 학산 장인데 장도 못보고 영동까지 와서 오십 원 쌩으로 물어내는 거 아녀?

다시 한 번 서 있는 사람들의 숫자를 헤아려 보고 돈의 액수를 맞춰봐도 오십 원이 부족하다. 자신도 모르게 쓴웃음이 나왔다.

"돈이 오십 원 부족해유?"

김춘섭이 황인술이 쓴웃음을 짓는 이유를 알겠다는 표정으로 실실 웃으며 물었다.

"워티게 알아?"

"구장님이 오십 원 안 냈잖유."

"내 참, 해룡이만 등신이 아니구, 나도 등신이 다 됐구먼."

황인술은 헛웃음을 지으며 주머니에서 오십 원을 꺼내 보태서 들고 눈앞에 보이는 가게 안으로 들어갔다.

윤길동은 양초가 든 박스를, 김춘섭은 성냥이 들어 있는 박스 한 개씩을 어깨에 메고 황인술의 뒤를 따랐다. 그 뒤를 동네 사람들이 졸졸졸 따라갔다. 황인술은 3분쯤 중앙로터리 쪽을 향해 걷다가 걸음을 멈췄다.

"어이구, 오셨슈."

가게 안에서 시훈이 뛰어나와서 황인술 앞에서 넙죽 인사했다.

"번듯하구먼."

황인술은 턱 버티고 서서 '학산 양곡상회'라고 간판쟁이가 휘갈겨 쓴 간판부터 읽어 봤다. 학산 양곡상회라는 큰 글씨 위에는 빨간색으로, 쌀, 보리쌀, 찹쌀, 콩, 팥 등 배달 환영이라는 글씨가 써져 있다. 밑에는 전화번호와 대표 장시훈이라는 작은 글자가 써져 있다.

"여기여?"

"생각했던 것보담은 크구먼."

"살림집은 위디야?"

"가게 안에 있다고 하던데, 방이 큰 거 두 칸하고 작은 거 한 칸 해서 시 칸이랴."

날망집과 친하게 지내는 광일네가 가게 안으로 먼저 들어섰다. 그 뒤를 아낙네들이 우르르 따라 들어갔다. 순배 영감이며 변쌍출과 박평래며 윤길동에 황인술 등은 밖에 그냥 서 있었다.

"여기까지 오시느라 수고 많았슈. 어여 안으로 들어와유."

장기팔이 순배 영감의 손을 잡고 반갑게 인사했다.

"성냥불로 북데기에 불을 붙인 것츠름 재산이 불티처럼 퍼져 나가라고 성냥을 사 왔슈."

"어이구! 이렇게나 많이."

장기팔은 윤길동과 김춘섭이 어깨에 한 개씩 메고 있는 박스를 보고 깜짝 놀란 얼굴로 물었다.

"여기 온 사람들이 집 앞이 오십 원씩 낸 돈으로 사 갖고 온 거유."

"난 또, 어여 들어가유."

장기팔은 다시 순배 영감의 손을 잡고 가게 안으로 들어갔다. 아낙네들은 이미 가겟방 안쪽에 있는 방으로 가고 가겟방에는 떡이며 잡채에 부침에 삶은 돼지고기를 차려 놓은 상이 차려져 있었다.

"밑천이 많이 들었겠구면."

가게는 밖에서 봤을 때는 직사각형이라 작아 보였지만 안으로 들어서니까 제법 컸다. 쌀가마니며 보리가마니가 10여 개씩 쌓여 있다. 송판으로 짠 정사각형의 통 안에는 쌀이며, 보리에 찹쌀, 콩이나 팥 같은 것이 쌓여 있다. 구석에 있는 책상 위 손금고 옆에 처음 보는 빨간색 전화기가 있다. 순배 영감이 가게 안에서 걸음을 멈추고 천천히 둘러보았다.

"지가 볼 때 가게 차리느라 못 들어가도 십만 원은 들어간 거 갸튜."

황인술이 쌀가마니 앞으로 가서 손바닥으로 가마니를 탁탁 치며 부러운 눈빛으로 바라봤다.

"즌화기며, 손금고에 간판 값이며 머니 해서 십오만 원 쯤 넘게 들어갔다고 하드만유."

"하긴, 요새 전화기 한 대만 해도 돈 만 원은 갈 겨. 저건 츰보는 전화긴데 색깔이 빨갛구면."

"저기 금성사에서 신형으로 나온 구천 원짜리여. 재산이 불같이 퍼져가라고, 천 원이 더 비싼데도 며느리가 저걸로 사자고 해서 사 온 거랴. 어여 안으로 들어가유."

장기팔이 먼저 방으로 들어가서 가겟방 뒤로 들어갔다. 잠시 후에 날망집과 진천댁이 나왔다.

"추운데 오시느라 고생 많았슈. 어여, 안으로 들어가유."

"이만하믄 먹고살고 자식들 공부 갈키는 데는 지장이 읎겠어."

순배 영감은 다시 한번 가게를 휘 둘러본 후에 방으로 들어갔다.

"남들 자식은 죄다 지 앞길을 척척 닦고 있는데 우리 팔봉이는 언제 끼니 걱정 안 하고 사는 날이 올란지……."

변쌍출이 순배 영감 옆에 앉아서 혼잣말로 중얼거리며 한숨을 내쉬었다.

"안직 즘잖어, 올게 팔봉이 나이가 및 살이여?"

박평래가 변쌍출의 심정을 이해하겠다는 얼굴로 물었다.

"팔봉이 나이가 솔찮지. 해방 전에 났으니까 한 오십 됐쥬?"

"내 참, 구장이라는 사람이 동리 사람 나이도 모르나?"

"가가, 음력으로 임신년 원숭이띠 삼월 사일생여."

날망집과 봉산댁이 팥죽 그릇을 얹은 쟁반을 들고 들어왔다. 이사하는 날은 팥죽을 대접하는 풍습이 있다. 팥의 붉은 색깔이 예전에 살던 안 좋은 악귀를 물리친다는 말이 전해져 내려오기 때문이다. 동짓날 팥죽을 먹는 것도 한 해를 보내면서 안 좋게 따라 다니는 악귀들을 씻어내는 풍습에서 비롯된 것이다.

"원숭이띠라믄 재주는 있구면, 원숭이띠에 삼월생이믄 그릏게 걱정할 거 읎어. 원숭이가 원래 더운 지방에 사는 짐승이잖여. 초년에는 고생이 많겠지만 중년에는 심이 펴서 잔머리만 굴리지 않으면 말년 운도 좋구면. 다행히 팔봉이는 어릴 때부텀 말수가 짝은 아인데다, 착실한 아라서 쫌만 더 기다리믄 팔자 필 날이 올 겨."

순배 영감 앞에 팥죽이 왔다. 순배 영감은 점잖게 말하면서 수저를 들고 팥죽을 저었다. 하얀 새알이 풍족하게 들었다.

"임신년 원숭이띠라믄 올게 서른일곱 살이라는 말이구먼."

오 씨가 손가락 마디를 바쁘게 집어서 띠를 계산했다.

"워녕, 그려 우리보담 한참 어린 걸로 알고 있었는데 구장님이 한 오십 됐다고 항께, 내 머리가 잘못됐능가 생각했지. 팥죽을 누가 끊였는지 참말로 맛있게 끓였구먼."

윤길동이 팥죽 한 수저를 달게 삼키고 나서 장기팔을 바라봤다.

"끓이는 거는 시훈이 어머하고 며느리가 끓였는데 소금 간은 봉산댁이 하드만."

"워녕 그려. 우리 동리서 음식 솜씨는 봉산댁하고 태수 처가 최고잖여."

"자네, 마누라가 건넛방에서 들었으믄 섭섭하겠어. 시집와서 이때까지 자네 밥만 해 준 사람인데 말여."

윤길동이 수저로 건넛방을 가리키며 김춘섭에게 말했다.

"근데, 해룡이는 왜 안 뵈이는 거여?"

"아따, 즈 색씨가 저 방에 있잖여. 요새 색씨 옆에 딱 붙어사느라 아주 깨가 쏟아진당께."

순배 영감이 묻는 말에 변쌍출이 말대꾸를 하고 있을 때 시훈이 술 주전자를 들고 들어왔다.

"어르신부텀 한잔 드셔유."

시훈이가 순배 영감 옆으로 가서 허리를 숙여 먼저 따랐다.

"그려, 쌀장사를 츰 해보는 것도 아닝게, 시방부텀은 암만 돈을 많이 벌어도 딴생각하지 말고 쌀장사나 착실히 햐. 내가 볼 때 너는 맘도 착하고 이해심도 많응께 금방 단골을 끌어 모을 수 있을 겨."

"명심하겠슈. 앞으로는 눈앞에서 금덩이를 공짜로 준다고 해도 안 받을 참유."

"암, 그래야지. 한 번 실수는 병가지상사라는 말이 있잖여……."

순배 영감은 말을 하면서 무심코 벽에 걸려 있는 일력을 바라봤다.

'16'이라는 날짜가 유난히 크게 들어온다. 변쌍출 앞으로 지나가는 시훈을 지켜보며 오늘이 음력으로 며칠인지 손가락으로 헤아려 본다. 양력으로 7월 16일이면 음력으로 6월 21일이다.

허허! 그 먼 독일이라는 나라까지 가서 시커먼 탄 캐서 번 돈으로 이사를 하는 날이 왜 해필이면 오늘이랴.

이왕이면 다홍치마라는 말이 있다. 학산 쪽에서 영동은 동쪽이다. 동쪽은 1, 2, 11, 12, 21, 22일은 손이 있는 날이다. 옛날부터 집에서도 손이 있는 방위 쪽에는 못질도 안 했다. 음력으로 초하루, 초이틀에는 동쪽으로, 초사흘, 초나흘에는 남쪽으로, 초닷새, 초엿새에는 서쪽으로, 초이레, 초여드레에는 북쪽에 손이 있다. 다시 동쪽으로 가서 열흘, 혹은 아흐레 간격으로 손이 있는 방위가 된다. 예로부터 손이 있는 방위로 움직이면 큰 흉을 당한다는 말이 있다. 상대적으로 손이 없는 날은 특히 음력 그믐날을 손이 없는 날이라고 해서 만사형통하는 날로 여겼다. 음력 그믐 외에도 9, 10, 19, 20, 29, 30일은 귀신들이 다 하늘로 올라가 동서남북 어느 쪽에도 '손'이 없는 날이라고 한다. 그래서 결혼을 하거나, 집을 짓기 시작하거나, 이사를 하는 등 큰일을 할 때는 '손'이 없는 날을 좋은 날로 쳤다.

"지 술 한잔 받으세유."

시훈은 순배 영감이 속으로 안타까움에 혀를 차는지도 모르고 싱글벙글거리며 변쌍출에게 술을 따른다.

"나는 독일이라는 나라가 을매나 먼 나란 줄은 몰라. 하지만 그 먼 데까지 가서 벌어 온 돈으로 차린 쌀가게닝께 단 한 푼이라도 헛되이 쓰면 안 되는 거여."

변쌍출이 술잔을 받으며 오늘처럼 좋은 날 두 번 다시 사기당하지는 말라는 말은 차마 할 수가 없어서 점잖게 말했다.

"지가 서독 가 있는 동안 집사람이 한 푼도 안 쓰고 야지리 저금해 놓은 걸 생각해서라도 앞으로는 모든 걸 신중하게 생각해서 살아가겄슈."

시훈은 황인술이며 윤길동이나 오 씨를 비롯해서 술 한 잔씩을 돌리고 난 다음에 구석자리 김춘섭 옆에 앉았다.

"축하햐. 쌀을 팔면 얼매씩이나 떨어지능 겨?"

김춘섭이 묻는 말에 윤길동도 팥죽을 먹다 말고 시훈에게 시선을 돌렸다.

"요새는 쌀을 농협공판장에서 수급 안 해주고, 양곡시장에서 도매상으로 풀거든유. 도매상에서 우리 같은 소매상한테 사천삼백 원에 줘유. 그람 우린 이백 원 정도 먹고 소비자들한테 사천오백 원에 팔아유."

"그람, 가마 당 이백 원씩 먹는 거여?"

김춘섭이 묻기 전에 윤길동이 먼저 물었다.

"그런 셈이쥬."

"허! 하루 열 가마만 팔믄 이천 원이 떨어진다는 말이구면."

장기팔이 믿어지지 않는다는 얼굴로 순배 영감을 바라봤다.

"원래, 옛날부텀 먹는장사하고 돈장사는 안 망한다고 하잖여. 영동에서 양곡상회를 할라믄 돈 좀 빌려 달라고 오는 농촌사람들한테 야박하게 굴면 안 되아. 그 사람들한테 다문 얼매씩이라도 풀어 놔야, 가을에 쌀을 싸게 살 수 있어서 외려 더 이익이란 말일씨."

순배 영감이 이삿날을 잘못 잡은 것이 안타깝기는 하지만 저 하기 나름이라는 생각에 젓가락을 들며 말했다.

"도매상에서도 그런 말씀을 해줬슈, 하지만 안직 거기까지는 생각 안 해 봤슈. 착실하게 단골을 늘려야 하루라도 빨리 밑천을 뽑을 수 있거든 유."

"난도 쌀장사나 해야겠구먼. 집에서 하루 온종일 품 팔아 봐야 백오십 원밖에 못 받잖여. 근데 시훈이는 달랑 쌀 한 가마니만 배달하믄 이백 원을 번다는 말을 들응게 힘이 팍 빠지는구먼."

"지난 이월부텀 고속도로를 깔잖여. 서울에서 부산까지 말여. 시방 경기도 지방은 촌에서 품을 얻을 사람들이 읎어서, 올 모내기 땜시 큰 걱정이라는 거여. 고속도로 현장에 가서 일을 하믄 기술이 읎어도 하루 삼사백 원은 너끈히 받는다는 거여."

김춘섭의 비애 어린 목소리에 오 씨가 팥죽 한 그릇을 뚝딱 해치우고 시루떡을 한입에 먹기 좋을 만큼 젓가락으로 자르며 말했다.

"고속도로가 뭐여?"

변쌍출이 라디오 뉘우스를 자주 듣는 박평래에게 물었다.

"학산에서 영동 오는 버스처럼, 막게며, 묵정리, 유점리 같은 데 일일이 안 스고 고속으로 달려가는 도로여. 서울에서 부산까지 정류소 읎이 그냥 막 달릴 수 있는 길을 만든다잖여. 그 고속도로라는 것이 생기믄 버스나 택시를 타고도 다섯 시간 반이면 갈 수 있다는 거여. 서울에서 아침을 먹고, 즘심은 부산서 먹는 세월이 온다잖여."

박평래가 고기를 우물우물 씹으며 고속도로 건설하는 것이 마치 우리 집 일이나 되는 것처럼 자랑스럽게 말했다.

"허! 서울에서 부산까지 길을 뚫을라믄 돈이 엄청나게 들어가겠구먼. 서울에서 부산까지가 대관절 몇 리여?"

변쌍출이 박평래를 바라보며 말했다.

"한양 천 리라는 말도 못 들어 봤남? 옛날에 부산에서 서울을 올라갈라믄 천 리를 잡고 올라갔다고 하잖여. 하지만 천백 리쯤 된다고 하드만. 새로 천 리 길을 낸다믄 돈이 엄청나게 들겄구면."

"저도 신문에서 봤는데 서울에서 수원까지 삼십이 키로 그렇게 팔십 리를 뚫는데, 얼마가 들어간다고 하더라? 맞아, 삼십삼억 원이 들어간대유. 참말로 엄청나쥬. 라디오에 나온 어떤 박사가 그라는데 오백 원짜리를 땅바닥에 야지라 깔아서 열 바쿠를 돌고도 남을 돈이라고 하데유."

시훈이가 얌전하게 무릎을 꿇고 앉아서 김춘섭의 빈 잔에 술을 따라 주며 끼어들었다.

"우와, 서울서 수원까지 오백원짜리를 야지라 열 바쿠나 간다믄 삼십삼억 원이라는 돈이 얼매나 큰돈인지 알겄구먼⋯⋯."

변쌍출이 혀를 차며 말을 잇지 못했다.

"나도 모내고 나믄 고속도로 까는 데 가서 일을 해야겠구먼."

김춘섭이 윤길동을 바라보며 말했다.

"서울에서 시작해서 부산까지 쭉 까는 것이 아니고, 네 군데서 짤라서 한다는 거여. 무슨 말인고 하믄, 서울에서 수원까지 공사만 시작한 거시 아니고, 이 공구는 수원에서 대전까지고, 삼 공구는 대전에서 대구까지랴. 거기는 올개 십이월 일일부터 시작을 한다느만. 사 공구는 대구에서 대전까진데 신경을 안 써서 언제부텀 시작하는지는 몰라. 좌우지간 내후년에는 공사를 완공할 수 있다는 거여. 난도 모내기 끝나고 나면 갈 생각하고 있응께 같이 한번 가 보자고."

"허! 그라고 봉께 길동이 집에도 라디오가 있잖여. 집에 라디오 읎는 사람은 서러워서 살겄나. 가만히 봉게 요새는 집에 라디오가 읎으면 등신 취급 받기 딱 맞구먼. 난도, 올가실에는 장리 빚을 내는 한이 있드래도 라디오부터 한 대 장만해야겄구먼."

변쌍출이 팥죽 그릇에 묻어 있는 국물을 수저로 달각달각 소리를 내며 긁어 먹다 말고 말했다.

"고속도로 현장에서 일하고 싶은 야기라믄 나한테 부탁을 햐."

박평래가 점잖게 말을 하고 나서 털이 몇 오라기밖에 없는 턱을 문질렀다.

"고속도로 건설하는 데 워디 아는 사람 있슈? 태수가 거기하고 무슨 상관이 있을 리는 읎을 텐데?"

"이래서 등잔 밑이 어둡다는 말이 생긴 겨. 의원님이 요번에 건설 회사를 차렸잖여. 이름이 머라고 하드라? 그려, 송산종합건설 회사라고 하드만. 길 닦는 것만 하는 거시 아니고, 집 짓는 거며 다리 놓는 거, 좌우 지간 건설하는 거는 죄다 취급한다고 하드만. 그래서 허가를 내는데, 그 허가증을 딴 사람한테 사느라고 일반 건설 회사보담 돈이 몇 갑절이나 들었다고 하드만."

"송산 이름은 돌아가신 면장 호 아녀?"

순배 영감이 물었다.

"왜 아뉴. 일단 공사가 시작이 되믄 고속도로 건설이 끝나는 내후년 팔월 삼십일까지 인부가 지금보다 이삼백 명은 더 있어야 한다고 하시드만."

"야! 굉장하구먼. 우리 모내기 끝날 때까지 기다릴 필요 읎이 당장 날이라도 갈까?"

박평래가 하는 말을 가만히 듣고 있던 윤길동이 김춘섭을 반짝이는 눈빛으로 바라봤다.

"형님이 내동 이 공구는 십이월부텀 시작한다고 했잖여. 딱 맞구먼. 올가실 농사 끝나고, 겨울에 땔나무 좀 해 놓고, 맘 편하게 가서 일할 수 있겄구먼."

김춘섭은 공사판이니까 사백 원은 받을 수 있다고 계산했다. 열흘이면 사천 원, 스무 날이면 팔천 원, 한 달 꼬박 일을 하면 만 이천 원을 받을 수 있다는 생각만 해도 즐거웠다.

"태수 아부지, 일단 모를 내고 가는 한이 있드래도 의원님한테는 미리 말씀을 디려나야 되는 거 아닌가 모르겄네유?"

"그려, 그것이 정상이지. 나 올 농사 끝내고 땔나무까지 다 해놨응께 날부터 일하게 해 주서유라고는 못하는 벱이지. 가만있어 보자. 형님, 팔월에 있을 의원님댁 잔치가 언지유?"

윤길동이 묻는 말에 박평래가 양 손가락를 하나씩 폈다 오무렸다를 몇 번 반복하다 기억이 나지 않는다는 얼굴로 순배 영감을 바라봤다.

"잔치라니? 무슨 잔치인 줄 모르겄지만 그걸 왜 형님한테 물어봐?"

변쌍출이 순배 영감을 바라보며 말했다.

"아, 형님이 날을 잡았응께 묻는 거지? 형님 양력으로 팔월은 분명한데 며칟날이유?"

"의원님 댁 큰딸 여우는 날이 양력으로 팔월 사흘이고, 음력으로는 칠월 열흘날이잖여."

"큰딸이라믄, 대전에서 공부한다든 그 딸을 벌써 여울 때가 됐남?"

변쌍출이 세월 한번 빠르다는 얼굴로 박평래에게 물었다.

"왜 있잖여, 그전에 의원님 막내 자제분 과외공부를 시키던 서울대핵교 법대를 댕긴다든 그 선생하고 결혼식을 올린다고 하드만. 함은 집에서 사는데, 결혼식은 대전에서 한다드만."

"양력으로 팔월 초문 한가할 때 아녀. 의원님 잔치라믄 한 이틀 걸죽하게 마시겄구먼."

"암만, 짝게는 이틀 넉넉하게 사흘은 마셔야 될 거여."

누군가 하는 말에 황인술도 저절로 흥이 났다. 이동하의 잔치가 있다면 떡고물이 생겨도 생긴다는 생각에서이다.

대전에 있는 횟집 울릉도에서 이동하와 50대 초반의 김문하는 오후 2시부터 앉아서 소주병을 기울이고 있었다. 김문하는 대전과 대구 간 경부고속도로 건설 현장 소장이다.

"지금 정부에서 예산을 짠 것이 일 키로에 일억 씩 아닙니까?"

김문하는 건설 현장에서 세월을 보내다 보니 이동하 못지않게 주량이 크다. 벌써 둘이 소주를 네 병이나 비우고 맥주를 마시고 있는데도 얼굴만 붉어졌지 목소리는 말짱했다.

"정부에서는 키로당 팔천칠백만 원에 책정을 했다고 하던데, 현장에서 볼 때는 일억 원이 들어야 된다는 야기구만유."

이동하도 건설 회사를 창업하기 전에 나름대로 경부고속도로 건설에 관한 자료를 많이 읽고, 정부 조직을 통해 중요한 점까지 파악하고 있었다. 자신도 경부고속도로 건설에 대하여 문외한이 아니라는 점을 암시하기 위해 정확한 금액을 언급했다.

"맞습니다. 그건 책상 앞에 앉아서 주판 놓는 사람들이 계산한 단갑니다. 우리처럼 현장에서 밥 먹는 사람들이 볼 때 일억은 잡아야 합니다."

"그람, 대전, 대구 간 공사비가 백오십팔억오천만 원이라는 말이구먼유."

이동하는 마음속으로 고개를 잘래잘래 흔들었다.

"고속도로 공사를 할라믄 중장비가 많이 필요하지 않습니까? 신문을 봐서 알고 있는지 모르겠지만 이번에 현대건설은 일본에서 오백만 달러 규모의 중장비를 삼십오개월 연불 조건으로 들여오지 않습니까?"

"여, 연불 조건이라면?"

이동하는 오늘 김문하에게 참 많이 배운다고 생각하며 손뼉을 쳤다. 일본식 기모노를 입은 종업원이 밖에서 기다렸다는 얼굴로 들어왔다. 회와 맥주를 주문하고 김문하에게 시선을 돌렸다.

"상품을 수입해 올 때 선불을 주는 것이 아니고, 상품부터 받은 다음에 대금을 보내주는 제도입니다. 이를테면 외상으로 물건을 사는 방식입니다. 이번에 일본에서 들여오는 중장비 중에 일본제 육 톤급 이스즈 덤프트럭 백오십 대도 들어옵니다. 건설공사를 하는 데 덤프트럭 한 대만 있으면 인부 대여섯 명이 땀 빠지게 삽질할 필요가 없습니다. 적재함에 실려 있는 흙을 한꺼번에 쏟아 버리면 되니까요."

"건설 회사를 하려면 덤프트럭은 꼭 필요하겠네유."

"건설 회사로 성공하려면 크게 나가야 합니다. 솔직히 말씀 드려서 한 달 걸려서 백만 원짜리 집 한 채 지어 봐야 오십만 원 이상 남지 않습니다. 그러나 천만 원짜리 토목공사 하나 따내면 한 달 만에 이백만 원, 공기를 단축하면 삼백만 원은 법니다. 일억 원짜리라면 이천만 원에서 삼천만 원을 벌 수 있다는 겁니다. 그렇게 크게 버시려면 중장비는 반드시 필요합니다."

"오늘 소장님을 참말로 잘 만났구먼유. 오늘밤은 여기 앞에 앉아 있는 이동하가 화끈하게 쏠 테니 맘껏 드셔유. 그런데 덤프트럭은 한 대에 얼마씩이나 한데유?"

이동하는 김문하의 말 한마디 한마디가 딴 세상 사람이 하는 말로 들려왔다. 정미소에서 나락을 수천 가마니 도정하는 것과 건설 회사에서 벌어들이는 돈은 감히 비교할 수 없을 정도였다. 서울 올라가서 건설 회사를 하면 많은 돈을 벌 수 있다며 길을 터준 원갑룡 의원에게 톡톡히 사례를 해야겠다고 생각하며 은근한 목소리로 물었다.

"덤프트럭은 현재 일제밖에 없습니다. 현대건설처럼 큰 회사는 직접 상공부에 수입 신청을 해서 수입해 오고 있습니다. 하지만 의원님이 경영하시는 규모의 건설 회사 같은 경우는 수백 대가 필요한 것이 아니잖습니까?"

김문하가 이동하 앞으로 술병을 내밀었다.

"한 대에 얼마씩 하는데유?"

이동하는 얼른 두 손으로 술잔을 치켜들었다.

"십일 톤짜리 중고가 미화로 천팔백 불 정도 합니다."

"한국 돈으로는 육십만 원이 넘구먼유?"

"요즘 달러 환율이 일 달러당 삼백사십오 원이니까 육십이만천 원이라고 보면 됩니다. 하지만 달러 시세가 자꾸 오르고 있는 편이니까 늦으면 늦을수록……."

"가만있어 봐유. 한 대에 육십이만 원만 잡아도, 그 머셔. 다섯 대면 삼백오십만 원이라는……."

"자금이 안 됩니까?"

"처, 천만의 말씀, 시방 당장 열 대라도 현찰로 살 수 있는 자금은 충분해유. 하지만 그 머서, 차만 있다고 해서 되는 것이 아니고, 운전사도 있어야 하고, 정비사도 있어야 하고, 이런저런 돈이 많이 들어가잖아유."

"의원님, 의원님이 충청도 양반처럼 가식이 없고 호감이 가서 드리는 정본데 제 말씀 잘 들어 보십시오."

김문하는 말을 하기 전에 먼저 이동하에게 술잔을 내밀었다.

"인간성 좋기로는 이동하 따라갈 사람 드물다고 생각하구만유. 그 점만큼은 지가 그 누구 앞에서라도 자신 있게 큰소리 칠 수 있슈."

이동하는 얼른 김문하의 잔에 건배를 하고 홀짝 잔을 비웠다. 술병을 들어서 김문하가 잔을 비우기를 기다렸다.

"의원님, 앞으로는 건설이 대세입니다. 지금 각하께서 경제개발 오개년 계획을 실시하고 있지 않습니까? 작년부터 칠십일 년에 끝나는 경제개발 오개년 계획에서 건설 부문에 투자하는 비용이 얼마인지 아십니까?"

"허어! 지가 그래도 명색이 국회의원 아닙니까? 지가 알기루는 삼천오백억 원……."

이동하는 김문하가 묻는 대로 생각 없이 대답하다가 삼천오백억 원이라고 말을 하는 순간 속으로 깜짝 놀라서 말을 잃어버렸다. 중고 덤프트럭 한 대에 육십이만천 원 하는 것도 비싸다고 생각하고 있었기 때문이다.

"역시 의원님이라 시야가 넓으십니다. 하지만 그 금액은 처음 발표를 했을 때 금액이고, 지금은 그 두 배인 칠천억 원이 건설 분야에 투자될

예정입니다. 칠천만 원이 아니고, 그 천 배인 칠천 억이라는 금액이 말해주는 것이 뭔지 아십니까?"

김문하는 이동하가 따라 주는 술을 받으면서 눈을 가늘게 뜨고 물었다.

"콩고물만 해도 몇 억이라는 야기?"

"알고 보니 의원님은 정치만 잘하시는 것이 아니라, 사업가 기질이 풍부하십니다. 맞습니다. 덤프트럭 열 대 가격은 소주 한 병 정도에 불과하다고 봐도 무리는 없습니다."

"여하튼 잘 만났습니다. 자, 우리의 관계가 더 단단하게 굳어가길 빌며 악수 한번 해유."

이동하는 돈이 가마니에 담겨 자기를 향해 훨훨 날아오르는 것 같아서 가만히 앉아 있을 수가 없었다. 그동안의 정치 경험으로 봐서 돈이 없으면 아무리 유능하고 말발이 세도 어느 날 하루아침에 낙동강 오리알 신세가 되어 버리는 것이 정치판이다. 돈은 전쟁터에서의 실탄과 같은 역할을 한다. 돈만 많으면 장차 국회의장도 될 수 있다는 생각에 엉덩이를 번쩍 일으켜서 두 손을 김문하 앞으로 내밀었다.

"박광호 의원님한테 잘 좀 부탁드린다는 말씀 좀 전해 주십쇼. 저는 그것으로 만족합니다."

"아이구! 박 의원님 건은 아까도 제가 말씀드리지 않았습니까? 그분하고 저는 아주 아삼육이랑게유. 담에 언제 지가 날을 잡아서 우리 스이 한번 만나서 진탕 마셔 봐유. 사람이 성공할라고 하는 것이 뭐유? 술 마시고 싶을 때 술 마시고, 남자니께 여자 생각나믄 얼매든지 여자 만나고, 좋은 차로 바꾸고 싶으믄 언제든 바꾸고, 말 그대로 큰소리치면서 살라고 성공할라는 거 아뉴? 소장님도 공사 현장에서 먼데기만 마시지 말고, 가끔은 부하 직원들한테 술도 한잔씩 사고, 서울에 있는 댁에 가서 가족들끼리 외식도 하고, 요즘 새로 나오는 신형 냉장고를 사 들여놓으면 사모님이 좋아하실 거잖유. 그러려면 요놈의 돈, 돈이 있어야 하는 거 아니겠슈?"

이동하는 미리 준비를 해 가지고 온 십만 원짜리 수표 다섯 장이 들어 있는 봉투를 당당하게 술상 위에 올려놓았다.

"이런 걸 상부상조라고 해야 하나, 아님 같은 동지가 된 기념이라고 해야 하나 잘 모르겠습니다. 하지만 제가 이 자리에 붙어 있는 이상 송산종합건설이 일거리 없어서 직원들 놀리는 일은 없을 겁니다."

김문하도 거리낌 없이 봉투를 받아서 양복 속주머니에 집어넣으며 웃었다.

"아, 퇴직하믄 우리 회사로 와유. 경험이 많으신 분잉게 고문으로 오셔도, 시방 받으시는 봉급 두 배는 책임지겠슈."

"그렇게 되면 본사를 서울로 옮겨야 되는 거 아닙니까?"

"까짓거 본사를 서울로 옮기지 말라는 법도 없는 거 아니겠슈? 슬슬 일어나서 중앙동으로 가쥬. 거기 좋은 싸롱이 몇 개 있슈. 아가씨들도 새파랗게 어린 것들이라 술맛이 날 거유."

"아까, 회하고 맥주 시켰잖습니까?"

"안직 안 들어왔잖유. 취소하고 싸롱에 가서 양주로 마시쥬. 그라고, 오늘은 하숙집에 들어갈 생각하시믄 안 돼유. 내일 아침에 해장국 먹고 현장으로 출근하는 걸로 알고 어여 나가유."

이동하는 소금 먹은 놈이 물 찾는다고 김문하만 잘 구워삶으면 건설 회사를 키우는 것은 식은 죽 먹기나 마찬가지라고 생각하며 호기를 부렸다.

진규는 군대를 가기 위해 방학 때 휴학계를 제출했다. 군에 입대할 때까지 모산에 내려가 있을 생각으로 방 안을 정리하다 보니 학교 도서관에서 빌려온 책이 눈에 띄었다. 특별하게 할 일도 없고 해서 학교 도서관에 책을 반납하고 천천히 캠퍼스를 걸었다.

7월 말의 대학 캠퍼스는 조용했다. 숲 여기저기에 앉아 조용한 목소리로 대화를 나누거나, 벤치에 앉아서 책을 보고 있는 학생, 둥그렇게 원을 그리고 앉아서 무슨 토론을 하고 있는 학생들이 드문드문 보이는 숲에 새들만 요란스럽게 울어대고 있었다.

"진규 씨!"

진규는 등 뒤에서 누군가 부르는 목소리에 걸음을 멈추고 돌아섰다. 과 선배인 이주희가 어깨까지 닿는 머리카락을 출렁이며 바쁘게 걸어오고 있었다.

"진규 씨 군대 가려고 휴학했다지?"

"소문 한번 빠르네. 근데, 방학인데 학교는 왜 왔슈?"

진규가 이주희와 보폭을 맞춰서 걸으며 물었다.

"나, 요즘 시 쓰고 있잖아. 그래서 도서관에서 책 좀 빌려가지고 나오는데 진규 씨 뒷모습이 보이더라구요 그래서 막 뛰어왔어. 점심 약속 있어?"

"즘심은 집에 가서 먹어도 되는데……."

"우리, 돈가스 먹으러 갈래? 내가 돈가스 잘하는 집을 알고 있거든."

이주희가 오른손으로 들고 있던 책을 왼손으로 옮겨 잡으며 진규의 팔짱을 끼고 물었다.

"돈가스?"

진규는 이주희가 잡은 팔을 풀고 싶었다. 하지만 그녀가 민망해할 것 같아서 걸으면서도 내키지 않는 표정을 지었다.

"왜요. 돈가스 싫어해?"

"싫어하지는 않지만……."

진규는 친구들과 경양식 집에 몇 번 가 본 적이 있었다. 일반 식당처럼 홀에서 음식을 먹게 되어 있는 곳은 드물고 칸막이가 되어 있는 집이 많았다. 이주희와 밀폐된 공간에서 얼굴을 마주 보며 돈가스를 먹고 싶지가 않아서 말꼬리를 흐렸다.

"그럼, 진규 씨 좋아하는 건 뭐야. 오늘 내가 한턱 쏠게."

"지가 아무리 후배라고 하지만 명색이 남잔데, 남자가 사야지 여자선배한테 은어먹으면 되남유?"

"어머! 너무 멋있다. 다른 친구들이나 후배들은 내가 사 준다고 하면 너무 좋아하던데, 진규 씨처럼 말하는 사람은 처음 봐. 좋아, 그럼 뭘 사주겠어?"

이주희는 진규의 말이 너무 신선하게 들려서 좋았다. 자신도 모르게 진규의 팔짱을 끼고 있던 팔에 힘을 주며 팔짝 뛰며 웃었다.

"중국집에 가서 짜장면이나, 우동 정도는 사 줄 수 있슈."

진규는 이주희의 젖가슴이 와 닿는 느낌에 슬그머니 팔을 뺐다. 마침 교문을 나서고 있는 중이라서 이주희도 이상하게 받아들이지 않았다.

진규와 이주희는 학교 근처에 있는 중국 음식점으로 들어갔다. 때마침 점심시간이라서 식당 안에는 빈자리가 없었다. 문 밖에도 남자 몇 명이 담배를 피우며 자리가 나기를 기다리고 있었다.

"다른 집에 가도 마찬가지일 것 같은 생각이 드는데?"

"그람, 휴가 나와서 사 줄게유. 오늘은 인연이 안 맞는 모냥이구먼."

"안 돼요. 난 진규 씨 휴가 나올 때까지 기다려 줄 수가 없어. 우리, 돈가스 먹으러 가. 이 근처에 돈가스 잘하는 집이 있거든."

이주희는 진규가 대답할 틈을 주지 않고 손을 잡고 걸었다. 진규는 벌건 대낮에 여자에게 손을 잡혀 가는 모습이 부끄러워서 그녀의 손을 떨쳐 버리고 싶었지만 어쩔 수가 없었다.

"맥주 한 잔 정도는 괜찮지?"

이주희가 데리고 간 경양식집은 진규가 지도교수를 따라서 가봤던 칸막이가 있는 곳은 아니었다. 넓은 홀에 격조 있는 직사각형의 테이블이 있는 곳이었다. 이주희가 자리에 앉자마자 진규에게 물었다.

"대낮부텀 술 마시믄 부모를 몰라본다고 하던데."

"어머, 진규 씨 그런 농담도 할 줄 알아?"

"한 가지 물어볼게유. 이 선배를 만날 때마다 느끼는 점인데, 이 선배는 나를 굉장히 신비스러운 존재로 보는 경향이 다분해유. 사실 저 안 그렇거든유. 저도 딴 사람들하고 똑같아유. 똑같이 하루 세 끼 먹고, 시험 때는 장학금 탈라고 밤새워 공부하고……"

유니폼을 입은 종업원이 다가왔다. 진규는 말을 하다 말고 메뉴판을 이주희 앞으로 내밀었다.

"나만 그런 것이 아냐. 우리 과 여학생들이 진규 씨를 얼마나 좋아하는지 모르지?"

이주희는 두 손으로 턱을 괴고 진규의 눈을 응시하면서 꿈을 꾸는 얼굴로 말했다.

"얼래? 왜 나를 좋아한데유? 내가 얼굴이 잘생긴 것도 아니고, 부잣집 아들이 돼나서 밥이나 술을 많이 사 주는 것도 아니고, 엠티 가서 노래를 잘 부르고 술을 잘 먹는 것도 아닌데?"

이주희는 3학년이다. 3학년 여학생들이 자신을 좋아하는 이유를 알 수가 없었다. 어깨를 들썩이며 도무지 이해할 수 없다는 표정을 지었다.

"진규 씨는 때 묻지 않고 순수하잖아. 진규 씨를 볼 때마다 때 묻지 않은 야생의 사슴을 보는 것 같은 느낌이 들어. 데모대 앞에서 연설을 할 때는 신념과 철학이 뚜렷한 투사를 보는 것 같기도 하고, 도서관에 앉아서 공부를 하고 있는 모습은 초야에 묻혀 있는 젊은 선비를 보는 것 같기도 하고."

"사투리를 쓴게 그런 느낌이 드는개비쥬. 나도 사투리를 고칠라고 노력 많이 하는데 잘 안 고쳐지네유."

"아냐, 사투리 쓸 때가 더 멋있어. 마치 내가 시골 어느 산골에 앉아 있는 것 같이 아늑하고 편안하거든."

"어려! 그람 선배도 날 좋아한다는 말인가?"

종업원이 맥주를 먼저 가지고 왔다. 진규가 맥주 뚜껑을 따서 이주희의 잔에 따라 주며 별일이라는 표정으로 바라봤다.

"그것보다 내가 먼저 한 가지 궁금한 것이 있어. 진규 씨 애인 있어?"

이주희가 두 손으로 맥주를 받으면서 눈을 빛냈다.

"애인? 에이……. 안직 군대도 안 갔다 왔는데 뭔 놈의 애인이 필요해유."

진규는 애인이라는 말에 향숙의 얼굴이 불쑥 떠올랐다. 그러고 보니 오늘 저녁에 향숙이와 조촐하게 술 한잔하기로 했다. 군대 가기 전에는 집에서 상규네를 도와 일을 할 생각이다. 입대하기 전에 들르겠지만 지금부터 아쉬움을 삭일 수가 없었다. 그런 향숙을 애인으로 생각해 본 적이 없으면서도 이주희의 말에 향숙의 얼굴이 떠올라서 자신도 모르게 얼굴을 붉혔다.

"역시, 진규 씨다워. 다른 남학생들은 군대 가기 전에 면회 올 애인을 구하느라 바쁜데, 진규 씨는 그런 쪽으로는 조금도 신경을 안 쓰잖아. 난 그런 점이 정말 좋아. 애인이 없으면 우리 서로……."

이주희는 자신이 당당한 성격이라고 믿어왔다. 하지만 막상 진규 앞에서 사랑을 고백하려니까 얼굴이 빨갛게 달아올라서 고개를 숙였다.

"선배가 무슨 말을 하려는지 잘 알겠슈. 하지만 우린 서로에 대해서 아는 것이 너무 부족하잖유. 내가 선배에 대해서 알고 있는 것은 국문과 선배라는 점, 그래도 선배님들 중에는 이쁜 축에 속한다는 점, 일본 껌을 좋아한다는 점, 아! 작년 가을 축제 때 둘이서 영화 한 번 봤다는 점, 국문과 시화전에서 선배가 쓴 그 무슨 시드라? 그려 「달의 눈물」이라는 시를 참말로 감동 깊게 읽었다는 점……."

"어머, 진규 씨도 그 시 읽어 봤어?"

이주희는 진규가 자신의 시를 읽어 봤다는 말에 알몸을 보여 준 것처럼 얼굴이 붉어지면서 흥분이 됐다.

"잘 기억나지 않지만 '그믐밤에 유난히 이슬이 많은 것은, 달동네 사람들이, 새로운 달을 기다리며 울고 있는 까닭이라'는 구절이 기억에 남아유. 그날 중앙로에 있는 아카데미극장에서 본 영화 제목이 신성일하고 문희가 주인공인 <안개 낀 초원>이라는 영화라는 점, 머, 그 정도가 전부 같은데유?"

"내가 일본 껌을 씹는 게 굉장히 싫었나 보네. 난 기억도 안 나는데?"

"그때 운동장에서 한일회담 반대 데모를 하고 있었다는 거 몰랐슈?"

"알고 있었지만 데모하고 껌하고는 상관없잖아. 부잣집에 가면 다리미며, 냉장고, 전축 같은 것이 모두 일제 아니면 미제잖아. 냉장고나 전축은 이데올로기가 아니고 과학이고 경제잖아. 그리고 진규 씨 말대로라면 중매결혼은 못 하겠네. 중매결혼은 거의가 상대방에 대해서 모르고 결혼하잖아."

이주희는 자신이 실수했다는 것을 깨달았다. 실수한 점이 부끄러워서 변명을 했다.

"그람, 시방 나하고 결혼하자는 야긴가유?"

돈가스가 나오기 전에 스프가 나왔다. 진규는 이주희의 스프 접시에 후추를 뿌려주다 깜짝 놀란 얼굴로 바라봤다.

"그럴지도 모르지. 하지만 지금은 거기까지는 생각 안 해봤어. 그냥 진규 씨 군대에 있을 때 맛있는 거 싸 가지고 면회를 가는 정도?"

"선배 호의는 고맙게 받아들일께유. 맛있는 거 싸 가지고 면회 온다는 데 막지는 못하겠쥬. 하지만 찬찬히 생각해 보는 것이 서로에게 좋을 거 가튜. 나는 솔직히 하고 싶은 일이 많거든유. 대학을 졸업하고 정치를 해 볼까? 아니믄 이광수의 「흙」이란 소설에 나오는 주인공 허숭처럼 농촌 계몽하는 농민운동가가 되어 볼까 하는 생각도 들거든유."

"어머, 「흙」에 나오는 허숭은 윤정선이라는 부잣집 딸과 결혼하잖아."

이주희는 진규의 말에 자신이 소설 「흙」에 나오는 윤정선이라도 된 것처럼 그윽한 시선으로 진규를 바라봤다.

"그기 중요해유?"

돈가스가 나왔다. 진규는 오랜만에 먹어보는 돈가스라서 어느 손으로 포크를 들고, 어느 손으로 나이프를 들어야 하는지 갑자기 생각이 나지 않았다. 이주희를 슬쩍 바라보니까 오른손으로 나이프를 잡고 왼손으로 포크를 잡는다.

"그럼, 얼마나 중요한데……."

"선배는 참 독특한 구석이 있슈. 그 소설에서 중요한 거는 허숭이 윤정선과 결혼한 것이 아니고, 농촌계몽운동이잖유."

"진규 씨는 농민운동보다는 정치를 하면 잘할 거 같아. 농민운동을 하기에는 너무 아까워."

"선배, 이 나라를 먹여 살리는 사람들은 농부들유. 농부들이 잘 살아야 좋은 곡식을 생산하고, 국민들은 좋은 곡식을 많이 먹어야 건강해질 수 있다고 봐유. 건강한 몸에서 건강한 정신이 나오고."

"진규 씨는 하나만 알고 둘은 몰라. 농민 정책을 입안하는 사람들은 정치인이라구."

"농민들이 일한 만큼 제대로 대우를 받고, 땀 흘릴 만큼 돈을 벌게 해 주는 사람은 농민운동가쥬."

"진규 씨는 데모대 앞에서 연설을 할 때 보면 청중들을 사로잡는 힘이 있어. 유능한 정치인은 대중을 사로잡을 수 있는 힘이 있어야 하잖아. 그건 연습해서 할 수 있는 것이 아니라고 봐. 진실성이 있어야 하고, 능력이 있어야 하는데 진규 씨는 그 두 가지를 모두 다 가지고 있다고 보거든."

"누구든지 그 상황에 처해지면 진실이 우러나는 법유. 언진가 말을 한 적이 있지만, 우리 집은 농사를 짓고 있거든유. 아버지는 시방은 영동에 있는 정미소에서 일을 하지만, 그전에는 온 가족이 농사를 졌슈. 할아부지, 할머니, 아부지, 엄마 그리고 우리 형제들이 농사를 졌지만 내 기억으로는 배부르게 밥을 먹었던 적이 별로 없었슈. 하지만 도시에서는 아부지 혼자만 일을 해도 온 가족이 배부르게 먹을 수 있슈. 그리고 나는 국민학교를 졸업하고 대학에 들어오기 전까지 내 손으로 농사를 져봤슈. 논에다 내 손으로 모를 심어 봤고, 여름에 땀으로 목욕을 하면서 꼬추를 따봤고, 등짝이 햇볕에 녹아 버리는 줄도 모르고 콩밭을 매봤다는 거유. 하지만 손에 들어오는 거는 나와, 내 가족이 노력한 것에 비해서 십분의 일도 안 되쥬."

"그럼, 나머지 구십 프로는 누가 가져가는 거야?"

이주희는 자신도 모르는 사이에 진규의 말에 빠져 버렸다. 돈가스를 썰던 나이프와 포크를 내려놓고 맥주를 마시며 진규를 바라봤다.

"난도 첨에는 그 점이 엄청 궁금하드만유. 난중에 대학에 입학해서 공부를 해 보니까, 그 돈을 장사꾼들과 정부에서 가져간다는 걸 알았슈."

진규도 돈가스 먹는 것을 잊어버리고 맥주를 마셨다. 맥주가 비니까 이주희가 한 병을 더 주문했다.

"장사꾼들이 가져간다는 것은 이해할 수 있는데, 정부에서 가져간다는 말은 이해할 수가 없네."

종업원이 맥주를 가져왔다. 이주희가 진규의 빈 잔에 맥주를 따라 주며 호기심 어린 눈빛으로 바라봤다.

"여기, 이 맥주 한 병을 가게에서는 이백오십 원을 받고 여기서는 삼백 원을 받잖아유. 언젠가 신문에서 봉께 사 홉들이 맥주 한 병에 붙는 주세가 팔십일 원이라고 하드만유. 주세를 빼고 공장에서 내보내는 가격이 있잖유. 공장에서 맨들어 내니까 재료값이며 인건비, 공장 운영비 같은 원가라는 게 있을 거 아뉴. 이 맥주를 소비자 가격으로 이백오십 원을 받을 때는 최소한 오비맥주 공장에서는 손해를 안 본다는 거쥬. 하지만 농업은 제조업하고 구조가 틀려유. 쌀 한 가마니를 생산해 내는 데 드는 비용에다 농민의 인건비도 포함을 시켜야 하는데 그렇지가 않다는 거쥬. 왜냐? 쌀값이 오르면 모든 물가가 걷잡을 수 없이 오르기 때문이라 이거유. 그럼 정부에서 부족한 부분을 농민들에게 보조해 줘야 하는데 안 그렇다는 거쥬. 결국 그 보조금만큼 정부에서 이익을 취하고 있다고 볼 수도 있다는 거쥬."

"난 농사를 져 보지 않아서 진규 씨가 하는 말을 백 프로 이해할 수는 없어. 하지만 무슨 뜻인지는 알 거 같아. 진규 씨는 정말 대단해. 국문과 다니는 학생들은 대부분 국어 선생이 되거나, 시인이나 소설가가 되고 싶어하잖아. 하지만 진규 씨는 농민 전체를 걱정하고 있잖아. 군대도 안 갔다 온 남자가……."

이주희는 진규가 더 이상 관심 있는 후배로 보이지 않았다. 한 남자로 다가오는 것을 느끼는 순간 귀밑이 빨갛게 물들었다.

시집가는 날

자라 보고 놀란 가슴 가마솥 뚜껑만 봐도 놀란다는 말이 있다.
옥천댁은 박태수의 입에서 승 자가 나오는 순간, 승우의 얼굴이 번뜻 떠올랐다.
이 사람도, 알고 있는가 하는 생각에
가슴이 철렁 내려앉는 것을 느끼며 비틀거렸다.

내일은 애자와 고현수가 결혼하는 날이다.

영동에 사는 천순은 아침 일찍 택시를 타고 모산으로 들어왔다. 여순과 남편 정영일이 출근하기를 기다렸다가 옥천에서 영동까지 버스를 타고 와 집에서 기다리고 있는 승우와 인숙을 데리고 택시를 타고 들어왔다.

"그람, 이따 봐."

택시가 둥구나무거리에서 멈췄다. 인숙이 내리는 것을 본 승우가 정겹게 손을 흔들었다.

"느덜은 참 이상하다. 학교 갔다고 오면 노상 붙어 있으면서도 제우 중학교 일 학년짜리들이 꼭 어른들 연애라도 하는 것처름 살갑게 구냐?"

천순이 참 별일도 다 있다는 표정으로 승우를 바라봤다.

"고무, 그람 사람이 차에서 내리는데도 그냥 멀뚱멀뚱 바라보고만 있으라는 거여?"

"그려, 고무부가 볼 때는 승우 말이 맞는 말여. 그려, 암만 한집에 살아도 인사치레라는 것이 있어야지."

택시 운전사 옆자리에 앉아 있던 정영일은 승우가 옥천댁의 심성을 닮았다면, 승철은 이동하의 성격을 빼다 박았다고 생각하며 웃었다.

"근데, 느덜 영동서 오면서 가만히 지켜봉께, 니가 인숙이네 집에서 학교를 다니는 것 같더라. 지지바가 남의 집에서 먹고 자고 학교를 다니면서 집주인 아들인 너한테 어짜믄 그릏게도 당당하냐?"

천순이가 승우를 바라보며 물었다.

"고무가 지대로 봤구먼. 그기 인숙이 매력여. 인숙이가 그라는데 지덜은 가난하고, 우리는 부장께 하나도 부끄러운 것이 아니랴. 외려 부자가 가난한 사람 돈 뜯어먹고사는 것이 부끄러운 짓이라능 겨."

"부끄러운 것도 쌨네. 부자가 왜 가난한 사람 돈을 뜯어먹고 산다?"

"부자들이 정당하게 품삯을 주거나, 노력한 만큼 월급을 주지 않는 다능 겨. 무슨 말이냐 하믄, 십만 원어치 노력을 해도 품삯이나 월급은 십원밖에 안 중께, 뜯어먹고 사는 것이나 마찬가지라는 거여. 말이 이상하기는 하지만 틀린 말은 아닌 거 가텨."

"어머머, 참말로 인숙이가 그랬단 말여? 고것이 보통은 아니구먼. 나이가 및 살이나 먹었다고 시방부텀 그런 말을 하는 걸 보면 나이가 들어서는 겁나겄어. 여보 내 말 틀려유?"

"하여튼 요새 아들은 별난 아들이 많아……."

천순이 놀란 목소리로 묻는 말에 정영일이 할 말이 없어 혀를 차는 사이 택시가 대문 앞에 도착했다. 솟을대문은 활짝 열려 있었다. 마당에는 차양이 쳐져 있고 여러 사람들이 분주하게 오가고 있었다. 택시에서 내리니까 고소한 냄새가 코를 찔렀다.

"어머!"

승우는 택시에서 내리자마자 마당 안으로 뛰어 들어갔다. 막 정지에서 나오고 있는 옥천댁을 발견하고 반갑게 불렀다.

"어이구, 우리 승우 오는구면. 고모부, 고모도 오시네유. 어여 와유. 큰고모는 아침에 오셔서 안방에 계셔유."

옥천댁은 앞치마에 젖은 손을 닦으며 뜰팡 아래로 내려섰다. 승우 뒤에 따라오고 있는 정영일과 천순에게 인사를 했다.

"어머, 서울에서 형은 언제 온댜?"

정지 앞에는 대여섯 명이 두 명씩 짝을 맞춰서 가마솥 뚜껑을 엎어놓은 화덕 앞에서 배추전이며, 파전에, 육전 같은 것을 굽고 있었다. 승우는 갑자기 식욕이 동하는 것을 느끼며 옥천댁의 손을 잡았다.

"으응, 아부지하고 큰누나하고 같이 내려오고 있응께 이따 도착할 겨. 배고프지, 어여 고모부님 모시고 방으로 들어가 있어. 어머가 얼른 상차려서 들고 갈 팅게."

옥천댁은 거실 마루 앞에까지 승우를 따라갔다가 다시 뜰팡을 내려왔다. 광으로 가려다 상규네가 가까이 다가오고 있는 것을 보고 걸음을 멈췄다.

"나물 좀 무치고 할라믄 찬지름이 있어야 하는데 다 떨어졌네유. 우리 집에 마침 지난 장날 짜다 놓은 찬지름이 있거든유. 그걸 좀 가져와야겠슈."

"아녀유. 찬지름이라믄 선물로 들어온 것이 많이 있슈. 지가 광에서 내줄게유. 그라고 생각난 김에 말씀을 디리는 건데, 잔치 끝나믄 찬지름이랑, 설탕이랑 좀 갖다 드릴 팅게, 상규 할아부지 입맛 읎으실 때 좀 드리고, 여름에 목마를 때 선한 물에 설탕 타서 잡수면 참 좋아유."

옥천댁이 광 앞을 걸어가다 걸음을 멈추고 상규네가 옆으로 다가서길 기다렸다가 말했다.

"아뉴. 안 그래도 돼유. 아까도 말씀드렸지만 집에 찬지름 많아유."

옥천댁이 광문을 열고 안으로 들어갔다. 광 안에는 20여 개의 크고 작은 항아리들이며, 무슨 박스들에 나락 가마니들이 있었고, 벽에는 10여 개의 소쿠리며 광주리 같은 것이 걸려 있었다. 창문이 없고 쥐가 들어오지 못하도록 빗살을 넣은 통풍구만 뚫어 놓아서 어두컴컴했다.

"이리 들어와유. 그라고 봉께, 이런 거는 동리 사람들찌리 노놔 먹어야 하는 건데……."

옥천댁이 통풍구를 통해 들어오는 밝은 햇살 안에서 종이박스를 펼치며 광 밖에 서 있는 상규네를 손짓했다.

"이런 건 비싸겠네유."

종이박스 안에는 포장도 뜯지 않은 참기름이며, 설탕, 1킬로에 육백오십 원씩 한다는, 국수를 끓일 때 맹물에 타도 고깃국처럼 맛이 난다는 조미료 미원이 가득 들어 있었다.

"이거시 맹물에 넣고 끓여도 밥 한 그릇 뚝딱 해치우게 한다는 아지노무도라는 거유?"

상규네는 장날 5그램이나, 10그램짜리를 4원이나 8원에 파는 것을 본 적은 있었다. 하지만 1킬로짜리는 처음 본다. 이렇게 큰 것도 있었나 하는 생각이 들어서 물었다.

"남들이 그래서 한두 번 먹어 봤슈. 그랬드니 어머님도 그렇고 저도 미끼하기만 할 뿐 맛있는 줄은 모르겠슈. 갖다 드실래유?"

"아, 아녀유."

상규네는 그 비싼 것을 받아서는 안 된다는 생각에 손을 흔들며 뒤로 물러섰다.

또랑에는 이동하의 잔치라서 일부러 온 박태수며, 김춘섭, 윤길동과 오 씨가 돼지를 잡고 있었다. 김춘섭이 목을 딴 돼지의 몸통에 뜨거운 물을 뿌리면 오 씨가 거의 두 시간은 넘게 숫돌에 간 날 선 단도로 털을 밀었다.

"돈 있는 사람은 머가 달라도 달라. 우리 같은 사람은 좀 괴기 맛이 읎어도 삼백 근짜리 한 마리를 잡지, 백오십 근짜리 두 마리는 못 잡을 겨."

리어카 위에는 앞서 잡은 한 마리 분의 고기와 내장 등이 함지박에 담겨 있었다. 돼지 생간을 안주 삼아 소주 몇 잔을 들이켜서 얼굴이 붉어진 윤길동은 도랑물에 손가락에 묻은 돼지 핏물을 씻었다.

"틀린 말은 아뉴. 막말로 언지 돼지괴기 맛보고 먹나? 읎어서 못 먹지."

김춘섭은 뜨거운 물이 펄펄 끓고 있는 가마솥 앞으로 갔다. 팥죽 같은 땀이 비 오듯 쏟아진다. 목에 건 수건으로 얼굴의 땀을 닦으며 바가지로 물을 펐다.

"아녀, 돼지는 몸통에 따라서 맛이 다 달러. 앞다리 살하고 뒷다리 살 다르고, 똑같은 비게라도 항정살 다르고 뱃살 비게 맛 다르고……."

"시방 누구 약 올리는 거여? 자네는 수시로 괴기를 먹응께, 질긴 맛, 순한 맛 구분을 할 수 있지만, 우리 같은 사람한테 괴기는 다 똑같은 괴기여. 해룡이가 웬일이다?"

김춘섭이 가마솥에 뜨거운 물을 끓이다 말고 방천둑을 바라봤다. 해룡이 춤을 추듯 상체를 흔들며 걸어오고 있었다.

"좌우지간 태수 너는 성공한 거여. 이 꼴짝에 있어 봤자, 우리 신세벡에 더 되었어?"

불 담당인 윤길동이 가마솥 화덕에 장작을 집어넣느라 눈살을 찌푸리고 쪼그려 앉았다.

"형님이야말로 박광호 의원인가 하는 분이 신탄진 담배공장에 취직을 시켜준다면서, 농사짓는 것보담 그것이 백배 낫잖여."

"나라고 그 생각 안 해 봤었어? 거길 가믄 암만해도 농사짓는 것보담은 편하겠지. 공일날 쉬겠다, 비가 오나 눈이 오나 봉급날만 되믄 봉급 착착 나오겠다."

"좀 살살햐, 고기 다 기스 나잖여. 그람 가지 왜 안 갔어?"

돼지 털을 밀던 오 씨가 손목에 실수로 힘을 주니까 살이 갈라지면서 피가 배어 나온다. 김춘섭이 한마디 하며 윤길동을 바라봤다.

"향숙이 땜시 못 가것어. 시방도 시시때때로 그것이 눈앞에서 삼삼한데, 향숙이 땜시 내가 잘 먹고 잘 산다는 생각을 할 때마다……. 술이나 한 잔 줘. 날도 더운데 술을 마셨더니 땀으로 아주 멱을 감는구먼."

윤길동은 말을 하다보니까 향숙의 고운 얼굴이 떠올랐다. 다른 집 딸들은 때가 되면 시집을 간다고 잔치를 하는데 향숙이 앞에는 그런 날이 없을 것이라는 생각이 들었다. 울컥 눈물이 치밀어 오르는 것을 느끼며 말을 끊고 비봉산을 바라봤다.

"지난번에 가 봤담서? 잘 살고 있는 거 보고 왔으믄 되는 거 아녀?"

김춘섭은 돼지 몸통에 뜨거운 물을 끼얹고 나서 해룡이 가까이 다가오길 기다렸다.

"돼지 간 먹으러 왔냐?"

박태수가 물었다.

"어머가, 어머가……. 새색시하고 같이 먹어야 한댜."

"뭘?"

"이거."

해룡이 넓적한 돌 위에 썰어 놓은 돼지 간을 손가락으로 가리켰다.

"손에 들고 갈 텨? 돼지 간을 은어 갈라믄 그릇을 갖고 와야 할 거 아녀?"

"소, 손에다 줘."

"손에다 줬다가 자빠지믄 흙고물 다 묻힐라고?"

윤길동이 주변을 두리번거리다가 과수원 둑에 나 있는 아주까리 잎 서너 장을 뜯어 왔다. 거기다 돼지 간이며, 콩팥까지 싸서 해룡의 손에 안겨 줬다.

"고맙습니다 하고 받는 거여."

김춘섭이 웃으며 해룡을 바라봤다.

"고맙습니다."

해룡이 신이 난 얼굴로 덩실덩실 춤을 추며 다시 방천둑을 향해 걸어 갔다.

"길동이 형님도 인제 마음을 돌려먹어. 나도 춘셉이한테 길동이 형님이 대전 갔다 왔다는 말 자세하게 들어 봤어. 좋은 집에서 식모까지 두고 잘 산다며. 일단은 잘 살고 있응게 그냥 지켜보는 거여. 안직 나이가 어링게 앞으로는 워티게 될지 모른다 이거여. 물론, 오늘 같은 날은 가슴이 짠하겄지. 형님이 말 안 해도 그 심정은 난도 이해햐. 하지만 그것이 사람의 힘으로 되는 거이 아니랑게 워틱햐. 하늘에 매낄 수밖에 읎잖여."

박태수가 소주병하고 잔을 들어서 윤길동 옆으로 갔다. 소주를 따라 주며 다독거리는 목소리로 말했다.

이동하의 승용차가 대문 앞에 도착했다. 이동하가 먼저 내려서 대문 안으로 점잖게 걸어 들어갔다. 아낙네들이 앉아 있던 자리에서 벌떡 일어나서 인사했다. 남정네들은 이동하 앞으로 달려가서 허리를 굽실거리며 인사를 했다. 그 뒤에 애자가 승철이를 앞세워 대문으로 들어서니까 아낙네들이 약속이나 한 것처럼 애자를 에워쌌다. 상대적으로 남정네들은 뒷걸음을 쳐서 원래 하던 일을 하기 시작했다.

"어이구머니나, 워짜믄 요렇게 이쁠 수가 있댜."

"좌우지간 신랑 될 사람은 조상이 돌본 거여. 이만한 색시감을 워디서 은어."

"애자는 참말루 좋겄어."

"그렇게 부러우면 그짝도 한 번 더 가믄 될 거 아녀?"

"으이구, 저 주책 앞에서는 먼 말을 못햐. 어여 들어가 봐. 어머가 아까부터 기달리고 있던 눈치든데."

"고맙습니다. 고맙습니다."

애자는 마당이며 부엌에서 지지고 볶으며 고소한 냄새를 마당 가득 풍기는 걸 보니까 시집가는 것이 실감 났다. 뭐라고 대답을 해야 할지 몰라서 무조건 고맙습니다 하며 거실 마루 앞으로 갔다. 안방부터 들러 정영일이며 고모부며 고모들에게 인사를 하고 자기 방으로 들어갔다.

"큰누나 참말로 시집가는 거여?"

승우가 안방에서 뛰어나와 애자에게 물었다.

"그려. 너도 장가가고 싶냐?"

애자가 귀여워 견딜 수가 없다는 듯 양손으로 승우의 뺨을 문질러 주었다.

"형, 큰누나하고 형하고 나한테 선물 사다 준다고 했잖어."

승우는 금방 애자의 손을 뿌리치고 승철에게 달려갔다.

"응, 큰누나가 카메라 사 줬다. 나는 우리 승우 공부 잘하라고 트랜지스터라디오 사 왔어."

승철이 자신에게 달려드는 승우에게 가방을 들어 보였다.

"참말!"

"그래, 어서 네 방으로 가자. 형이 어떻게 사용하는지 알켜 줄 팅께."

승철은 안방으로 들어가서 정영일이며 천순과 여순에게 인사를 하는 둥 마는 둥 승철의 방으로 갔다.

"고모부 오셨네요. 고모들도 저 옷 갈아입고 올게요."

애자도 안방으로 들어갔다. 승철이처럼 인사를 하고 곧장 방을 나왔다.

"나는 애자 너츠름 시집가는 것을 쉽게 생각하는 여자는 츰봤구먼."

옥천댁이 애자 방에 따라 들어갔다. 애자가 옷을 갈아입으려는 모습을 보고 방문을 닫으며 앉았다.

"엄마는, 내가 시집가는 걸 어렵게 생각했으면 좋겠어? 아니잖아. 그럼, 결혼식 준비 때문에 그런 말을 하는 거야? 혼수는 이미 모두 장만해서 서부이촌동에 있는 아파트에 다 갖다 놨어. 몸만 들어가면 된다구. 그럼 결혼식 하는 거는 걱정 안 되냐구? 엄마가 몰라서 그렇지. 요새는 예식장에서 다 해줘. 오후 한 시에 예식하면 열 시쯤 가면, 거기서 신부 화장도 해 주고, 웨딩드레스도 내 몸에 딱 맞는 걸로 빌려줘."

애자는 서울에서 입고 온 양장을 벗고 편한 바지와 티셔츠를 입으며 리드미컬한 목소리로 대답하고 홱 돌아섰다. 양팔을 활짝 벌리고 방문 앞에 앉아 있는 옥천댁을 향해 달려가서 목을 껴안으며 앉았다.

"어이구! 답답햐. 니 생각만 하고 어머 생각은 눈꼽만큼도 안 하는구면."

옥천댁이 애자를 밀어내며 곱게 흘겨봤다.

"엄마, 나 잘 살아갈 자신 있어. 애자 어린애 아니라구. 어린애가 시집가는 거 봤어? 내 나이가 벌써, 스물일곱 살여, 어머 세대 같았으면 벌써 시집가서 애 낳고 살 나이잖여."

애자는 옥천댁의 얼굴을 양손으로 감쌌다. 옥천댁의 얼굴에는 주름살은 없었다. 하지만 확실히 나이가 든 티는 났다. 문득 중학교 다닐 때 학산에서 들례를 찾아가 당장 학산을 떠나라고 말했던 때가 생각이 났다. 그때만 해도 옥천댁은 논밭에서 일을 하지 않아 새댁처럼 젊은 얼굴이었다. 그 긴 세월 동안 남편 때문에 속앓이를 하며 묵묵히 집을 지켜 왔다. 애자는 이제 자신도 결혼하면 한 남자의 아내로, 아이들의 엄마로 살아갈 것이라는 생각에 들면서 옥천댁이 너무 가엽게 와 닿았다. 자신도 모르게 눈물을 떨어트리며 다시 옥천의 목을 껴안았다.

"야가, 왜 안 하던 짓을 하고 그런댜. 더워 죽겠는데……"

옥천댁은 말과 다르게 품에 안긴 애자의 등을 부드럽게 두들겼다. 다른 집 자식들은 대학교를 졸업할 때까지 어미가 아침밥을 해 주고, 빨래를 해 주고, 뒷바라지를 해 준다. 애자며, 말자와 영자는 어릴 때부터 객지에 나가서 저희들 스스로 컸다. 에미라고 따뜻한 도시락 한 개 싸주지 못하고, 아플 때 곁에 앉아 물수건 하나 갈아 주지 못하고, 응석 한 번 받아주지 못한 걸 생각하면 눈물이 났다.

"엄마, 나 잘 살 겨. 두고 봐. 애자가 얼마나 잘 사는지."

애자는 옥천댁이 소리 없이 울고 있다는 걸 알았다. 얼른 눈물을 닦고 억지웃음을 지으며 옥천댁의 얼굴에 흐르는 눈물을 양손으로 닦아 주었다.

"그려, 잘 살아야지. 그런 일이야 일어나지 않겠지만 에미츠름 살면 안 되는 거여. 우리 애자는 맘속에 말을 담아두지 않는 성격잉께, 잘 살 겨. 하지만 너무 고집을 앞세우면 안 되는 거여. 고 서방도 외로운 사람잉께, 심든 일이 있으믄 맘에 담아 두지 말고 그때그때 해결을 해 나감서 아들딸 많이 낳고 잘 살아야 어머 맘도 편하지. 그라고 나한테는 자주 안 와도 되지만 영동 시어머님한테는 시간만 나면 들러서 맛있는 것 좀 해 드리고, 자주 용돈도 드리고 잘 모셔야 햐. 그분도 한때는 남 보란 듯이 사신 분이잖여. 그러니 얼마나 외로우시겠어. 그랑께 시어머님한테는 참말로 잘해야 하능 겨. 니가 시어머님을 진심으로 잘 모셔야, 고 서방도 너를 이뻐한다는 걸 잊어 뻐리면 안 되아. 알겠지?"

옥천댁은 치맛말기로 눈물을 닦아 내고 애자의 양쪽 손을 잡았다.

"응, 나 정말 시어머님하고 고 서방한테 잘할 자신 있어. 그러니까 그런 걱정은 하지 마."

애자는 옥천댁의 눈을 바라봤다. 자신의 상체가 엄마의 눈동자 안에 비쳐졌다. 지금까지 엄마의 눈동자에 숨어 있는 자신의 얼굴을 본 적이 없었다. 나도 이제 진짜로 어른이 되는 건가 하는 생각이 들면서 옥천댁하고 좀 더 시간을 보내지 않은 것이 후회가 됐다.

"그라고, 어머는 너한테 해 준 것은 읎지만, 맘속으로는 이날 이때까지 너희 형제들 안 아프고 몸 건강히 잘 살고 있으라고 맨날 기도를 했구먼. 어머가 언지 느덜한테 공부 잘하라고 하는 거 봤어? 어머는 공부 잘하는 사람은 무조건 잘 산다는 말을 안 믿어. 그래서 그런 말을 안 했잖여. 앞으로 자식들을 낳아도 억지로 공부해라, 공부해라 그런 말은 가급적이면 하지 마. 억지로 공부를 하라고 쪼르지 않아도 지가 공부를 하고 싶으면 하게 되어 있는 거여. 승우 좀 봐라. 누가 안 시켜도 지가 공부를 잘하고 있잖여."

"승철이는 공부해라, 공부해라 하고 스트레스를 많이 주니까 제우 청강생으로 대학을 들어갔구먼."

"참, 생각난 김에 좀 물어보자. 너 승철이한테 들례에 대해서 말해 준 적이 있냐?"

"아니, 언젠가 승철이가 스스로 알게 될 거잖아. 굳이 먼저 말해 줄 필요는 없다고 생각하는데? 왜, 무슨 일이 있었어?"

"아녀, 무슨 일이 있었어. 하여튼 여자 팔자는 자기 하기 나름이라는 말을 명심하고, 고 서방하고 시어머님한테 잘햐. 알겠지."

옥천댁은 계속 앉아서 애자에게 이런저런 당부도 하고 싶었지만 음식 준비하는 것도 봐야 하고, 날이 캄캄해지면 함도 들어올 것이라서 마음이 바빴다. 애자의 등을 두들겨 주며 일어서는데 말자와 영자가 들어왔다.

"언니 시집가는 거 맞어?"

"내가 볼 때는 언니 집에 놀러 온 거 같애."

말자와 영자는 충남대학교 석사과정에 다니고 있다. 말자는 논문을 쓰고 있는 중이고, 영자는 2학년이다. 그녀들은 요즘 대학생들 사이에서 유행하는 청바지에 간편한 티셔츠 차림으로 일어서려는 옥천댁의 손을 잡고 앉았다.

"느덜은, 오늘 같은 날 동리 사람들이며 손님들이 잔뜩 와 계신데 이옷이 머여? 대학원을 댕기는 학생들답게 즘잖게 입고 올 일이지."

옥천댁은 하체가 꽉 쪼인 맘보바지를 입은 모습이 너무 민망해서 얼굴을 찡그렸다.

"언니 결혼식 할 때 입을 한복도 가져왔어."

"언니하고 형부 한복도 찾아왔어. 너무 이쁘더라."

옥천댁은 자매들끼리 시간을 보내도록 내버려 두고 밖으로 나갔다. 마당에는 도랑에서 잡은 돼지고기를 실은 리어카가 와 있었다.

"오늘 당장 필요한 거하고, 날 쓸 거는 밖에 둬도 되는데 나머지는 워디다……."

박태수가 돼지고기가 들어 있는 함지박을 리어카 안에서 들어 올리며 옥천댁에게 물었다.

"그건 광이 션한 거 같은데유. 무거울 텐데 같이 들어유."

광은 곡물이나 2, 3일 정도씩 보관하는 음식이 쉽게 상하지 않도록 흙벽돌로 두껍게 벽을 만들고, 서까래 위에도 황토를 두껍게 발라서 날씨가 더운 날도 서늘했다. 박태수의 벌겋게 익은 얼굴에는 땀이 송글송글 맺혀 있었다. 옥천댁이 함지박을 같이 들며 말했다.

"아, 아녀유. 혼자 충분히 들 수 있슈."

박태수가 함지박을 든 손을 떼지는 못하고 당황한 얼굴로 고개를 흔들었다.

"날도 더운데 너무 고생이 많구먼유. 어여 가유."

옥천댁은 박태수에게서 광 쪽으로 시선을 옮기며 게걸음으로 나갔다.

"저, 혼자 들어도 괜찮은데……."

마당 안에는 많은 사람들이 있었다. 돼지고기가 들어 있는 커다란 함지박을 옥천댁과 박태수가 맞들고 가고 있지만 그 어느 누구 하나 이상한 눈빛으로 바라보거나, 손가락질하는 이들이 없었다. 그런데도 박태수는 얼굴이 화끈거리고 꼭 누군가 뒤통수를 바라보고 있는 것 같아서 진땀을 뻘뻘 흘리며 걸었다.

"마, 마당에 있는 것도 일루 갖고 오면 되는 거유?"

광문은 활짝 열려 있어서 햇볕이 역삼각형으로 그늘을 환하게 비추고 있었다. 그런데도 박태수는 사각형의 막힌 공간 안에 옥천댁과 단둘이 있다는 생각에 말을 더듬었다.

"오늘 쌂을 거만 빼놓고 여기 갖다 노면 돼유."

옥천댁이 이마에 맺힌 땀을 길고 가는 손으로 닦으며 박태수를 바라봤다.

"스 승……."

박태수는 옥천댁의 시선을 마주할 수가 없었다. 그렇다고 외면할 수도 없었다. 옥천댁과 엇비스듬하게 시선을 비키며 더듬거렸다.

"예? 스, 승우를 왜유?"

자라 보고 놀란 가슴 가마솥 뚜껑만 봐도 놀란다는 말이 있다. 옥천댁은 박태수의 입에서 승 자가 나오는 순간, 승우의 얼굴이 번뜻 떠올랐다. 이 사람도, 알고 있는가? 하는 생각에 가슴이 철렁 내려앉는 것을 느끼며 비틀거렸다.

"왜, 왜 그러세유?"

박태수가 깜짝 놀라 비틀거리는 옥천댁의 팔뚝과 허리를 잡으며 부축했다. 순간 머리가 아찔할 정도로 분 냄새가 코를 찔렀다.

"스, 승우가, 승우가 뭘?"

옥천댁은 박태수의 팔에 살짝 안겨 있다는 것도 몰랐다. 만약 박태수가 승우의 존재에 대해 알고 있다면 얼굴을 들고 세상을 살 수 없다는 생각에 휘청거리며 물었다.

"지, 지는 승철이 대학에 들어갔냐고 물어볼 참이었는데……."

박태수는 코를 찌르는 분 냄새의 근원이 옥천댁의 얼굴이라는 것을 뒤늦게 아는 순간 가슴이 철렁 내려앉았다. 얼른 떨어지면서 바라봤다. 다행히 이쪽으로 신경을 쓰는 사람들은 아무도 없었다.

"스, 승철이는 대학교 댕기잖아유. 대학교 댕겨유……."

옥천댁은 박태수 모르게 안도의 숨을 내쉬며 쌀이 두 가마니 정도 들어가는 항아리에 기댔다.

"그라고, 봉께 대학교 댕길 때가 됐구먼유."

"이, 인숙이는 공부 잘하쥬?

"즈, 즈 어머가 그라는데 지난 중간고사에서 일등을 했다고 하데유. 승우도 즈 학년에서 일등을 했다는 말을 들었슈. 승우야 원래 머리가 좋은 줄 알아서 일등을 하는 건 당연하지만, 우리 인숙이는 순전히 의원님하고 사모님이 어릴 때부텀 과외 공부를 시켜준 덕분이라고 생각해유."

박태수는 고기를 광 안에 갖다 놓았으니까 밖으로 나가서 리어카에 있는 것을 다시 들고 와야 한다. 하지만 발걸음이 떨어지지 않았다. 화덕 앞에서 적을 굽고 있는 아낙네들, 우물에서 물을 길고 있는 아낙네, 정지와 마당을 오가며 무언가를 내오고 들여가는 모습을 바라보았다.

"과외 공부를 인숙이만 하는 거는 아니잖유. 있는 집 자식들은 죄다 담임 선생님이나 대학생들을 밤에 불러서 과외 공부를 시키잖유. 순전히 인숙이 머리가 좋아서 시험을 잘 봤다고 봐유."

옥천댁은 침이 말라서 더 이상 말을 할 수가 없었다. 박태수에게 가볍게 고개를 숙여 보이고 광을 나갔다. 박태수는 옥천댁이 아무 일도 없었다는 모습으로 천천히 정지 안으로 들어갈 때서야 턱에서 땀이 방울방울 떨어지고 있다는 것을 알았다.

고현수가 함을 팔러 오기로 한 시간은 해가 진 후인 8시 30분쯤이다.

안방은 천순이며 여순 가족과 사돈들이 차지하고 앉아 있다. 영자와 말자는 내일이면 한 남자의 아내이자, 한 집안의 며느리가 될 애자와 석별의 정을 나누고 있었고, 승우는 인숙이네 집에 놀러 갔다.

사랑방에는 문밖의 축제와는 아무런 관련이 없다는 것처럼 정적이 흐르고 있었다. 방의 주인 이동하는 누마루를 향해 앉아서 승철이 스케치북에 그린 만화를 한 장 한 장 넘기고 있었다. 승철은 벽에 기대어 한쪽 무릎을 세우고 그 위에 팔을 얹은 자세로 건너편 천장을 물끄러미 바라보고 있었다.

"이걸 니가 그렸단 말이지?"

이동하는 스케치북을 덮었다. 자신이 아니라 누가 보더라도 잘 그렸다는 말을 할 것 같았다. 당장 만화가로 나서도 손색이 없을 만큼 능숙한 그림이지만 이건 아니라는 생각은 지울 수가 없었다.

"예……."

승철은 이동하의 목소리가 건조하게 들려서 자신도 모르게 자세를 바르게 잡고 앉았다.

"이런 걸 몇 권이나 그린 겨?"

이동하가 스케치북을 흔들며 물었다.

"몇 십 권은 돼유."

"공부는 안 하고 이런 것만 그렸단 말이구면."

"저는 만화가가 되고 싶어유. 솔직히 공부는 자신 없지만 유명한 만화가가 될 자신은 있어요. 아버지만 허락해 주신다면……."

"승철아!"

이동하가 천천히 스케치북을 한 장씩 찢어내며 승철의 말을 막았다.

"아버지가 도와주시지 않아도 돼유. 그냥 허락만 해 주세요. 그럼 제가 유명한 만화가 밑에 제자로 들어가서 먹고 자면서 만화를 더 열심히……."

"내가 허락을 안 해 준다믄?"

이동하가 마지막으로 표지를 찢어서 꼬깃꼬깃 구기며 물었다.

"해병대에 입대하고 싶어유."

승철은 더 이상은 이동하 앞에서 만화 이야기를 꺼내는 일은 없을 것이라고 생각하며 단호하게 말했다.

"만화가가 될 수 없응께 학교를 휴학하고 꼭 해병대에 가겠다 이거구먼……."

이동하는 혼잣말로 중얼거리며 담배를 입에 물고 재떨이를 바라봤다. 과거 이병호가 사용하던 재떨이다. 문득 이병호는 이 재떨이에 담뱃재를 털면서 무슨 생각을 했을까 하는 생각이 들었다. 때로는 진노하고, 어느 때는 고독하고, 희열에 떨기도 하고, 외로워서 한숨을 쉬면서 재를 떨었을지도 모를 일이었다.

"꼭 대학을 나와야 성공을 한다는 보장은 없는 거잖유."

승철이 시선을 돌리지 않고 천장을 응시하면서 중얼거리는 목소리로 말했다.

"공부를 하기 싫어서 해병대에 지원을 하겠다……."

이동하는 햇살이 노랗게 물들어 있는 누마루 쪽의 창호지 문을 응시했다. 승철이 얼굴은 자신을 닮았지만 성격은 누구를 닮았는지는 분간이 되지 않는다. 분명한 것은 국민학교 다닐 때부터 공부하고는 담을 쌓고 살았다는 점이다. 하지만 철이 들면 좀 변할 줄 알았다. 그래서 서울로 데리고 올라간 것이다. 서울에는 아무래도 영동보다 눈으로 보고 느끼는 것이 많아서 공부를 열심히 할 것이라는 판단에서였다. 결과는 오히려 반대로 나타났다. 서울은 돈만 있으면 재미있게 시간을 보낼 수 있는 곳이 열배 백배나 많다는 것을 알게 된 것은 담임 선생을 면담하고 재수를 결정하고 난 후였다.

"공부를 하기 싫어서 해병대를 지원하는 것이 아니고, 남자답게 살고 싶어서 지원하는 거유."

"왜 해병대에 지원하면 남자답게 산다고 생각하는 거여?"

승철은 적당한 말이 떠오르지 않아서 눈을 깜박거리며 천장을 바라봤다. 이동하는 남자답게라는 말이 가슴을 찌르는 것 같았다. 저놈도 다 컸구먼, 이라는 생각이 들어서 승철을 바라봤다. 대학생이라서 머리는 길렀지만 어딘지 모르게 어린 티가 난다. 그러나 그건 겉으로 보이는 모습뿐일지도 모른다는 생각이 들었다. 어쩌면 마음은 어른의 세계에 돌입했는지도 모른다.

하긴, 대학생이니까……

대학생이니까 엄연한 성인이라는 생각이 들기는 한다. 하지만 성인은 제 미래를 개척할 수 있는 힘이 있어야 한다. 없다면 그것을 길러주는 것이 부모의 역할일 것이다. 부모의 역할을 제대로 한다면 해병대에 지원하는 것을 허락해 줄 수는 없을 것이다.

"해병대 훈련이 엄청 힘들다고 하드만유. 거기 가서 삼 년 동안 박박 기다 보면 남자다워질 것이라는 생각이 드느만유."

"해병대에 가서 고생을 해 봐야 남자가 될 수 있다는 생각은 원시적인 방법여. 너는 군대 안 가도 됭께 니가 정 남자답게 살고 싶다믄 운동을 해 봐."

"제가 삼대독자도 아닌데, 왜 군대를 안 갑니까?"

"군대 삼 년 동안 딴 걸 하면 그 몇 백배나 이익이잖여. 자본주의 사회에서는 이익이 되는 쪽에 서서 살아야 하능 겨."

이동하는 군대는 돈도 없고 빽도 없는 집안의 자식이나 가는 곳이라는 말은 차마 자식 앞이라서 할 수 없었다.

"대한민국 남자는 국방의 의무가 있잖아유."

"그건 빽이 없는 집안의 청년들이 하는 말이고, 너는 이 애비가 어떡하든 군대 안 가게 만들 팅게. 행여 해병대 지원한다는 말 같은 거 하지 말고 운동이나 열심히 해 봐. 당수나 유도 같은 거 말여. 맨날 땀을 흘리며 운동을 하다 보믄 인내력도 생기고, 그 머여. 니가 워티게 이 험한 세상을 살아갈 수 있는지 길이 보일 겨."

이동하는 말을 하고 나서 생각해 보니까 승철이 이 나이가 되도록 애비 노릇을 제대로 해 준 적이 없었던 것 같았다. 슬그머니 미안한 생각이 들어서 오늘 함이 들어오는 날이 아니라면 승철이와 마주 앉아서 정종이라도 한잔하고 싶은 생각이 들 정도였다.

"아부지, 아부지 말대로 서울 올라 가믄 당수나 유도 도장에 등록을 할게유. 그라고 한 가지 궁금한 것이 있슈. 학산에서 저하고 같이 살았던……"

승철은 만화가도 안 된다, 해병대 지원도 안 된다고 하니까 가슴이 터져 나가 버릴 것 같았다. 하지만 다른 제안을 제시하면서까지 반대를 하는 이동하의 모습을 보니까 더 이상 말을 하고 싶지가 않았다. 밖으로 나가려고 일어서는 데 갑자기 들례가 생각이 나서 다시 주저앉았다.

"니가, 뭘 묻고 싶은지 알고 있구먼. 오늘은 니 누나 함 들어오는 날여. 그라고 너는 분명히 이씨 집안 자손여. 그릏게만 알고 어여 안방으로 가 봐."

"저도, 그 여자가 저를 낳아 줬다고 해도 엄마로 생각하지 않아유. 이 세상에 엄마가 둘일 수는 없는 법이잖유."

승철은 이동하의 말이 무엇을 뜻하고 있는지 알 수 있었다. 그렇지만 마음의 동요는 일어나지 않았다. 문제를 풀 때 알고 있던 해답을 정답과 맞췄을 때의 기분 그 이상도 이하도 아닌 상태로 일어났다.

"승철아, 아부지하고 오랜만에 좋은 야기 많이 한 겨?"

승철이 방문을 열기 전에 옥천댁이 먼저 문을 열었다. 그녀의 손에는 이동하가 입을 한복이 들려 있었다.

"만화가가 되는 것 포기했구먼, 해병대 가는 것도 포기했어. 그 대신 당수나 유도 배울 텨."

"참말로 잘했구먼. 그려, 누가 그라는데 운동을 열심히 하믄 마음도 강해진다고 하드라. 우리 승철이는 뭐든 한번 한다고 하믄 뿌리를 뽑는 승질이라서 운동을 하면 참말로 열심히 할 겨. 엄마는 믿는구먼."

옥천댁은 듣던 중 반가운 말이라는 생각에 승철의 얼굴을 쓰다듬어 주고 이동하 앞으로 갔다.

"이거 승철이가 그린 만화책 아뉴? 이걸 왜 찢었슈?"

"내 입으로 만화가가 되지 말라는 것보다는 그걸 찢어 버리는 것이 빠르잖여."

"만화를 안 그리더라도 지가 그린 건데, 그냥 두고 보게 하시지 그랬 슈. 그라고 자를 워티게 설득했데유?"

옥천댁은 이동하가 모처럼 아버지 노릇을 했다는 생각에 살갑게 물었다.

"명색이 내가 국회의원 아녀. 국회의원이 자식도 설득 못 시키믄 되나. 벌써 함 들어올 시간이 됐남?"

"얼추 시간이 됐슈. 어여 옷 갈아입으시고 계셔유. 난 애자 옷 입는 것 도와주고 나서 갈아입을 모양잉게."

"난, 애자 그것이 순 날나리한테 시집을 갈 줄 알았는데, 고 서방을 점찍은 것 보고 놀랐당게. 맏딸은 살림 밑천이라는 말이 이렇게 딱 들어맞을 수가 있나, 라는 생각이 들어서 말여."

이동하는 양복을 벗고 한복으로 갈아입기 시작했다.

"당신 눈에는 돈벢에 안 보이는 모양이구먼유. 애자가 겉으로는 선머스마처럼 굴어도 속은 여린아유. 아까 나를 껴안고 울더라니께유……."

"허어! 오늘 같이 좋은 날 왜 눈물을 짜고 그런댜……."

이동하도 말과 다르게 언제까지나 곁에 머물며 재롱을 피울 것 같은 애자가 드디어 시집을 가서 남의 식구가 되는구나, 하는 생각이 들어서 눈물이 핑 돌았다.

함진아비와 고현수며 친구들을 태운 택시 두 대가 둥구나무거리에 도착했다. 순배 영감은 함을 받는데 도움을 주기 위해 박평래와 함께 이동하의 집에 올라가 있었다. 변쌍출과 장기팔이 너럭바위에 앉아서 택시에서 내리는 남자들을 바라보며 일어섰다.

"함 들어오능개벼."

박태수의 집에서 인숙이가 방에서 나오며 말했다.

"참말이구먼."

"얼릉 집에 가서 말햐."

승우는 인숙이 등을 떠밀자, 대답할 겨를도 없이 언덕을 뛰어 올라가기 시작했다.

"누가 신랑여?"

너럭바위 앞에 서 있던 해룡네가 마치 친구에게 묻는 목소리로 말하며 변쌍출을 바라봤다.

"그렇게 궁금하믄 가서 물어봐."

변쌍출도 궁금하기는 마찬가지였다. 이내 궁금증이 풀린 것은 택시 두 대에서 내린 8명 중 한 남자가 바쁘게 이동하의 집이 있는 언덕을 올라가기 시작했기 때문이다.

"신랑 참 잘생겼구먼."

해룡네가 팔짱을 끼며 혼잣말로 중얼거렸다.

함진아비는 아무나 할 수 있는 것이 아니다. 조선시대만 해도 머슴들이나 하층민들이 함을 지었다. 그러나 시대가 변해서 함을 진 아비라는 말 그대로 일단 아들을 낳아야 하고 이혼한 적이 없는 부부 금실이 좋아야 함을 질 자격이 주어진다. 택시 트렁크에서 함을 꺼낸 함진아비가 함을 어깨에 단단히 멨다. 함은 무명천으로 매는데, 그 무명천은 나중에 아이를 낳으면 기저귀로 만든다. 함진아비들은 옛날에는 얼굴에 숯검정을 칠했으나 요즈음은 오징어 가면을 쓰는 것이 유행이다. 숯검정이나 오징어 가면으로 얼굴을 가리는 이유는 모두 사악한 악귀로부터 신성한 예물이 들어 있는 함을 보호하기 위해서이다.

"해룡아! 거기서 어정거리면 안 되는 거여."

함진아비가 오징어로 만든 가면을 썼다. 마부 역할을 하는 장정 2명이 함진아비 옆에 턱 버티고 섰다. 마부들은 한눈에 보기에도 덩치가 컸다. 어디선가 나타난 해룡이 함진아비가 쓰고 있는 오징어 가면의 눈을 손가락으로 찌르려는 것을 본 해룡네가 기겁하며 말렸다.

"함! 사시오!"

"함! 사시오!"

청사초롱을 든 남자 2명이 함진아비와 마부보다 서너 발자국 앞서 걸으며 목이 터져라 외쳤다. 그 소리에 골목 여기저기서 아이들이며 어른들이 뛰어나왔다.

"어이구! 함 팔러 오셨구먼!"

"함 살 팅께 빨리 오셔!"

면장 댁에서 정영일과 김춘섭이며 박태수가 바쁘게 아래로 걸어 나왔다. 함진아비 손을 잡고 빨리 들어가자고 재촉을 했다.

"함 값이 있어야 가지!"

"암! 함 값이 없으면 단 한 발자국도 못 움직여."

덩치 큰 마부들이 함진아비를 양쪽에서 잡았다. 함진아비는 말 한마디 안 하고 움직이지 않았다. 청사초롱을 든 장정들이 함을 팔기 시작했다.

"정 서방, 함 값 달라잖여. 풍족하게 줘서 싸게 들어가자구."

박태수의 말에 정영일이 미리 준비를 해 둔 봉투를 함진아비가 서 있는 곳에서 1미터 앞의 땅에 내려놓았다.

"딱 요까지만 오는 거여."

청사초롱을 든 장정의 지시에 따라서 함진아비는 돈 봉투가 있는 곳까지만 걸어갔다.

"먼 인심이 그렇게 야박하댜. 두어 걸음 더 걸어."

"이 집, 처자들이 안직 두 명이나 남았어. 거기 마부들은 안직 장가를 안 갔을꺼 아녀, 새신랑하고 동서가 되고 싶으면 대문 앞에까지 직통으로 가는 거이 좋을걸."

박태수와 김춘섭이 너스레를 떨어도 함진아비는 끔쩍도 안했다. 정영일이 다시 돈 봉투를 땅바닥에 내려놓았다. 함진아비가 다시 그만큼만 걷고 또 멈췄다. 김춘섭과 박태수가 함진아비 뒤에 가서 등을 떠밀었지만 함진 쪽의 숫자가 일곱 명이 돼서 억지로 끌고 갈 수가 없었다.

"허어! 국회의원님 댁이라고 해서 함 값이 수월찮게 나올 줄 알았는데 너무 박하구면."

"그려, 암만해도 우리를 우습게 보는 모냥인데, 어디 누가 이기는지 한번 해 봐?"

마부들과 함진아비가 땅바닥에 털썩 주저앉았다. 대문과는 불과 10여 미터 거리밖에 되지 않았다.

"얼른 안에 들어가서 술상 좀 봐서 가져 와. 함진아비가 목이 말라서 못 걷는 모냥이구면."

구경꾼들 중에 누군가 소리치는 말이 끝나는 것과 동시에 김춘섭의 아내가 술상을 들고 내려왔다.

"부잣집이라 비싼 맥주가 나오는구면."

"안주도 쇠갈비네."

"자! 선한 맥주로 입가심 좀 하고 어여 들어갑시다."

"여기, 마부님들도 한잔씩 하고……."

박태수와 김춘섭이 같이 퍼질러 앉아서 함진이들에게 맥주를 권했다. 그들은 맥주를 벌컥벌컥 마시기는 잘 마시면서도 일어설 생각을 안했다.

"자! 목 좀 축였으믄 인제 어여 출발해유. 안에 들어가면 상다리가 휘어지도록 맛난 걸 잔뜩 준비해 놨응께."

"아까, 어느 분이 그라시는데 이 집에 시집 안 간 처자가 한 명도 아니고 둘씩이나 있다던데, 어디 얼굴 좀 봅시다."

"그려, 우리 고 서방 처제들이 마중을 나와야 되는 거 아뉴?"

함진이들이 걸걸한 목소리로 한마디씩 던지자 아낙네 한 명이 재빠르게 대문 안으로 뛰어 들어갔다. 잠시 후에 노란색 저고리와 빨간색 치마를 입은 말자와 영자가 수줍은 걸음으로 내려왔다.

"어매, 새색시들 같구먼. 도시에서 사는 사람들이라 피부가 다르구먼."

"당연한 말이지. 우리 같은 이들하고 같을 수가 있남?"

"둘이 쌍둥이 같구먼."

"언니는 할아부지를 빼다 박았고, 동생은 사모님을 닮았구먼, 머."

아낙네들은 말자와 영자가 사뿐사뿐 걸어오는 모습을 보고 벌린 입을 다물지 못하고 한마디씩 했다.

"오빠들, 어서 들어가요."

"형부가 화가 단단히 났어요. 빨리 안 들어온다고."

영자와 말자는 신세대 여성들답게 남자들 앞에서 부끄러워하지 않았다. 수줍게 걸어 내려올 때와 다르게 함진아비 앞으로 가서 양쪽에서 팔을 잡고 일으켜 세웠다.

"어딜, 세상에 공짜가 워딨어. 노래 한 곡 해야 올라가지."

"그려, 노래해 봐. 노래 한 곡 하면 군말 없이 올라갈 겨."

"그람 우리 둘이 합창해도 되죠?"

함진아비들이 재촉하는 말에 말자가 물었다.

"안 됩니다. 한 명씩 해야 합니다."

"아녀, 합창을 해도 괜찮아유. 그 대신 노래 곡목은 우리가 정해줍니다. 뭘 시킬까?"

"노란샤쓰 사나이 시켜."

"아녀, 이미자의 섬마을 선생을 불러봐유."

함진이들이 이구동성으로 주문을 하자 말자와 영자는 서로의 얼굴을 바라봤다. 선뜻 노래를 안 하니까 함진이들이 해당화 피고 지는 서엄마을에…… 라며 선창을 했다. 그때서야 말자와 영자는 서로 손을 잡고 노래를 부르기 시작했다.

노래가 끝나니까 구경꾼들이 더 크게 박수를 쳤다. 한 곡 더 부르라고 발을 구르며 환호하는 이도 있었다.

"자, 우리 선녀님들의 노래를 들었응께 어여 들어가유."

"빨리 가서 원님 덕에 나팔 좀 불어 봅시다. 함진이들이 들어가야 우리도 술잔이나 은어먹을 거잖유."

박태수와 김춘섭이 한마디씩 했다.

"장모님, 장모님이 마중을 나오셔야 들어갑니다."

"옳지 그라고 봉께 가장 중요한 순서를 빼먹을 뻔했구먼."

"장모님! 함 사셔유!"

"장모님, 함 안 사시면 우린 여기서 밤 꼴딱 세울 거유!"

얼큰하게 취한 함진이들이 약속이나 한 것처럼 일제히 손나팔을 만들어서 고함을 질렀다.

"어여, 나가 봐. 당신이 와야 함이 들어온다잖여."

대문 앞에서 함진이들이 지르는 고함은 술상을 차려 놓은 사랑방 안에까지 들려왔다. 고현수하고 이런저런 이야기를 주고받던 이동하가 옥천댁에게 말했다.

"그냥, 들어와도 될 낀데……."

옥천댁은 옷매무새를 다듬고 나서 사랑방을 나섰다. 거실 마루 앞에는 아낙네들 십여 명이 마치 구경을 온 것처럼 서 있다.

"장모님이 나오셔야, 들어온다고 야단들이잖유."

광일네가 옥천댁이 나갈 수 있도록 길을 터 주며 웃었다.

"장모님이 색시보다 더 이쁘구먼."

"참말로, 너무 이쁘시네."

아낙네들은 부러움이 섞인 말을 한마디씩 하며 옥천댁을 따라서 대문 밖으로 나갔다.

"아이구! 우리 장모님 오시느만."

"장모님이 따라 주는 술이 고파서 함진아비가 이렇게 퍼질러 앉아 있구만유."

옥천댁은 소리 없이 웃으며 함진 이들이 건네주는 맥주병을 받았다. 함진아비에게 술을 따라 주었다. 술잔을 비우자마자 어여 들어가자고 손을 잡아 일으켜 세웠다.

"머여! 너무 싱겁잖여."

"글씨 말여. 원래 계획은 장인어른까지 모시기로 안 했나?"

"저, 함진아비 저놈, 우리 모르게 돈 먹은 거 아녀?"

함진아비 일행은 말은 그렇게 하면서도 옥천댁을 따라서 대문 안으로 들어갔다. 그때까지 구경하고 있던 사람들 일부는 대문 안까지 따라 들어가고, 일부는 재미있는 구경을 했다는 얼굴로 돌아섰다.

벼랑 끝에 서 있는 사람들

사장 형편을 뻔히 알고 있는 데다 자식들은 1도 화상이고,
부부도 모두 2도 화상을 입고 병원에 누워 있다.
차라리 자식들 학교를 일 년 쉬게 하는 것이 낫지,
전 재산을 잃어버리고 온 가족이 병상에 누워 있는데
내 자식들 수업료라도 내놓으라고 했다가는 천벌을 받을 것 같았다.

박태수는 소문으로만 듣던 태평관이 처음이다. 앞서 가는 황인술은
몇 번 와 본 경험이 있는지, 변소가 어디 있는지도 알고 있고, 기생들이
잠을 자는 방이 어딘지도 알고 있는 눈치였다. 마당을 쓸고 있는 아줌마
에게 고개만 끄덕거려 보이고 제멋대로 슬슬 걸어서 방문을 열고 안으
로 들어갔다.

"이런 데는 엄청 비쌀 건데?"

방에는 여섯 폭짜리 병풍이 윗목에 쳐 있을 뿐 아무런 장식이 없었다.
방 가운데 옻칠을 한 교자상 한 개만 덜렁 놓여 있었다. 박태수가 엉거
주춤 교자상 앞에 앉으며 중얼거렸다.

"아따, 딸내미가 농협 직원이 되는데 그까짓 돈이 문제여? 나 같으믄

광일이를 농협 직원을 시켜 준다믄 일 년치 월급 안 받은 셈 치고, 이런 데서 대접하겄네."

박태수 건너편에 앉은 황인술은 태평관은 이동하 선거 때 한 번 와 보고 처음이다. 그때는 기생 끼고 술 먹었다가는 소문이 날 거 같아서, 다른 방에서 터져 나오는 기생들의 웃음소리와, 교태 짓는 소리를 듣는 것만으로 만족했었다. 오늘은 박태수가 며칠 전에 부탁했을 때부터 제대로 한번 놀아 볼 생각이었다. 자꾸 실실 웃음이 나오려고 해서 짐짓 퉁명스러운 목소리로 말했다.

"하긴, 집에서 놀고 앉아 있으면 월급이 나와, 돈이 나와……. 그래도 그때는 그때고 오늘은 여기서 술을 마시믄 돈이 많이 나올 거 같은데, 얼매나 나올까유?"

"술값이야 딴 데하고 가텨. 하지만 기생을 끼고 마셔야 할 거 아녀."

"기생이라뉴?"

"아! 색씨 몰라? 옆에서 술 따라 주고 장구 치고 노래 부르는 색씨."

"에이, 농협조합장하고, 전무님을 모시는 즘잖은 자리에서 색씨를 부르면 쓰나."

"어려?"

황인술이 담배를 입에 물다 말고 어이가 없다는 얼굴로 박태수를 바라봤다.

"왜유?"

"아! 이왕 대접을 할 바에는 화끈하게 태평관 같은 데서 대접하고 싶다는 말은 누가 한 겨? 내가 했남?"

"그야, 내가 우리 인자가 학산농협에 취직을 하게 됐는데, 이동하 국회의원님이 조합장하고, 전무를 불러내서 톡톡히 대접을 해 주라는 말을 들었는데 워디서 대접을 하면 좋을까 하고 구장님한테 물어봤잖유. 그랑께 구장님이 하시는 말씀이……."

박태수는 방문이 열리는 소리에 말을 끊었다. 한복을 입은 40대 중반의 여자가 얌전하게 들어왔다.

"정 마담이에요. 주문하시겠어요?"

"이따 손님 두 명이 오실 거여. 학산농협 조합장님하고 전무님여. 그분들이 오시믄 일로 안내햐. 주문은 그때 할 겨."

박태수가 보기에 정 마담이라는 중년 여자는 몸매도 쭉 빠졌고, 주름살도 없이 예뻤다. 황인술이 마치 성주옥 기생 대하는 말투를 던지는 것을 보고 놀란 눈으로 바라봤다.

"학산 성주옥 같은 데서 술을 마시믄 소문이 날 거다. 그랑께 읍내 태평관 같은 데서 소리 소문 읎이 조용히 대접하는 것이 날 거다. 그래서 여기로 오기루 한 거 아뉴?"

"내 말은 태평관에서 대접한다는 말을 들었을 때부텀 기생 끼고 술 마실 것을 염두에 두고 올 거라는 야기여. 기생 안 끼고 술 마실 거 같으믄 미쳤다고 여기까지 와서 술 마셔? 학산 태화루 골방에서 탕수육에 고량주나 대접하는 것이 낫지?"

황인술이 담뱃불을 붙여서 길게 연기를 내뿜고 나서 답답하다는 표정으로 말했다.

"구장님 말씀을 듣고 봉께 그렇네유. 나도 여기는 츰 와 보지만, 방앗간에서 우리끼리 야기할 때도 '태화루 가서 기생 끼고 술이나 마셔 볼까?' 라고 말을 하는데, 당연히 그렇게 생각하겠네유. 그람 기생은 두 명만 부르면 되쥬?"

"난, 태수 그렇게 안 봤는데 답답한 구석이 있구먼. 기생 두 명을 불러서 조합장하고, 전무한테 붙여 주는 거까지는 좋아. 우리가 멀뚱이 구경만 하고 있으면, 그 사람들이 맘대로 놀겠어?"

"하긴, 나라도 남들이 귀경하고 있는 데서 맘대로 못 놀겠네?"

박태수는 태평관에서 대접을 해 봤자, 돈 만 원이면 떡을 칠 것이라고 생각했다. 하지만 황인술 말을 들어보니까 기생을 네 명이나 불러야 한다는 결론이다. 그럼 네 명이 마시는 술이 아니고 여덟 명이 마셔야 한다. 기생들은 직업이 술 먹는 일이다. 여덟 명이 부어라 마셔라, 흥청망청 마셔대면, 술값에 안주 값이 꽤 많이 들어갈 것 같다는 생각에 갑자기 기운이 빠졌다.

"태수 자네는 가만히 앉아서 귀경만 하고 난중에 계산이나 햐. 그라고 설마 내가 자네한테 봉을 씌우겄어. 난도 다 요량이 있응게 걱정하지 말란 말여."

"난, 구장님만 믿어유."

태수는 기운 없는 목소리로 대답하고 담배를 꺼냈다. 막 담배를 꺼내려고 하는데 방문이 열렸다. 조합장 오덕환하고 전무 박칠성이 양복에 넥타이를 맨 차림으로 들어왔다. 얼른 담배를 주머니에 넣고 일어섰다.

"어여, 오셔유. 우리도 금방 왔슈."

황인술은 박태수 건너편에 앉아 있다가 일어서서 얼른 박태수 옆으로 가서 섰다.

"마침, 읍내서 조합장 회의가 있어서 일찍 나왔슈. 박 전무도 군조합에 출장을 왔다가 만나서 오는 길유."

오덕환은 양복 윗도리를 벗어서 뒤에 따라 들어온 정 마담에게 건넸다. 자연스럽게 아랫목에 앉았다.

"박 양 아부지 오늘 너무 과하게 푸시는 거 아뉴?"

박칠성도 양복 윗도리를 벗어서 정 마담에게 건넸다. 교자상 앞에 앉으며 너스레를 떨었다.

"아따, 이 사람 쩨쩨하게 노는 사람 아녀유. 그래도 명색이 영동에서 젤 큰 정미소 소장님유."

황인술은 정 마담에게 술은 맥주로, 안주는 적당한 걸로 가져오고 기생들은 새로 온 어린 것들만 들여보내라고 귓속말로 속삭였다. 시치미를 뚝 떼고 박태수 옆에 앉아서 자신도 모르게 손바닥을 쓱쓱 비비며 어깨를 으쓱거렸다.

"그런 구장님은 군청 황 주사님 부친이싱께, 오늘 허리빵 풀어 놓고 배터지게 마셔도 괜찮겄구먼유."

"에이, 지가 군청 주사라믄 몰라도, 저는 모산 구장유. 하지만 이 사람은 빵빵해유."

"나도 알아유. 사과 과수원이 삼천 평이잖유. 신문에도 몇 번이나 났잖유. 모산에 억척 아줌마가 산다고 말여유. 내가 알기루는 군수님 표창도 받은 걸로 알고 있는데……."

오덕환이 은근한 목소리로 말하며 박태수를 바라봤다.

"구장님은 별말씀을 다 하시네유……."

박태수는 얼굴이 빨개지는 것을 느끼며 겸연쩍게 웃었다.

"박 양은 이력서를 봉께 주산이 일 급이고, 상업부기가 이 급이데유. 그렇게 공부를 잘하는 아가, 왜 존 데 취직을 못하고 집에서 놀고 있었슈? 진작 나한테 말했으면 이동하 의원님이 부탁을 하지 않으셔도 농협에 취직을 시켰을 껀데……"

황인술이 주전자의 물을 따라서 무릎을 착 꿇고 오덕환에게 두 손으로 내밀었다. 황인술보다 나이가 다섯 살이나 어린 오덕환이 한 손으로 물을 받으며 박태수에게 물었다.

"학교에서 우체국에 임시직원으로 취직을 시켜줬었슈. 월급도 짝고 적성에도 안 맞는다고 몇 달 댕기다 그만뒀슈……"

"우체국에서 임시직으로 근무했다는 거는 이력서에 읎던데?"

박칠성이 물을 마시다 말고 끼어들었다.

"지가 부끄러웅께 뺐나 보쥬. 하지만 아는 착해유. 즈 어머가 공부 갈치는 거는 여간 극성이 아니라서, 국민학교 댕길 때부텀 여즉까지 결석 한 번 안 했슈."

"아! 착하기만 햐. 이 사람 큰딸내미가 촌에서 태어나서 그렇지, 서울 같은 데서 살았으믄 미스코리아감유. 또, 즈 할아부지 할머한테는 물론이고, 동리 으런들한테는 일 년 삼백육십오 일 정월 초하루처럼 인사를 해유. 과수원에 가다가 인사하고, 과수원에 갔다 옴서 또 인사하는 아는, 우리 동리서 태수 큰딸내미뻬에 읎슈. 하나를 보믄 열을 알 수 있다고, 내가 통신표를 안 봐서 그렇지 공부도 잘했을 뀨."

"구장님두 참……"

박태수는 쑥스러워서 얼굴을 붉히며 오덕환과 박칠성을 번갈아 바라보던 시선을 아래로 내렸다.

방문이 조용히 열렸다. 기생 네 명이 술병과 안주 등을 담은 쟁반을 하나씩 들고 들어왔다. 황인술이 볼 때는 하나같이 학산 같은 면 소재지에서는 감히 구경도 못할 미인들이다. 하도 술을 많이 마셔서 살이 찔 틈이 없는지 몸도 바람이 불면 날아가 버릴 것처럼 날씬하다. 자신도 모르게 입 안에 가득 고인 뜨거운 침을 꿀꺽 삼키고 부르르 떨었다.

사람 돌겠구먼…….

박태수는 바지 주머니에 손을 집어넣었다. 주머니에 넣고 온 돈은 딱 만 원이다. 기생들 얼굴을 보니까 만 원 가지고는 어림도 없다는 생각이 들었다. 이동하가 경영하는 정미소 소장이라면 외상이야 달아주겠지만 대접을 하면서 농협 조합장이나 전무 앞에서 외상을 달면 체면이 말이 아니다.

"워디가?"

박태수가 슬그머니 일어서는 모습을 보고 황인술이 물었다.

"잠깐, 벤소 좀……."

"맥주 마실 생각을 항께, 벌써부텀 오줌이 매려운개비구먼."

"죄송해유……."

박태수는 오덕환이 농담으로 던지는 말에도 얼굴을 붉히며 밖으로 나갔다. 정 마담이라는 여자가 막 정지에서 나오고 있었다.

"잠깐 나 좀 봐유."

"왜요, 색씨들이 맘에 안 들어요?"

정 마담은 박태수를 따라서 집 모퉁이로 갔다.

"오늘 계산이 얼매나 나올 거 가튜?"

"어머, 그걸 제가 어떻게 알아요 술 마실 분들이 알지……."

정 마담이 화류계 생활 20년 만에 처음 듣는 말이라는 표정으로 피식 웃었다.

"딴 기 아니고 말유. 내가 오늘 학산농협 조합장하고, 전무님을 대접 할라고 만.원을 준비해 갖고 왔슈. 그란데 눈치를 봉께 만 원 갖고 턱없이 부족할 거 가텨서 묻는 말유."

박태수가 주머니에서 돈을 꺼내 정 마담 앞에 흔들어 보였다.

"이런 데 처음이신가보네. 아, 돈 없으면 외상하시면 되잖아요. 사장님이 돈 계산하실 거예요?"

정 마담이 한 걸음 뒤로 물러서서 태수의 위아래를 훑어보았다. 농사를 짓는 타입은 아니고, 어디 공장 같은 곳을 다니는 사람처럼 보였다.

"아따, 그래서 내가 잠깐 보자고 했슈. 내가 생긴 거는 이리 허술하게 보여도, 합동정미소 소장유."

"어머! 합동정미소라면, 혹시 국회의원?"

"잘 알고 계시네요. 이동하 국회의원님이 우리 사장님유."

"아이구, 그렇다면 이 돈은 그냥 넣어 둬요. 계산은 나중에 한꺼번에 하는 걸로 알고 있을 테니까, 돈 걱정하지 말고 맘껏 마셔요. 그리고, 앞으로 자주 오세요. 소장님한테는 특별히 예쁜 아가씨 붙여 주고, 안주도 서비스로 푸짐하게 줄 테니까. 예전에 전우팔 소장님은 여길 자주 왔었거든요."

정 마담이 활짝 웃는 얼굴로 박태수의 팔짱을 끼고 가늘고 긴 손가락으로 가슴을 쓰다듬었다.

"아, 알았슈……."

박태수는 전우팔 그 인간이 여기서 기생 끼고 술 퍼마시다가 시방 감옥에 있슈, 라는 말은 목구멍 안으로 삼키며 어색하게 웃었다.

노을이 고물상을 붉게 물들이고 있을 즈음이다.

대방동으로 고물장사를 나갔던 경상도 박 씨가 입술이 깨지고 눈두덩이 시퍼렇게 멍이 든 얼굴로 들어왔다.

"박 씨 얼굴이 왜 그래, 누구한테 맞았어?"

짱구가 박 씨의 손을 잡고 천막 안으로 들어가며 물었다. 천막 안에는 전등불이 켜져 있었다. 얼굴뿐만 아니라 팔에도 시퍼렇게 멍이 들었다.

"박 씨 성질에 누구하고 싸울 리는 없고 어디서 은어맞았구면."

책상 앞에 앉아서 오늘 들어온 고물 가격을 합산하고 있던 경훈이 박 씨 앞으로 가서 전등불을 비췄다. 손가락으로 입술의 상처를 누르자 박 씨가 얼굴을 찡그리며 뒤로 물러섰다.

"포장마차에서 가락국수 한 그릇 먹고 있는데 재건대 놈들이……."

"왜?"

변소에 갔던 철용이 천막 안으로 들어서면서 날카롭게 물었다.

"오늘 대방동으로 장사를 안 나갔나. 골목 쓰레기통 앞에 빈 병 한 개가 있길래, 아무 생각 없이 줍지 않았능교 마침 재건대 두 놈이 골목으로 딱 들어서는 기라. 카면서 와! 남의 물건에 손을 대노, 라고 다짜고짜 병을 내노라고 하지 않능교. 그래서, 내가 먼저 봤는데 와 너희들한테 줘야 하는데? 라고 물었더니, 거기가 저희들 구역이니까 고물도 저희들 꺼라고……. 아야! 자꾸 손가락으로 찌르면 아프다 안 합니꺼."

철용이 상처의 깊이를 알아보기 위해 눈두덩을 눌렀다. 박 씨가 철용의 손을 밀어내면서 얼굴을 찡그렸다.

"그래서, 일방적으로 맞았다 이거쥬 두 놈한테?"

"내가 다리만 이리 되지 않았으모 두 놈이 아니라 열 놈이 와도 한꺼번에 멱살치기를 할 수 있는디……."

짱구가 의자를 가져와서 박 씨 엉덩이에 내밀었다. 박 씨가 고통스럽게 의자에 앉으며 허풍을 떨었다.

"짱구야, 몸이 빠른 아를 시켜서 재건대 동정 살피고 오라고 햐, 날치 놈 숙소는 워디고, 딴 놈들은 워디서 잠을 자는지 정확하게 워티게 잠을 자는지 변소는 워디에 있는지 자세하게 그림을 그려 오라고 햐."

"그런 일이라믄 전문적으로 해낼 놈이 있습니다. 곧바로 지시를 하겠습니다."

"놈들에게 들키면 절대 안 되는 거여. 그랑께 두 명을 보내, 한 명은 망을 보게 하란 말여."

경훈은 바쁘게 나가려는 짱구를 붙잡아서 재차 지시를 하고 책상에서 내려와 의자에 앉았다.

"형, 기습 공격을 할라고 그라는 거여?"

"박 씨는 가서 셔유. 몸이 안 좋으믄 당분간 장사를 하지 마유. 재건대 일은 내가 알아서 처리할 모양잉께."

"꼭, 복수 좀 해 주이소. 그카고 요번 기회에 복수를 안 하모, 놈들이 하늘 높은 줄 모르고 더 날뛸 겁니다."

"상처 덧날지도 모릉께, 오늘 술은 안 마시는 거시 좋을 뀨."

철용이 한 손으로 박 씨의 등을 밀며 천막 밖에까지 배웅을 했다. 고물상 밖에는 어느 틈에 어둠이 내려앉아 있었다. 천막 기둥에 매달아 놓은 전등 불빛을 받으며 꺽다리를 비롯해서 몇몇이 고물을 정리하고 있었다.

"오늘은 대충 끝내고 어여 저녁들이나 먹어. 저녁 먹음서 술은 작작하고……."

철용의 조용한 목소리에 고물 정리를 하고 있던 부하들이 일제히 대답하고 하던 일을 멈추었다.

"따지고 보면 재건대 아들도 불쌍햐. 즈덜도 집안에 부모들이 있으믄 천막에서 생활하지는 않을 거 아녀. 낮에는 망태 지고 다님서 양아치 소리 안 듣고 말여."

철용이 천막 안으로 들어가서 경훈이 책상 옆에 박 씨가 앉았던 의자를 끌고 가서 앉았다.

"내 기본 생각도 가텨. 하지만, 가들이 우리처름 생각을 안 하고 있응께 문제지. 그라고, 즈덜하고 우리는 차원이 다르잖여. 우리는 돈을 주고 고물을 사 오는 쪽잉께 엄연히 사업을 하는 거고, 즈덜은 질바닥에 떨어진 걸 주서 오는 쪽잉께 사업으로 보기에는 쫌 무리가 있잖여. 그래도 시방까지 우리가 참았잖여. 하지만 어떤 식으로든지 결정을 해야 더 큰 일이 벌어지지 않을 겨. 막말로 재건대 놈들이 꼬챙이를 들고 여기로 쳐들어온다면 어떡할 텨?"

"난, 딱 두 놈만 죽일 텨."

"두 놈이든, 세 놈이든 죽이는 것이 문제가 아녀. 우리끼리 싸워서 뭘 은겄어. 재건대 놈들은 얼마간이라도 이익이 생길지 모르지만 우린 아무런 이익을 은을 수 읎잖여. 피 터지게 싸워서 이겨 봤자 본전이란 말여. 내 말 무슨 뜻인지 알겄어?"

"형 말을 들어 봉께 참말로 그렇구먼. 우린 재건대 놈들이 있든 없든 상관이 읎잖여. 하지만 재건대 놈들은 우리가 고물을 사러 댕기지 않으믄, 고물을 더 많이 주서 올 수 있겄구먼. 그라고 봉께 이 문제를 쉽게 생각할 것이 아니구먼."

"우선 저녁이나 먹자. 저녁을 먹고 찬찬히 생각해 보믄 좋은 생각이 떠오를 겨."

경훈이 의자에서 일어나며 말했다.

"그렇지 않아도 일 그만 끝내고 저녁 먹자고 했구먼. 시방 식당에 가면 저녁 차려 놨을 겨."

경훈은 부하들이 잠은 천막에서 잘망정 하루 세 끼는 배부르게 먹는 것이 중요하다고 생각했다. 그래서 고물상에서 일하는 부하들과 함께 근처에 있는 강릉식당을 정해 놓고 하루 세 끼를 먹고 있었다.

강릉식당에는 다른 손님은 없고 고물상에서 일하는 꺽다리와 네 명이 돼지고기 두루치기를 시켜서 막걸리를 반주 삼아 맛있게 저녁을 먹고 있었다. 경훈과 철용이 들어서자 모두 일어서서 인사했다.

"종일 일하느라 배고플 팅게 어여 많이 먹어. 우린 뭘 먹을까?"

"이따, 한딱까리 할라믄 든든하게 먹어 두어야 하는 거 아녀?"

"나한테 이미 작전이 다 있으니게 걱정할 필요 읎어, 입맛도 읎는데 동태찌개나 먹자."

경훈과 철용이 동태찌개를 먹고 있는데 재건대 대원 두 명이 문 앞에 나타났다. 재건대 복장을 한 그들은 망태를 식당 안으로 메고 들어왔다.

"망태 누가 안 훔쳐가니까 식당 앞에 내놓지. 그랴?"

어른 품으로 두 명이 손을 맞잡아야 둘레가 되는 망태를 식당 구석에 놓을 만한 장소가 없었다. 그렇지 않아도 무더운 기온에 망태에 무엇이 들어 있는지 똥 냄새와 썩은 냄새가 식당 안에 진동을 했다. 재건대원들이 빈 식탁 위에 망태를 내려놓은 모습을 보고 40대 초반의 강릉집 여

주인이 코를 쥐고 말했다.

"망태 안에 훔쳐 갈 것이 있는지 없는지, 아줌마가 어떻게 아슈."

"아줌마는 밥이나 팔고 돈이나 받으면 그만이잖아. 여기 소주 한 병하고 된장찌개나 주쇼."

재건대 대원들은 다른 자리에 앉아서 밥을 먹고 있는 경훈과 철용이며 부하들의 얼굴을 쓰윽 훑어보고 의자에 앉았다.

"시방 남의 집 장사 안 되게 재 뿌리는 거여? 저 망태 때문에 손님들이 들어오겠어? 당신들한테 밥이나 술 안 팔아도 되니까 어서 나가요."

강릉집 주인이 출입문을 활짝 열고 바깥을 손으로 가리켰다.

"시방 사람 차별하는 거여?"

"우리도 돈 있다구. 돈 주고 먹으면 될 거 아녀?"

재건대원 중에서 한 명이 주머니에서 십 원짜리 몇 장을 꺼내어 식탁 위에 탁 소리가 나도록 내놓았다.

"아! 글쎄, 저 망태부터 밖으로 내놔야지. 딴 사람들도 냄새가 나서 밥 못 먹고 있잖아!"

"저기 앉아 있는 사람들은 밥 먹고 똥 안 싼다냐. 이보슈, 당신들은 똥 안 싸!"

재건대원 한 명은 재미있다는 얼굴로 킬킬 웃으며 담뱃불을 붙였다. 돈을 꺼내 놓은 재건대원이 꺽다리를 바라보며 화가 난 얼굴로 물었다.

"번지수를 잘못 찾아오신 거 같은데, 조용히 저 망태를 들고 나가는 것이 장수의 지름길여."

꺽다리는 경훈의 도움이 아니더라도 재건대원 두 명쯤은 간단하게 때려눕힐 수 있었다. 아니, 예전 같았으면 똥 냄새를 풍기는 망태를 들고 들어왔을 때부터 주먹이 날아가거나, 발이 올라갔을 것이다. 하지만 경훈에게 함부로 주먹을 놀리지 말라는 엄명을 받아서 가소롭다는 얼굴로 웃으며 막걸리 잔을 들었다.

"어쭈, 너 지금 우릴 비웃는 거냐?"

"어디서 굴러먹다 온 말뼉다귄지 모르지만 너야말로 오늘 잘 만났다."

재건대원들이 울고 싶은 놈 뺨 맞았다는 얼굴로 한마디씩 하며 일어섰다.

"이봐, 보아하니 이 동네에서 많이 본 얼굴이구면, 식당 안에서 이럴 것이 아니라 밖으로 나가지."

경훈이 일어서며 조용히 말했다.

"허! 떼거리로 덤벼든다. 이거지. 너희들 오늘 잘못 걸렸다. 우리 재건대원들이 몇 명인 줄 아냐?"

"헛소리 지껄이지 말고 그렇게 자신 있으면 먼저 나가시지."

경훈이 뒷주머니에 꽂아 두었던 가죽장갑을 끼면서 일어섰다.

"개폼은 다 잡고 있구면."

"나가자."

재건대원들이 약속이나 한 것처럼 휴지를 주울 때나 고물을 주어 망태에 집어던질 때 사용하는 집게를 들고 일어섰다. 강릉집 주인은 여차하면 경찰에 전화를 하겠다는 얼굴로 식당 방에 있는 전화기를 쳐다봤다.

재건대원들이 문을 막 나설 때였다. 경훈이 밖으로 나가는 재건대원 뒤에서 사타구니를 느닷없이 차 올렸다. 악! 소리를 내며 개구리처럼 팔짝 뛰어오른 재건대원이 사타구니를 움켜잡으며 나뒹굴었다.

"뭐! 뭐야!"

앞서가던 재건대원이 갑작스러운 상황에 놀라서 뒤를 돌아다보며 비명 비슷한 소리를 질렀다. 그러나 목소리의 여운이 가라앉기도 전에 싸늘하게 웃고 있던 경훈의 발길에 차여 다시 사타구니를 잡고 비명을 내질렀다. 재건대원은 온몸의 숨이 콱 막히는 것 같은 고통에 비명도 지르지 못하고 뒤로 벌렁 나자빠졌다.

"꺽다리, 밥 대충 먹었으면 저 자식들 고물상에 끌고 가서 묶어 놔라. 나 밥 먹고 천천히 갈 테니까."

"예! 알겠습니다."

꺽다리와 부하들은 전광석화와 같은 경훈의 실력을 알고 있었다. 짜릿한 카타르시스 같은 것이 온몸을 훑어 내는 쾌감에 신이 나서 밖으로 뛰어나가는 한편, 일부는 망태를 들고 나갔다.

강릉집 주인은 제 눈을 믿을 수가 없었다. 방금까지만 해도 기고만장한 재건대원 두 명을 단숨에 때려눕힌 경훈은 머리카락 한 올 흔들리지 않았다. 아무 일도 없었다는 얼굴로 철용 앞에 가서 앉았다.

"그라고, 경상도 박 씨 아저씨 좀 고물상으로 오라고 햐."

철용은 수저를 놓지 않고 있다가 다시 밥을 먹으려다 말고 망태를 들고 나가는 부하에게 지시했다.

"박 씨 아저씨는 왜?"

경훈은 철용이 박 씨를 부르는 이유를 알 것 같으면서도 물었다.

"내 생각에는 저놈들이 박 씨를 때린 놈들 가텨. 맘먹고 와서 시비를 걸고 있잖여."

"난도 똑같은 생각을 하고 있었구먼. 철용이 인제 나 없어도 충분히

141

해낼 수 있겠구먼."

경훈이 기특하다는 얼굴로 철용의 어깨를 툭툭 쳤다.

"총각 대단하구먼. 난 고물상에서 일하는 사람들이 총각하고 나이도 비슷한데 완전히 어른처럼 대하길래, 사장이라서 그런 줄만 알았더니 그게 아니구먼. 앞으로 총각 때문에 여기 와서 깽판 부리는 건달들이 없어서 기분이 참말로 좋네. 이건 내가 그냥 주는 거니까 한 잔씩들 햐."

강릉집 주인이 고맙다는 뜻으로 소주 한 병과 오징어 삶은 것을 초장과 함께 가져왔다.

"먼말이여. 난 형 읎으면 날개 읎는 천리마나 마찬가지여. 형이 옆에서 턱 버티고 있응께, 내 본 실력을 발휘하는 것뿐이지. 그라고 형하고는 평생 같이 살 거잖여. 근데 왜 갑자기 그런 말을 하능 겨?"

경훈은 오랜만에 가볍게 몸을 풀었더니 술을 마시고 싶었던 중이었다. 고맙다고 인사를 하고 술병을 따면서 말했다.

"너 첨에 봉천동 왔을 때만 해도 워땠는 줄 알아? 뿔난 망아지 같았단 말여. 좌우지간 어뜬 놈이든지 걸리기만 해 봐. 너 죽고 나 죽을 팅께, 라는 생각만 했단 말여. 완전히 악만 남은 악바리였단 말여."

"시방도 그 생각은 변함이 읎어. 그랑께 세상에서 무서운 것이 읎잖여."

"아녀, 내가 볼 때 너 그릇이 많이 커졌다. 너보다 나이가 많은 아들한테도 마치 군대서 쫄병 부리는 것처럼 하는 행동하며, 아까처럼 그놈들이 시비를 걸어도 암말 읎이 밥만 먹고 있었잖여. 그라고 어쩌면 나하고 그렇게 생각이 똑같냐. 난도 아까 그 새끼들을 잡아다 묶어 놓고 박 씨를 부를라고 했구먼. 그래서 너도 다 컸다는 말을 하는 거여. 한 잔씩 하고 슬슬 고물상으로 가 보자."

철용은 경훈이 따라 주는 소주를 달게 마셨다. 경훈의 말을 듣고 나서 가만히 생각을 해 보니까, 그동안 경훈을 따라서 험한 세파를 헤쳐 나오면서 자신도 모르는 사이에 서울 사람이 됐다는 생각이 들었다.

새벽이슬이 땅을 축축하게 적시고 있는 시간이다. 하늘에는 새벽별들만 외롭게 컴컴한 밤하늘을 지키고 있었다. 통행금지가 해제된 시간이라서 가끔 새벽일을 나가는 발자국들이 어둠을 두드리는 소리가 부지런하게 들려왔다.

봉천동 재건대원들이 기거하고 있는 작업장은 나무판자며 양철 같은 것으로 얼기설기 담장을 만들어 놓았다. 그 가운데 군용천막 세 채가 나란히 붙어 있었다. 작업장 가장자리에는 국기봉이 서 있었다. 국기봉의 허리에 매달려 있는 갓전등이 창백하게 작업장에 널려 있는 고물들을 비추고 있었다.

"짱구 너는 저쪽에 숨어 있다가 무슨 일이 생기면 휘파람을 불어."

작업장으로 들어갈 수 있는 문은 베니어판에 장석을 매달아 문처럼 만들어 놓은 것이 전부였다. 경훈의 지시를 받은 짱구가 베니어판을 가볍게 들어서 소리 나지 않게 옆으로 밀었다. 경훈이 먼저 안으로 들어가서 부하들이 자고 있는 막사를 손짓했다.

"철용이는 나를 따라와."

경훈은 세 개의 천막 중에 가운데 천막 옆으로 갔다. 천막에 귀를 찰싹 붙였다. 군용천막의 차가운 감촉이 얼굴을 섬뜩하게 만들었다. 안에서는 아무 소리도 들려오지 않았다. 주머니에서 이발사들이 사용하는 접이식 면도칼을 꺼냈다. 면도날을 펴서 천막에 대고 지그시 눌렀다. 칼

날이 천막을 무겁게 파고드는 감촉이 손끝으로 전해지는 순간 아래로 천천히 그어 내렸다. 한 뼘 정도 찢어졌을 때 양손으로 벌려서 안을 살펴봤다. 천막 안은 먹물을 뿌려 놓은 것처럼 캄캄했다.

"보여?"

철용이 경훈의 옆에서 귓속말로 물었다.

"암것도 안 보여."

경훈이 주머니에서 만년필 형태의 손전등을 꺼냈다. 그것을 안에 집어넣어서 스위치를 올렸다. 반대편에 군용침대에 누워 있는 남자가 보였다. 군용모포를 목까지 뒤집어쓰고 반대편을 향해 누워있다. 가운데는 책상과 의자가 하나씩 있고, 캐비닛이 서너 개 있다. 출입구 쪽을 비쳐 보았다. 아래위로 훑어봐도 개폐 장치가 보이지 않았다.

"그냥, 쭉 그어!"

경훈 옆에서 긴장한 얼굴로 서 있던 철용이 손날을 세워서 천막을 위에서 아래로 긋는 흉내를 내보였다.

경훈은 손전등을 껐다. 철용에게 따라오라는 손짓을 해 보이고 천막을 돌아서 출입구 쪽으로 갔다. 짱구가 재건대원들의 숙소가 잘 보이는 지점에서 고물 사이에 웅크리고 앉아 있는 것이 보인다. 짱구가 거기쯤 있을 것이라고 짐작을 못했다면 그냥 고물처럼 보일 뿐이었다. 문득 시훈과 인천양곡상회를 털던 날이 떠올랐다.

"내 동상이 하는 말을 똑바로 못 들었능개비구먼. 왜 나를 강도로 지목항 겨? 난 그날 즈녁 중앙상사 오 사장네 집 근처도 안 갔단 말여. 그걸 니놈이 젤 잘 알고 있었잖여. 근데 왜 내가 오 사장을 찌르고 돈을 훔쳐간 거 같다고 그짓말을 했는지 똑바로 말을 하란 말여. 만약 한 가지라도 그짓말을 하믄 내 동상이 가만히 있지 않을 겨. 내 동상은 승질이 너무 급해서, 한븐 승질이 났다 하믄 나도 못 말린단 말여. 그쯤만 알고 어여 대답해 봐!"

평소에 순한 양처럼 착한 시훈이 눈에 시뻘겋게 핏줄이 선 얼굴로 서상철에게 내뱉은 말은 협박도 아니고, 증오 때문도 아니었다. 서울이라는 거대한 땅에서 열심히 노력하여 뿌리 내리고 살려고 했던 선량한 청년의 피 맺힌 절규였다.

"개새끼! 우리가 시골에서 왔다고 만만하게 봤다 이 말이여?"

서상철의 뻔뻔스러운 말에 가슴 속에서 짓누르고 있던 분노가 울컥 치솟아 올랐다. 순간 난생 처음으로 있는 힘을 다하여 군화를 신은 발로 서상철의 옆구리를 퍽 차버렸다. 억 하는 짧은 비명과 함께 서상철이 옆으로 나동그라졌다. 가까이 다가가서 옆구리든 아랫배든 발길이 닿는 대로 차고 짓밟아 버렸다.

경훈은 마른침을 삼키며 손전등을 켜서 출입구 부분을 비쳐 보았다. 손잡이가 양쪽에 매달려 있는 지퍼로 되어 있었다. 손바닥에 땀이 흐르는 것을 느끼며 지퍼를 천천히 열었다. 사람 한 명이 들어갈 정도로 연 다음에 재빠르게 안으로 들어갔다.

철용도 경훈을 따라 안으로 들어갔다. 경훈이 손전등으로 야전침대를 비추고 소리 죽여 다가가고 있는 것을 바라보며 재빠르게 출입구의 지퍼를 올렸다.

"다, 닭대가리냐?"

손기문은 누군가 뺨을 툭 치는 감촉에 눈을 떴다. 어둠 속에서 손전등 불빛이 얼굴을 비추고 있다는 것을 느끼는 순간 본능적으로 벌떡 일어나려고 했다. 하지만 어둠 속의 사내가 가슴을 짓누르며 불빛 사이로 시퍼렇게 날이 선 면도날을 보여줬다. 순간 머리카락이 곤두서는 것 같은 공포감에 사로잡히며 입안이 바짝 말라버렸다. 하지만 대장 자존심이 있었다. 죽을 때는 죽더라도 상대방이 누군지 알고 죽겠다는 생각에 나직한 목소리로 물었다.

"닭대가리는 시방 영동고물상에 있구먼."

경훈은 고개를 갸웃거렸다. 꼭두새벽에 침입을 해서 면도날을 내밀었더니 강릉집에서 끌려온 놈의 별명을 대는 것이 이상하다는 생각이 들었다.

"그람, 오소리구먼. 이눔, 날 쥑인다고 봉천동 재건대가 니눔 손에 들어갈 줄 알았다믄 큰 오산여."

"형, 이 자식이 오소린가 그놈하고, 닭대가리를 보낸 것이 아닌 모냥인데?"

철용이 경훈에게 귓속말로 물었다.

"뭐여. 오소리도 아니고 닭대가리도 아니라믄, 대체 워디서 온 놈들여. 죽을 때는 죽더라도 알고나 죽어야 할 거 아녀."

손기문이 너무 눈이 부셔 손전등 불빛을 손바닥으로 가리며 말했다.

"영동고물상에서 왔구먼."

"여, 영동고물상이라믄? 영동에서 올라온 그 머여, 외팔이하고 장경훈이라는 놈이냐?"

"그려."

경훈이 짤막하게 대답했다.

"드러운 놈들! 똑같이 느덜이나 나나 신세가 따라지 신세 아녀. 그람 서로 돕고 살 생각은 안 하고, 치사하게 첫새벽에 습격을 햐. 난 그래도 젊은 놈들이 험한 세상을 착하게 살아가는 줄 알았더니, 똥구녁으로 호박씨를……."

손기문은 소문으로 들어서 경훈과 철용의 존재를 알고 있었다. 다른 지역의 고물상들과 다르게 고물 값도 후하게 쳐주고, 도둑질이라든지 지역에서 건달 짓을 하지 않고 건실하게 살아가는 사람들이라고 믿고 있었다. 이처럼 꼭두새벽에 도둑처럼 침입해서 협박을 하고 있는 걸 보니까 분노가 치밀어 올랐다. 죽을 때는 죽더라도 할 말은 하고 죽겠다는 심정으로 이가 갈리는 목소리로 내뱉었다.

"한 가지만 묻겠구먼. 닭대가리와 오소리는 워딨어?"

"그놈들 오늘 쨌다. 어디로 쨌는지는 모르지만 난 그놈들 필요 읎어서 찾아오라는 말도 안했다."

"쨌다면 도망을 갔단 말여?"

"그려, 근데 니덜이 닭대가리와 오소리는 워티게 아능 겨?"

손기문은 슬그머니 경훈과 철용이 새벽에 습격을 한 이유가 궁금해졌다.

"그 두 놈이 우리가 대놓고 먹는 밥집을 찾아와서 난동을 부리길래, 붙잡아다가 족쳤더니, 닭대가리와 오소리라고 하드라. 그럼 니놈이 일부러 우리한테 시비를 걸라고 보낸 놈들이 아니란 말이구먼."

"난, 느덜한테 유감읎다. 하지만 여긴 내 집잉께 불이나 키고 야기하자."

"엉뚱한 짓을 하다가는 쥐도 새도 모르게 죽을 줄 알아."

경훈은 손기문에게 뒤로 물러섰다. 손전등으로 계속 손기문을 비추면서 철용에게 뒤로 물러나라고 손짓했다.

"불 켜라."

전등은 천막 가운데에 있는 기둥에 매달려 있었다. 경훈이 손전등으로 전등불을 비추며 손기문에게 지시를 했다.

"대관절 이 꼭두새벽에 왜 쳐들어온 겨?"

손기문이 주인답게 책상 앞의 의자에 앉으며 긴장이 풀어진 목소리로 물었다.

"니가 닭대가리와 오소리를 보내서 행패를 부리게 지시를 하지 않았다면 우리도 유감 없다. 하지만 온 김에 그냥 갈 수는 없응께, 한 가지 경고만 해 주고 가겄다. 난도 여기 재건대한테 손톱만큼도 유감이 읎다. 그랑께 이후라도 영동고물상에 고물을 갖다 주는 고물장사들을 건들지 말아 줬으면 좋겠다."

"닭대가리하고 오소리가 먼 생각이 있어서 그랬는지는 모르지만, 난 내 밑에 있는 대원들이 도둑질을 하다 걸리면 반 죽여 놓는 승질여. 그 랑께 쓸데읎는 걱정은 안 해도 될 것이구먼."

"그라고 봉께 사투리가 우리하고 비슷한데 고향이 워디여?"

철용이 끼어들었다.

"난, 보은에서 나기는 했는데, 어릴 때 서울 변두리에 있는 고아원으로 들어가서 고향에 대해서는 암것도 모르구먼."

객지에서 서로 교분을 닦는 순서는 먼저 고향을 말해주고, 그 다음에 나이를 말해주고, 그 다음으로 가족관계를 털어 놓는 것이다. 철용이 고향을 묻자 손기문은 한결 부드러운 목소리로 말하며 철용을 바라봤다. 난곡동 외팔이라고 해서 얼굴이 흉악해 보일 줄 알았는데 그냥 평범해 보였다.

"그람, 우린 서로 고향이 같구먼. 우리가 영동이라는 건 알고 있더구먼."

경훈이 비로소 면도날을 접어서 주머니에 집어넣으며 책상 앞에 있는 의자에 앉았다.

"원래 충청도 양반들이 한번 진짜로 쌍질이 나믄 죽을 때까지 가지만, 언간한 거는 참고 넘기는 승질이잖여. 난 어릴 때 보은을 떠났지만 내 승질은 영락없는 충청도 사람여. 나이는 및 살여?"

손기문이 마음속으로 경훈이 자기 나이 또래는 될 것 같다고 생각하며 물었다.

"객지에서 나이가 머가 필요햐. 이름이나 알고 지내자. 나는 장경훈이고, 야는 김철용여. 나하고 한동리 사는 안데, 국민학교 졸업하고 철공소 댕기다가 팔이 저렇게 됐구먼."

"내 이름은 손기문여. 첫 번째 갔던 고아원에서 손기문이 내 본명이라고 호적을 맨들어 줬지만, 시방은 호적이 워티게 됐는지 몰라. 시방까지 살아오면서 호적등본이나 인감증명서 같은 것이 필요한 적이 읎었거든."

"그람, 전쟁 때 헤어진 겨? 부모하고는……."

경훈이 자연스럽게 담배를 꺼내서 손기문에게 권했다. 출입문이 삐죽이 열리며 짱구의 눈이 보였다. 밖에서 대기하라는 손짓을 해 보이고 나서 손기문에게 물었다.

"밖에 있는 친구도 들어오라고 햐. 새벽바람은 차잖여. 전쟁 때 헤어진 것이 아녀. 아부지 얼굴은 생각나지 않지만 어머는 있던 거 가텨. 어머하고 밥 먹고, 같이 잠자고, 정지 같은 데서 불 때고 했던 거는 희미하게 생각나거든. 신기하게, 딴 거는 생각이 하나도 안 나는데 같이 밥 먹고, 정지 같은 데서 어머가 불을 때면 옆에 앉아 있던 것은 생각 나. 어머 옆에 앉아 있으믄 고구마 같은 거를 꿔주고, 수제비를 끓일 때 밀가루 같은 걸 부석 불에 꿔서 줬던 거 가텨……."

손기문은 까마득하게 잊고 있던 주막집의 풍경이 떠올라서 담배 연기를 깊숙이 빨아들였다가 길게 내뿜었다.

"그래도 대단하구먼. 너는 분명히 성공할 겨."

경훈은 손기문이 보기와는 다르게 천성은 착하다는 것을 느낄 수가 있었다. 자신도 모르게 손을 뻗어서 손기문의 손을 힘주어 잡았다.

"난, 시방까지 내가 서울에서 성공하겠다는 생각을 해 본 적은 한 번도 없구먼. 그냥 열심히, 착하게 살면 언젠가 행복이 오겠지. 그런 생각으로만 살아왔어. 내가 볼 때 느덜은 참말로 성공할 겨."

손기문도 같은 충북 사람이라는 생각이 들어서 그런지, 평소에 좋은 감정을 가지고 있어서 그런지 경훈이 낯설어 보이지가 않았다. 경훈이 잡은 손에 힘을 주면서 웃었다.

"이따, 날 밝으면 영동고물상으로 와. 놈들을 넘겨줄 모양잉께."

"내가 신세를 졌응께 이따 갈 때 쇠주라도 사 가지고 갈게. 그라고 담부터는 할 야기가 있으면 낮에 왔으면 좋겠어."

손기문은 그동안 말썽만 피우던 닭대가리와 오소리를 단단히 혼을 내준 다음에 쫓아 버려야겠다고 생각했다.

"내가 볼 때 나보담은 나이가 들어 보잉께. 기문이 형이라도 불러도 돼지?"

철용이 어색하게 웃으며 손을 내밀었다.

"그럼, 내가 참말로 고맙지."

손기문은 철용의 손을 잡아 당겼다. 어깨를 꽉 껴안아 주고 다시 밀면서 부드럽게 웃었다.

윤길동은 모처럼 삼계탕에 반주로 막걸리를 반 되나 마셨더니 배도 빵빵하겠다, 얼큰하게 취기도 오르겠다, 세상 부러운 것이 없었다. 뒷문 방문턱을 베고 잠이 스르르 밀려오는 것을 느끼며 라디오에서 흘러나오는 1시 뉴스를 듣고 있었다.

'23일 상오 11시 10분 인천시 구월동 49번지의 김종수 씨의 무허가 성냥공장에서 화약이 폭발, 사장 김 씨 등 8명이 중화상을 입고 부근 회생병원에서 입원 가료 중입니다. 폭발 원인은 김 씨의 맏아들 5세 인섭 군이 성냥알을 방바닥에 그은 것이 옆에 있던 화약뭉치에 인화되면서 폭발한 것으로 보입니다. 경찰은 김 씨를 업무상과실치상 및 총포화약류 단속법위반으로 입건하였습니다. 부상자는 김종서 42세, 김인섭 5세, 김옥희 7세, 김씨 2녀, 종업원 이공숙 28세, 종업원 이정복 35세, 종업원 변팔봉 37세, 종업원 박장옥 35세, 이혜성 5세입니다.'

윤길동은 졸음이 가물가물 밀려오던 차에 변팔봉이라는 말에 눈이 번쩍 떠졌다. 변팔봉은 변쌍출의 아들이다. 성냥공장은 인천에 있는 것이다. 뉴스에 나온 변팔봉의 나이도 공교롭게 37살이다.

"낮잠 잔다든 양반이 갑자기 왜 인난댜?"

들마루에 앉아서 부채질을 하고 있던 모리댁이 갑자기 벌떡 일어서는 윤길동을 놀란 얼굴로 바라봤다.

"나 잠깐 나갔다 올텨."

변쌍출은 이 시간에 둥구나무거리에 있을 것이다. 윤길동은 자신이 잘못 들었기를 빌면서 더운 줄도 모르고 바쁘게 둥구나무거리로 갔다. 둥구나무거리에는 온 동네 사람들이 다 나와 있는 것 같았다. 너럭바위 며 그늘 밑에는 멍석을 깔고 누워 있거나 앉아서 두런두런 이야기를 하고 있었다.

"팔봉이 아부지는 워디갔슈?"

오늘따라 변쌍출의 눈에 보이지 않았다. 박평래는 너럭바위에 다리를 꼬고 누워서 배를 천천히 쓰다듬고 있었다. 순배 영감은 저고리를 받쳐 입고 대나무 등걸에 양반다리를 하고 앉아 궐련을 피우고 있었다. 윤길 동이 더운 땡볕 밑을 바쁘게 걸어오느라 벌겋게 달아오른 얼굴로 물었 다.

"금방까지 여기 앉아 있었는데 벤소 갔나, 그 사람은 왜 찾능 겨?"

순배 영감이 한가한 목소리로 물었다.

"뭣 좀 물어볼 말이 있어서유, 태수 아부지. 태수 아부지 혹시 케이비 에스 한 시 뉘우스 들었슈?"

"나, 아까부터 여기 둔녀 있었는데. 뉘우스에 먼 소식이 나옹 겨? 혹 시 또 빨갱이들이라도 쳐들어왔는가?"

박평래가 어구구! 소리를 내며 일어나 앉아서 큰 소리로 묻는 말에 몇 몇 사람들이 너럭바위로 몰려들었다.

"저기 팔봉이 아부지 오고 있구면."

순배 영감이 손짓하는 곳에 변쌍출이 뒷짐을 지고 갈지자로 털레털레 걸어오고 있는 모습이 보였다.

"팔봉이 아무지 빨리 와 봐유. 시방 큰일 났슈!"

해룡네가 일부러 둥구나무 그늘 밖에까지 나가 손을 흔들며 하는 소리에 사람들이 아련하게 밀려오는 졸음을 떨쳐 버리고 눈을 번쩍 떴다.

"시방 해룡네가 하는 말이 먼 소리여?"

"글씨. 팔봉이 아부지가 큰일 났다는 말 같은디?"

아낙네들이 긴장한 얼굴로 한마디씩 하며 일어서서 너럭바위 앞을 슬슬 걸어갔다.

"머, 머가 큰일 났다능 겨?"

박평래가 순배 영감에게 물었다. 순배 영감은 나도 모른다는 얼굴로 고개를 흔들며 해룡네를 바라봤다.

"먼 일이 있능 겨?"

변쌍출은 해룡네가 소리를 치든 말든 걸음을 빨리하지 않았다. 느긋하게 걸어오느라 땀방울 하나 맺히지 않은 얼굴로 강 건너 불구경하는 목소리로 말하며 순배 영감을 바라봤다.

"길동이 이 사람이 자네를 찾잖여. 라디오 뉘우스에서 머가 나온 모냥여."

"라디오 뉘우스에서 머가 나왔다능 겨?"

변쌍출이 너럭바위에 앉아서 고의적삼 단추를 풀었다. 아낙네들이 보든 말든 저고리자락으로 부채질을 했다.

"딴 기 아니고……. 아까, 집에 둔너서 한 시 뉘우스를 들었는데 말유. 인천에 있는 성냥공장에서 폭발 사고가 있었데유."

"인천에 있는 성냥공장이라믄 팔봉이가 댕기는 그 성냥공장을 말하는 거여?"

박평래가 묻는 말에 웅성거리던 분위기가 갑자기 찬물을 끼얹어 버린 것처럼 착 주저앉아 버렸다. 옆에 있는 사람의 얼굴을 서로 바라보며 이 뜨거운 여름에 먼 놈의 변고여, 라는 표정을 지었다.

"아! 인천에 성냥공장이 한두 개여? 내가 알기루는 서른 개가 넘을 텐데……."

변쌍출은 저고리로 부채질 하던 것을 멈췄다. 고의적삼 단추를 잠그면서 팔봉이가 다니는 성냥공장이 아닐 것이라는 표정으로 순배 영감을 바라봤다.

"근데, 지가 잘못 들었는지는 몰라도 말여유. 무허가 성냥공장인데 총 여덟 명이 다쳤대유. 아나운서가 다친 사람 이름을 불러주는데 서른일곱 살 먹은 변팔봉이라고 하는 걸 들었거든유."

"이를 워쨔! 서른일곱 살 먹은 변팔봉이라믄 영락읎이……."

해룡네가 손뼉을 치면서 큰일 났다는 얼굴로 혀를 찼다.

"에이, 우리나라에 서른일곱 먹은 변팔봉이 한두 명인가? 모산에서야 한 명밖에 읎지만 인천 인구만 해도 및 명여. 저번 설날 팔봉이가 와서 하는 말이, 지가 사는 구월동 사는 사람들만 해도 몇천 명이 넘는다고 하던데……."

"팔봉이 아부지, 그라고 봉께 성냥공장이 구월동에 있는 거랬슈. 그건 지가 틀림읎이 들었슈."

윤길동이 놀란 목소리로 하는 말에 둥구나무 밑에는 한순간 침묵이 감돌았다. 둥구나무 여기저기에 앉아 있는 매미가 악을 쓰며 우는 소리가 유난히 크게 들려왔다.

"에이……. 그, 그럴 리가 읎어, 우리 팔봉이가 얼매나 고생을 하고 있는데 성냥공장이 폭발할 리가 있나."

변쌍출은 갑자기 목이 콱 메어 오는 것을 느꼈다. 동네 사람들이 일제히 자기 얼굴을 바라보고 있는 것 같아서 하늘을 바라봤다. 무성하게 우거진 나뭇가지가 바람에 흔들리면서 햇볕이 좌르르 쏟아졌다가 이내 사라져 버린다.

지지리도 고생만 하고 있는 놈인데, 전생에 먼 죄가 크다고 성냥공장이 폭발한다는 겨. 암만, 딴 팔봉이를 야기하는 거여. 그렇구 말고……..

갑자기 목이 말라서 담배를 피우고 싶었다. 적삼 주머니에 있던가, 손에 들고 왔던가 얼른 생각이 나지 않아서 우물쭈물하며 여기저기를 더듬었다.

"담배 여기 있구먼."

박평래가 얼른 새마을 담배 한 가치를 변쌍출 손에 들려줬다. 이어서 성냥불까지 그어서 불을 붙여 주며 변쌍출의 얼굴을 바라본다. 오늘따라 주름살의 골이 유난이 깊어 보인다. 가슴 속에 불이 나는지 반짝반짝 윤이 나는 것이 마른 가죽을 닦아 놓은 것처럼 보인다.

"며느리도 성냥공장에 댕긴다고 하지 않았어?"

순배 영감이 측은한 표정을 짓고 있다가 조용한 목소리로 물었다.

"며느리가 박씨여. 친정이 양산 배마루잖여. 배마루 박씨……."

"팔봉이 이름이 나오는 머리 놀라서 다른 사람 이름은 자세하게 못 들었는데 박 머시긴가 하는 서른다섯 먹은 여자도 다쳤다고 하데유."

"이를 워짠댜. 며느리가 팔봉이 하고 두 살 터울인데, 이를 워쩐댜. 형님, 며느리가 팔봉이하고 두 살 터울유. 성이 박씨, 배마루 박씨란 말유. 이를 워쩐댜."

변쌍출이 피우던 담배를 땅바닥에 떨어트리며 하얗게 질린 얼굴로 순배 영감의 손을 덥석 잡았다.

"아, 안직 정확한 거는 모르잖유. 그랑께 워디 가서 자세하게 알아 봐
유."

변쌍출의 주름 깊은 얼굴에 맑은 눈물이 주르르 흐르는 것을 본 윤길
동이 이 모든 상황이 자기 탓이라는 표정으로 더듬거렸다.

"워, 워디서 알아 본댜? 팔봉이 집에 즌화가 있는 것도 아니고, 성냥
공장 즌화번호를 아는 것도 아니고, 하늘에 대고 물어본댜? 아니면 땅바
닥에 귀를 대고 물어본댜?"

변쌍출이 소리 내어 울지는 못하고 눈물을 줄줄 흘리며 윤길동을 바
라봤다.

"먼 일이 생겼슈?"

점심을 먹은 후에 낮잠을 한숨 자고 난 황인술이 접는 부채를 들고
와서 사람들 사이를 파고들어서 한가하게 물었다.

"시방, 팔봉이하고 팔봉이 처가 다 죽게 생겼다잖유. 내가 시방 이라
고 있을 때가 아니구먼."

해룡네는 맘이 급했다. 변쌍출의 아내가 집에 있을 것이라는 생각에
치맛바람을 내며 변쌍출의 집을 향해 뛰었다.

"머셔?"

황인술이 접는 부채를 차르르 피다가 말고 두 눈을 동그랗게 떴다.

"안직, 확실한 거는 아뉴. 어떻게 된 일이냐 하믄……."

윤길동이 마침 잘 나왔다는 얼굴로 황인술을 향해 섰다. 막걸리를 반
주 삼아 마시고 잠을 자려던 찰나부터 시작해서 뉴스를 들었던 것까지
자초지종을 빠르게 말했다.

"팔봉이 아부지, 길동이 이 사람도 잠결에 들었응께 확실한 것을 알아봐야 해유. 그랑께 고정하시고……. 누가 찬물 좀 한 대접 떠 와. 까딱하다 나이 드신 분 쓰러지겠네."

변쌍출의 맥없이 고개를 돌리는 모습을 본 황인술이 아낙네들을 바라보며 말했다. 그의 말이 떨어지자마자 공동우물가에 사는 봉산댁이 땡볕 속으로 파고들었다.

"그려, 안직 확실한 거이 아닝께 너무 걱정하지 마. 그라고 크게 다친 거는 아닐 거여. 만약 크게 다쳤다믄 중상이라고 나왔을 거잖여. 길동이, 중상이라고 나왔는감?"

순배 영감이 안타까운 목소리로 말하며 윤길동에게 시선을 돌렸다.

"그, 그런 거는 아니지만……."

윤길동은 중상이라는 말을 들어 본 적은 없는 것 같았다. 순배 영감이 대놓고 물으니까 들은 것 같기도 하고, 아닌 것 같기도 해서 말꼬리를 흐렸다.

"이라고 있을 것이 아니라, 방송국에 즌화를 해 보면 되잖아유."

"무슨 수로?"

황인술이 하는 말에 박평래가 물었다.

"면사무소에 가서 사정을 야기해 보믄, 면서기들이 즌화를 해 줄 뀨. 어여 양산면사무소로 가 봅시다. 거기 상규한테 사정 야기를 하믄 방송국에 즌화를 해서 자시한 내용을 알 수 있을 뀨. 길동이 얼른 집에 가서 자전차 좀 끌고 와."

"아, 알았슈."

향숙이는 윤길동에게 박광호에게 받은 돈으로 처음에는 자전거를 사라고 했다가 나중에는 오토바이를 사라고 했다. 하지만 50CC 한 대에 십팔만 칠천 원이나 한다는 말을 듣고, 그 십분의 일도 안 되는 가격으로 기아자전거를 만 이천오백 원 주고 구입해서 가끔 타고 다녔다. 황인술의 말이 떨어지자마자 얼른 돌아서서 사람들을 헤집고 햇볕 속으로 파고들었다. 웬만한 일로는 바깥출입을 안 하고 집 안에 틀어박혀서 불경만 외운다고 해서 성을 따서 하 보살이라는 별명이 붙은 변쌍출의 아내가 해룡네의 손을 잡고 뛰어오는 모습이 보였다.

"우, 우리 팔봉이하고 며느리가 얼마나 다쳤다는 거여. 안직 손자들이 어린데, 얼매나 다쳤다능 겨."

하 보살이 숨 넘어가는 목소리로 변쌍출에게 물었다. 변쌍출의 얼굴에 눈물 자국이 있는 것을 보는 순간 가슴이 덜컹 내려앉았다. 하늘이 노래지면서 비틀거리는 순간 옆에 서 있던 광일네가 얼른 부축을 했다.

"팔봉이 어머, 안직 몰라유. 구장이 양산면사무소에 갔다 와 봐야 확실한 걸 알 수 있는 모양잉께, 빨리 집에 가서 부처님한테 기도나 올려유. 팔봉이하고 며느리 부디 아무 일 읎게 해 달라고 말여."

"그려, 집으로 가세. 구장이 길동이 자전거를 타고 얼른 갔다 온다고 했응께 어여 집으로 가."

봉산댁이 찬물 한 그릇을 들고 뛰어왔다. 변쌍출은 찬물을 허겁지겁 마시고 나니까 조금은 진정이 되는 것 같았다. 하지만 가슴이 벌렁벌렁거려서 너럭바위에 앉아 있을 수가 없었다. 박평래의 말대로 황인술이 양산면사무소에 갔다 올 때까지라도 집에 누워 있어야겠다고 생각하며 일어섰다.

인천 구월동에 있는 회생병원은 2층으로 된 개인병원이다. 2층은 의사 가족이 사는 살림집이고, 아래층에는 진료실과 몇 개의 입원실이 구비되어 있는 전형적인 동네 병원이다. 입원실은 남녀가 구분되어 있지 않은 5인용들이다.

"변팔봉 씨, 전화 받으세요."

변팔봉은 아내와 함께 103호실에 입원해 있었다. 다섯 명의 환자 모두 성냥공장 직원들이고, 화상으로 입원을 했다. 팔봉과 아내 박장옥은 다행히 상처가 깊지 않은 2도 화상을 입었다. 변팔봉은 왼쪽 옆구리와 왼쪽 팔에 화상을 입었고, 박장옥은 뒷목에서 등 쪽으로 화상을 입었다. 변팔봉은 의사에게 치료를 받고 막 침대에 눕다가 간호사가 부르는 소리에 인상을 쓰며 일어섰다.

"시방 나한테 하는 말여?"

박장옥의 침대는 벽 쪽으로 변팔봉 옆이다. 변팔봉은 자기한테 올 전화가 없다는 얼굴로 박장옥을 바라봤다.

"희순이 아빠한테 전화가 왔다는 말 같든데?"

"변팔봉 씨 빨리 전화 받으세요."

"어디서 전화가 왔대유? 나한테 올 전화가 없는데……."

"고향 구장이라고 하던데요."

"구장?"

간호원이 고향 구장이라는 말에 변팔봉이 깜짝 놀란 얼굴로 박장옥을 바라봤다. 박장옥이 침대에서 벌떡 일어나 앉으며 반문했다.

"우리가 병원에 입원해 있다는 걸 시댁에서 워티게 알았데유?"

"그, 글쎄."

변팔봉은 귀신이 아닌 이상 인천에서 일어난 폭발 사고를 모산에서 알 리가 없다고 생각했다. 더구나 병원에 있다는 걸 어떻게 알고 전화를 했지, 하는 생각에 걸음을 걸을 때마다 옆구리의 상처가 욱신욱신 쑤시는 것을 참고 빠르게 간호원을 따라 나갔다.

"여보세유, 여기 양산면 사무손데, 팔봉이여?"

전화기는 간호원들이 근무하는 카운터에 있었다. 변팔봉이 수화기를 드니까 대뜸 목소리가 들려왔다.

"예, 지가 변팔봉유, 근데 누구신지⋯⋯."

변팔봉 옆에 온 박장옥을 바라보며 놀란 얼굴로 반문했다.

"나, 모산 구장 황인술여, 황인술⋯⋯. 길동이, 즌화번호가 맞구먼. 시방 병원에 입원해 있구먼. 안 그라믄 병원에서 즌화를 받을 리가 있나?"

"구장님이시구먼. 그, 근데 지가 병원에 있는 걸 워티게 아셨슈."

황인술이 옆에 있는 사람에게 하는 말을 들어보니까 향숙이 아버지인 윤길동이 옆에 있는 것 같았다. 변팔봉은 동네 사람들 모두가 자신이 병원에 입원해 있다는 것을 알고 있으면, 부모님은 당연히 알고 있을 것이라고 생각하며 물었다.

"자네가 댕기는 성냥공장에 폭발 사고가 났다며? 하지만 즌화를 받는 목소리를 들어봉께 많이 다치지는 않았나벼."

"크게 다치지는 않았슈, 근데 워티게 알았대유?"

"워티게 알긴 이 사람아, 라디오 뉴우스를 듣고 알았지. 자네가 댕기는 성냥공장이 무허가 공장이라면서? 거기 사장 아들이 성냥개비를 갖고 놀다가 폭발 사고가 났다고 뉴우스에 나왔다능 거. 근데 참말로 많이 안 다쳤는가? 자네 처도 다쳤다고 뉴우스에 나왔다고 하던데⋯⋯."

"한 이삼 주 입원하믄 말짱해진대유. 그랑께, 아부지, 어머한테 너무 걱정하지 말라고 하세유. 부탁드려유."

"성냥공장 터진 것이 뉘우스에 나왔대유?"

박장옥이 궁금해서 견딜 수가 없다는 얼굴로 물었다.

"그랬다능 겨. 가만있어 봐, 통화 끝내고 자시 말해줄 팅께."

변팔봉은 수화기를 내리고 박장옥에게 빠르게 속삭이고 나서 다시 귀에 대고 숨을 죽였다.

"그랴, 자네 어머, 아부지한테는 그렇게 전해줄게. 그라고, 거진 한 달 가까이 병원에 입원해 있으믄 집에 있는 자식들은 워티게 하는가? 그라고 그렇게 많이 다쳤으면……."

"많이 다친 것이 아니랑께 그러시네유. 한 이 주만 있으믄 퇴원해유. 퇴원해서는 바로 그담날부터 일 나갈 수 있슈. 그랑께 아부지한테 말씀 좀 잘해 주세유."

"그람, 보상은 좀 받는가?"

"그람유. 성냥공장 사장이 부자라서, 치료비하고 그동안 일 못한 거 보상을 다 받기로 했구먼유. 그랑께 아부지한테 손톱만큼도 걱정하지 말라고 하셔유."

"그려, 참말로 다행이구먼. 내가 자네 부친한테 그릏게 말해줄 모냥잉께, 몸조리 잘햐. 즌화 요금 많이 나옹께 이만 끊을 텨."

"예, 걱정을 끼쳐 드려 죄송하구만유……."

변팔봉은 짧은 시간 통화를 했는데도 변쌍출이 얼마나 걱정을 할까 하는 점을 생각하니까 얼굴에서 진땀이 났다.

"정말로 보상을 받기로 했나요?"

변팔봉이 전화 끊기를 기다리고 있던 간호원이 작은 목소리로 물었
다.

"고향에서 온 전화유. 보상 받을 수 읎다고 하믄 더 걱정하실 거잖유.
그래서 본의 아니게 그짓말을 한규."

변팔봉은 힘없이 대답하며 돌아섰다.

"참말로 잘했슈. 보상은커녕 치료비도 문제라고 하믄 어머님, 아버님
이 얼매나 걱정을 하시겠슈. 우리 친정에서도 알게 되면 만사를 제쳐두
고 올라 오실지도 몰라유. 참말로 잘했구만유."

박장옥의 아내가 변팔봉의 손을 잡으며 불행 중 다행이라는 얼굴로
말했다.

"그나저나, 앞으로 뭘 해 먹고 산댜. 사장 눈치를 봉께 아들하고 딸
치료비 땜시 밤잠을 못 자는 거 같든데……."

변팔봉은 복도에 있는 벤치에 힘없이 앉았다. 모산에서 알기까지는
치료만 끝내고 나면 설마 산 입에 거미줄 치랴 하는 생각밖에 없었다.
하지만 부모님도 사고 사실을 알고 있다고 생각하니까 갑자기 앞날이
막막하기만 했다.

"아들이야, 얼굴에 좀 흉해도 그럭저럭 살아간다지만, 딸내미는 딴 데
있는 살을 오려내서 붙여야 한담서유."

박장옥은 변팔봉이 낙담하는 말을 듣고 나니까 갑자기 온몸의 힘이
빠져 나가는 것 같았다. 변팔봉 옆에 앉으며 혼잣말로 힘없이 중얼거렸
다.

"월급이나 타고 사고가 났으믄 질바닥에서 뻔데기 장사라도 할 텐데,
월급날을 코앞에 두고 이런 사고가 났으니 우선은 공사판에라도 나가는

수밖에 읎겠구면.”

“말이 쉬워 공사판이지, 공사판 일이 있남유? 그리고 공사판에서 일하다 팔 덴 데 덧나기라도 하믄 그 치료비가 더 클지도 몰라유.”

“누가 그라는데 월남에 가믄 한 달에 최하 육만 오천 원에서 칠만 원은 받는다고 하던데…….”

변팔봉이 길게 한숨을 내쉬며 창문 쪽을 향해 비스듬하게 앉았다. 창문 밖은 늦여름이다. 거리를 오가는 사람들은 하나같이 근심 걱정이 없어 보인다. 왜, 내 인생만 이렇게 꼬이는지 모르겠다는 생각이 들면서 답답하기만 하다.

“월남에 갈 돈이 있으믄 가게 터라도 읎어서 가게를 하는 것이 빨라유. 월남 갈라믄 최소한도로 십만 원 돈은 내밀어야 갈 수 있다는 말 못 들었슈?”

“하두 답답해서 그냥 해 본 말이지. 내가 그걸 왜 몰라.”

“근데 사장님은 참말로 아들 치료비도 읎데유? 아무리 그래도 그렇지 명색이 성냥공장 사장 아뉴?”

“월급 지때 주는 거 봤어? 그나마 월급 안 밀리고 받을 수 있는 것도 사장이 이런저런 사채까지 긁어다 줬기 때문이라잖여.”

“그 말을 믿어유? 성냥공장을 언제까지 하면 성공을 할 수 있다라고 하는 보장이 있는 것도 아니고, 매달 사채를 끌어다 월급을 주느니 차라리 공장 문을 닫는 게 낫지. 나 같으면 성냥공장 문 닫고 구멍가게라도 하겠슈. 그게 속 편하지…….”

“하나는 알고 둘은 모르는구먼, 한번 사채를 읎어 쓰면, 그다음 달에는 사채 읎어 쓴 돈을 갚고, 또다시 사채를 읎고, 그러다 보면 매달 사채

이자만 내게 되어 있는 거여. 그래도 공장 문을 닫을 수 없는 것은, 언젠가 큰 주문이 들어오면 사채를 싹 갚을 날이 오겠지 하는 희망 때문이란 말여……."

"그 말을 듣고 봉께, 일리가 있긴 있구먼유. 그런데 우리는 워쩐데유? 당장 구월이 되면 희수하고 희순이 중학교 수업료도 내야 하는데……."

"수업료가 얼매랴?"

"둘이 거 합하면 삼천 원 돈은 있어야 하는데, 월급 타서 준다고 했거든유……."

박장옥은 중학생인 희수는 일 년만 다니면 졸업을 하니까 어떻게 하든 힘들더라도 가르치고 싶었다. 그러나 올해 1학년인 희순이는 도저히 여력이 나지 않아서, 자퇴를 시킬까 고민 중이었다.

"시방은 방법이 읎어. 사장한테 딴 돈은 난중에 주더라도 자식들 수업료만큼은 달라고 하는 수밖에……."

변팔봉은 아내 앞에서는 큰소리치기는 했지만 사장한테 수업료를 받아 낼 자신은 없었다. 사장 형편을 뻔히 알고 있는 데다 자식들은 1도 화상이고, 부부도 모두 2도 화상을 입고 병원에 누워 있다. 차라리 자식들 학교를 일 년 쉬게 하는 것이 낫지, 전 재산을 잃어버리고 온 가족이 병상에 누워 있는데 내 자식들 수업료라도 내놓으라고 했다가는 천벌을 받을 것 같았다.

국회의원 자식

괜히 국회의원 아들을 데리고 앉아 있어 봤자
재수 없으면 험한 꼴을 당할 수도 있다는 판단이 들었다.
깡철이 놈에게 안 되기는 했지만,
세상살이가 다 그런 것이라고 생각하며
벤치에서 일어나는 상구를 험악하게 노려보았다.

카바이드 불빛이 바람에 펄럭거리고 있는 듯한 포장마차 안에는 제법 어깨가 단단해 보이는 이십대 후반 두 명이 앉아서 홍합을 안주 삼아 소주잔을 주고받고 있었다.

"형님, 미리 말해두는데 오늘 먹는 것은 외상입니다."

머리카락을 포마드 기름으로 떡칠을 하고 밤인데도 검은색 선글라스를 쓴 남자가, 60대 초반으로 보이는 포장마차 주인이 들으라는 목소리로 말했다.

"아직 개시도 안 했는데……."

포장마차 주인 김 씨는 국자로 홍합솥의 국물을 퍼서 솥 위로 수북하게 올라온 홍합에 부으며 말꼬리를 흐렸다. 본명인 원철이보다 깡철이라는 별명으로 통하는 검은색 선글라스를 쓴 놈이며, 그 옆에 앉아서 소주를 마실 때마다 쭉쭉 소리를 내고 있는 빡빡머리 상구 놈은 관수동에서 자란 놈인데 나이 서른도 안 된 놈들이 교도소를 밥 먹듯이 들락거리는 놈들이다.

"그래서? 외상을 안 주겠다는 거야?"

깡철이 제 아버지보다 나이가 많은 김 씨를 노려봤다.

"아, 아녀. 누가 외상을 안 주겠다고 했나?"

김 씨는 깡철의 시선을 피하며 국자를 내려놓았다.

"아저씨, 그 꽁치도 두 마리 꿔 줘."

상구가 실실 웃는 얼굴로 얼음 위에 재어 놓은 꽁치를 손가락으로 가리켰다.

"아, 알았구면. 근데 이놈의 여자는 왜 안 나오는 거여?"

김 씨는 깡철이와 상구가 홍합에 꽁치만 먹고 갈 것이라고는 생각하지 않았다. 꼭지가 돌 때까지 술을 마시고, 계속 안주를 시킬 것이다. 오늘 장사 종쳤다고 생각하니까 지금쯤 오고 있을 아내가 미웠다. 아내가 오고 있을 쪽을 노려보며 꽁치 두 마리를 석쇠에 얹었다. 연탄 화덕 앞으로 가서, 먼저 화덕의 공기구멍을 막고 있는 걸레 뭉치를 뺐다. 공기구멍으로 바람이 들어가면서 십구공탄에서 파란 불꽃이 일렁거린다.

승철은 연탄화덕에서 풍기는 고소한 꽁치 냄새에 걸음을 멈췄다. 재오도 약속이나 한 것처럼 꽁치 굽는 김 씨를 바라봤다.

"우선, 여기서 간단하게 한잔하고, 이차는 종삼에 가서 화끈하게 마시고, 삼차는, 내가 말 안 해도 알지?"

종삼은 종로 3가를 뜻하는 은어였다. 승철이 의미 있는 눈빛으로 바라보며 속삭였다.

"종삼 없어진 지 한참인데 아직 모르냐? 내가 알기로는 지난 시월에 거기 여자들 모두 쫓아낸 걸로 알고 있는데."

재오가 히죽 웃으며 승철을 바라봤다.

"자식, 서울 시내에서 종삼 아니면 그걸 할 때가 없냐? 아저씨, 우리 도 꽁치 두 마리 꿔 주고 소주 한 병 줘유."

승철은 마른침을 꿀꺽 삼키고 있는 재오의 등을 툭 쳐주고 포장마차 안으로 들어갔다. 양은솥 수북하게 쌓여 있는 홍합에서 김이 모락모락 피어오르고 있다.

"그나저나 너 군대 가면 나는 무슨 낙으로 사냐?"

김 씨가 단무지 접시를 내밀었다. 승철이 단무지 접시를 받으면서 손 으로 한 개를 집어 씹으며 재오를 바라봤다.

"너, 요즘 연애한다면서? 나 군대 가기 전에 소개시켜 준대 놓고 결국 안 보여주는 거냐?"

재오가 이빨로 소주 뚜껑을 땄다. 승철의 잔에 따르면서 물었다.

"연애하는 것이 아냐, 김수애라고 하는 일 년 후배 여잔데, 그 여학생 이 일방적으로 나를 좋아하고 있다고 했잖여. 일종의 짝사랑하는 셈여."

김 씨가 꽁치를 내기 전에 홍합을 먼저 내놓았다. 승철이 수저를 들며 대수롭지 않다는 표정으로 대꾸했다.

"너하고 밤이 늦도록 술도 같이 마시고 그런 사이라고 하지 않았냐? 여자가 통금시간도 무서워하지 않고 밤이 늦도록 술을 마실 때는 다 생 각이 있는 거 아녀?"

"내가 아무리 생각 없이 사는 놈이지만, 솔직히 요새 복잡하구먼. 세상 살맛 안 난다."

승철은 김수애와 술을 마시다 통금 때문에 집에 들어가지 못하고 여관 신세를 졌었다. 하지만 단순히 잠을 잤을 뿐이지 옷자락도 건들지 않았다. 그렇다고 김수애가 얼굴이 못생겼거나, 몸매가 마음에 들지 않은 것도 아니다. 이상하게 끌리지가 않아서 아무 생각 없이 잠만 잤을 뿐이다. 문득 김수애를 부를까, 라는 생각이 들었다. 그러나 재오가 군대 가는데 창녀라도 붙여줘야 된다는 생각에 마음을 바꿨다.

"야, 나는 정말 너를 알다가도 모르겠다. 나 같은 놈이야 고민을 껴안고 산다지만, 천하의 이승철이 뭔 고민이 있냐? 돈이 없냐? 아니면 빽이 없냐? 그것도 아니면 얼굴이 못 생겼냐? 이만하면 영화배우 못지않잖아. 참! 너 요새 아카데미 극장에서 상영하는, 김지미하고 신성일이 주인공인 <울기는 왜 울어>라는 영화 봤냐? 그 영화 포스터 보니까, 굉장히 야하던데, 나 군대 가는 기념으로 그 영화 한번 보여주면 안 되냐?"

재오가 술병을 들고 승철의 잔에 따르고 나니까 빈 병이 됐다. 일어서서 카바이드 램프 옆에 줄지어 세워 놓은 소주를 가져와서 수저로 뚜껑을 따며 물었다.

"나도 너처럼 아무 생각 없이 살았으면 좋겠다. 아니, 그럴 것이 아니라 확 해병대나 지원해서 가 버릴까?"

승철이 재오가 들고 있는 술병을 받아서 그의 잔에 채우며 물었다.

"야, 이 미친놈아. 너는 아버지가 빽 써 갖고 신체검사에서 눈이 근시라고 속여서 군대 뺐잖아. 아버지가 보충력까지 빼줬는데, 인제 해병대 지원하겠다면 어떻게 되는 거야?"

승철은 얼마 전에 시력이 나빠서 군대를 갈 수 없다는 병역면제신청을 받았다. 재오가 황당하다는 얼굴로 물었다.

"너는 나를 몰라. 내가 얼마나 힘들게 사는지 모른단 말여. 오죽하면 내가 해병대 지원을 해야겠다는 생각을 하겠냐."

승철은 쓸쓸하게 웃으며 술잔을 들었다.

"야, 지나가는 사람들을 붙잡고 물어봐라. 아버지가 군대 빼줘, 대학교 넣어 줘. 용돈 팍팍 줘. 술 마시고 싶으면 술 마시고, 자고 싶으면 자고, 세상에 너 같은 팔자 가진 놈이 해병대 지원하겠다면 안 웃는 사람이 없을 거다."

"너 내가 얼마나 공부하고 거리가 먼지 잘 알지? 이럴 줄 알았으면 만화 보는 시간 십분의 일만 공부를 했어도 이 고생은 안 하겠다. 지나간 일 후회 해 봤자 깨진 바가지고, 공부는 죽어도 하기 싫고, 내가 제일 하고 싶은 것은 만화간데, 그건 집에서 죽어도 안 된다고 하고 장사를 하고 싶어도, 일단 대학 졸업장이나 따 놓은 다음에 밑천을 대주시겠다고 하니까 한마디로 미치겠는 거 아니냐?"

승철은 문득 들례의 얼굴이 생각났다. 너무 세월이 흘러서 얼굴이 선명하게 떠오르지는 않는다. 하지만, 틈이 날 때마다 무언가를 해 주고 싶어서 안타까워하던 표정이 생각났다. 그때마다, 옷에 붙은 송충이를 털어 내듯 멸시 어린 눈빛으로 바라봤었다.

내가 느 어머여! 느 어머한테 이라믄 안 되지.

만약 그때 단 한 번만이라도 신분을 밝혔었다면, 그래도 식모를 바라보는 눈빛으로 들례를 대했을까, 하는 생각이 드는 순간 이유를 알 수 없이 몸이 부르르 떨렸다.

"내가 생각하기에는 집에서 아무리 반대를 하더라도 너도 군대라는 데를 갔다 와야 정신 차리겠다. 지금은 늦었으니까. 이 학기 때는 등록하지 말고 해병대에 가라.”

재오는 옆자리에 앉아서 술을 마시는 남자가 소주잔을 비울 때마다 쭉쭉거리는 소리가 귀에 거슬렸다. 술을 마시다 말고 자신도 모르게 상구를 바라봤다.

“뭘 봐!”

상구도 술잔을 내려놓다가 느낌이 이상해서 재오를 바라봤다. 재오가 마땅치 않다는 표정으로 자신을 바라보고 있다는 것을 알고 날카롭게 물었다.

“아, 안 봤습니다.”

재오는 상구가 날카롭게 쏘아보는 눈빛에 찔끔한 얼굴로 얼른 술잔을 비웠다.

“그쪽 사람들, 우리 알아유?”

승철은 그렇지 않아도 들레 때문에 혼란스러워서 밤이 새도록 술을 마시고 싶을 정도로 답답했다. 홍합을 까먹으면서 가소롭다는 얼굴로 웃으며 상구를 바라봤다.

“허, 저놈 좀 보게. 새파랗게 어린놈이 시방 뭐라고 씹어대는 거여?”

상구가 그렇지 않아도 몸이 근질근질하던 차에 잘됐다는 얼굴로 일어서면서 가소롭다는 표정으로 웃었다.

“사! 상구. 꽁치 여기 있네. 또 필요한 것이 있으면 또 말하게.”

김 씨가 얼른 꽁치 접시를 갖다 주면서 사정하는 목소리로 물었다.

“나이도 별로 처먹지 않은 거 같은데, 벌써부텀 노망이 들었나. 무슨 말을 그따위로 엿 같이 하는지 모르겠구먼.”

재오는 상구가 고개를 빙빙 돌리며 손가락 관절 마디에서 뚝뚝 소리가 나도록 꺾는 모습을 겁먹은 얼굴로 바라보며 승철의 옆구리를 손가락으로 찔렀다. 승철이 술병을 들어서 자작으로 잔을 채우며 피식 웃었다.

"어쭈! 너 내가 누군지 알기나 하고 깨춤을 추는 거냐?"

상구는 동네 건달이다. 승철이 대차게 나오니까 은근히 겁이 났다. 자신도 모르게 침을 삼키며 승철을 바라봤다. 이 거리에서 처음 보는 놈이다. 나이도 대여섯 살 정도 어려 보인다. 그런데도 당차게 나오니까 뭔가 믿는 구석이 있을 것이다. 손가락의 관절을 풀다 말고 슬그머니 손을 내렸다.

"내가, 왜 당신을 알아야 하는데, 별 싱거운 놈 다 보겠구먼."

"승철아, 그, 그만 가자. 여기 얼맙니까?"

재오는 승철의 성격에 큰 싸움이 날 것 같았다. 승철을 일으켜 세우면서 김 씨를 불렀다. 승철은 재오를 점잖게 밀어내며 상구를 바라봤다.

"이런!"

가소롭다는 눈빛으로 승철을 노려보고 있던 깡철이 벌떡 일어나서 승철에게 달려들었다. 승철의 멱살을 왼손으로 움켜잡고 오른손을 날리려는 찰나였다. 승철이 소주병 모가지를 움켜잡고 깡철의 머리를 후려갈겼다. 퍽! 소리와 함께 충격을 받은 깡철이 잠시 비틀거렸다.

"까, 깡철아!"

깡철이 승철의 멱살을 잡고 있던 손을 풀고 비틀거리는 모습을 바라보던 상구가 겁에 질린 얼굴로 달려왔다.

"너! 너 이 새끼, 오늘 잘 걸렸다. 그렇지 않아도 용돈이 궁하던 차였는데 잘됐다."

깡철은 두 눈을 꾹 감았다가 떴다. 머리가 깨졌는지 피가 주르르 흘러내려서 와이셔츠를 적시기 시작했다. 놀란 상구가 허둥거리며 어쩔 줄몰라 하는 사이에 싸늘하게 웃으며 승철의 멱살을 다시 움켜잡았다.

"이, 이 사람아! 벼, 병원으로 가야 하잖아!"

김 씨는 피투성이가 된 깡철의 모습이 더 무서웠다. 목에 걸고 있던수건을 얼른 풀어서 깡철에게 다가갔다. 수건을 뚤뚤 뭉쳐서 상처가 있음직한 부위를 눌렀다. 피가 좀 덜 흘렀다.

"영감은 빠져, 가자!"

"어딜?"

승철이 거칠게 깡철이 잡은 손을 풀어내며 짤막하게 물었다.

"가긴, 어딜가. 네놈부터 파출소에 집어넣고 난 치료하러 가야지."

"그려, 가자."

깡철이 다시 승철의 멱살을 잡으려고 다가갔다. 승철이 깡철을 거칠게 양손으로 밀어냈다.

"너, 이 새끼 도망가면 내 손에 뒈질 줄 알어?"

깡철이 바지 주머니에서 잭나이프를 꺼내 보였다.

"아직 정신을 못 차렸구먼. 넌 칼로 하고 난 맨주먹으로 할 팅께 한번붙어 볼까?"

승철이 한 걸음 뒤로 물러서서 대결 자세를 취하며 말했다.

"하여튼, 파출소로 가자. 파출소 가서 야기하자구. 상구야, 너 이 새끼도망 못 가게, 단단히 막아."

깡철이 옆에서 상처를 감싸고 있는 상구를 밀어내고 자신이 직접 상처를 눌렀다.

"너, 너희들 잘못 걸렸어. 이 친구 아빠가 유명한 국회의원이라구."

김 씨가 파출소 대신 병원에 먼저 가야 한다고 상구에게 말을 하고 있을 때였다. 승철의 뒤로 숨던 재오가 말했다.

"오라, 그러고 보니 네놈이 믿는 구석이 바로 그거냐. 좋다. 설마 국회 의원 아들놈이 치사하게 도망가지 않겠지."

상구는 국회의원 아들이라는 말에 겁먹은 얼굴로 깡철을 바라봤다. 깡철은 싸늘하게 웃으며 승철에게 턱으로 앞을 가리켰다.

"그려, 가서 누가 먼저 시비를 걸었는지 물어보자."

"웬만하면 젊은 사람들끼리 그냥 혈기로 생각하고 병원에 가서 치료나 받지."

김 씨는 깡철은 어떻게 되든 상관이 없지만 승철이 걱정이 된다는 얼굴로 재오의 손을 잡고 말했다.

"솔직히 우리가 잘못한 거는 없잖아요."

재오는 승철이 당당하게 깡철과 동행하는 모습을 보니까 안심이 됐다. 내가 언제 벌벌 떨었냐는 목소리로 담배를 입에 물며 승철을 따라갔다.

"뭐야, 당신들?"

종로 3가 파출소 안은 초저녁이라 조용했다. 정복을 입은 경찰관 몇 명이 신문을 보거나, 서류를 꾸미고 있거나, 텔레비전을 보고 있었다. 얼굴이며 와이셔츠에 피투성이가 된 깡철이 불쑥 문을 열고 들어가자 일제히 깜짝 놀란 얼굴로 일어섰다. 깡철의 뒤로 승철이며 재오와 상구가 들어섰을 때서야 가장 나이가 많은 주임이 화가 난 얼굴로 노려봤다.

"이 새끼 고소하러 왔습니다."

깡철이 마치 제집에 온 것처럼 큰소리를 치며 승철의 팔을 잡고 자기 앞으로 밀었다.

"너, 관수동 사는 깡철이 아냐?"

파출소 차석이 깡철을 알아보고 창구 밖으로 나갔다.

"도대체 어떻게 된 거야?"

차석이 깡철의 상처는 살펴볼 생각은 안 하고 상구에게 물었다.

"이 자식이, 포장마차에서 소주병으로 갈겼습니다. 우리는 얌전하게 술을 마시고 있는데……."

"네놈이 하는 말은 믿을 수가 없고, 보아하니 대학생 같은데 어떻게 된 일이야?"

순경들은 별일 아니라는 얼굴로 다시 자리에 앉아서 하던 일을 하기 시작했다. 주임은 의자에 앉아서 팔짱을 끼고 지켜봤다. 차석이 다시 창구 안으로 들어갔다. 조서 용지를 챙겨 들고 승철에게 물었다.

"저하고 이 친구하고 포장마차에서 술을 마시고 있는데, 이 사람이 먼저 시비를 걸며 저를 때렸습니다."

승철이 창구 앞에 앉았다. 깡철이도 누가 시키지도 않았는데 승철의 옆에 앉았다. 승철이 눈 하나 깜짝하지 않고 천연덕스럽게 말했다.

"뭐!"

깡철이 자신도 모르게 벌떡 일어서서 승철을 노려봤다. 그동안 적지 않게 파출소를 들락거리고, 교도소 신세도 여러 번 졌다. 그러다 보니 재판을 받을 때마자 형을 적게 살려고 거짓말을 입에 달고 살았다. 하지만 뛰는 놈 위에 나는 놈 있다고 하더니, 멱살만 잡았을 뿐인데 먼저 때렸다고 하는 놈은 처음이다. 너무 황당해서 말이 나오지 않았다.

"깡철이 넌, 언제 철이 들래. 내가 볼 때 너보다 나이도 어린놈들 같은데, 창피하지도 않냐?"

"아, 아니……. 야! 상구야. 네가 말해 봐라."

깡철은 화가 나서 조리 있게 말을 할 수가 없어서 뒤에 서 있는 상구를 앞세웠다.

"상구, 넌 이 새꺄! 넌 제삼자니까, 저쪽 벤치에 가서 앉아 있어."

"네……."

상구가 깡철을 변호하려고 막 입을 열려고 할 때였다. 차석이 볼펜으로 벤치를 가리켰다. 상구는 금방 고개를 숙이고 뒤로 돌아서서 벤치로 향했다.

"누가 먼저 주먹질을 했던지, 이렇게 상처를 입힌 쪽이 죄가 크다는 거는 알고 있겠지?"

"차석님, 제가 먼저 주먹질한 것이 아닙니다. 하늘에 계신 우리 아버지를 두고 맹세하는데……."

"깡철이, 너 이 자식, 한 대 맞고 주둥이 닫을래, 아니면 얌전히 닫을래?"

"너무 억울합니다. 너무 억울해서 그런다니까요."

"야, 이 자식아 새파랗게 어린놈들한테 그렇게 당하고 창피하지도 않냐. 나 같으면 얼굴 내밀고 돌아다니지도 못하겠다. 내가 너 한두 번 겪어 본 것도 아니니까 가만히 있어. 안 그러면 수갑 채워서 유치장에 처넣어 버릴 테니까."

차석이 금방이라도 깡철에게 군밤을 때려 버릴 것 같은 기세로 손을 흔들었다.

"아이구, 그게 아니라니까요……."

파출소 안쪽에는 경찰서로 끌고 가기 전에 잠시 격리를 시키는 철창방이 있다. 깡철은 너무 억울하고 분해서 눈물이 날 것 같아서 입을 다물었다.

"주민등록번호하고 주소는?"

"이 친구 아버지가 이동하 국회의원입니다. 이동하 국회의원이 아버지라구요."

"자식들, 고전적인 수법 쓰고 앉아 있네. 네놈 아버지가 국회의원이면, 깡철이 아버지는 국무총리다. 까불지 말고 얼른 주민등록번호하고 주소대."

"잠깐만, 여기 신문에 난 이동하 국회의원님이 부친 되시냐?"

뒷자리에서 신문을 보고 있던 주임이 신문지를 들고 승철 앞으로 갔다. 카운터 위에 신문을 올려놓았다.

'1·21 사태 후 정부에서 새로운 주민등록증을 발급하기 시작했습니다. 주민등록증에는 병역과 특기사항도 기록되어 있습니다. 유능한 인력을 경제건설에 활용할 수 있으며 유사시에는 인력동원에 쓸 수 있는 이중 효과를 얻을 수 있습니다. 전 국민이 하루라도 빨리 주민등록증을 발급 받아서 간첩을 색출해야 합니다. 그러기 위해서는 민관이 한마음 한뜻으로 주민등록증 발급에 최선을 다해야 합니다.'

신문은 11월 21일 자이고 차석이 손가락으로 가리키는 사진은 이동하의 모습이다. 이동하의 인터뷰 기사 밑에는 오늘부터 서울을 비롯한 전국 각지에서 주민등록증을 발급한다는 기사였다. 그동안 유명무실했던 시민증이나, 도민증은 자동적으로 폐지가 되고 18세 이상의 국민은 모두 각 개인의 고유번호가 붙은 새 주민등록증을 죽을 때까지 휴대해야 한다는 보충 설명이 나와 있다.

"저는 모릅니다."

승철은 이동하의 사진을 바라보지 않고 고개를 돌렸다.

"그러고 보니 얼굴에 살이 찐 것하며 눈매가 비슷하네. 내 눈은 못 속여 똑바로 봐."

차석이 사진과 승철을 유심히 번갈아 보았다. 승철이 고개를 돌리자 귀를 잡아당겨서 신문을 보게 했다.

"대통령 주민번호가 외우기 쉽네요."

승철은 이동하의 사진을 외면하고 왼쪽에 있는 대통령 부부의 사진을 봤다. 사진 밑에는 11월 21일 박정희 대통령 내외도 이날 오전 11시 종로구 자하동 사무소에 직접 나가서 주민등록증을 발급받았다. 박대통령 내외는 발급신청서에 현주소, 본적 등을 기입하고, 사진을 첨부한 후에 지문을 찍고 자하동사무소 정종실 동장에게 주민등록증을 받았다. 박대통령 주민등록번호는 110101-100001이고, 육 여사는 110101-200002를 받았다고 나와 있었다.

"맞아요. 이 사진이 승철이 아버지 맞습니다. 저도 한두 번 본 얼굴이 아닙니다."

벤치에 앉아 있던 재오가 다가와서 신문을 들여다보고 소리 질렀다.

"뭐라고?"

"학생, 이 친구 말이 맞아?"

주임이 한결 부드러운 목소리로 승철에게 물었다.

"맞기는 하지만 연락하지 마세요. 이런 일로 전화를 했다가는……."

"깡철이 너 이 새끼, 오늘 제대로 임자 만났네. 빨리 사과해!"

차석이 일어나서 수건으로 상처를 누르고 있는 깡철을 노려보며 윽박질렀다.

"아이구! 사람 환장하고 돌겠네. 아! 내가 왜 사과를 해요. 이 자식이 먼저 소주병으로 내 골통을 깨버렸다구요. 난 이 자식 건들지도 않았다고요. 야! 상구야, 너 계속 거기 앉아서 딴전만 피우고 있을 거야?"

"이 순경, 이 자식 술이 덜 깬 거 같네. 영창에 집어넣어. 그리고 상구 너도 영창에 들어가고 싶어?"

차석은 깡철의 눈빛을 보니까 오늘은 거짓말을 하는 것처럼 보이지 않았다. 하지만 국회의원 아들 조서를 꾸며 봤자, 돌아오는 건 득보다 실이 많다. 깡철이 같은 건달을 소주병으로 내갈긴 것을 보니 보통은 넘는 놈이다. 괜히 국회의원 아들을 데리고 앉아 있어 봤자 재수 없으면 험한 꼴을 당할 수도 있다는 판단이 들었다. 깡철이 놈이 안되긴 했지만, 세상살이가 다 그런 것이라고 생각하며 벤치에서 일어나는 상구를 험악하게 노려보았다.

"아, 아닙니다. 깡철아, 나 밖에서 기다리고 있을게."

상구는 승철이 포장마차에서 큰소리칠 때 진작 알아 봤어야 된다고 생각했다. 깡철에게 미안하기는 하지만 파출소에 앉아 있으면 있을수록 좋은 것이 없었다. 억지로 웃는 얼굴로 차석에게 꾸벅 인사를 하고 밖으로 나갔다.

제일여관 옆에 있는 무궁화무역 2층 창문 밖으로 함박눈이 소리 없이 내리고 있었다. 하지만 회의실 안에는 와이셔츠만 입고 있어도 될 정도로 석유난로가 벌겋게 달아올라 있었다. 요즘 시중에는 일본 후지사에서 심지와 연소통만 수입하고, 80프로는 국산으로 만들어서 일제 '후지'라고 속여 육천육백 원씩 폭리를 취한다. 사무실에 있는 난로는 일본에서 직수입한 후지 정품 난로라서 그을림도 없고 화력도 좋다.

"올해도 며칠 남지 않았군. 요즘 선물은 뭘로 하면 좋을까. 그래도 한 해가 가는데 본부 국장님이나, 올 한 해 동안 도움을 주신 분들에게 간단한 선물은 해야 하잖아."

박광원이 회전의자에 비스듬하게 누워서 양승찬과 고현수를 번갈아 바라봤다.

"부장님이 그런 걸 모르실리는 없고……."

고현수가 양승찬을 바라보며 눈치를 살폈다.

"요즘 백화점 상품권이 유행입니다. 선물 보따리 싸서 귀찮게 들고 가시는 것보다 백화점 상품권 봉투에 넣어서 드리면 최곱니다."

양승찬은 박광원이 뭔가 이유가 있어서 물을 것이라고 생각하며 아는 대로 대답했다.

"하긴, 구두를 선물하고 싶어도 상대방 치수를 모르니까 교환권을 선물하는 것이 낫겠군. 설탕 교환권도 있다고 하던데."

"상품 교환권은 한물갔습니다. 아무거나 살 수 있는 현금과 같은 상품권이 더 인기라고 합니다. 저는 박봉이라서 구입해 본 적이 없지만 오천 원짜리도 있고, 삼천 원짜리도 있고, 천 원, 오백 원짜리도 있다고 합니다."

"김 과장 말 들어보니까, 내 월급에 상품권이나 교환권은 좀 과한 것 같군. 상품권을 선물하려면 최소한 삼천 원짜리는 선물해야 할 거 아냐. 열 명이면 삼만 원, 최소한 서른 명한테는 해야 하는데 구만 원 돈을 들여가며 선물하기는 좀 무리네. 최 차장은 어때?"

"알겠습니다. 저도 상품권보다는 설탕이나 조미료 세트로 선물을 하겠습니다."

"그러는 것이 좋을 거야. 괜히 상품권으로 선물을 했다가는 찍힐 수도 있다구……."

박광원은 콧노래를 부르며 책상 앞으로 갔다. 책상 서랍을 열고 미리 준비해 둔 봉투 2개를 들고 회의용 탁자 앞으로 갔다.

"그 안에 은행 쿠폰하고 백화점 상품권이 몇 장 들어 있어. 본부 사람에게는 현물로 바꿔서 선물을 하고 외부 사람들에게는 쿠폰이나 상품권으로 선물을 하라구. 최 차장은 김 과장보다 조금 많이 넣었어."

"부장님 감사합니다. 그렇지 않아도 연말은 다가오고 선물할 곳은 많고 해서 고민했는데 잘 쓰겠습니다."

양승찬이 벌떡 일어나서 활짝 웃는 얼굴로 인사했다.

"부장님, 매번 받기만 해서 정말 송구스럽습니다. 잘 쓰겠습니다."

양승찬이 벌떡 일어나서 인사를 하는데 고현수를 멀뚱멀뚱 구경만 하고 있을 수는 없었다. 양승찬과 같이 일어섰다. 양승찬의 말이 끝나자마자 정중하게 허리를 숙여 인사했다.

"큰돈은 아냐. 하지만 없는 것보다 나을 거야. 슬슬 일이나 해 볼까. 김 과장은 어때? 소득은 있나?"

난로 위에는 오차주전자가 얹혀 있었다. 박광원이 증기기관차처럼 김을 뿜어내고 있는 주전자를 바라보며 말했다.

"이태섭 건을 말씀하십니까?"

"요즘 그 사람 너무 삐딱하게 나가고 있잖아."

"내일 중으로 보고서를 제출하겠습니다."

고현수는 컵을 들고 일어섰다. 난로 앞으로 가서 오차를 절반 정도 따랐다. 의자에 앉아서 박광원을 바라봤다.

"뭣 좀 얻었나?"

박광원은 식어버린 오차를 홀짝 마셔 버리고 눈을 감았다. 회전의자에 머리를 기대고 팔짱을 꼈다.

"이태섭 의원에게서는 특별한 것은 없습니다."

"풍한산업에서 돈을 뿌린 걸로 알고 있는데?"

"풍한산업에서 일제 중고 덤프트럭 백 대를 수입 허가해 달라며 재경위원회 소속 의원들에게 돈을 뿌린 모양입니다. 이태섭 의원이 받아서 뿌린 것이 아니고, 공화당 소속의 최병서 의원이 받아서 재경위 소속 의원들에게 공평하게 오십만 원씩 나눠 줬답니다. 한 해도 가고 하니까 의원사무실 직원들에게 술이나 한잔 사고, 케익 살 돈이나 나누어 주라고 말입니다."

양승찬이 담배를 입에 물고 의자 등받이에 오른팔을 얹으며 눈을 감고 있는 박광원을 바라봤다.

"그럼, 이태섭도 오십만 원을 먹었다는 말이 되겠군."

박광원이 상체를 일으키며 눈을 뜨고 두 팔을 테이블 위에 얹었다. 양손가락을 깍지 끼고 고현수를 바라봤다.

"조금 전에 차장님이 말씀하지 않으셨습니까? 재경위 소속 국회의원 모두가 오십만 원씩 먹었다고 말입니다."

고현수는 박광원의 눈에서 시선을 옮기지 않았다. 박광원이 하는 말은 수단과 방법을 가리지 말고 이태섭을 올가미 안에 집어넣으라는 뜻이다. 하지만 나중을 생각해서 확실한 지시가 필요하다는 생각에 딴청을 부렸다.

"부장님 말씀은 일단 오십만 원 먹은 것으로도 충분히 올가미 안에 집어넣을 수 있다는 뜻이잖아."

"전 아직 미숙해서 무슨 말씀이신지……"

고현수는 양승찬을 바라보던 시선을 다시 박광원에게 옮기며 말꼬리를 흐렸다.

"김 과장은 가끔 가다 능청을 떠는 습관이 있어. 내가 하고 싶은 말은 최 차장이 다 했잖아. 그냥 현황 파악만 한 보고서만 올리지 말고 확실한 결과를 올려 봐."

"그럼, 함정을 파라는 말씀이시군요."

"함정을 파라는 말이 아니고, 일을 하라는 거지. 일! 이 답답한 친구야."

박광원은 비로소 고현수가 능청을 떨고 있다는 걸 눈치챘다. 야, 이놈아! 넌 날 따라오려면 아직 10년은 이 바닥에서 굴러먹어야 해. 마음속으로 갈갈갈 웃으면서도 겉으로는 한심하다는 표정을 지었다.

"알겠습니다. 올해가 가기 전에 이태섭 의원이 기자회견을 하도록 하겠습니다."

"올해 안으로?"

양승찬은 벽에 걸려 있는 달력을 바라봤다. 불과 열흘밖에 남지 않았다. 열흘 후면 1969년이 된다는 생각에 잘게 웃으며 고현수를 바라봤다.

"사법고시 일차 합격을 화투판에서 했겠어. 작전을 다 짜 놓고, 나한 테 디데이 날짜만 알려 달라고 왔을 테지."

박광원이 말 안 해도 다 안다는 얼굴로 컵을 들고 일어섰다. 난로 앞 으로 가서 오차를 컵에 따라 들고 창문 앞으로 갔다. 골목에는 눈이 수 북하게 쌓여 있다. 저녁에 퇴근하려면 시간깨나 걸릴 것이라는 생각이 들었다.

"아닙니다. 지금부터 설계를 할 생각입니다. 지금 시작해도 열흘 정도 면 충분할 것 같아서 말씀 드린 겁니다."

고현수는 오늘 밤에 이태섭과 만나기로 약속이 되어 있었다. 하지만 시치미를 뚝 떼고 웃으며 일어섰다.

"좌로 가나 우로 가나 서울만 가면 되지. 알았으니까 어서 가 봐. 앞 으로는 내 앞에서 능청 떨지 말고, 이래 봬도 내가 군대에 있을 때부터 정보통으로 잔뼈가 굵은 놈이라구."

"가능한 빠른 시일 내에 보고서를 올리겠습니다."

고현수는 박광원의 말에 대꾸를 하지 않았다. 일어서서 가볍게 인사 를 했다. 테이블 위에 있던 컵을 한꺼번에 들고 사무실과 통하게 되어 있는 주방으로 가서 물로 헹궜다.

어둠이 내려앉으면서 눈도 그쳤다. 하지만 거리는 온통 눈 천지였다. 고현수는 무궁화무역이 있는 골목에서 큰길까지 빠져나오는데 구두 안 에 눈이 들어가서 양말이 축축했다. 하지만 예상 외로 날씨가 포근해서 발이 시리다는 느낌은 들지 않았다.

큰길에는 데이트를 하는 아베크족들이 많이 다녀서인지 하얀 눈이 갯 벌처럼 녹아 버렸다. 하지만 가로수는 눈을 흠뻑 뒤집어써서 아름다웠다. 차도를 다니는 차들은 거북이처럼 기어가고 있었다.

지난 30년간 전국 최고의 사창가로 악명 높았던 종로 3가는 지난 10월 5일 서울시가 실시한 일명 '나비작전'이라는 소탕 작전으로 인해 직업여성들이 사라졌다. 5일 새벽 5시를 기점으로 한 '나비작전'에는 경찰 기동대원 234명, 종로구청 철거반 236명, 차량 14대가 동원되었다. 경찰은 돈의동, 훈정동, 동묘동, 봉익동, 인의동 일대에 끝까지 남아 있던 창녀 72명을 검거하여 대방동에 있는 서울시립부녀보호소에 수용했다. 9월 26일 종로 3가 적선지역철폐 발표가 있은 후 그동안 세 차례에 걸친 경찰 단속으로 250여 호 1,400여 명의 창녀가 없어진 것이다.

종로 3가의 사창가 역사는 조선시대로 거슬러 올라간다. 조선시대 말에 관기나 퇴기들이 모여 살던 종로 3가는 일제 때 자연스럽게 유곽인 동관 인근 시장을 중심으로 약 80개의 요정이 생겨났다. 기생만 해도 1백여 명이 들끓었다. 일본은 이 나라의 서울 한복판에, 그리고 멀지 않은 곳에 경북궁이며 비원이며 덕수궁 등 이 나라의 왕조가 기거를 하던 궁이 훤하게 보이는 지점에 유곽지대를 만들었다.

해방 후 공창제도가 폐지되면서 윤락여성들이 종로 3가로 몰려들기 시작했다. 9·28 수복 이후는 그 숫자가 부쩍 늘어서 사창가로 자리 잡았다. 결국 62년에는 적선(積善)지역으로 선포가 되었다. 적선이란 말 그대로 동냥에 응하는 행위를 좋게 이르는 말로 도움을 주는 것을 비유적으로 이르는 말이다.

이태섭과 만나기로 한 장소는 요즘 들어 하루가 다르게 늘어가고 있는 대폿집이었다. 이태섭은 국회의원 체면에 대폿집에서 만날 수 있냐며, 조용한 경양식 집이나 다방에서 만나길 원했다.

"조용한 곳에서 만나면 제가 할 말을 다 못합니다. 그러니 편안한 장소에서 만나는 것이 좋을 것 같습니다. 정치에 관심이 없는 사람들은 의원님 얼굴을 몰라볼 것입니다. 그러니 그런 걱정은 하지 마시고 훈정동에 있는 대폿집에서 만나는 걸로 합시다. 대폿값은 그 대신 제가 내겠습니다."

고현수는 이태섭과 통화했던 내용을 생각하며 약속 장소인 낭만시대로 들어갔다. 홀에는 테이블 대용인 연탄 화덕이 대여섯 개 있었다. 드럼통을 반으로 잘라서, 그 가운데 연탄 화덕을 집어넣고, 술이며 안주를 놓을 수 있도록 둥그렇게 철판을 얹은 화덕이다. 눈이 오는 날이라 그런지 평소처럼 손님이 많지가 않아서 다행이란 생각이 들었다.

고현수가 빈자리에 앉아서 담배를 입에 물고 있는데 주인이 다가왔다. 뜨거운 보리차가 들어 있는 물컵을 내려놓으며 일행이 올 것이냐고 물었다. 고현수는 고개를 끄덕이고 유리창 너머로 거리를 바라봤다. 대폿집 앞을 지나가는 사람들 중 절반 이상은 남녀가 팔짱을 끼거나, 여자가 남자의 어깨에 머리를 얹고 걷는 아베크족들이었다.

애자와 대전에서 결혼식을 하는 날 백인경이 하객으로 참석했다. 백인경이 올 것이라고는 상상도 못해서 너무 놀란 나머지 뭐라고 말을 할 수가 없었다.

"현수 씨가 대전역에서 숙명이라면 너무 억울하다고 했던 말의 의미를 많이 생각해 보았어. 하지만 애자 씨에게 결혼한다는 소식을 전해 듣고 나서야, 그 의미를 알았어…… 너무 늦게…… 행복하게 살아 줘. 부탁이야, 지금은 그 말밖에 할 수가 없네……"

백인경의 말은 슬픈데 표정은 주변을 의식하고 있어서 그런지 밝았다. 그 모습에 너무 가슴이 아팠다. 차라리 쓸쓸해 하는 표정을 보여줬다면 마음이 덜 아팠을 것이다. 결혼을 약속했던 남자가 다른 여자와 결혼을 한다는데 웃으며 손 흔들어 줄 여자는 세상에 없을 것이다. 설령 그런 여자가 있다고 하더라도 백인경은 그럴 수가 없는 여자였다. 그런데도 마치 자비를 베푸는 것처럼 활짝 웃어 줄 때는 그 속은 새카맣게 타다 못해 숯덩이가 되었을 것이라는 생각을 버릴 수가 없었기 때문이다.

"어머, 백인경 씨도 같이 사진 찍었네. 저는 그날 너무 정신이 없어서 백인경 씨와 별로 말도 못했는데, 사진까지 같이 찍어주다니…… 인경 씨 다시 봐야겠어요. 정말 쿨한 여자네요."

신혼여행을 다녀와서였다. 여기저기 인사를 다니고 대충 집 정리도 끝내고 잠깐 여유를 부릴 때였다. 애자가 사과를 깎아 가지고 와서 결혼식 앨범을 같이 보자고 했다. 놀랍게도 신부 측 친구들 사이에 백인경의 얼굴이 웃고 있었다. 애자는 손가락으로 백인경을 보고 너무 기뻐하며, 언제 한번 만나서 밥이라도 사주어야겠다고 말했다.

"그 여자가 쿨한 것만 생각하고, 내가 깨끗하게 정리한 것은 안 알아주나?"

"아이, 참. 그걸 제가 왜 몰라요. 우린 부부잖아요. 그리고 우린 둘이고 인경 씨는 혼자잖아요. 하지만 그 점이 섭섭했다면 뽀뽀 한번 해 드릴게요."

애자는 순수하고 맑았다. 부잣집에서 자란 여자답게 물질적으로 풍족하니까 남을 의심할 줄도 모른다. 그 모습이 바라보기가 부끄러워서 천연덕스럽게 마음에도 없는 말로 넘겨버리기는 했지만 가슴에 앙금으로 남아 있는 사진을 지울 수는 없었다.

이태섭이 들어왔다. 고현수는 품 안에서 수첩을 꺼냈다. 지난 11월에 요원이 국회에서 사진을 찍었을 때는 정장 차림이었다. 오늘은 일부러 사람들의 시선을 의식하고 입었는지 두툼한 재킷에 요즘 젊은이들이 많이 입고 다니는 청바지 차림이다.

"여깁니다."

"김 과장님이십니까?"

이태섭은 창문 쪽에 앉아 있는 고현수가 손을 들어 보이는 모습을 보고 다가갔다. 긴장한 얼굴로 고현수의 위아래를 빠르게 훑어보고 작은 목소리로 빠르게 물었다.

"네, 제가 전화를 드린 사람입니다."

고현수는 일어나서 이태섭에게 자리를 권했다.

"용건이 뭡니까?"

"우선 한잔하시죠. 소주로 하시겠습니까? 아니면 탁주로?"

"용건부터 들어 봅시다."

이태섭은 고현수에게 틈을 보여주지 않고 담배를 꺼냈다. 라이터를 꺼내서 불을 붙이면서도 고현수를 응시했다.

"그럼, 실례가 되겠지만 제가 임의로 주문을 하겠습니다."

고현수는 이태섭이 생각보다 만만치 않은 인물이라고 생각했다. 주인을 불러서 구이용 돼지고기 한 근과 소주 한 병을 주문했다.

"거기서 근무를 하는 사람은, 국회의원을 대폿집으로 마음대로 불러서 이래도 된다는 법이 있는 겁니까?"

이태섭은 의식적으로 담배 연기를 길게 내뿜으며 불붙은 연탄이 타고 있는 화덕에 재를 떨었다.

"저는 의원님 편입니다. 그렇게 알고 계시면 마음이 편하실 겁니다."

"문제는 내 편은 일방적으로 약속을 정하지 않는다는 점입니다."

"숙명이라는 말을 믿으십니까?"

주인이 석쇠와 돼지고기를 담은 쟁반을 들고 왔다. 석쇠를 화덕 위에 얹고 먹기 좋을 만큼 자른 돼지고기를 석쇠에 얹었다. 고기에 굵은 소금을 뿌리자 연탄에서 불꽃이 일어나며 고기 타는 냄새가 코를 찔렀다. 고현수는 연탄 화덕에서 피어오르는 연기를 피하지 않았다. 연기 사이로 이태섭을 바라보며 물었다.

"난 모태신앙입니다. 지금도 천주교회에 다니고 있습니다."

"숙명을 믿지 않으시고, 주님이 가르치시는 대로 살아가신다는 말씀이군요."

고현수는 모태신앙이라는 말에 박광원의 얼굴이 떠올라서 피식 웃는다. 박광원도 기독교 신자다. 그러나 웃으면서 천장에 거꾸로 매달아 놓은 피고문자의 코에 고춧가루를 탄 물을 붓는가 하면, 걸레처럼 늘어져 있는 피고문자를 발로 툭툭 차면서 찐 계란을 소금에 찍어 먹는다. 사이다를 마시면서 자식 걱정을 하고, 아내와 외식 나가서 무엇을 먹을까 고민하는 사람이다.

"주님의 뜻이니까요."

"주님의 뜻으로 생각하시고 건배하시죠."

고현수는 이태섭의 잔에 술을 채웠다. 자신의 잔에는 스스로 채우고 나서 술잔을 들어 보였다.

"용건부터 들어 보는 걸로 합시다."

"좋습니다. 그러는 편이 술맛이 좋을 듯하군요. 의원님에 대해서 좀 알아 봤습니다. 문제가 있다는 판단이 들었습니다."

"뒷조사를?"

이태섭은 뒷조사를 했다는 말에 고개를 갸웃거렸다. 누구한테 이권을 빌미로 돈을 받은 적은 단 한 번도 없었다. 국회의원직을 이용하여 압력을 행사하거나 이권을 챙긴 적도 없었다. 흔한 말로 사촌 조카들이나 지인들의 청탁을 받고 누구를 취직시켜 준 적도 없었다. 만약 문제가 생겼다면 중앙정보부에서 공작을 했다는 말이 된다는 생각에 긴장한 얼굴로 고현수를 바라봤다.

"뒷조사라는 말은 좀 듣기가 거북합니다. 그냥 의원님이 어떤 분인지 알아 봤더니, 심각한 문제를 안고 있더군요."

고기가 타는지 연기가 났다. 고현수는 주인을 불러서 연탄불을 조절해 달라고 부탁했다. 주인이 신문지 뭉친 걸로 아궁이 구멍을 막고 있는 사이에 소주를 홀짝 비워버렸다. 젓가락으로 고기를 뒤적거리다 그만두고 김치 한 조각을 집으며 조용한 목소리로 말했다.

"여보슈, 뭔가 착각을 하고 있는 모양인데, 내 뒷조사를 해 봤다면 내가 돈 걱정 없이 먹고살 만큼의 재산이 있다는 것도 파악했을 거 아닙니까? 나 이래 봬도 구린내 나는 돈은 천만 원을 준다고 해도 거절하는 성격입니다. 무슨 꿍꿍이수작을 부리려고 내 뒷조사를 했는지 모르겠지만, 하늘에 두고 맹세하는데 난 문제가 될 만한 짓을 해 본 역사가 없습니다. 만약, 내가 구린 짓을 한 증거가 있다면 정식으로 영장을 청구해서 구속을 시키든지, 아니면 신문기자들을 불러서 공개하면 될 거 아닙니까? 내 참 세상 오래 안 살아도 별 개 같은 경우를 다 보겠네."

이태섭은 양심에 걸리는 것이 없는 이상 중앙정보부 요원이 아니고, 보안대에서 나와도 꿀릴 것이 없다는 생각에 고현수를 쏘아보며 일어섰다.

"저는 의원님의 말씀을 들으려고 이 자리에 나온 것이 아닙니다. 제가 알고 있는 사실을 알려 드리고 협조를 구하려고 나온 겁니다. 그러니 어서 앉으시죠."

고현수는 이태섭이 쉽게 굴복할 것이라고 믿지 않았다. 하지만 결국 권력 앞에 무릎을 꿇게 될 것이라고 믿으며 싸늘하게 웃고는 자신의 잔에 술을 따랐다.

"도대체 뭘 알고 있다는 겁니까?"

이태섭은 싸늘하게 웃으며 여유를 부리는 고현수를 바라보는 순간 마음이 바뀌었다. 자신이 미처 기억하지 못한 문제가 있을지도 모른다는 생각에 슬그머니 의자에 앉았다.

"풍한산업에서 중고 덤프트럭 수입 건 명목으로 오십만 원을 받으셨더군요."

"그, 그 돈은 나 혼자 받은 것이 아니라는 걸 알고 있을 거 아닙니까?"

"물론 공화당의 최병서 의원이 여당과 야당을 구분하지 않고 재경위원회 소속 의원 모두에게 고르게 오십만 원씩 나눠줬습니다. 하지만 우리는 다른 의원들이 받은 돈은 문제 삼지 않습니다. 이태섭 의원님이 받은 돈만 문제가 된다고 판단한다면 뭐라고 답변하시겠습니까?"

"허! 그런 개 같은 경우가 어디 있어. 왜 나만 문제가 된다는 거요? 집어넣으려면 재경위 의원님들 모두 집어넣어야 되는 거 아닙니까?"

이태섭이 싱겁다는 얼굴로 웃으며 물었다.

"의원님은 재경위 의원님들에게 보험을 드셨다고 생각하시는 모양인데, 그러려면 의원님이 기자회견을 하시죠. 재경위 의원님들 모두 오십만 원씩 먹었다고 말입니다."

"지금 나한테 정치 그만두라고 협박하는 겁니까?"

이태섭은 황당하다 못해 이유를 알 수 없는 불안감이 밀려오는 것을 느끼면서도 따져 물었다.

"너무 흥분하지 말고 술 드시죠. 도둑놈을 잡는다고 해서 우리나라 전체에 있는 도둑을 잡을 수는 없는 거 아니겠습니까? 눈에 잡히는 도둑만 잡을 수 있다는 겁니다. 우리나라에 사기꾼이 한두 명입니까? 이 시간에도 누군가 사기를 치고 있고, 어떤 골목 어느 집엔가 도둑을 맞고 있을 겁니다."

"결국, 나 혼자만 문제를 삼겠다 이거군요."

이태섭은 술잔을 홀짝 비워 버렸다. 고현수가 그랬던 것처럼 스스로 잔을 따라서 다시 비워 버렸다. 안주도 먹지 않고 입술을 손바닥으로 닦으며 차갑게 웃었다.

"역시 빠르십니다. 그렇습니다. 저희는 의원님한테만 태클을 겁니다."

"도대체 나한테 원하는 것이 뭐요?"

고기가 타고 있었다. 돼지살 조각이 숯덩이처럼 까맣게 타며 매캐한 연기를 날렸다. 이태섭은 도저히 참을 수 없다는 얼굴로 세 번째 잔을 따르려고 술병을 들었다. 어느 사이에 술병이 비어 버렸다. 빈 술병을 번쩍 들고 주인을 바라봤다. 주인이 소주병을 들고 오는 모습을 바라보던 시선을 고현수에게 옮겼다.

"단도직입적으로 말씀을 드리겠습니다. 위에서는 의원님이 신민당을 탈당하고 공화당에 입당하길 원하고 있습니다."

"지, 지금 나 보고 칼을 입에 물고 엎어지라는 말입니까? 차라리 죽으면 죽었지, 그 짓은 못합니다."

주인이 소주를 가져왔다. 이태섭은 술병을 받아서 자기 잔에 따르려다가 말고 그냥 내려놓았다. 양손으로 테이블을 꽉 움켜잡고 몸을 부르르 떨면서 고개를 흔들었다.

"그럼 입에 칼을 물고 엎어지십시오."

고현수가 이태섭 앞에 있는 술병을 끌어당겼다. 그의 잔에 술을 따라주면서 차갑게 내뱉었다.

"내가 그렇게 쉽게 죽을 거 같소?"

"물론 아직 하실 일이 많으신데 죽으시면 안 되겠죠. 그래서 드리는 말씀인데 방법이 전혀 없는 것은 아닙니다. 위에서는 의원님이 신민당에 적을 두고 계시는 걸 싫어합니다. 그러니 정치적인 이유를 앞세워서 신민당을 탈당하신 다음에 무소속으로 남아 계십시오. 그러다 적당한 기회에 다시 신민당에 입당을 하시면 됩니다."

고현수는 충격완화 요법을 사용했다. 공화당으로 입당하라는 충격을 준 다음에, 무소속으로 남으라는 말로 충격을 완화해서 이태섭이 무리 없이 제안을 받아들이게 되리라고 예측했다.

"도대체, 왜 내가 신민당에 남아 있으면 안 된다는 겁니까?"

"이유는 없습니다. 어떡하시겠습니까? 올해가 가기 전에 기자회견을 하셔야 합니다. 그렇지 않으면 의원직을 박탈당할 수도 있습니다. 물론 공화당으로 입당을 하시면 의원직을 박탈당하는 일은 벌어지지 않을 겁니다."

"이왕 날 도와주려면 한 가지 물어봅시다. 도대체 왜 내가 문제가 되는 겁니까?"

이태섭은 고현수의 말대로 하는 수밖에 없다고 생각했다. 하지만 적어도 이유를 알아야 기자회견 내용을 작성할 것이라는 생각에 간곡하게 물었다.

"조금 전에 말씀드린 것처럼 이유는 없습니다. 그냥 탈당을 하시면 됩니다."

고현수는 작전은 끝났다고 판단했다. 이태섭이 신민당에서 탈당을 하면, 지역구에는 점찍어 둔 인물이 야당 지구당위원장으로 배정이 될 것이다. 그렇게 되면 이태섭은 물 위에 떠 있는 부평초 신세가 돼서 정치 인생은 끝난다.

제14장

1
9
6
9
년

근본 있는 여자

오늘따라 자네가 내 맘을 설레게 하는구먼.
왜유? 내가 근본이 있응께 새롭게 보이나유?
들례는 이필수가 끌어당기는 대로 품에 안기면서 흘겨봤다.
이런 말을 하면 믿을지 모르겠지만,
세상에 이렇게 마음이 착하고 여린 여자가 또 있나, 하는 생각이 드네그려.

들례는 원통사 일도 스님의 도움을 받아서 태어나서 처음으로 호적을 가지게 되었다. 일도 스님이 지어준 이름은 들례를 뜻하는 초예다. 들판에 풀이 많으니까 풀 초(草) 자에 례는 발음 그대로 례를 예 자로 보고 거둘 예(艾) 자를 썼다. 이름을 그대로 푼다면 들판에 있는 풀을 거둔다는 뜻, 곧 곡식을 거둔다는 뜻이 된다. 거둘 예는 쑥 애(艾)로 읽기도 한다.

성씨는 들례가 원하는 대로 일도 스님의 속가 성씨인 민 씨를 따라서 이름이 민초예가 되었다.

"민초예……. 민초예, 참말로 이쁘구먼유. 어쩜은 지 이름이 원래는 민초예였는지도 모른다는 생각이 드느만유."

"보살님이 맘에 드신다니 나도 기분이 좋네. 아무리 좋은 이름이라도 본인이 안 좋게 생각하면, 팔자도 안 좋게 풀리는 법, 일단 대전 보살이 자신의 이름을 그리 좋아하는 걸 보니, 앞으로는 좋은 일만 생기겠네."

일도 스님은 어린애처럼 웃음을 멈추지 못하고 주민등록증을 요리 보고 조리 보고, 입에 맞추고, 얼굴에 문지르며 좋아하는 민초예를 보고 뿌듯한 자부심을 느꼈다.

"참말로, 시님이 아니었으믄 주민등록증을 못 맨들어서 영락없는 간첩으로 내몰릴 뻔했잖유."

민초예는 일이 잘 풀리려는 운이 있었던지 때마침 작년 11월 21일부터 시민증을 없애고 주민등록증을 발급해 주기 시작해서 어렵지 않게 주민등록증을 발급받았다.

모처럼 목포에서 이필수가 올라왔다. 민초예는 이필수가 자리에 앉기도 전에 사과 궤짝으로 만든 옷함 앞으로 갔다. 사과 궤짝 표면에 신문지를 바른 다음에, 다시 무늬가 고운 벽지를 붙이고, 장식이 매달린 문짝을 해단 옷함에 간직하고 있던 주민등록증을 꺼내서 보여줬다.

"자네 이름을 부를 일이야 없겠지만, 이 순간부터는 들례가 아니라 민초예로 알고 있겠네."

"그람 한번 불러 보셔유. 초예야 라고 말유."

민초예가 그녀답지 않게 부끄러운 목소리로 물었다.

"그거 어려울 것도 읎지. 민초예 씨?"

"고맙구만유. 진짜로 새로 태어난 기분이 드느만유. 민초예⋯⋯. 민초예⋯⋯. 참말로 이름도 너무 좋아유."

"나는 자네가 호적이 없다는 걸 진짜로 몰랐네. 호적이 있어도 없는 듯 사는 사람들이 흔하지 않은가. 그래서 자네도 그중의 한 명인 줄 알았다네."

이필수는 민초예가 아이처럼 너무 좋아하니까 슬그머니 미안한 생각이 들었다.

"호적 없는 것이 무슨 자랑은 아니잖유."

"자네한테 할 말이 없네, 이런 것은 내가 신경을 써줘야 하는데. 사진을 보니 참말로 곱기는 곱네."

이필수가 주민등록증에 있는 사진을 유심히 바라보고 민초예의 얼굴과 비교를 하다가 고개를 끄덕거렸다.

"미안해할 거 읎슈. 봄에 사과가 빨갛게 익는 거 봤슈?"

"봄에 사과꽃이 핀다는 말은 들어 봤어도, 사과가 빨갛게 익는다는 말은 못 들어 봤구먼. 먼지는 모르지만 속뜻이 있는 말로 들리네."

"다 때가 있다는 뜻유. 지도 스님한테 들은 말인데유, 일이라는 것은 뭐든지 다 때가 있는 법이래유. 만약 지가 호적등본을 만들 생각을 했으면, 진작에 학산에 있을 때 부면장님한테 부탁을 했으면 일도 아니잖아유. 하지만 인제서야 일도 스님이 사람은 근본이 있어야 한담서, 호적을 맨들어야 된다는 말씀을 듣고 봉께, 아! 나도 호적이 있어야겠다, 그런 생각이 들었잖유."

오늘 하루 장사도 끝났다. 홀에 앉아서 콩나물해장국을 한 그릇씩 앞에 두고 소주를 나누어 마시고 있는, 목척시장 난전에서 옷 장사를 하는 두 명이 앉아 있을 뿐이다. 순길이 엄마는 일찌감치 설거지를 모두 끝내고 옷 장사들이 나가기만 기다리며 하품을 하고 앉아 있다. 식당방 안에 앉아 있는 민초예는 행여 이필수가 주민등록증을 빼앗아 가기라도 할 것처럼 얼른 낚아채며 가슴에 품었다.

"임자, 시방 하는 꼴을 보고 있자면 영락없는 아그들 같네그려. 목포 살림 깨끗하게 정리하고, 임자하고 정식으로 혼인신고 하고 검은 머리 파뿌리 될 때까지 살고 싶소 내 말 참말이네."

"날 품고 싶으믄 언제든 품을 수 있잖유. 새삼스럽게 츰 보는 여자 간보는 것 같은 말은 나한테 안 통해유. 목포 마나님하고 요새 사이가 뜸한개비구먼."

"내가 목포 살림 정리할 배짱 있으면 애당초 정리를 하고 올라왔지. 임자가 너무 아그처럼 이쁜 짓을 해서 한번 해 본 말이네. 오랜만에 임자하고 술 한잔 걸쭉하게 하고 싶네그려."

"술이야, 가게에 상자로 있응께 얼매든지 마셔유. 그라고 봉께 난도 취하도록 마신 적이 한참 된 거 같구먼유……."

"여기 얼매유?"

홀에서 콩나물해장국에 소주를 마시던 장사꾼 중 한 명이 일어서면서 민초예에게 물었다.

"소주 한 병하고 해장국 두 그릇잉께, 소주 칠십 원에 해장국 두 그릇에 육십 원 도합 백삼십 원이네유."

민초예가 순길이 엄마를 바라봤다. 순길이 엄마가 길게 하품을 하며 손님들이 있는 상 앞으로 갔다.

"내일 올게유."

순길이 엄마가 손님들에게서 받은 돈을 민초예에게 내밀며 꾸벅 인사를 했다. 민초예는 일어서서 식당으로 내려갔다. 순길이 엄마를 배웅하고 식당 문을 닫고 고리를 걸었다. 설거지는 이미 끝낸 뒤지만 주방을 한 번 살펴본 다음에 식당 불을 끄고 방으로 올라갔다.

"매상이 괜찮구먼, 요새는 땅 안 사나?"

민초예가 앞치마에 매달린 돈주머니에 있는 돈을 모두 꺼냈다. 오백 원짜리는 오백 원짜리대로, 백 원짜리나, 오십 원짜리며, 십 원짜리는 십 원짜리대로 구분하기 시작했다. 이필수가 민초예가 하는 양을 가만히 지켜보며 물었다.

"땅은 안 사고, 이름을 맨들어 준 원통사에 십만 원을 시주했슈. 대웅전이 금방 바람이라도 불면 날아갈 것처럼 오래돼서, 기왓장이나 새로 하고 고치라고 말유."

"잘했구먼. 그리고 봉께 시방까지 사 놓은 땅도 자네 앞으로 등기를 해 놓지 못했겠네, 그려."

"등기가 뭐유?"

민초예가 내일 장사를 하는 데 필요한 잔돈만 남겨 놓고 오백 원짜리 며 백 원짜리를 옷함에 집어넣으며 물었다.

"이런, 등기가 뭔지 모르는 걸 봉께, 땅문서만 모아 놓은 모양이구먼. 자네 땅문서 좀 보세."

이필수가 놀란 얼굴로 민초예 곁으로 가까이 다가갔다.

"이걸 내가 가지고 있으면 된다고 하던데……."

민초예는 옷함에서 누런 마닐라봉투를 꺼냈다. 그 안에서 수십 장의 등기권리증이며, 땅을 양도했다는 매매계약서 등을 꺼내서 이필수 앞으로 내밀었다.

"이 땅은 어디 있는 땅인지 아는가?"

"그건, 목척교에서 좌측으로 가면 교회당이 하나 있는데, 그 뒤에 있는 이백이십오 평유."

"그걸 어떻게 아는가?"

"아, 여기 표시를 해 뒀잖유."

민초예가 등기 권리증의 뒷면을 이필수가 보여주며 손가락으로 가리켰다. 다리처럼 생긴 그림이 있고, 교회를 뜻하는 지붕 위에 십자가가 있는 그림이 있다. 그 옆에는 동그라미 안에 X표를 그은 그림 두 개와 1자를 그은 동그라미 두 개에 동그라미 다섯 개가 그려져 있었다.

"허! 나름대로는 다 방식이 있구먼, 그럼 여기는 워딘가?"

이필수가 놀란 얼굴로 다른 등기증을 내보였다.

"여기는 선화동 사거리에서 중동을 가는 쪽에 있는 첫 번째 골목에서 쫌 들어가믄 동사무소가 있슈. 그 옆에 있는 백오십삼 평 반짜리구먼."

이필수는 민초예가 손가락으로 가리키는 그림을 봤다. 대전역을 상징하는 기차 그림이 있고, 줄을 쭉 그어서 사거리가 나오고, 골목을 표시하는 것으로 보이는 Π의 그림 안에 집 그림이 그려져 있다. 그 옆에는 X표 동그라미 한 개와 1자 동그라미 다섯 개와 동그라미 세 개가 그려져 있다. 삼각형 한 개가 그려져 있는 것이 특이했다.

"이건 뭔가?"

"그건 한 평이 안 되는 반 평짜리라는 뜻유. 내가 글씨는 모르지만 달력을 보면 손님 외상값까지 죄다 적혀 있슈."

"장하구먼. 그럼 내가 낼이라도 사법서사에 들려서 자네 앞으로 죄다 등기를 해 줄 모양이니까 그렇게 알고 있게."

"아까부텀 등기, 등기하는데 등기라는 말이 대관절 무슨 말유?"

"법적으로 이 땅이 자네 것이라는 것을 보장해 주는 것을 등기라고 하는 걸세. 무슨 말인고 하면, 이런 땅문서를 아무리 많이 가지고 있다

하드래도, 법적인 권리는 안직까지는 땅 판 사람이 가지고 있다는 말일세. 그랑께, 단 하루라도 지체할 여유가 없다는 걸세. 당장 내일이라도 등기를 해야, 법적으로 완전히 민초예 것이 된다는 말일세."

"허! 선장님을 안 만났으믄 시방까지 사 모은 땅이 말짱 헛일이 될 뻔 했구먼……."

민초예는 쓸쓸히 웃으며 식당을 바라봤다. 식당 유리창 너머로 보이는 목척시장은 캄캄하다. 가끔 먼 곳에서 술 취한 주정꾼이 홍도야 울지 마라 오빠를 부르는 노랫소리가 가깝게 들려오다가 아스라하게 멀어져 갔다. 방이 한 칸뿐이어서 연탄불에도 담요를 깔고 앉아 있어야 할 정도로 뜨거웠다. 마른 웃음을 지으며 일어났다.

"아까, 자네 입으로 한 말이 있잖은가. 사과가 봄에 빨갛게 익지는 않을 것이라고 말여."

이필수는 왜 민초예의 표정이 갑자기 우울해졌는지 이유를 알 것 같았다. 맥주를 따라 주며 부드럽게 말했다.

"그라고 봉께, 시님 말씀이 참말로 용하네유."

민초예는 속치마와 적삼차림으로 벽에 기대앉아서 노란색의 맥주잔을 들고 지그시 바라봤다.

"맥주잔을 바라보는 자네 눈빛에 사랑이 숨어 있네 그려."

"요 맥주 한 병에 얼매씩 하는지 알아유? 가게에서 백구십 원씩 팔아유. 우리 해장국 집에서는 이백 원씩 받고……."

"그래서?"

이필수는 오징어 다리를 쭉 찢어서 씹으며 얼굴이 발갛게 물든 민초예의 눈을 응시했다.

"이 맥주잔을 가만히 바라보고 있응께, 이 민초예 팔자도 참 좋아졌구나 하는 생각이 드느만유."

"맥주 정도는 얼마든지 사 먹을 수 있는 팔자라 이건가?"

민초예는 돈에 초월한 여자다. 이필수는 민초예답지 않은 발상이라는 생각에 자세를 고쳐 잡으며 반문했다.

"안직도 절 모르시느만유. 내가 시방 돈 좀 벌었다고 하는 말 가튜?"

"맥주를 바라보면서 말을 하니까 그렇게 생각할 수밖에 없잖은가?"

"아녀유. 맥주는 옛날에도 얼매든지 사 먹을 형편은 됐슈. 하지만 맥주 맛을 몰랐고, 맥주를 역부러 마셔야 할 필요도 읎었슈. 그릏다고 막걸리를 좋아했냐? 그것도 아녀유. 소주도 좋아한 것도 아니고 허지만 부면장님하고 살 때는 술을 자주 마셨슈. 왜? 외로워서 마셨슈. 외로워서 마시는 술에 종류가 따로 필요하남유?"

"취하면 그만이겠지……."

"그려유. 취하면 아무 술이나 상관 읎슈. 나를 품고 싶은 남정네들이 나하고 살고 싶어서 품는 것은 아니잖유. 외로우니까 품은 거쥬. 그릏다고 해서 선장님 들으라고 하는 말은 아뉴. 선장님은 그래도 나를 품은 남자 중에 젤로 신사다운 분이잖유. 참말유, 내가 세상을 좀 더 진작 알았다믄, 그릏다고 시방은 세상을 알고 있다는 야기는 아뉴. 선장님 같은 남자를 만났을뀨."

"기분 나쁜 말은 아니네. 그럼 무엇 때문에 요새 팔자가 좋아졌다는 생각이 드는가?"

"민초예라는 이름이 없을 때는 내 팔자라는 것이 물에 뜬 지름 같았고, 물 위에 떠 있는 부평초 같았슈. 하지만 민초예라는 엄연한 이름을 갖고 나니까 더 이상은 물 위에 뜬 지름도 아니고, 물 위에 떠 있는 부평초라는 생각이 희한하게 안 드는 거유. 나도 사람이라는 생각이 든다니께유. 그런 내가 이 시간에 선장님 같은 남자하고 맥주를 마시고 있응게 팔자 좋다는 생각이 드느만유."

민초예는 싱긋 웃고 나서 천천히 맥주를 마시기 시작했다.

"별 걸 다 가지고 팔자타령이구먼."

이필수는 맥주를 마시느라 턱을 치켜 올린 민초예의 가늘고 뽀얀 목을 보는 순간 갑자기 욕정이 살아났다. 술상을 옆으로 밀어내고 민초예 옆으로 갔다.

"오늘따라 자네가 내 맘을 설레게 하는구먼."

"왜유? 내가 근본이 있응게 새롭게 보이나유?"

민초예는 이필수가 끌어당기는 대로 품에 안기면서 흘겨봤다.

"이런 말을 하면 믿을 지 모르겠지만, 세상에 이렇게 마음이 착하고 어린 여자가 또 있나, 하는 생각이 드네그려."

이필수가 허물처럼 걸치고 있던 민초예의 적삼을 벗겼다. 민초예는 남자가 건들지 않으면 목석처럼 앉아 있다가도 품에 안기면 스스로를 감당할 수 없을 정도로 몸이 뜨거워졌다. 이필수가 적삼을 벗기자 기다렸다는 듯이 뜨거운 숨을 토해내며 이필수의 가슴에 안겨 들었다. 상류로 기어올라가는 연어처럼 파드득거리며 이필수의 가슴속으로 파고들지 못해 안타깝게 몸부림을 쳤다.

중앙정보부는 2월 13일 전 북괴중앙통신사 부사장 이수근(45세)이 지난 1월 27일 가짜 여권을 갖고 콧수염과 가발로 변장한 채 항공편으로 국외로 탈출, 월남의 사이공에서 캄보디아로 출국하려는 것을 추적 끝에 검거, 지난 2월 1일 밤 김포공항으로 압송했다고 발표를 했다.

이수근은 지난 1967년 3월 22일 판문점에서 UN군 대표 영국의 벤크러프트 준장의 세단을 타고 한국으로 탈출한 이후, 일약 국민적 영웅으로 떠올랐다. 그런 그가 불과 2년이 되기도 전에 가짜 콧수염을 달고 위장탈출 하다 붙잡혔다는 기사가 신문사의 벽보판과 라디오 뉴스를 장식했다. 충격적인 이 사건에 국민들은 '괘씸하다', '치가 떨린다'며 자유와 겨레의 정성을 배반한 이수근을 엄단해야 한다는 규탄대회가 서울을 비롯한 전국의 주요도시며 지방의 작은 군읍에서까지 열렸다.

영동중학교 학생들은 첫째 시간이 끝나고 찬바람이 사납게 우짖고 있는 운동장에 모였다. 선생들도 위로는 교장부터 시작해서 전 교직원은 물론이고 서무실의 행정직원들까지 운동장에 도열을 했다.

교장선생이 교단 위로 올라갔다. 학생들을 대표하여 교단 앞에 서 있는 학생회장이 획 뒤로 돌아섰다.

"차렷! 교장선생님께 경례!"

학생회장의 구령에 맞춰서 전교생이 군인들처럼 거수경례를 했다.

"열중 쉬어!"

교단 위에 올라간 교장은 높은 데 올라가니까 더 추웠다. 자신도 모르게 이가 떨리는 것을 참고 학생회장에게 눈짓을 보냈다. 학생회장이 뒤로 돌아서서 구령을 하자 전교생은 열중쉬어 차림으로, 똘망똘망한 눈빛으로 교장을 응시했다.

"에, 여러분들 중에 신문을 보거나 라디오 뉴스를 들어 본 학생은 잘알고 있겠지만 이수근이라는 놈은 극악무도한 북괴가 보낸 위장 간첩으로 지난 육십칠년도 삼월에 판문점을 통해 자유를 찾는다고 거짓말로 귀순한 놈입니다. 정부에서는 진짜로 이수근 그놈이 자유를 찾아서 월남한 줄 알고 주택자금 백만 원과, 정착 자금 백만 원을 줬습니다. 그것만 준 것이 아니고 우리 국민들은 그것도 모르고 성금을 모아서 팔백삼십오만 원이나 줬습니다……."

교장이 허연 입김을 토해내며 이수근에게 천만 원이 넘는 돈을 줬다고 하자 학생들이 웅성거리기 시작했다.

"아니, 간첩이 자수를 하면 천만 원씩 주는 거여?"

"천만 원이면 도대체 얼마나 큰 돈이여?"

"서울에서 이 층 양옥집 열 채를 넘게 살 수 있는 돈이랴?"

"아니, 위장 간첩한데 그렇게 큰돈을 줬단 말여?"

학생들이 웅성거리기 시작하자 손이 시려서 주머니에 손을 넣고 있던 교감이 큰 소리로 조용히 하고 교장 선생님의 말씀에 경청하라고 말했다.

"위장 간첩한데 천만 원이 넘는 돈을 줬다는 것이 중요한 게 아닙니다. 우리 자유 대한에서 그렇게 따뜻하게 반겼는데, 은혜를 보답하지는 못할망정 배신을 했다는 게 중요한 것입니다. 그놈은 가발 쓰고, 콧수염 달고 변장해서 홍콩으로 도망쳐 월남의 수도 사이공에서 캄보디아행 비행기를 타려는 순간 우리 중앙정보부 요원에게 붙잡혔습니다. 이수근이가 거짓말로 자유를 찾아서 탈출한 것처럼 꾸민 건 작년 십일월에 울진 삼척지구에 무장공비들을 보낸 것을 비롯하여, 공비들을 보낼 때마다 우리 국민의 투철한 신고 정신 때문에 계속 실패했기 때문이라고 생각합니다. 북괴는 지금 이 시간에도 수단과 방법을 가리지 않고 적화 통일을 하려고 호시탐탐 자유 대한민국을 엿보고 있습니다. 통계에 의하면 붙잡힌 간첩 가운데 팔십이 프로가 국민들의 신고에 의한 것이라고 합니다. 학생 여러분들도 이웃이나 동네에 수상해 보이는 사람이 있으면 단 일 분도 망설이지 말고 학교 교무실에 신고하거나, 동네에 있는 파출소에 신고해야 합니다. 그렇게 해서 우리나라에 있는 간첩들의 씨를 말려야 우리나라가 선진국으로 발전해 나갈 수 있습니다. 이상."

교장은 이수근을 생각하면 한 시간이고 두 시간이고 훈계를 하고 싶었다. 하지만 너무 춥고 오금이 떨려 계속 서 있을 수가 없어 대충 생각나는 대로 훈계를 하고 교단을 내려갔다.

"지금부터 학생회장이 박정희 대통령께 보내는 결의문을 낭독하겠습니다."

교무주임의 말이 끝나자마자 교단 앞에서 학생들을 지휘하던 학생회장이 재빠르게 교단 위로 뛰어 올라갔다.

"하나, 우리는 김일성 도당의 발악적인 침략 행위를 즉각 분쇄할 것을 선언한다. 둘, 우리는 우리 주변에 침투하는 공산분자를 즉각 섬멸할 것을 맹세한다. 셋, 우리는 우리의 힘으로 부흥된 조국과 자유민주주의를 끝까지 수호할 것을 다짐한다. 일천구백육십구년 삼월 십오일 영동중학교 전교생 일동 드림."

"지금부터 북괴 위장 간첩 이수근을 규탄하는 규탄대회를 시작하겠습니다. 학생회장이 선창을 하면, 학생 여러분들은 젖 먹던 힘까지 다 내서 큰 소리로 복창을 해 주시기 바랍니다."

학생회장이 박정희 대통령께 보내는 결의문을 낭독하고 나자 교무주임이 다음 순서를 말했다.

"삼천만의 적, 이수근을 즉각 처형하라!"

3학년 학생회장이 교단에 올라가서 주먹을 불끈 쥔 손으로 구호를 외쳤다.

"삼천만의 적, 이수근을 즉각 처형하라!"

각 학급의 앞에 서 있는 담임 선생님이며, 교단 옆에 서 있는 교감이며 교장은 물론이고 전교생이 긴장한 얼굴로 우렁차게 반복했다.

"자유의 탈을 쓰고 판문점으로 위장 귀순한 이수근을 처단하라!"

까만 교복에 모자를 쓴 오백여 명의 학생들은 학생회장이 선창할 때마다, 얼음장처럼 차가운 땅바닥에 발을 동동 구르면서도 목이 터져라 복창했다.

규탄대회가 끝나고 스피커에서 행진곡이 울려 퍼지기 시작하자 지난 3월 2일 입학을 한 1학년 1반 학생들부터 행진곡에 맞춰서 앞장섰다. 1학년 뒤를 이어서 2학년, 3학년 순서로 교실에 들어가기 시작했다.

1학년 1반 담임인 김 선생은 수학 선생이다. 수학 시간이 아닌데도 평소에 습관처럼 들고 다니는 길이 50센티 크기의 막대기를 들고 교실로 들어갔다. 1, 2학년 학생들은 오후에 장학사 시찰이 있어서 시간표에 나와 있는 과목 대신 국민교육헌장 외우기로 대체가 되었기 때문이다.

지난해 12월 5일 선포된 국민교육헌장은 전교생들이 필수적으로 암기를 해야 하는 내용이었다. 머리가 좋은 학생들은 작년 겨울방학 전에 암기를 했다. 그러나 겨울방학이며 졸업식을 하는 사이에 잊어버린 학생들이 많았다.

"오늘은 어지께 말했던 것처럼 다섯째 시간에 도교육위원회 장학사님이 시찰을 나오시는 날이다. 청소는 점심시간에 하기로 하고, 중요한 거는 국민교육헌장이다. 삼 학년 학생들은 거의 다 외는데 일, 이 학년 학생들 중에는 절반 이상이 못 외는 걸로 조사되고 있는 모양이다. 그것 땜시 시찰을 나오시는 거니까…… 에, 일단 국민교육헌장을 자신 있게 욀 수 있는 학생들은 일어서 봐."

김 선생은 마치 칼을 가는 것처럼 오른손으로 든 막대기를 왼 손바닥에 슥슥 문지르며 점잖게 말했다.

이승우가 급장답게 김 선생의 말이 떨어지자마자 자신 있게 벌떡 일어섰다. 그 뒤를 이어서 부급장이며 몇 명이 일어섰다.

"아니, 이 자식들이 죽을라고 환장했나? 며칠 전부터 오늘 장학사 시찰 나오니까 꼭 외라고 입이 닳도록 말을 했는데. 그라고 어제 조사할 때만 해도 삼분의 이는 왼다고 하던 놈들이, 장학사님이 시찰 오신다고 항께, 갑자가 죽 쑤어 버린 거여. 머여!…… 하나…… 둘, 셋…… 다섯 일곱! 아니, 육십 명 중에 제우 일곱 명밖에 못 왼단 말여? 김정호, 넌 못 외워?"

김 성생이 막대기로 제일 뒤에 앉아 있는 김정호를 가리켰다.

"외, 외우기는 외우는데……."

"외우면 외우는 거고, 못 외우면 못 외우는 거지. 외우긴 외우는데는 먼 말여?"

"집에서는 한 자도 안 틀리고 외우는데, 학교만 오면 자꾸……."

"학교만 오면 자꾸 까먹는다 이거여? 그럼 임마 외우는 거잖아. 김정호처럼 외우긴 외우는데 떨려서 못 외우는 놈들도 죄다 일어선다. 실시!"

김 선생의 말에 삼분의 일 정도인 20여 명이 일어섰다.

"외울 줄 아는 학생들은 책임지고 두 명씩 맡아서 점심시간 끝날 때까지 죄다 국민교육헌장을 외울 수 있도록 도와줘. 무슨 말인지 알겠지?"

"네!"

승우만 큰 소리로 대답하고 다른 학생들은 대답하는 둥 마는 둥 서로의 눈치를 살피며 의자에 앉았다.

"만약, 이따 장학사님 앞에서 덜덜 떠는 놈이 있으면, 못 외우는 놈은 말할 것도 없고 그놈들을 책임진 놈도 곡소리 나도록 맞을 줄 알면 틀림없을 끼다. 그라고 선생님은 오늘 점심은 장학사 선생님하고 밖에서 먹기로 했으니까 시방부터 분식 검사를 하겠다. 죄다 책상 위에 벤또(도시락) 올려놓고 뚜껑 열어 봐."

김 선생은 막대기로 손바닥을 두들기며 교단에서 내려섰다. 학생들이 일제히 가방, 혹은 책상 안에 넣어 두었던 도시락을 꺼냈다. 순간 반찬 냄새가 교실 안에 가득 찼다. 코를 찡그리고 앞자리부터 혼식을 안 하고 쌀밥만 싸 가지고 온 학생이 있는지 검사하기 시작했다.

"너, 숟갈로 밥 뒤집어 봐."

두 번째 줄에 앉은 이홍기는 순식간에 얼굴이 빨개지는 것을 느끼며 숟가락으로 밥을 뒤집었다. 위에는 보리를 얹은 도시락 밑에는 보리 한 톨 섞이지 않은 쌀밥이다.

"야, 임마! 선생님이 몇 대 몇으로 혼식하라고 했어?"

김 선생이 이를 지그시 악물며 이홍기의 귀를 사정없이 비틀면서 물었다.

"보, 보리나, 자, 잡곡을 이십오 프로 이상 서, 섞으라고"

이홍기가 김 선생이 귀를 비트는 쪽으로 고개를 돌리면서 더듬거렸다.

"이게, 이십오 프로야? 내가 볼 때 보리쌀은 십 프로밖에 안 되는 것 같구먼. 내일부터는 니가 직접 보리쌀을 정확히 이십오 프로 섞어서 싸와. 알겠지?"

지난 1월 13일 보건사회부에서는 전국적으로 절미 운동을 시작했다. 서울을 비롯한 32개 도시에 있는 B급 이상 음식점에서는 외국인을 대상으로 한 음식이 아닌, 내국인 상대 음식은 무조건 25프로 이상 잡곡을 섞어 팔라는 지시를 내렸다. 만약 혼식을 이행하지 않다가 보건소 직원 1명, 경찰관 1명, 양정계 직원 1명으로 구성된 합동단속반에게 걸리면 무조건 영업이 취소되고 있는 상황이다. 학교에도 개학 초에 학교장 책임하에 도시락은 무조건 25프로 이상 잡곡을 섞어야 된다는 지시가 내려왔다. 그래서 매번 점심시간마다 검사를 해도 잘 지켜지지가 않았다.

"아, 알았슈."

이홍기의 귀는 금방 홍시처럼 빨갛게 물들었다. 눈물을 글썽이면서 몇 번이나 말을 했는데도, 보리쌀 대신 쌀밥을 싸준 어머니를 원망했다.

"선생님 눈은 귀신 눈여. 내가 척 보면 보리쌀을 얼마나 섞었는지 귀신같이 알아낸단 말여. 그렇께, 시방부터 자기 도시락을 뒤집어서 보리나 잡곡이 이십오 프로 이상 안 되는 놈은 솔직히 자수하고 일어선다. 만약 내가 검사를 해서 이십오 프로가 안 되는 놈은, 오늘부텀 일주일 동안 변소 청소를 시킬 텡께. 어여 확인해 봐."

김 선생은 혼식 검사하는 것을 포기하고 교단 위로 올라갔다. 막대기로 교탁을 탕탕! 소리가 나도록 무서운 분위기를 조성해 놓고 엄포를 놨다.

"전우열! 너 분식 이십오 프로 이상 싸 왔어?"

김 선생은 읍내에서 전파사를 하는 아버지를 둔 전우열을 막대기로 가리켰다.

"아, 아뉴."

"근데, 왜 안 일어서. 일로 나와!"

오늘은 그래도 외부에서 점심을 먹기 때문에 괜찮지만, 선생들은 점심시간마다 혼식 검사를 하고 나면 반찬 냄새에 취해서 정작 교무실에서 도시락을 먹으려면 밥맛을 잃기 일쑤였다. 김 선생은 본보기를 보여 줘야 한다고 생각하고 턱 버티고 섰다.

"아야! 자, 잘못했슈!"

김 선생은 전우열의 머리에서 통 소리가 나도록 막대기로 후려갈겼다. 전우열이 양손으로 머리를 감싸며 주저앉자 사정없이 등짝을 내려갈겼다. 전우열은 벌떡 일어서서 눈물을 흘리며 양손으로 싹싹 빌었다.

"선생님이 확인해서 혼나기 전에 혼식을 이십오 프로 이상 안 한 놈들은 죄다 앞으로 나와."

김 선생의 말이 떨어지자마자 60명의 학생 중에 7명이 두려운 얼굴을 한 채 미적거리는 걸음으로 걸어 나왔다.

2학년 1반 교실은 점심시간이 20분이나 남았는데도 수업이 시작됐다. 정규 수업이 아니고 국민교육헌장 암송 수업이다. 장학사가 시찰을 온다는 말에 국민교육헌장을 못 외우는 학생은 입안이 바짝 마르도록 긴장하여 중얼거리며 국민교육헌장을 읽었다. 외우는 학생들도 행여 실수할지 모른다는 생각에 방심하지 않았다.

이윽고, 5교시가 시작되었다.

김 선생은 국민교육헌장을 완벽하게 암기하는 학생들을 자리에 드문
드문 배치했다. 그것도 부족해서 만약 틀리는 놈이 있으면 오늘 집에 못
갈 줄 알라고 엄포를 놓고 나서 손에 땀을 쥐고 장학사가 오길 기다렸
다.

교실 앞문이 드르륵 열리면서 교무주임이 먼저 교실 안으로 들어섰
다. 그 뒤에 교감이 옆으로 비켜서서 장학사를 안으로 인도했다. 장학사
가 엄숙한 얼굴로 들어오고 교장이 따라 들어왔다.

"급장, 장학사 선생님께 인사."

김 선생이 긴장한 얼굴로 승우를 바라봤다.

"쟈가 이동하 국회의원님 아들입니다."

교장이 재빠르게 장학사 귀에 대고 작은 목소리로 속삭였다.

"음……."

장학사는 승우를 지켜보면서 교단 위로 올라가서 교탁 앞에 섰다.

"차렷!"

"경례!"

승우의 구령에 맞춰서 장학사에게 꾸벅 인사를 한 학생들의 얼굴에는
하나같이 긴장의 빛이 감돌았다. 개미가 기어가는 소리가 들릴 정도로
침묵이 감돌았다. 어느 누구 하나 눈동자를 다른 데로 돌리지 않고 장학
사의 얼굴을 바라봤다.

"에, 급장!"

"네!"

승우는 장학사가 자신을 부를 줄은 몰랐다. 긴장한 얼굴로 장학사를

바라보고 있다가 벌떡 일어섰다.

"국민교육헌장이 모두 몇 자여?"

"삼백구십세 자입니다."

"잘 알고 있구먼. 그람 대통령님께서 작년 십이월 오일에 국민교육헌장을 뭐라고 말씀하셨는지도 알고 있겠구먼."

장학사의 질문에 담임인 김 선생은 물론이고 교장이며 교감, 교무 주임의 얼굴에 곤혹스러운 빛이 스쳐갔다. 단순히 국민교육헌장을 외우는 것만도 쉬운 것이 아니다. 그래서 국민교육헌장을 선포한 이유를 교육할 겨를이 없었다. 3학년도 아닌 2학년이 알기에는 무리라는 생각이 들었다.

"국민교육헌장은 우리 한국 민족이 지녀야 할 시대적 사명감과 윤리관을 정립한 역사적 장전(章典)으로서 물량 성장을 보완, 촉진시켜 나가야 할 지표라고 말씀하셨습니다."

예상과 다르게 승우가 막힘없이 대답하자 선생들의 얼굴에 금방 화기가 돌았다. 김 선생은 자랑스러운 얼굴로 교장부터 바라봤다. 교장은 얼굴 가득 웃음을 머금고 고개를 끄덕거렸다.

"국민교육헌장을 외우는 것도 힘든데, 중학교 이 학년이 대통령님이 국민교육헌장 선포식 날 하신 말씀까지 외고 있는 걸 봉께 더 이상 볼 필요가 없구먼. 아주 잘했어. 이 학년 일 반은 더 이상 테스트 해 볼 필요가 없이 아주 완벽합니다. 급장, 아주 잘했어요 급장은 머리가 좋아서 나중에 서울대학교에 가는 거 문제도 아니겄어. 교장 선생님, 이반 교실로 갑시다."

장학사는 일부러 승우 옆으로 갔다. 머리를 쓰다듬어 주며 칭찬을 하고 나서 교장에게 눈짓을 보냈다.

"아! 예, 예……."

교장은 예상치도 않은 장학사의 호평에 입이 귀에 걸리도록 웃음이 나왔다. 하인처럼 허리를 굽실거리며 얼른 교실 문을 열었다.

"여러분, 아까 급장이 하는 말 똑똑히 들었지. 오늘 급장이 아주 잘해 줘서 우리 반이 장학사님께 칭찬을 받았다. 급장 일어서 봐."

"그, 냥 알고 있던 건데……."

승우는 부끄럽다는 얼굴로 일어섰다. 대통령의 말은 인숙이 때문에 알게 됐다. 국민교육헌장 외우기 내기를 하다가 인숙이가, 너 혹시 국민 교육헌장 선포식 날 대통령님이 시민회관에서 한 말을 기억하느냐고 물었다. 모른다고 했더니, 담임 선생님이 알려 주셨다면서 노트에 적어 주었던 것이 생각나서 얼굴을 붉혔다.

"느덜, 일당백이라는 말이 무슨 말인 줄 아냐? 돌머리들이 알 리가 없지. 김정호, 너 일당백이 무슨 말인 줄 알고 있으면 말해 봐."

"하, 한 사람이 배, 백 사람을 당해낸다는 말로 알고 있습니다."

김정호는 자신의 말이 틀렸을지도 모른다는 생각에 더듬거리며 승우를 바라봤다. 승우가 정답이라는 얼굴로 고개를 끄덕거리는 모습을 보고 나서야 자랑스럽게 웃었다.

"그렇게 똑똑한 놈이 선생님이 귀가 아프도록 말을 했을 텐데 쌀밥 위에 보리쌀을 살짝 얹어 와?"

"오늘 장학사님 시찰은 승우가 일당백 역할을 했다. 선생님은 참말로 오늘 기분이 좋다. 느덜도 승우 때문에 한숨 돌렸지? 그런 의미에서 승우에게 박수를 친다. 실시!"

김 선생이 먼저 박수를 쳤다. 학생들은 거의 동시에 승우를 바라보며 부러운 표정으로 손바닥이 아프도록 박수를 치기 시작했다.

승우는 학교가 끝나자마자 교문 앞으로 갔다. 교문에는 3학년 규율부 학생들 몇 명이 복장 검사를 하고 있었다.

"니가 이승우냐?"

노란색에 규율부라고 쓴 완장을 찬 3학년이 승우 앞을 가로막으며 물었다.

"네."

"니덜 아부지가 국회의원이라며?"

"네!"

"짜식 좋겠다. 넌 볼 필요도 읎응께 어여 가 봐."

규율부원은 승우의 교복 상위 포켓 뚜껑이 주머니에 들어가 있는 것을 꺼내서 반듯하게 펴 주고 옆으로 물러섰다.

승우는 이동하가 국회의원인 것이 조금도 좋지 않았다. 오히려 교장 선생을 비롯해서 담임 선생들까지 과분할 정도로 신경 써 주는 것이 부담스러울 뿐이다. 그런 측면에서는 인숙이 부럽기만 했다. 인숙이는 영동여중을 가서 사정을 잘 모르지만 아버지가 누군지 묻지도 않을 뿐만 아니라, 공부도 잘하니까 급우들이며 선생들에게 편하게 귀여움을 받을 것 같았다.

학교에서 집까지 걸어서 20분 정도밖에 걸리지 않았다. 천천히 걸어가고 있는데 누군가 어깨를 툭 쳤다.

"탁구장에 가자, 내가 돈 낼게."

김정호가 씩 웃으며 말을 걸었다.

"아녀, 집에 가서 숙제 하고 나서 할 일이 있구면."

"그람 빵집에 가서 내가 빵하고 우유 사 줄게. 너, 로터리에 있는 영동제과점 가 봤냐? 거기 단팥빵 엄청 맛있거든."

"왜 그랴, 나한테 먼가 할 말이 있는 모양이구면."

승우는 오늘따라 다정하게 구는 김정호가 이상하게 보였다. 숙제 운운했지만 대꾸하지 않는 것을 보니 숙제를 같이 하자는 말은 아닌 것 같았다. 무슨 부탁이 있을지도 모른다는 생각에 걸음을 멈추고 김정호를 향해 섰다.

"빵 먹으면서 야기 할 텅께 어여 빵집으로 가자."

"아녀, 여기서 야기햐."

"이런 데서 야기할 승질이 아녀. 그랑께 빵집으로 가자."

"빵집에서 빵 먹다가 선생님한테 걸리면 니가 책임질 텨?"

"너는 공부만 잘했지, 암것도 모르는구면. 여학생들하고 빵집에 가야 걸리는 거여. 남학생들끼리는 백 번 천 번 가도 괜찮아. 그랑께 나하고 빵집 가자."

"그렇구면⋯⋯."

승우는 자신도 모르게 인숙의 얼굴을 떠올랐다. 인숙이하고 빵집 가기는 틀렸다는 생각에 말꼬리를 흐렸다.

"근데, 왜 나한테 빵 사 줄라고 하는데?"

"시방 야기하면 재미가 읎어. 이따 빵 먹으면서 야기해 줄게."

김정호는 생각만 해도 기분 좋다는 얼굴로 싱글벙글 웃으면서 로터리로 향했다.

"정호, 너 돈 주섰냐?"

"아니. 왜 그런 생각을 하는데?"

"이상하잖아. 가만히 있는 나한테 빵을 사 주겠다고 하질 않나, 뭐가 좋은지 혼자 실실 웃질 않나?"

"이따 말해 주면 너도 내가 왜 미친놈처럼 실실 웃는지 알게 될 겨."

김정호는 영동제과점 앞에서 망설이지도 않고 문을 열고 들어갔다. 승우는 제과점에 빵을 사러 온 적도 없었고, 빵집에 앉아서 빵을 먹어 본 적도 없었다. 빵을 먹고 싶다고 하면 안남댁이 사다 주기 때문이다. 김정호와 다르게 멈칫거리는 얼굴로 따라 들어갔다.

"여기 단팥빵 세 개하고, 도나쓰 세 개하고, 우유 두 개 줘요."

제과점 안에는 양장을 입은 20대 여자 3명이 빵을 먹고 있었다. 김정호는 그녀들을 흘낏 바라보고 나서 구석자리에 앉자마자 주문을 했다.

"아녀, 세 개는 너무 많아. 한 개씩만 먹어. 집에 가면 저녁 먹어야 하잖여. 그라고 빵 한 개에 십 원씩이잖여."

"돈 걱정은 하지 말고, 너, 선생님이 하시는 말씀 못 들었어?"

"뭔 말?"

"선생님이 하루 한 끼는 분식하라고 하셨잖여. 오늘은 집에 가서 밥 먹지 말고 분식햐. 급장이 선생님 말씀 안 들으면 누가 들었어."

"생각해 봉께 맞는 말이구먼."

문이 열리면서 20대 남자와 여자가 들어왔다. 승우는 서로 사랑하는 사이로 보이는 그들을 바라봤다. 남자가 여자가 앉을 의자를 뒤로 빼주었다. 여자는 미안해하는 표정도 없이 당연한 표정으로 앉았다.

인숙이는 안 그럴 겨.

갑자기 인숙이 얼굴이 떠올랐다. 인숙이하고 빵집에 왔는데 남자처럼 의자를 뒤로 빼주면, 인숙이는 나도 손이 있고 팔이 있는데 왜 그러냐고 화를 낼 것이다. 그런 측면으로 보면 인숙이는 어딘지 모르게 남자들처럼 강한 구석이 있는 여자라는 생각이 들었다.

"빵 안 먹고 뭔 생각하능 겨?"

"으, 응."

승우는 속마음을 들켜 버린 것 같아서 더듬거리며 얼른 포크를 집었다. 도넛하고 단팥빵에서 고소한 냄새가 풍기니까 입맛이 돌아서 군침을 삼켰다.

"야, 영동여중에 댕기는 박인숙이라는 여학생 있지?"

김정호가 도넛을 포크로 쿡 찍으며 물었다.

"인숙이?"

승우가 단팥빵을 포크로 찍으려다 말고 물었다.

"그려, 니덜 집에 같이 사는 여학생 말여."

"근데?"

"너 박인숙하고 친하지?"

김정호가 도넛을 한입 덥석 물고, 입술에 묻는 설탕을 털어내며 말했다.

"한집에 사니까……. 너, 설마 인숙이 소개시켜 달라고 시방 나한테 빵 사주는 거여?"

승우는 갑자기 입맛을 잃어버렸다. 이상하게 무슨 죄를 지은 것처럼 가슴이 두근거려서 김정호를 마주 바라볼 수가 없었다.

"역시, 공부 잘하는 아는 눈치도 빠르다는 말이 맞구먼. 그려, 박인숙 나한테 소개 좀 해 줘. 만약 소개 시켜주면 맨날 맛있는 빵 사 줄게. 점심시간에도 매점에서 니가 원하는 거는 뭐든지 사다 줄게. 부탁햐. 응?"

"야, 김정호! 너는 제우 중학교 이 학년이 시방 그 말이 나한테 할 말이냐?"

승우는 은근히 화가 났다. 포크를 테이블 위에 탁 소리가 나도록 내려놓으며 김정호를 노려봤다.

"급장이 좋아하는구나?"

김정호가 짐작이 간다는 표정으로 물었다.

"내가, 언지 좋아한다고 그랬어?"

"급장이 좋아하지 않으면 나를 소개시켜 주면 좋잖아. 우리 세 명이 놀러도 다니고."

"나, 집에 갈 텨. 시방부텀 열심히 공부해서 대전고등학교 같은 데 갈 생각은 안 하고, 빵 사 주면서 여학생이나 소개시켜 달라는 아하고 같은 자리서 빵 먹기 싫응게."

승우는 생각하면 생각할수록 화가 나서 김정호하고 같은 자리에 앉아 있는 것도 싫었다. 가방을 들고 벌떡 일어섰다.

"아, 알았어, 급장이 좋아하고 있구먼. 그람 소개시켜 달라는 말 안 할 텅께, 빵이나 먹자."

김정호가 엉거주춤 일어나서 승우의 가방을 잡았다.

"너 참말로 이상하구먼. 내가 언지 좋아한다고 그랬어?"

승우는 김정호의 팔을 매정하게 뿌리치고 밖으로 나갔다. 까닭을 알 수 없이 자꾸 화가 나서 눈앞에 보이는 주먹만 한 신문지 뭉치를 발로 확 차 버렸다.

"아얏!"

누군가 신문지 뭉치에 돌을 싸 놓았는지, 아니면 쇳덩어리가 들어 있는지 신문지 뭉치를 찬 발가락이 너무 아파서 눈물이 찔끔 났다. 다행이라면 누군가 본 사람이 없다는 것이다. 쪼그려 앉아서 운동화를 벗고 발가락을 문지르며 신문지를 펼쳐 봤다. 무슨 기계 부속품에서 떨어져 나온 듯한 깨진 쇳조각들이 들어 있었다.

나쁜 놈!

찔끔 흘러내린 눈물을 닦으며 집으로 가는 길에 인숙의 얼굴이 생각났다. 단발머리를 한 인숙이는 국민학교를 졸업하고 부쩍 예뻐졌다. 또래 친구들과 여학생 가방을 들고 가는 모습은 유난히 돋보여서 김정호가 비싼 빵을 사 주면서 소개를 시켜 달라고 조를 만큼 예쁘다. 만약 인숙이가 국민학교 다닐 때처럼 눈에 띌 정도로 예쁘지 않았다면 김정호가 소개시켜 달라고 하지도 않을 것 같았다.

그려, 인숙이가 너무 예쁘게 하고 댕겨께, 김정호 같은 놈이 소개를 시켜 달라고 하는 거여.

곰곰이 생각해 보니까 원인은 김정호에게 있는 것이 아니고, 인숙이에게 있는 것 같았다.

머리 아파 죽겠구먼.

인숙이가 예쁜 것은 머리를 이상하게 꾸미고 다니거나, 얼굴이 하얗게 보이도록 무슨 화장품을 바르거나, 예쁘지도 않는데 예쁜 척해서 예쁜 것은 아니다. 그저 다른 여학생들처럼 있는 그대로 다닐 뿐인데도 예쁘다. 그런 인숙에게 앞으로는 예쁘게 하고 다니지 말라고 말할 수도 없는 노릇이라는 생각이 들면서 가슴이 답답해지기 시작했다.

"인숙이 아직 안 왔어요?"

승우는 대문 안에 들어서자마자 안남댁에게 물었다.

"인숙이는 아까 왔구면. 근데, 워디 아픈 겨? 얼굴 꼴이 말이 아니네. 즘심 때 뭘 잘못 먹었나? 그럴 리가 읎는데. 즘심 때 벤또 먹었을 거잖여. 반찬은 혼식이라 배가 고플깨비 계란하고, 소시지하고 해 줬는데? 매점에서 뭘 잘못 사먹응 겨? 워디가 아파. 워디가 아파서 얼굴 꼴이 말이 아닝 겨? 날이 추워서 그런 거는 아닌 거 같은데? 대관절 워디가 어떻게 아픈 겨?"

안남댁은 승우의 가방을 받으면서 얼굴을 바라봤다. 밥을 굶고 회충약 산토닝을 먹었을 때처럼 얼굴이 핼쑥하다. 옥천댁으로부터 승우는 물론이고 인숙이의 건강 문제만큼은 민감하게 대처하라는 말을 귀가 아프도록 들은 터라, 승우의 얼굴을 두 손으로 잡고 따발총처럼 연거푸 말하며 물었다.

"말짱해유."

승우는 인숙의 운동화가 있는지 살펴봤다. 운동화가 얌전하게 있는 것을 보고 바쁜 걸음으로 거실에 올라갔다.

"무, 문, 열지 마. 나 옷 갈아입고 있단 말여!"

승우가 막 인숙의 방문을 열려고 할 때였다. 인기척을 느낀 인숙이 당황한 목소리로 말했다.

"아, 알았구면."

승우는 민망한 얼굴로 돌아섰다. 우선 옷이나 갈아입어야겠다는 얼굴로 자기 방으로 갔다. 모자부터 벗어서 옷걸이에 걸었다. 동복 윗도리를 벗고 바지를 벗어서 걸었다. 목이 털실로 짠 셔츠를 입으려고 소매에 팔을 끼는데 방문이 열렸다.

"날 왜 찾는데?"

인숙이 방 안으로 들어가서 책상 앞 의자에 앉으며 물었다.

"나, 나 옷 갈아입는 거 안 보여?"

승우가 황당하다는 얼굴로 물었다.

"어여, 갈아입어."

"이런 법이 워딨어?"

"무슨 법?"

"너는 옷 갈아입는데 들어오지 말라고 했잖여."

"나는 여자고, 너는 남자잖여. 여자가 옷 갈아입는데 남자가 들어오는 법은 원래 없거든. 근데 나한테 할 말이 뭐여?"

인숙이 입술을 삐죽이고 나서 문을 닫고 밖에서 물었다.

"너, 김정호 알지? 제일약국집 아들."

승우는 인숙의 말에 묘한 감정이 들어서 서둘러 셔츠를 껴입었다.

"승우야. 참말로 괜찮은 겨? 병원에 안 가 봐도 되능 겨?"

노크 소리와 함께 문이 열렸다. 안남댁이 따뜻한 꿀물을 들고 와서 물었다.

"아줌마, 난 괜찮아유. 그라고 시방 인숙이하고 중요하게 할 말이 있구먼."

"내가 볼 때는 감기 기운이 있는 거 가텨. 감기 초기에는 꿀물이 좋다고 항께 한번 마셔봐."

안남댁이 승우에게 직접 꿀물을 먹여 줄 기세로 컵을 내밀었다.

"이, 이따 마실게유."

승우는 고개를 돌리며 받은 컵을 책상 위에 올려놓았다.

“꼭 챙겨 먹어. 안 그라믄 모산 사모님한테 일러바칠 팅께.”

안남댁은 걱정이 가시지 않은 얼굴로 승우를 바라보다 밖으로 나갔다.

“인숙아 너 김정호 알지?”

“나는 김정혼가 하는 아 몰라, 근데 왜?”

“국민학교 다닐 때 삼반 급장 했잖여.”

“아! 인제 알겠구먼. 하지만 얼굴은 정확하게 기억이 안 나. 직접 얼굴을 보면 알 수 있을 거여. 가가 무슨 일 저질렀어?”

“김정호가 너를 소개 좀 시켜 달랴.”

승우는 일부러 아무렇지도 않다는 표정을 지으며 창문 앞으로 갔다. 마당에 서 있는 대추나무며 감나무와 목련이 시린 바람에 떨고 있다.

“왜 나를 소개시켜 달랴? 나는 저를 모르지만, 저는 나를 알 거 아녀. 난도 부급장을 한참 했응께.”

“너, 참말로 김정호가 널 소개시켜 달라는 뜻을 모르겠어?”

승우가 창문을 등지고 서서 답답하다는 얼굴로 물었다.

“나를 알고 있음서, 왜 소개시켜 달라는 거여? 난 도시 이유를 모르겠다. 너는 이유를 알겠어?”

“이, 등신아. 너하고 친구하고 싶어서 소개시켜 달라는 거잖여. 그래도 모르겠어?”

“어머머! 왜 승질을 내고 그랴?”

“내, 내가 언지 승질냈다고 그랴?”

“시방 승질 냈잖여.”

“그, 그람, 니 친구가 너한테 나를 소개시켜 달라고 하면 넌 기분 좋졌다."

승우는 말을 해 놓고 생각해 보니 민망해서 책상 앞으로 갔다. 꿀물을 빠르게 마시면서 보니까 방문이 열려 있다.

"우리 반 중에서 영동중학교 댕기는 이승우 모르는 아는 읎어. 그라고 내 친구 중에는 너를 소개시켜 달라는 아는 읎어. 왜 그런 줄 알아? 내가 너를 좋아하고 있다는 걸 다 알고 있기 때문이여. 이 멍충아!"

승우는 문을 닫으면서 등 뒤에서 들려오는 인숙의 말에 감전이라도 된 것처럼 몸을 움직일 수가 없었다.

"내, 내가 왜 멍충이여……."

승우는 언제까지나 문턱에 발을 걸치고 서 있을 수가 없었다. 얼굴이 빨갛게 달아오르는 것을 느끼며 밖으로 나갔다. 인숙의 얼굴을 바라보지 못하고 손을 뒤로 돌려서 문을 닫았다.

운수 좋은 날

너, 아부지가 똥 푸는 것이 남부끄럽냐?
학교 가면 아들이 똥 퍼! 똥 퍼! 하고…….
희수는 고개를 푹 숙이고
닭똥 같은 눈물 몇 방울을 뚝뚝 떨어트렸다.
야, 이 철딱서니 읎는 놈아?
그놈들은 똥 안 눈다냐?

순배 영감 혼자 사는 안방에 동네 사람들이 놀러 가는 건 드문 일이다. 순배 영감도 별다른 대접할 것도 없는 집에 사람들이 놀러 오는 것을 달가워하지 않았다. 그 탓에 순배 영감의 안방은 노인 혼자 사는 방답게 쾌쾌한 냄새가 진득하게 배어 있다. 윗목 시렁 위에는 지난겨울에 입었던 저고리며, 두루마리가 그대로 걸려 있고, 시렁 밑에는 지난해 마당 안에 있는 반 마지기 남짓한 텃밭에서 수확을 한 고추며, 완두콩에, 늙은 호박들이 차지하고 있다.

"그나저나 해룡네 책임이 막중하게 생겼어. 해룡이하고 며느리 데리고 살기에도 벅찬데 손자까지 데리고 살라믄 말여."

5월이라서 바람이 싱그러웠다. 활짝 열어 놓은 방문 밖으로 보이는 텃밭에는 상추며, 가지, 오이에, 하얗고 파란 도라지꽃들도 보인다. 방문 앞에 앉은 변쌍출이 마당을 향해 돌아앉으며 말했다.

"그 반대일 수도 있다고 봐. 손자가 될지, 손녀가 될지는 모르겠지만 가들까지 어리벙벙하라는 뱁은 읎잖여. 지 정신이 든 그 아가 도와주면 외려 한 손은 더는 거지. 안 그려유, 형님?"

박평래가 몇 올밖에 없는 수염을 손가락으로 만지작만지작하며 순배 영감을 바라봤다.

"태수 애비 말이 맞는 말여. 장, 모지란 아만 태어나라는 뱁은 읎지. 학산 사는 그 뉘여? 그 집 안사람이 국시 가게 앞에서 풀빵을 팔잖여. 그 남편이 좀 모지라잖여. 다리도 절룩거리고 말여?"

"차수를 말씀하시는구먼. 그 집 아들이 서울대에 갔다고 대단했잖유. 영동 읍내에도 현수막이 나 붙었다는 소문이 났었는데……."

윤길동이 양반다리를 하고 앉아 두 손을 가랑이에 넣은 자세로 앉아 있다가 한쪽 무릎을 세우며 말했다.

"난, 형님보다 들 살았지만 이 나이가 되도록 어디, 백일잔치나 돌잔치 가서 은어먹어 본 적은 있어도, 해룡네처럼 손자가 들어섰다고 술대접 받기는 츰이구먼."

변쌍출이 마른입을 다시며 중얼거렸다.

"근데, 대관절 얼매나 상다리가 뿌러지도록 차리길래 안직 소식이 없댜?"

박평래가 길게 하품을 하고 나서 조끼 주머니에서 새마을 담배를 꺼냈다.

"태수는 원지 한번 온데유?"

뒷문 앞에 앉아 있던 김춘섭이 담뱃불을 붙이고 있는 박평래를 바라봤다.

"태수야 올 때가 되믄 오겄지? 왜 태수한테 물어볼 말 있남?"

"올게 사과꽃도 잘 폈든데 엔간하믄 집에 와서 사과 농사나 짓는 기 안 좋아유?"

"며느리나 태수 둘 다 시방이 편하댜."

"지 생각에도 태수는 그만 들어오는 기 좋을 거 가튜. 사과 농사라는 것이 꽃만 잘 폈다고 저절로 열리는 것이 아니잖유. 선과도 해 줘야 하고, 거름도 많이 줘야 알이 굵을 거잖유. 사과 농사만 잘 지면 그까짓 정미소 소장 자리보담 날낀데……"

"길동이는 하나만 알고 둘은 모르는 소리여, 태수가 일 년에 벌어들이는 쌀이 서른여섯 가마니여. 나락도 아니고 순전히 쌀로만 말여, 태수 처가 그 돈을 그냥 날려 버리겄어?"

"아따, 형님은 우째 며느리 속을 그리 잘 아슈. 며느리도 다 생각이 있슈. 사과나무라는 것이 한 십 년은 돼야, 제대로 된 소득이 난대유. 그때까지는 혼자서도 충분하다고 하다잖유. 또, 반공일부텀 공일날까지는 상규가 지 일처럼 해 대고 있응께 안직은 아쉬운 것이 없대유…… 해룡네, 오는구먼."

박평래가 말을 하다 말고 삽짝문 쪽을 바라봤다. 해룡네가 광주리를 이고 들어오고 있다. 그 뒤에서 해룡이 반 말짜리 술 주전자를 들고 따라온다. 안성댁도 밥보자기로 덮은 무언가를 담은 광주리를 이고 온다.

"아! 술청에서 하믄 편할 낀데, 여기서 한다고 그 야단여?"

변쌍출이 목젖이 꿈틀거리도록 침을 삼키며 해룡네를 바라봤다.

"지도 그라면 편하쥬. 하지만 며느리 집이 여기잖유. 영감님 말씀은, 원칙으로는 해룡이 방에서 대접을 하는 것이 좋대유. 하지만 해룡이 방은 지 식구하고 둘이 자면 딱 맞잖유. 그래서 영감님 방에서 하기로 했잖유."

해룡네는 광주리를 들마루 위에 올려놓고, 따바리 삼아 머리에 얹어 두었던 수건으로 이마의 땀을 닦았다.

"며느리는 아를 가졌다는데 저렇게 일을 시켜도 되는 거여? 시방 다섯 달째라믄서?"

김춘섭이 일어나서 안방 밖으로 나왔다. 들마루 구석에 세워 두었던 교자상을 들고 방으로 들어가서 폈다.

"암만, 모자라도 아를 밴 거까지 모를까?"

박평래가 한심하다는 얼굴로 혀를 차며 해룡네를 바라봤다.

"멀쩡한 이들도 모르는 여자들이 많아유. 학산 장터에 사는 어떤 이는 콩밭 매다가 아를 낳다잖유. 워낙 살이 찐 여자라서 배 나온 것도 여사로 생각했대유."

해룡네가 광주리에 들고 온 것은 돼지고기와 두부를 걸쭉하게 썰어 넣은 김치찌개다. 모산 사람들이 최고로 치는 귀한 자반고등어구이에, 두부조림이며 신경을 쓴 흔적이 역력한 반찬들을 주섬주섬 상 위에 올려놓았다.

"시방 그걸 말이라고 하는 거여? 해룡네는 해룡이 뱄을 때도 달거리를 했구먼."

변쌍출이 안성댁의 배를 바라보며 말했다. 임신을 했는지 얼른 구분이 가지 않는다.

"팔봉이 아부지는 별 야기를 다 하시느만. 해룡네도 여잔데, 달거리가 뭐유. 달거리가?"

윤길동이 웃으며 하는 말에 모두가 와르르 웃으면서 해룡네를 바라봤다.

"응, 우리 마누라 애기 나. 애기, 내 애기 날 거여."

해룡이 술 주전자를 들마루에 내려놓자마자 얼른 안성댁이 머리에 이고 온 광주리를 받는다.

"저, 저 해룡이 마누라 위하는 거 좀 보라지. 모산에 공처가가 났구먼. 공처가가 났어."

변쌍출이 장난 삼아 던지는 말에 해룡네는 기분 나쁘지 않다는 얼굴로 웃으며 안성댁을 향해 고개를 돌렸다. 배시시 웃고 있는 모습이 너무 귀여워서 궁둥이를 두들겨 주고 싶다.

"아따! 난 구장이 왜 빠지는가 했드니 딱 맞게 오는구면."

안성댁이 들고 온 소쿠리에는 그릇마다 고봉으로 푼 밥그릇이 들어 있었다. 해룡네가 밥그릇들을 상 위에 올려놓고 있는데 황인술이 학산에 볼일 보러 갔다가 마침 삽짝문에 들어섰다. 박평래가 담배를 끄고 교자상 앞에 당겨 앉다가 때마침 들어오던 황인술을 보고 웃었다.

"아! 오늘 구장단 회의가 있잖유. 회의가 끝나고 태화루에서 한잔하기로 했는데, 해룡네가 어지깨부텀 신신당부하는 말이 생각나서 한걸음에 걸어왔슈. 해룡네, 대관절 뭘 그렇게 푸짐하게 차렸길래, 하루 전부텀 열일을 제쳐 놓고 오라는 거여."

"어여, 들어와서 보믄 될 거 아녀. 해룡네가 나름대로 신경 좀 썼구먼. 이 고등어는 언지 사온 거여?"

박평래가 젓가락을 들어 손바닥에 탁탁 쳐서 끝을 맞추며 입을 다셨다.

"며느리 생일상 차려 줄라고 장날 사다가 소금단지에 묻어 뒀던 거유. 오늘은 생일보다 더 한 날이라는 생각에 꿔 왔슈. 맛이 워떨란가 모르겄네. 해룡아, 마당에 그릏게 서 있지 말고 얼른 일루 와서 어른들에게 술 한 잔씩 올려라."

해룡네가 함지박이며 소쿠리에 들고 온 음식이며 밥을 모두 밥상 위에 올려놓고 일어섰다. 빠진 것이 없나 한번 살펴보다가 갑자기 생각났다는 얼굴로 해룡이를 불렀다.

"어이구! 내가 여즉까지 살아 있는 이유가 해룡이 술을 받을라고 그랬구먼. 그려, 해룡아 얼릉 들어와서 술 한잔 따라 봐라. 오늘 해룡이가 주는 술 한잔 마셔 보자."

"나, 애, 애기 아부지여, 애기 아부지. 우, 우리 애기 아부지란 말여."

해룡이 옷소매로 침을 닦으며 들마루로 올라서서 히죽히죽 웃었다.

"그려, 요새는 할애비보담 애기 아부지가 위구먼."

변쌍출이 가당치도 않다는 얼굴로 말하며 숟가락을 들어 찌개 맛을 봤다. 상규네가 봉산댁이 만든 것처럼 감칠맛은 없지만, 주모가 만든 음식답게 얼큰하고 짭짤한 것이 술안주로 하기에는 적당하다.

"얼매 안 있으믄 애기 아부지가 될 경께, 앞으로는 정신 바짝 차리고 살아야 햐."

순배 영감이 해룡이 따라 주는 막걸리를 받으면서 점잖게 말했다.

"아이구, 형님. 차라리 돌부처한테 훈계하는 것이 빨라유. 고등어를 참 맛나게 꿨구먼. 이거 해룡네가 직접 꾼 거여?"

"아뉴. 내가 옆에서 지켜보기는 했지만 며느리가 꾼 거유."

박평래가 묻는 말에 들마루에 앉아 있는 해룡네가 자랑스럽게 말했다.

"참말여?"

박평래가 믿어지지 않는다는 얼굴로 해룡네 손을 잡고 앉아 있는 안성댁을 바라봤다.

"지, 지가, 꿨슈. 수, 술청에서 어머님하고 같이 꿨슈."

안성댁이 쑥스러운 얼굴로 해룡네 등 뒤로 숨으며 고개만 내밀고 박평래를 바라봤다.

"참말여, 얼매나 잘 꿨길래. 태수 애비가 놀래는 거여?"

변쌍출이 입맛을 다시며 팔을 길게 뻗어서 고등어자반을 젓가락으로 찢으며 말했다.

"해룡네도 손자를 똑똑한 놈으로 볼라믄 시방처럼 천방지축으로 굴면 안 되는 거여. 말 한 마디라도 조신하게 해야 하고, 남 듣기 안 좋은 말은 하고 싶어도 입안으로 감추고, 며느리가 좀 모지란 부분이 있드래도 말 함부로 하지 말고, 아침 일찍 일어나서 정한수 떠 놓고 삼신할미한테 빌어야, 장차 해룡이를 먹여 살릴 자손을 볼 수 있능 겨. 내 말 무슨 말인지 알겄지?"

순배 영감은 오랜만에 보는 성찬에도 서두르지 않고 음식을 잘근잘근 씹어 먹었다.

"지가 언지 천방지축으로 굴었다고……."

해룡네는 자신도 모르게 눈물을 찔끔 쏟으며 코를 팽 풀었다.

"해룡네 천방지축으로 구는 거는 학산까지 소문이 났어. 그렇게 이후라도 조신하게 행동을 해야, 똑똑한 자손이 나오는 거여…… 야, 이놈아! 아무리 등신이지만 술도 제대로 못 따르냐? 술이 찼으면 그만 따라야지, 방을 술천지로 만들겠다는 심뽀도 아니고, 대관절 이기 뭐여. 에이! 양복바지 오늘 첨 입은 건데 막걸리로 걸레를 만들었구먼……"

해룡이가 황인술의 잔에 술을 따르며 갑자기 안성댁이 보고 싶어서 시선을 돌리며 히죽 웃었다. 잔을 넘친 막걸리가 교자상을 타고 바지를 흠뻑 적시자 황인술이 벌떡 일어서며 화를 냈다.

"해룡아! 어머가 머라고 했어? 한 가지 일을 할 때는 딴생각은 하지 말고 그 일만 하라고 했잖여, 니 식구 도망 안 갈 팅께 쫌 찬찬하게 따라 봐."

해룡네가 걸레를 챙겨 들고 안방으로 들어갔다. 황인술이 바지에 묻는 막걸리를 털어내고 있는 것을 보고 걸레로 마구 문질렀다.

"어이구! 내가 않느니 죽고 말지. 아! 바지를 막걸리로 물들일 참여!"

황인술은 해룡네가 들고 있던 걸레를 빼앗아서 직접 방바닥을 닦았다. 해룡이가 막걸리를 얼마나 흘렸는지 걸레를 쥐어짜면 막걸리가 한 잔은 될 것 같았다. 화를 낼 수도 없고, 참자니 자신도 모르게 목소리가 불거져 나왔다.

"며느리가 생일 선물로 사온 걸 막걸리로 빨라 놨으니……"

"구장님 생일이 언제유?"

웃음을 참고 있던 윤길동이 물었다.

"이달 스무하루여. 내가 소리 할 팅께 잊어버리고 있어도 괜찮여. 에이, 술맛 다 버렸구먼."

"구장 맘 이해하지만 오늘 같은 날은 참아. 해룡네가 얼매나 기분이 좋았으믄 이런 자리를 마련했겄어.”

“알았슈.”

황인술은 박평래가 점잖게 타이르는 말을 한 귀로 흘려보내고 막걸리 잔을 들었다. 벌컥벌컥 마시고 나니까 조금은 화가 풀어지는 것 같았다.

“요새는 풍년초 사기도 심들어. 전에는 열 봉이면 열 봉 달라는 대로 주드만, 요새는 한 사람 앞이 다섯 봉밖에 안 줘. 담뱃값이 또 오르려나……”

변쌍출이 화제를 돌리려고 혼잣말로 중얼거렸다.

“누가 그라는데 전매청에서 일부러 이익을 더 낼라고 그란다고 하데유. 풍년초 한 봉에 육 원이잖유. 똑같은 봉지 담배인 수연은 십 원이잖유. 풍년초를 안 맨들고 같은 양만큼 수연을 맨들면 일 년에 얼매라더라?”

“일억육천만 원을 더 번다고 하드만.”

김춘섭의 고개를 갸웃거리자 윤길동이 말을 이어 받았다.

“오늘 구장단 회의서 들었는데 경남 진양에서는 희한한 일이 생겼다드만유.”

“이무기가 용으로 승천이라도 했대유?”

김춘섭이 황인술을 바라보며 물었다.

“아, 지난 오월 칠일에 말여. 박 대통령이 진양군에 있는 일반성면 개암린가 하는 어디에 시찰을 하기로 했다능 겨?”

“먼 시찰을?”

박평래가 궁금하다는 얼굴로 황인술을 바라봤다.

“농업용수개발 공사 현장인가 어디를 시찰할 예정이라고 했드만유.

근데 대통령이 시찰하는 길목에 초가집에 열세 채가 있었대유. 그란데 상부로부터 대통령이 시찰을 하는 길가에 초가집이 보이지 않게 하라는 지시가 왔대유."

"그래서유?"

김춘섭이 일이 재미있어지겠다는 얼굴로 웃음을 머금고 물었다.

"아, 이 무식한 놈들이 집집마다 만 원에서 이만 원씩 보상금을 주기로 하고 그 초가집들을 죄다 철거했다능 겨?"

"진짜유?"

"내가 읎는 말 하는 거 봤남? 졸지에 사십 명이 집을 잃어버리고 한밤중에 거리로 쫓겨났다능 겨. 더 웃기는 건 대통령이 그 동리 시찰하는 걸 취소했다고 하드만."

"저런, 저런……. 엄하게 집주인들만 졸지에 집 없는 신세가 됐구먼. 대통령이 우리 동리에 온다면 우리도 같은 신세가 될까?"

순배 영감이 혀를 차며 술잔을 들었다.

"그런 일은 더 이상 안 생길 뀨. 대통령이 그걸 워티게 알았는지 당장 철저히 조사해서 청와대로 보고를 하라고 했다니까, 그런 일이 또 생기겄슈."

해룡이가 방 안을 돌며 술을 한 잔씩 따르고 밖에 나갈 생각은 안 하고 구석에 서 있다. 황인술이 저놈이 왜 저기 서 있지 하는 얼굴로 바라보며 말했다.

"해룡아! 넌도 술 한잔 할 텨?"

윤길동이 뒤늦게 구석에 서 있는 해룡에게 물었다.

"애, 애기 아부지도 술 마셔."

"그려, 아 만드느라고 수고했응께 일루 와서 한잔해라."

윤길동이 술 주전자를 찾아 들고 해룡에게 술잔을 내밀었다.

"우리 동리서 해룡이 팔자가 개 팔자 저리 가라여. 우리 팔봉이는 언지 고생을 면할란지, 그놈을 생각하면 잠이 안 온당께."

변쌍출은 행복한 얼굴로 윤길동에게 술잔을 받고 있는 해룡이를 바라보고 있으려니까, 문득 팔봉의 얼굴이 떠올랐다. 성냥공장에 불이 나고 병원에서 퇴원한 후 무슨 공장에 다닌다는 말을 들었다. 지난 구정 때 내려왔을 때 얼굴을 보니까 팔봉이나 며느리나 모두 꼴이 말이 아니었다. 고생한 흔적이 얼굴에 그대로 묻어 있어서 마주 보기가 민망할 지경이었다.

"팔봉이 서울로 이사를 가서 무슨 공장에 댕긴다고 안 했슈?"

"아! 배운 것이 도둑질이라고, 성냥 맨드는 기술장께, 그쪽 공장 댕기 졌지."

김춘섭이 변쌍출에게 묻는 말에 황인술이 대신 대답했다.

"구장 말대로 배운 것이 성냥 맨드는 기술밲에 읎잖여. 요새 돈 있는 사람들은 죄다 까쓰라이타를 쓴다잖여. 성냥공장 문 닫는 데가 한두 군데가 아니랴. 그래서 딴 공장에 댕기고 있구먼."

변쌍출은 차마 팔봉이가 서울에서 똥 푸는 것을 업으로 하고 있다는 말은 할 수가 없어서 얼버무렸다.

"라이타라믄 휘발유를 넣어서 쓰는 거지. 까쓰는 또 무슨 말여?"

순배 영감이 막걸리를 마시고 손바닥으로 입술을 쓸어내리며 변쌍출을 바라봤다.

"라이터 똥구멍에다 휘발유를 늫은 것이 아니고, 가스를 넣어서 쓰는

237

것이 있슈. 읍내에 있는 다방에서 광일이하고 커피를 마시고 있는데, 사장처럼 생긴 양반이 들어와서 담뱃불을 붙이는데 라이타가 희한하게 생겼슈. 금덩어리처럼 반짝반짝 빛나는데 불을 킹게 손가락 두 마디 길이만큼 켜지더라구요. 광일이한테 '대관절 저기 무슨 라이타냐? 새로 나온 라이타냐?'라고 물어 봉게, 광일이가 하는 말이 일본에서 수입한 까쓰라이터래유."

"내 참, 구장은 엄한 말을 하고 있구먼. 형님은 그 까쓰라는 것이 뭔지 묻는 말 같구먼. 내 말 틀렸슈?"

박평래가 끼어들어서 물었다.

"그 머셔, 지가 알기로는 까스라는 것이 휘발유처럼 생긴 것이 아니라 물처럼 생겼는데, 물처럼 눈에 보이는 것은 아니라고 하데유."

황인술이 얼른 대답을 못하고 우물쭈물거리자 윤길동이 나섰다.

"아여! 길동이, 자꾸 삼천포로 흘러가고 있는 거 같아서 한마디 하겠는데, 형님 말은 그 까쓰라는 것이 워티게 생겼냐 이거여. 휘발유처럼 지름이냐? 아니면 소금처럼 생겼냐? 좌우지간 불을 붙일 수 있는 겅게, 워떤 모냥이 있을 거라 이거여."

박평래가 답답하다는 얼굴로 가슴을 두들기며 윤길동과 황인술을 번갈아 바라봤다.

"까스는 물건이 아니고 그 머여! 뭐라고 말을 해야 되는지 모르겠구먼. 여, 연기처럼 눈에 보이는 것도 아니고, 손으로 만져지는 것도 아뉴. 그냥 공기처럼 생겼는데 불을 붙이면 불이 붙는다고 하데유. 쉬, 쉽게 말해서 석유하고 승질이 비슷하다고 보면 될 뀨."

윤길동은 뭐라고 정확하게 설명을 할 수가 없었다. 좌우를 두리번거려도 가스를 비교해서 설명할 그 무엇이 눈에 보이지 않았다. 그렇다고 직접 가스를 본 것도 아니다. 라디오 뉴스에서 요즘 일제 가스라이터 밀수가 급증했다는 뉴스를 들으면서 알게 된 상식이 전부라서 진땀을 빼며 설명을 했다.

"그라고 봉께, 농협 조합장이 들고 있는 그것이 가스라이터구먼유. 그란데 까스를 한 번 넣는데 싸게 느면 삼십 원이고, 사십 원씩 받는다고 하데유. 돈 있는 사람은 까스를 사서 집에 놓고 쓰는데 삼백오십 원씩이래유. 한 통에……."

"별천지에 와 있는 거 같구먼. 그 머셔, 까…… 까스를 한 번 느는데 최하 삼십 원이라믄, 새마을 담배가 시 갑 아녀. 우리 같은 늙은이는 담배 시 갑 사 필 돈도 궁한데, 돈 있는 사람들은 새마을 담배 시 갑 살 돈으로 불을 키는구먼. 참 세상 요지경일세. 형님은 그리 생각 안 해유?"

"그려, 세상이 무섭게 변하는구먼. 일제 때만 해도 성냥이 귀해서 마른 쑥을 준비해 놓고 부싯돌 쓰는 집이 많았잖여."

순배 영감은 박평래가 묻는 말에 고개를 끄덕끄덕하며 자반고등어 접시를 자기 앞으로 당겼다. 자반고등어는 살은 모두 떼어 먹고 가시에 붙은 살만 남았다.

"아! 우리 어릴 때만 해도 며느리가 부석 불씨를 꺼트리면 혼구멍이 났잖유. 하지만 요새 부석에 불씨 냉겨 두는 집이 워딨슈. 어떤 집이나, 하다못해 오 씨도 그때그때 성냥불로 불을 붙이지……."

"술 안 모지라겄슈?"

변쌍출의 말이 끝나기도 전에 해룡네가 가스가 어떻게 생겼는지 나하고는 아무런 상관이 없다는 얼굴로 물었다.

"술이야 많을수록 좋지. 까스는 쉽게 말해서 공기처럼 생겼다고 쳐. 그람 그 까스를 사용하는 라이타는 얼매씩 한댜?"

변쌍출이 황인술에게 물었다.

"일제는 천오백 원씩 한대유. 국산은 팔구백 원씩 하고"

"젠장, 독립문표 성냥 한 통이믄 한 달을 쓸 건데, 제우 담배 피울라고 천오백 원짜리 가스라이타를 사 쓰는 인간들은 밥을 안 먹고, 금만 먹고 산댜?"

변쌍출은 라이터 한 개에 천오백 원씩 한다는 말을 듣고 나니까 며느리가 생각났다. 동네에 있는 '요꼬'라 부르는 편물집에 중학교를 중퇴한 손녀와 함께 조수로 다니는데 아침 7시에 출근해서 저녁 10시나 11시까지 일을 하고 둘이서 받는 돈이 팔구백 원이라고 한다. 하루 반나절을 꼬박 일해야, 그까짓 담배를 피우는 데 필요한 가스라이터 한 개를 살 수 있다고 생각하니까 화가 나서 술을 벌컥벌컥 들이켰다.

팔봉이 분뇨 수거하는 것을 업으로 하고 나서 한 가지 좋아진 게 있다면, 느지막하게 일을 나갈 수 있다는 점이다. 구청에 소속되어 있는 분뇨 수거원들은 새벽부터 일을 시작해서 밤늦게까지 한다. 하지만 구청 청소과나 보건소 직원 모르게 해야 하는 일이라서 새벽에는 특별한 부탁이 없으면 일을 하지 않는다. 그렇다고 아침밥을 먹기 전부터 골목을 다니며 '똥 퍼요!'라고 소리를 질렀다가는 성질 급한 아낙네들에게 구정물을 뒤집어쓰기 딱 좋다. 설거지를 할 때도 '똥 퍼요!'라고 소리 지르기엔 이른 시간이다. 설거지를 한 아낙네들이 변소에 가 있을 시간, 10시쯤이 '똥 퍼요!'라고 소리치기에 가장 적당한 시간이다.

아내는 아침을 먹는 둥 마는 둥 밥을 먹고 요꼬 공장으로 출근한다. 서울로 이사 오면서 중학교에 자퇴서를 제출한 희순이도 제 엄마를 따라서 요꼬 공장으로 가고, 희수만 제 방에서 학교 갈 준비를 하는 집은 조용했다. 아내와 희순이가 아침 일찍 출근하니까 언제부터 아침 설거지는 팔봉의 몫이 되어 버렸다.

"인제 가나?"

보증금 5만 원에 한 달에 5천 원씩 삭감이 되는 사글세 집은 방 두 칸에 부엌이 딸려 있다. 부엌 위에는 안방에서 들어갈 수 있는 다락이 있어서 딸 희순이가 잠을 자고, 중학교 3학년인 희수는 옆방에서 생활한다. 팔봉이 정지 문을 가로막고 있는 희수를 보고 먼저 말을 걸었다.

"아부지, 참고서 사게 돈 좀 줘요."

"참고서가 머여?"

"공부하는 데 참고하는 책유."

"얼만데?"

팔봉은 공부하는 데 필요한 책이라니까 안 사 줄 수가 없었다. 물 묻은 손을 바지에 문지르며 안방으로 들어갔다.

"수학하고 국어 두 가지는 꼭 사야 하는데 지학사에서 나온 현대 국어는 사백팔십 원이고, 공통 수학은 오백팔십 원이유. 두 가지 합해서 천육십 원이네요."

희수는 새 참고서 가격을 말했지만 마음속으로는 헌책방에 가서 새것처럼 보이는 참고서를 구입할 생각이었다. 헌책은 절반 가격이나, 재수가 좋으면 권당 백 원씩이면 구입할 수가 있다.

"뭔 놈의 참고서라는 책이 한 권에 사백팔십 원이고, 오백팔십 원씩 한다?"

팔봉은 조립식 장롱 속에 숨겨 둔 돈을 꺼내려다 말고 일어서서 희수를 바라봤다. 분뇨를 한 지게 퍼주면 이십 원에서 삼십 원까지 받는다. 참고서 한 권에 육백 원 가까이 된다면 열 지게를 퍼야 한다는 결론이다. 너무 비싸다는 생각에 곤혹스러운 얼굴로 물었다.

"저도 참고서가 너무 비싸서 안 사고 싶어요. 하지만 선생님들이 서점 주인들하고 짜고 참고서에서만 시험 문제를 내잖아요."

"그럼 친구 거 좀 빌려 보면 안 되냐?"

"친구가 수학 참고서 같은 것을 오백팔십 원씩 주고 사서 빌려주겠어요? 그라고 빌려주면 점수가 똑같이 잘 나오니까 빌려주겠슈? 나라도 안 빌려 주지……."

"허긴, 비싼 돈을 주고 참고서라는 걸 살 때는 시험을 잘 볼라고 사는 경께, 안 빌려 주겠구먼. 니가 공부하는 데 필요한 책이라고 해서 돈을 주기는 주는데, 한눈팔지 말고 공부 열심히 해야 햐. 어머하고 니 동생이 아침 일곱 시에 나가서 저녁 열 시나, 열한 시까지 손가락 끝에 피멍이 들도록 일해도 돈 천 원 벌어 오기 힘들다는 거 잘 알고 있지?"

팔봉은 희수 말을 들어보니까 아무리 비싸도 사 주지 않을 수가 없었다. 마음속으로 한숨을 쉬며 뒤로 돌아섰다. 조립식 장롱 앞에 쪼그려 앉아서 돈을 꺼냈다. 다행이 요 며칠 벌이가 좋아서 참고서 값을 줄 정도의 돈이 있었다.

"아부지는 똥 푸는 거 안 하고 딴 거 하시면 안 돼유?"

희수가 팔봉이 내주는 돈을 받으면서 볼이 통통 부은 얼굴로 물었다.

"그기 먼 소리여. 똥 푸는 거 수입이 좋다고 해서, 인천에서 여까지 이사를 왔는데?"

팔봉은 자신도 모르게 작업복 소매 냄새를 맡아 봤다. 똥 냄새는커녕 땀 냄새도 나지 않았다.

"아뉴. 학교 갔다 올게유."

"희수야!"

팔봉은 힘없이 돌아서는 희수를 보는 순간 짚히는 것이 있었다. 어깨를 잡아당겨서 돌려 세웠다.

"너, 아부지가 똥 푸는 것이 남부끄럽냐?"

"학교 가면 아들이 똥 퍼! 똥 퍼! 하고……."

희수는 고개를 푹 숙이고 눈물 몇 방울을 뚝뚝 떨어트렸다.

"야, 이 철딱서니 읎는 놈아? 그놈들은 똥 안 눈다냐? 제 아무리 부자라도 똥을 못 누면 못 사는 거여. 하루 세 끼 쇠고기만 먹어도 똥을 눠야 되는 거고 대통령도 똥을 눠야 살 수 있는 거여. 그런 똥을 푸는데 놀리는 놈들이 정상이 아닌 겨. 그런 걸 갖고 머스마 놈이 학교 가기 전에 눈물을 질질 짜면 장차 앞으로 머가 될라고……."

팔봉은 철부지 같은 말이라는 생각에 화를 벌컥 냈다. 그러나 가만히 생각해 보니까 같은 반 급우들이 놀릴 만하다는 생각에 자신도 모르게 목소리를 줄였다.

"내가 변씨잖여. 똥씨가 똥 푼다고……."

희수는 눈물을 닦으며 말꼬리를 흐렸다.

"야, 이놈아! 아부지가 똥 푸는 거 보고 남부끄럽다고 생각하는 거야 이해할 수 있다고 하지만 조상 대대로 물려받은 변씨를 남부끄럽게 생각하면 안 되는 거여. 이래 봬도 변씨가 중국에서는 왕손여. 왕손이 뭔지 몰라? 왕의 아들이란 말여. 그라고 어째서 우리 초평 변씨가 똥 변씨여? 너는 중학교 삼 학년이나 되는 놈이 한문으로 법 변(卞) 자 하고, 똥 변(便) 자도 쓰고 읽을 줄도 모른단 말여?"

팔봉이 내가 언제 측은해했느냐는 얼굴로 희수의 얼굴이 순식간에 벌게지도록 꾸짖었다.

"학교 갔다 올게유."

희수는 팔봉이 평소와 다르게 화를 내는 모습에 해서는 안 될 말을 했다는 생각이 들었다. 눈물을 감추고 얼른 돌아서서 밖으로 나갔다.

"못난 놈, 세상에 눈물 짤 것이 그리도 읎냐⋯⋯."

팔봉은 희수가 갑자기 주눅 든 얼굴로 돌아서는 모습을 보니까 화가 순식간에 가라앉았다. 그 대신 미안한 생각이 가슴을 짜르르 울리는 것 같아서 계속 설거지를 하고 싶지가 않았다. 희수가 나간 문을 통해서 마당으로 나갔다. 부부가 포장마차를 하는 주인집은 조용했다. 대문 밖으로 나가서 비탈길을 내려가는 희수의 뒷모습을 바라봤다. 터덜터덜 내려가는 모습이 몹시 힘없어 보인다.

그려, 희수라고 남부끄러운 걸 모를 리는 읎지⋯⋯.

돈만 벌 수 있다면 똥 냄새 따위는 얼마든지 견뎌 낼 수 있었다. 그래서 병원에서 퇴원한 후에 돈벌이를 찾아서 하루하루 피를 말리고 있을 때, 한때는 같은 성냥공장에 다니던 정 씨로부터 연락을 받자마자 생각해 보고 뭐고 할 것 없이 서울로 올라왔다. 한편으로는 찬밥 더운밥 가릴 형편도 아니었다. 정 씨와 함께 골목골목 걸어 다니면서 똥 퍼! 똥 퍼요!라고 고함을 지르는 것도, 똥을 푸는 일도, 똥지게를 지고 다니는 일도, 똥통을 실은 리어카를 끌고 가서 한강 풀밭에 버리는 일도, 똥통 리어카 옆에서 점심 도시락을 먹는 일도, 성냥공장에서 언제 폭발이 될지 모른다는 불안감에 떨며 유황 냄새를 맡으며 일하는 것보다는 천국이었다. 그러나 희수 입장에서는 단 한 번도 생각해 보지 않았다.

"오늘은 일 안 나가?"

"아, 아뉴. 이따 나가야쥬."

팔봉은 골목에서 희수가 보이지 않을 때까지 멍하니 서 있었다. 천호국민학교 앞에서 아이들을 상대로 떼기 장사를 하는 권 씨가 지나가면서 말을 걸었을 때야 고개를 흔들고 비탈길을 내려다 봤다. 희수의 모습은 보이지가 않았다.

난도, 학교 앞에서 떼기 장사나 해 볼까?

50대의 권 씨는 국민학생들을 상대로 설탕을 녹여서 납작하게 만들어, 별이니, 오리, 십자가 모양의 모형을 찍어 떼기를 하는 장사를 하고 있다. 언젠가 비가 오는 날 소주 한잔하면서 말을 들어보니까, 1학년 아이들이 하교를 시작하는 점심 무렵부터 시작해서 6학년 아이들이 하교를 하는 네다섯 시까지 장사를 해도 하루 오백 원 벌이는 된다는 말을 들었다. 문제는 방학과 공일이지만, 그때는 풍납토성 인근에서 호떡을 구워 판다고 했다.

아녀, 언제까지 똥을 푸라는 법은 읎잖여. 바짝 벌어서 가게라도 하나 차릴 때까지는 똥을 푸는 수밖에 읎어.

국민학생들을 상대로 코 묻은 일 원짜리에 목을 매는 것보다는 똥 푸는 일이 훨씬 수입이 낫다는 생각이 들면서도 가슴이 답답했다. 정 씨가 오려면 한 시간 정도는 기다려야 한다. 소주나 한잔 해야겠다는 생각에 구멍가게로 향했다.

팔봉은 방문을 열어 놓고 깍두기를 안주 삼아 소주잔을 기울였다. 반 병 정도 마실 무렵에 키가 큰 정 씨가 대문 위로 얼굴을 내밀고 기웃거 렸다. 대문을 열어 주고 다시 방으로 들어가서 술잔을 기울였다.

"아침부텀 먼 술여!"

팔봉이 사는 집은 세를 놓으려고 지은 아래채다. 부엌과 안방 윗방이 일자형으로 지어져 있다. 정 씨가 방문턱과 붙어 있는 길이 오십 센티 정도의 쪽마루에 앉으며 물었다.

"한잔할 텨?"

"줘 봐."

정 씨는 팔봉이 술잔을 내밀자 망설이지 않았다.

"아따! 속이 짜르르하구먼. 어젯밤에 통금 전까지 술을 마셨거든. 그 래서 그런지 확 도네그려. 먼 일이 있었어?"

정 씨가 깍두기를 손가락으로 우적우적 씹으며 술잔을 내밀었다.

"그냥……."

정 씨는 충청남도 당진이 고향이다. 인천에서 성냥공장에서 같이 일 을 했던 것이 인연이 됐다. 팔봉은 정 씨가 내미는 술잔을 받으며 쓰게 웃었다.

"내가 볼 때는 자식 놈이 한마디 했구먼. 똥 푸는 일 그만둘 수 없냐 고 말여."

"자네가, 그걸 어떻게 알아?"

팔봉이 술잔을 입술에 대다 말고 물었다.

"이 사람아, 내가 이 직업 이 년 선배 아녀. 자식들이 좀 서운한 말을 했어도, 그러려니 하고 넘겨 버려. 나도 첨에는 자식들 때문에 고민을 많이 했어. 하지만 별 뾰족한 수가 없잖아. 배운 것이 있어서 어디 사무직으로 들어갈 수가 있나? 부모한테 물려받은 돈이 있어서 무슨 장사를 하거나 사업을 할 수가 있나? 그래도 이 일이 남 보기에는 드러워 보이지만 배부르고 등 따스면 된 거잖여. 그랑께 너무 깊게 생각하지 말게. 자식들도 세월이 지나가면 다 이해하게 된단 말여."

"하긴 틀린 말은 아녀. 하루 종일 땅 파봐야 누가 십 원짜리 한 장 주었어? 이 일은 똥 한 지게만 푸면 최소한 이십 원에서 삼십 원을 받잖여."

팔봉은 정 씨 말을 듣고 나니까 우울했던 기분이 조금은 풀렸다. 병에 남은 술을 정 씨에게 마저 따라 주고 일어섰다.

"그려, 그랑께 어서 일 나가자구."

"오늘도 안 걸려야 하는데, 천호동 박 씨가 그라드만. 성내동에서 일하는 쌍둥이 아부지는 며칠 전에 구청 청소과 직원한테 걸려서 삼천 원 벌금 딱지를 받았다고……."

팔봉은 똥을 풀 때 입는 작업복으로 갈아입었다. 얼굴이 벌겋게 달아오르는 것을 느끼며 장갑을 챙기고, 수건을 챙기면서 정 씨가 들으라는 목소리로 말했다.

"하여튼, 웃기는 놈들이여. 지덜이 똥을 매일 푸면 우리 같은 사람이 생기겠어. 시내는 사흘에 한 번씩 댕긴다고 하던데, 여기는 변두리라서 보름에 한 번, 한 달에 한 번씩 잊을 만하면 오잖아. 그럼 천호동이나 성내동이며 풍납동 사는 사람들은 변소가 넘쳐도 그냥 참고 살라는 거여 머여."

정 씨도 해장을 했더니 얼큰하게 취기가 올랐다. 담배를 입에 물면서 하늘을 바라보며 투덜거렸다.

"내 말이 그 말여, 어티게 보믄 우리들한테 고맙다고 해야 햐. 만약 우리들처럼 똥을 푸는 분뇨 수거꾼이 없어 봐. 변두리 사는 사람들이 구청이며 동사무소로 몰려가서, 우리 집 변소 퍼내라고 데모라도 하믄 워쩔 겨."

똥을 푸는 지게와 리어카는 광나루 수영장을 벗어난 풍납동 쪽의 갈대숲에 숨겨 놓았다. 팔봉은 장화를 꿰신으면서 정 씨의 말에 맞장구를 쳤다.

분뇨 수거업에서 선배인 정 씨는 양철을 원뿔형으로 말아 만든 나팔을 들었다. 팔봉은 리어카를 끌었다.

"오늘은 천호동 쪽으로 나가 볼까?"

"천호동 쪽으로 나갈라믄 큰길을 건너야잖여."

리어카에는 드럼통으로 만든 똥통이 실려 있었지만 빈 것이라 가벼웠다. 어제 일을 끝내고 청소를 해 두어서 냄새도 한결 덜했다. 팔봉은 정 씨가 묻는 말에 동네로 들어가려던 방향을 다시 강변 쪽으로 돌렸다. 광나루에 있는 광진교 밑을 건너서 천호동으로 들어가야 한다. 큰길을 건너다가 구청이나, 보건소 단속반에게 걸릴 위험이 있기 때문이다.

"오늘은 돈 좀 벌 것 같은 생각이 드는데, 변 형 느낌은 어뗘?"

강변을 따라서 풀밭 사이로 길이 이어졌다. 강가에 호박을 심는 농사꾼들이 이용하는 길이다. 팔봉은 아침에 풀이 죽은 모습으로 학교를 가는 희수의 얼굴이 떠올라서 리어카를 끌면서 갈대를 뽑았다. 질겅질겅 씹으면서 묵묵히 걸었다. 정 씨가 담배를 입에 물며 물었다.

"빨리 돈 벌어서, 딴 일을 찾든지 해야지……."

"이 일은 오래 하고 싶어도 못 햐. 한 십 년 하면 똥독이 오를 수도 있고, 똥 냄새가 살 속으로 파고들면 평생 똥 냄새를 풍기며 살아야 한다능 겨. 그래서 난도 어서 돈을 모아서, 하다못해 길가에서 뻔데기를 팔든지, 왕십리 중앙시장에서 채소를 떼다 팔든지 할 생각이여. 하지만 돈이라는 것이 마음먹는다고 쉽게 되나? 돈 좀 모을라고 하면 쥔이 집세를 올려달라고 하지 않나? 고향에 있는 아부지가 덜컥 병원에 입원을 하시지 않나……."

"그건 맞는 말여. 돈이라는 것이 지가 달라붙어야 한다고 하데. 암만 돈을 벌라고 용을 써도 돈복이 없는 사람은 돈이 자꾸 도망을 간다는 거여. 하지만 그렇다고 해서 나는 돈하고 인연이 없능개비다, 하고 돈을 버는 족족 쓸 수는 없는 일 아녀."

광나루 수영장은 비어 있었다. 모래밭을 벗어난 풀밭에는 강가에 움막을 짓고 사는 사람들이 뿌려 놓은 호박씨가 엄청난 넓이의 호박밭을 만들어 놓았다. 주민 몇몇이 대나무로 만든 가고를 끌고 다니면서 긴 막대기로 호박 넝쿨을 헤치며 호박을 따고 있었다.

"그래서 사람 팔자는 하늘밖에 모른다는 말이 생겼잖아. 아! 낼 어떻게 될지 안다면 무슨 재미로 사나? 낼을 모르니까 우리 같은 놈은 죽어라 똥이나 푸고, 어떤 사람들은 부모한테 물려받은 재산이나 굴리면서 고급승용차나 타고 다니고……."

"내 팔자에 고급 승용차는 언감생심이고, 자전거라도 타고 다닐 직장이라도 있었으믄 좋겠구먼."

"변형 자꾸 자식 놈들이 신경 쓰이는 모양인데, 그만 신경 꺼. 철부지들이 뭘 알었어? 세월이 좀 지나가 봐야 애비가 얼마나 급했으면 똥지게를 지고 다니면서 돈을 벌었을까, 생각하면서 눈물짓는 날이 올 테니까."

정 씨는 나팔에 대고 '똥 퍼요! 똥 퍼! 똥 퍼요! 똥 퍼!'라고 고함칠 일이 없으니까 유람을 온 것처럼 느긋하게 걸었다.

"눈물짓는 거는 고사하고, 딸자식 중학교라도 갈켰으면 원이 읎겠어. 인천에서 일 학년 다니다가 성냥공장에 불이 나는 머리, 자퇴하고 시방은 즈 어머하고 요꼬 공장 댕기잖여."

"여식아는 국민학교만 졸업해도 저 먹고사는 데는 지장 없어. 원래 여자 팔자는 뒤웅박 팔자라고 하잖아. 남자만 잘 만나면 대학교 나온 여자들보다 더 잘 살 수 있으니까, 걱정 그만햐."

"딸이라고 둘이 있는 것도 아니고, 달랑 하나 있는 것도 못 갈킨다고 생각하면 밤잠이 안 온 당께……."

여름에는 발 디딜 틈이 없이 피서객들이 모여 드는 광진교 밑 공터에는 노인들을 상대로 막걸리나 국수를 파는 포장마차가 있었다. 몇몇 노인들이 한가롭게 장기판을 둘러싸고 있었고, 몇몇은 유유히 흐르는 강물을 향해 앉아서 시간을 보내고 있었다. 팔봉은 가능한 빠르게 공터를 통과해서 천호동으로 방향을 틀었다.

"똥 퍼요! 똥 퍼! 똥 퍼요! 똥 퍼!"

정 씨는 천호동 골목으로 들어서자마자 본격적으로 나팔에 대고 고함을 지르기 시작했다. 팔봉은 정 씨가 똥 풀 사람을 구해 오는 동안 골목 어귀에 리어카를 세워놓고 대기했다.

"아저씨, 빨리 우리 집으로 좀 와 주세요."

정 씨가 골목을 한 바퀴 돌고 나올 때였다. 팔봉이 담배 한 가치를 피울 무렵이기도 했다. 이십대 중반으로 보이는 여자가 어떤 집에서 뛰어나와서 당황한 얼굴로 팔봉을 불렀다.

"한 지게에 삼십 원유."

똥을 퍼 주는 데 사람에 따라서 이십 원에서 삼십 원까지 받는다. 팔봉은 새댁처럼 보이는 여자가 세상 물정에 어두울 것이라는 판단에 삼십 원을 요구했다.

"변소에 결혼 금반지를 빠트렸어요. 그걸 찾아주면 오백 원을 드릴게요."

여자가 돈이 문제가 아니라는 얼굴로 말했다.

"몇 돈짜리 반지요?"

팔봉이 오전부터 웬 횡재냐는 표정으로 정 씨를 바라봤다. 정 씨가 리어카에 실려 있는 똥바가지와 똥지게를 챙기며 물었다.

"다섯 돈짜리 반지예요."

"요새 금 한 돈에 얼마씩 하려나?"

정 씨가 한몫 단단히 챙기겠다는 생각에 팔봉을 바라보며 회심의 미소를 지었다.

"우리 같은 사람이야, 금 귀경할 일은 읎어도 금값은 알고 있지. 지난주에 포장마차에서 술 한잔하다 들은 야긴데, 요새 금 한 돈에 삼천칠백 원 한다드만."

"다섯 돈이면 얼른 계산해 봐도, 사만 원 돈이구먼, 우리가 아무리 똥을 퍼서 먹고 산다고 하지만, 사만 원짜리 금반지를 변소에서 꺼내 주는 데 고작 오백 원이라니?"

"금반지가 수박 덩어리만 한 것도 아니잖유. 일일이 똥 덩어리를 주물

251

러야 하는데, 아줌마 집 변소가 어항만 하다면 모를까, 너무 싸구먼유."

팔봉은 말을 해 놓고 생각해 보니 나도 이제 슬슬 서울 사람이 다 되어 가는구나, 라는 생각이 들어서 흐뭇하게 웃었다.

"그럼, 도대체 얼마를 달라는 거예요?"

"금반지를 변소에 빠트린 걸 바깥양반도 알고 있슈?"

정 씨가 바쁠 것 없다는 얼굴로 물었다.

"은행에 출근한 뒤에 벌어진 일이라서 아직 몰라요."

"호! 바깥양반이 은행에 댕기시는구먼. 워틱할튜? 금반지를 똥에 오랫동안 담가 놓으믄 삭는다고 하던데, 오천 원 애낄라고 반지 똥에 짱아치 담글 뀨?"

"그럼 오천 원을 달라는 말이에요?"

여자가 기가 막힌다는 얼굴로 팔짱을 끼며 팔봉에게 물었다.

"오천 원도 싸게 부른 겁니다. 아줌마한테 오천 원 줄 테니까 똥바가지에 손 넣고 주무를 수 있슈?"

"알았어요. 어서 가요."

여자는 팔봉의 말을 듣고 보니까 오천 원도 싸다는 생각이 들어서 앞장을 섰다.

여자가 사는 집은 단층 양옥집이다. 변소는 이십여 평 되는 마당의 대문 옆에 붙어 있었다. 정 씨가 변소 안으로 들어가서 아래를 살펴봤다. 시멘트 구조물로 된 똥통의 크기는 드럼통 기준으로 두 통이 들어갈 정도다. 똥은 절반밖에 차지 않아서 푸기에는 이르다.

"참말로 손으로 똥을 주물러야 되는 거여?"

팔봉은 막상 변소 안을 보니까 저 많은 똥을 다 주물러야 하는 생각이 들어서 혀를 찼다.

"장사 한두 번 해 보나? 내가 건재상에 갔다 올 테니까, 우선 담배 한 대 피고 있게."

정 씨는 팔봉의 등을 툭툭 쳐 주고 대문을 빠져나갔다.

"이 집에는 금반지 찾아 주는데 막걸리라도 안 주남?"

"남편이 마시려고 사다 놓은 소주가 있는데, 소주 드실래요?"

"공짜로 은어 마시는 술인데 소주, 막걸리 가릴 처지는 아니쥬."

여자가 집 안으로 들어가서 소주병과 컵이며 땅콩을 들고 나왔다. 팔봉이 천천히 소주 반 병 정도를 비우고 있는데 정 씨가 모래를 칠 때 사용하는 체를 들고 왔다.

"머리가 비상하구먼."

팔봉은 정 씨에게 소주를 권하고 나서 일어섰다. 똥을 퍼 나르는 양철통 두 개를 나란히 붙여 놓고 그 위에 체를 얹었다. 그 사이에 여자는 금반지 찾는 것을 지켜보기 위해 수건으로 입을 가리고 나왔다.

"슬슬 시작해 볼까?"

정 씨가 김치를 우걱우걱 씹으면서 적당한 굵기의 막대기를 들고 나섰다. 팔봉이 똥바가지로 똥물을 퍼서 체 위에 부었다. 그러면 정 씨가 막대기로 똥을 이리저리 헤집으며 금반지를 찾기 시작했다.

"똥지게 값은 따로 줘야 하는 거 알고 있쥬?"

"그런 법이 어디 있어요?"

팔봉이 묻는 말에 여자가 수건으로 코와 입을 막고 있어서 코맹맹이 소리로 반문했다.

"그럼, 똥을 다시 변소에 붓는 수밖에 읎겠구먼. 똥통에 담아서 한강까지 들고 나갈 필요도 없으니, 그것도 나쁘지 않네······."

화장실에서는 똥이며 오줌만 나오는 것이 아니다. 휴지로 사용했음직한 신문지며 책장은 기본이고, 걸레며, 몽당빗자루, 고무물총, 무슨 풀뿌리에 죽은 쥐도 나왔다. 정 씨가 막대기로 열심히 그것들을 헤집으며 중얼거렸다.

"알았어요. 한 지게에 얼마라고 했죠?"

"삼십 원유."

한 지게는 물지게로 한 번 나를 수 있는 분량을 뜻한다. 물지게 양쪽에 똥통이 한 개씩 매달리니까 두 통인 셈이다. 팔봉이 똥바가지로 똥을 퍼서 체 위에 부으며 말했다.

"옆집에는 이십오 원씩 줬다고 하던데, 아저씨들은 왜 그렇게 비싸요?"

"옆집에 언제 펐답니까?"

팔봉이 이마에 흐르는 땀을 닦으며 여자를 바라봤다.

"지난달에 펐다고 하던데요."

"우리도 지난달에는 이십오 원씩 받았어요······. 여깄다!"

정 씨가 말을 하다 말고 모래체에 코를 박을 것처럼 얼굴을 가까이 대고 손가락으로 금반지를 집어 들었다.

"어머! 정말 찾았네요?"

여자가 너무 기뻐서 똥이 묻었는데도 금반지를 얼른 받았다.

"똥 묻었는데?"

"괜찮아요. 씻으면 되는 걸요."

여자는 반지를 들고 마당 구석에 있는 수도 앞으로 갔다. 수도꼭지를 틀어서 금반지에 묻은 똥을 씻어내기 시작했다.

"우린, 어여 똥이나 푸세."

정 씨는 거뜬하게 오천 원을 벌었다고 생각하니까 너무 기분이 좋았다. 물지게를 등에 지고 양철통에 고리를 끼워서 불끈 들었다.

"오늘 일 끝나고 고기 좀 꿔 먹어야겠는데."

팔봉이도 신이 났다. 빈 똥통을 변소 안에 들여 놓고 본격적으로 똥을 푸기 시작했다.

정 씨와 팔봉은 변소에 있는 똥을 모두 푼 다음에 물청소까지 마친 후에야 수도가로 가서 손이며 얼굴에 묻은 똥물을 닦아냈다. 그동안 여자가 결혼반지를 찾아줘서 고맙다며 소주 한 병을 더 내놨다.

"사이좋게 이천오백육십 원씩 나누면 되지?"

정 씨는 골목으로 나가서 팔봉에게 여자로부터 받은 돈의 절반을 내줬다.

"오늘 내가 한잔 살 모양잉게 거하게 한잔하자구."

"그라지 말고 똑같이 내서 마시자구. 오늘 같은 날은 마누라한테 큰 소리 치는 날이잖아."

"그려, 마누라한테 이천오백 원을 내밀면 좋아서 입이 찢어지겠구먼."

소주도 얼큰하게 마셨겠다, 주머니도 두둑하겠다, 둘은 연신 웃는 얼굴로 골목을 빠져나갔다. 다른 골목으로 접어들기 위해 2차선 도로 쪽으로 접어들었다. 삼륜차가 드나들 수 있을 정도의 골목으로 막 접어들려고 할 때였다.

"잠깐 나 좀 봅시다."

팔봉은 뒤에서 누군가 부르는 소리에 걸음을 멈추고 뒤를 돌아다봤다. 한눈에 봐도 공무원이 틀림없는, 재건복을 입은 남자 두 명이 다가오고 있었다.

"젠장, 걸렸구먼."

정 씨가 나팔을 입에 대려다 말고 얼굴을 찡그렸다.

"한 번만 봐 달라고 사정을 하는 수백에 읊겠구먼……."

팔봉은 리어카 손잡이를 잡고 있던 것을 내려놓고 밖으로 나왔다. 갑자기 입안이 바짝 마르는 것을 느끼며 마른침을 꿀꺽 삼켰다.

"똥 푸는 거 불법인 거 아시죠?"

재건복을 입은 남자 두 명 중에 대머리가 까진 사람은 뒷짐을 지고 서 있었다. 대머리보다 몇 살 어려 보이는 남자가 옆구리에 끼고 있던 서류 봉투에서 노트를 끄집어내며 정 씨에게 물었다.

"죄송합니다. 당장 저녁에 먹을 끼니가 없어서 불법인 줄 알면서도 리어카를 끌고 나왔습니다. 한 번만 봐 주세요."

"마누라가 아파서 병원에 가야 하는데, 워디 돈을 꿀 만한 데도 없고 해서, 똥 푸는 사람들이 오늘 쉰다고 하길래 이걸 빌려가지고 나왔슈."

정 씨가 두 손을 싹싹 비는데 팔봉은 구경만 하고 있을 수가 없었다. 오히려 정 씨보다 한술 더 떠서 두 손으로 빌면서 거짓말을 했다.

"주민등록증 내봐요. 주민등록증."

대머리는 슬그머니 코를 감싸 쥐고 뒤로 돌아섰다. 수첩을 들고 있는 남자가 정 씨와 팔봉의 말을 무시해 버리고 강압적으로 말했다.

"똥 푸는 사람이 무슨 주민등록증을 들고 댕겨유."

"선생님 제발 한 번만 봐 줘유. 다시는 똥 푸러 안 다닐 모양잉께, 제발 집에 아파서 둔너 있는 마누라를 생각해서라도 한 번만 봐 줘유."

"김 주사 그 사람들 말로는 안 되겠네. 경찰서에 연락해서 잡아 처넣어."

"들었죠? 경찰서 가서 혼 좀 나겠습니까? 아니면 벌금만 내고 말겠습니까?"

"어, 얼마나 벌금을 냅니까?"

"척, 보니까 벌금 한두 번 내신 양반들이 아니구먼. 오천 원짜리 한 장씩 끊어."

대머리가 멀찌감치 물러서서 코를 싸매 쥐고 지시했다.

"아이구! 오천 원이면 우리 식구 일주일 동안 먹고살 돈유. 그라지 말고 좀 싼 걸로 끊어줘유."

팔봉은 오천 원이라는 말에 술이 확 깨는 것 같았다. 자신도 모르게 김 주사의 손을 덥석 잡으며 사정을 했다.

"이, 사람이 어디다 똥을 묻히고 야단이야!"

김 주사가 기겁을 하며 뒤로 물러서서 팔봉의 손이 닿았던 부분을 냄새 맡았다. 냄새가 지독해서 화를 벌컥 내며 소리를 질렀다.

"김 주사, 똥 냄새 좀 고만 맡게 할 수 없나?"

"알겠습니다. 빨리 주민등록증 내봐. 주민등록증 안 가지고 다니면 그것도 벌금 내야 한다는 거 알고 있지?"

"주, 주민등록증 여, 여기 있습니다."

정 씨는 주민등록증 미소지로 벌금까지 내야 한다는 말에 얼른 주머니에서 지갑을 꺼냈다. 주민등록증을 꺼내서 보여주며 팔봉에게 눈짓을 보냈다.

"주민등록번호하고 주소 불러 봐."

김 주사는 다시 팔봉이 만졌던 부분을 냄새 맡았다. 똥 냄새가 너무 지독해서 코를 찡그리며 정 씨를 노려봤다.

그들만의 방

제가 알기로는 농민들은 삼선 개헌을 반대하고 있는 것 같지 않습니다.
직원들을 시켜서 매일 동태를 파악하고 있는데
각 면마다 골수 야당 몇몇 사람을 제외하고는 박정희 대통령이 계속
나라를 이끌어야 된다는 여론이 강합니다.

장충체육관 앞에는 이른 새벽부터 긴장감이 감돌고 있었다.

지난 1963년에 완공된 장충체육관은 우리나라 최초의 '지붕 있는 체육관'이다. 뒤에는 장충단공원을 맞대고 있고 남산을 등지고 있어서 배경이 아름답다. 공사비만 해도 1억 2천323만 원이 들었다.

체육관의 면적은 1,511평으로, 축구공을 반으로 쪼갠 것 같은 둥근 지붕이 있고 1와트짜리 수은등 4개를 비롯해서 1백여 개의 전등을 밝히면 체육관은 밤에도 낮처럼 환했다. 한꺼번에 8천 명이 들어갈 수 있는 체육관은 한겨울에도 17도까지 덥힐 수 있는 난방장치가 되어 있어서 겨울에도 경기가 가능하다. 개관 기념으로는 같은 해 2월 2일에 한국과 일본의 배구 시합을 비롯하여 동남아시아 여자 농구대회, 미 여군 초청농구대회가 열렸다. 그 후에도 프로레슬링, 권투 같은 경기가 자주 열리는

곳이다.

체육관 앞에는 미명이 걷히기도 전에 검은색 양복을 입은 경호원들이 사방에 깔려서 번뜩이는 눈빛으로 사방을 두리번거렸다. 체육관으로 드나들 수 있는 출구는 모두 여섯 개가 있었다. 하지만 보안을 이유로 정면 출입구만 제외하고 모두 잠갔다.

체육관 안은 48시간 전부터 출입을 금지시키고 있어서 수천 미터 수면 밑처럼 조용했다. 내빈들이며 대통령이 올라설 무대에도 다섯 명의 경호원이 전쟁에서 진지를 사주경계 하는 얼굴로 대기하고 있었다. 그들은 하나같이 가슴에 비표를 달고 있어서 군중 속에 섞여 있어도 상대방을 금방 식별할 수 있었다.

'민주공화당 1969 임시 전당대회'는 오전 10시부터 시작된다. 지난 1967년 2월 제6대 대통령후보 지명대회 이후 2년 만에 열리는 전당대회다. 대회장 둘레에는 '전 국민의 단결로 70년대의 시련을 이기자', '우리는 주저 없이 이 길을 택한다' 등의 캐치프레이즈가 걸려있다. 체육관 정면에는 고속도로가 뻗어가는 사진과 연기가 치솟는 공장을 그린 대형 걸개그림을 붙여서 '일하는' 박정희 대통령을 부각시키고 있었다.

아직 여명이 걷히지 않은 새벽인데도 지방에서 밤을 달려온 관광버스들이 마당에 속속 도착하기 시작했다. 수백 대의 관광버스는 체육관 앞마당을 꽉 채우고 장충단공원 안까지 밀려들어 갔다.

이동하도 행사 시작 한 시간 전에 장충 체육관 앞에 도착을 했다.

"저희들은 여기서 대기하고 있겠습니다."

"그랴."

이동하는 운전사 최광수와 보좌관 차승태를 뒤로 하고 체육관으로 향했다. 국회의원들도 경호원들이 쉽게 알 수 있는 비표를 양복 윗주머니에 달았다. 승용차에서 내리자마자 덩치가 큰 경호원의 안내를 받으며 체육관 안으로 들어갔다. 지정석에 앉기 전에 원갑룡과 박광호가 와 있는지 확인했다. 아직 도착하지 않았다는 것을 확인하고 출구 앞에서 담배를 피우며 기다렸다.

"아침은 드셨슈?"

담배를 반 가치 정도 피울 무렵에 원갑룡과 박광호가 같이 들어왔다. 이동하는 얼른 담배를 버리고 원갑룡 앞으로 가서 굽실거렸다.

"청진동에 가서 박 의원하고 해장국 한 그릇씩 먹었습니다. 어떻게 아침을 드셨습니까?"

원갑룡이 손을 내밀며 악수를 청했다.

"아유, 그럴 줄 알았다면 의원님하고 청진동에서 만나서 해장국이라도 먹고 오는 건데, 촌놈은 이럴 때 알아본당께유."

이동하는 황송하다는 얼굴로 두 손을 내밀었다.

"행사가 한 시간 반 정도면 끝난답니다. 점심은 좋은 데로 제가 모시겠습니다."

박광호가 이동하와 악수를 하며 말했다.

"아뉴, 즘심은 당연히 지가 사야쥬."

"대학원에 다니는 딸들은 계속 공부를 하고 있습니까? 지난해에 결혼을 한 딸도 이쁘지만, 그 밑에 대학원 다니는 딸들도 이쁘던데?"

"아이고! 즈희 딸들에게까지 신경을 써 주싱께 몸 둘 바를 모르겠구먼유. 둘째 딸은 요번에 박사학위과정 들어갔고, 그 밑의 지지바는 석사 논문을 쓰고 있슈. 공부를 잘하고 있는지 못하고 있는지는 모르겠지만,

지덜은 꼭 박사 따서 교수가 되고 싶다니께 워틱해유. 시집을 가믄 아무리 출가외인이 된다고 하지만, 부모가 된 도리로 즈들이 원하는 것만큼은 해 줘야쥬."

이동하는 말자와 영자에 대한 말만 나오면 저절로 웃음이 나온다. 커다란 덩치에 어울리지 않게 몸을 비비 꼬며 말과 다르게 은근히 하고 싶은 말은 다 했다.

"사위는 서울대 출신의 중정 요원이고, 딸들은 앞으로 교수가 될 것이고 큰아들은 건설업체 사장이 될 것이고, 막내만 잘되면 세상 부러울 것이 없겠습니다. 우리 애도 서울대 법대에 다니고 있습니다. 고시 패스가 목적이라며 요즘도 잠을 하루에 네 시간밖에 안 잡니다."

"아이구! 참말로 대단하신 아드님을 두셨구먼유."

이동하는 박광호의 아들이 서울대 법대에 다닌다는 말을 듣고 나니까 맥이 빠졌다. 그래도 대단하다는 표정으로 말했다.

"그렇게 봐주니 고맙습니다. 하지만 삼선 개헌이 국민 투표에 붙여서 통과가 돼야 하는데, 걱정입니다."

"아유, 저는 백 프로 통과될 것으로 믿고 있구만유."

"이 의원 애국심은 내가 잘 알고 있지만 장담할 만한 이유라도 있습니까?"

장내 아나운서가 곧 예행연습이 있을 예정이니 밖에 계신 당원분들은 빨리빨리 입장을 하라는 방송을 했다. 원갑룡은 나와 상관없다는 표정으로 담배를 입에 물었다.

"아, 막말로 대타가 읎잖유. 야당 놈들은 암 생각 읎이 무조건 반대를 하는 거 아닙니까? 막말로 대통령 각하 대신 이 나라 경제 발전을 시킬

위인이 있슈? 신민당의 유진오가 하겠슈? 아니면 지난 칠월에 미국에 가서 삼선 개헌은 절대로 안 된다고 떠들고 있는 김영삼이가 하겠슈? 김대중이가 하겠슈? 대타도 읎으면서 무작정 반대를 하고 있다는 건 국민들이 먼저 알고 있슈. 그랑께 백 프로 통과가 된다고 보는 거쥬.”

이동하가 얼른 일제 가스라이터를 꺼내서 원갑룡이 입에 물고 있는 담배에 불을 붙여 줬다.

“라이터 좋네. 금으로 된 거요?”

원갑룡이 이동하의 말을 흘려보내고 라이터를 바라봤다.

“금으로 도금한 거유. 일제 턴킨인데, 이천 원짜리유. 의원님 라이터 읎으시면 가지셔유. 저는 또 사면 돼유.”

“아, 아닙니다.”

이동하는 원갑룡이 손을 흔들며 뒤로 물러서도 기어이 그의 주머니에 라이터를 넣어주었다. 원갑룡은 말과 다르게 주머니에 들어가 있는 라이터를 꺼내지 않았다

“박 의원님은 난중에 만날 때 드릴께유.”

이동하는 박광호 옆으로 가서 귓속말로 속삭이며 소리 없이 웃었다. 자고로 돈 싫다고 하는 놈은 정치인으로 자격이 없다는 생각이 불쑥 들었기 때문이다.

“의원님들 어서 들어가셔야 합니다.”

행사 진행 요원들이며 경호실 직원들이 가깝게 다가와서 정중하게 말했다.

“안직 한 시간이나 남았는데 피우던 담배나 피우고 들어가야지, 사람들 참.”

263

이동하는 담배를 피우고 있는 원갑룡이 들으라는 목소리로 말을 하면서도 주변을 두리번거렸다. 공화당 간부들의 눈에 띄면 좋을 것이 없다는 생각에서이다.

전국에서 올라온 3,102명의 대의원과 3,800명의 참관 당원, 1,100명의 초청 인사 등 8천여 명이 체육관을 꽉 채웠다. 이동하도 원갑룡과 박광호 사이에 앉아서 긴장한 얼굴로 무대를 응시했다.

이윽고, 전당대회가 시작됐다.

대통령이자 당 총재인 박정희 대통령이 입장하자 사회자의 말이 떨어지기도 전에 전원이 기립했다. 체육관 지붕이 들썩거릴 정도로 손바닥이 아프도록 박수를 쳤다. 사회자가 몇 번이나 그만 자리에 앉으라는 말을 했을 때서야 흥분한 당원들은 의자에 앉았다.

전당대회는 삼선 개헌을 앞두고 '공든 탑이 무너져서야'라는 책을 10만 부나 출간한 황우겸 중앙상임 위원의 사회로 진행되었다.

이동하는 무대에 앉은 주요 인물들을 재빠르게 살펴봤다. 정부의 전 각료와 무소속의 김석원 의원, 혁명주체인 김동하, 김재춘, 박원빈 씨의 얼굴이 보였다. 개헌 반대를 주장하는 정구영, 양찬우의 모습은 보이지가 않았다.

신민당의 유진오 총재는 이미 불참을 통보했고, 서민호 대중당 당수는 축전을 보내왔다고 사회자가 말했다.

10시 정각 사회자가 공화당 강령 낭독을 하고 의장단을 선출했다. 이어서 당의장 윤치형 서리가 연단으로 나갔다.

"다음은 공화당 총재님이시자, 대한민국의 위대한 영도자 박정희 대통령님의 연설이 있으시겠습니다."

사회자의 소개에 이어서 박정희 대통령이 연단으로 나갔다. 관중석에 앉아 있던 8천여 당원들이 일제히 기립하여 박수쳤다.

대통령은 '한 번 더 이 나라의 운명을 짊어져야 한다는 것은, 시대적 요청이며 전 국민의 소망이다, 전 국민의 환호 속에 위대한 영도자 박정희 대통령을 앞세워 번영의 길로 나가자'라는 요지로 호소했다.

대통령이 자리에 앉자마자 무대 단상 마이크를 통해 의장이 결의문을 낭독하기 시작했다. 대통령이 낭독하는 동안 당원들은 17번이나 체육관 천장이 들썩이도록 박수를 보냈다.

"우리는 나라와 겨레에 무한한 사랑을 가지고 조국의 운명을 타개하려는 총재 박정희 대통령의 7·25 결단을 절대 지지한다.

아울러 헌법 개정을 통한 국민의 신임 획득만이 조국의 번영과 통일을 위한 유일의 길임을 재확인하고 150만 당원 동지들의 총의를 모아 다음과 같이 결의한다.

하나, 우리는 국가의 진퇴와 민족의 사활이 걸려있는 역사적 기로에서서 박정희 대통령의 강력한 영도력만이 국가 안보와 지속적인 경제발전을 확약하는 길임을 굳게 믿는다.

하나, 우리는 조국 근대화와 민족 중흥의 전위임을 자부하고 철통같이 한데 뭉쳐 헌법 개정을 통한 신임투표에서 국민의 압도적인 지지를 굳게 다짐한다.

하나, 우리는 헌법 개정에 대한 야당의 무분별한 선동과 극한적인 지지 투쟁이 결코 국가의 장래를 위한 생산적 행동이 아님을 단언하고 냉철한 이성으로 민주적 광장에서 줄 것을 촉구한다.

하나, 우리는 오늘의 시련을 스스로의 힘으로 해결하고 번영과 통일의 지상 과업을 성취하는 국민적 잠재력을 내외에 과시하여 자유 우방 제국의 신뢰를 더욱 굳혀 갈 것을 다짐한다."

결의문이 낭독되는 동안 '결의한다', '다짐한다'라는 마지막 부분에서는 당원들이 약속이나 한 것처럼 일제히 합창을 했다. 신임투표에서 박정희 대통령님에게 국민의 지지를 모으자는 부분에서는 의장단의 요청으로 다시 한번 낭독하자 우레와 같은 박수가 터져 나왔다.

결의문 낭독이 끝난 뒤 사회자의 선창 아래 '뭉치자, 이기자, 나가자' 라는 당원들의 제창이 있은 다음에, 공화당가를 합창하는 것으로 1시간 30분 만에 행사는 끝났다.

이동하는 곧장 원갑룡과 박광호와 함께 장충동에서 유명한 한식집 '일화'에 가서 반주를 곁들여 점심을 먹었다.

"자, 그람 구 일날 국회에서 봐유."

9월 1일부터 72회 정기국회다. 공화당은 9월 8일까지 본회의를 휴회하기로 했다. 그 대신 지역구에 내려가서 강연이나 방문을 통해서 삼선개헌의 타당성을 설득하기로 했다. 이동하는 거나하게 취해서 손을 흔들며 보좌관 차승태를 따라서 승용차에 올라탔다.

"오산까지는 고속도로로 가겠습니다."

서울 오산 고속도로는 작년 12월 30일 개통이 됐다. 앞자리에 앉은 차승태가 정중하게 말했다.

"당연히 그래야지, 고속도로 공사 땜시 우리 건설 회사가 얼매나 많은 돈을 버는데……."

최광수가 시동을 걸고 부드럽게 출발을 했다. 이동하는 의자에 비스듬하게 누우며 기분 좋게 컥! 하고 트림을 했다.

"의원님은 참으로 돈복이 많으십니다. 신문에서 보니까 옥천에서 영동까지 공사가 제일 난공사라고 하더군요. 다리와 굴이 제일 많아서 그렇다는군요."

차승태가 앞자리에서 상반신을 돌려 이동하를 바라보며 말했다.

"공사 구간이 험항께 사람들이 많이 다치는 모냥여. 하지만 송산종합건설 회사 소속 인부들 중에 손가락 하나 다친 사람이 읎어. 왜 그런지 아나?"

이동하가 팔짱을 끼고 눈을 뜨지 않은 자세로 물었다.

"현장 소장이나, 감독이 관리를 잘하고 있으니까 그런 것 아닙니까?"

최광수가 관심이 있다는 얼굴로 룸미러를 지켜보며 운전했다. 차승태가 다시 허리를 반쯤 뒤로 돌려서 물었다.

"물론 감독이 관리를 잘하는 이유도 읎진 않겄지. 하지만 내가 상승운이거든. 무슨 말인고 하믄 내가 운이 좋응께 직원들 운도 좋은 거라 이거여. 차 보좌관도 언진가 국회의원 빼찌를 달 거 아녀?"

"아닙니다. 지금은 의원님을 열심히 보좌하는 것이 제 일입니다."

"아따! 차 보좌관도 은근슬쩍 내숭 떠는 구석이 있구먼. 정치학을 전공한 사람이 제우 보좌관으로 끝날 거는 아니잖여."

"하지만 지금은 아닙니다."

"그려, 그려. 난도 차 보좌관 믿구먼. 난중에 정치를 할 때는 하더래도, 시방 소임은 나를 잘 보좌하는 일이고 말고…… 내가 하고 싶은 말은 난중에 언진가 국회의원이 되든 말여, 줄을 잘 잡아야 하능 겨. 국회의원이라는 것이 지역구 주민들이 선거를 해서 뽑기는 하지만, 정당에서 공천을 안 해주면 말짱 도루묵여. 무소속? 웃기는 야기여. 무소속은 전쟁터에서 소총을 들고 싸우고 정당 출신은 대포로 싸우는 거나 마찬 가지라고 보면 되능 겨. 또, 정당도 다 똑같은 정당이 아녀. 여당에서 공천을 받으믄 내 집 마당에서 선거운동 하는 셈이 되는 거고, 야당 공천을 받으믄 넘의 집 마당에서 선거운동 하는 꼴이 되는 거지."

이동하는 원갑룡을 만난 것은 돌아가신 아버님이 저승에서 도와주신 덕분이라고 생각했다. 만약 원갑룡을 만나지 못했다면, 박광호와의 인연도 맺지 못 했을 것이다. 박광호를 만나지 못했다면 민주공화당에 입당도 못했을 것이다.

"요금이 내일부터 오르나?"

서울과 오산 간 통행 요금은 380원이다. 이동하는 최광수가 유리를 내리고 통행 요금을 내는 모습을 지켜보며 혼자말로 중얼거렸다.

"내일부터 오백 원으로 오른답니다."

"오백 원이믄 대관절 몇 퍼센트나 오르는 거여?"

"한 삼십 퍼센트 오르는 겁니다."

"삼십 퍼센트믄 많이 오르는구먼……."

"고속도로 공사비도 물가가 오르니까 많이 들어간답니다."

"돈이 암만 많이 들어가도 고속도로를 만든 거는 참말로 잘한 거 가 텨. 최 기사 서울서 오산까지 몇 분에 달릴 수 있나? 최고 빨리 달리면 말여?"

"한 시간도 안 걸립니다."

"그렇구먼. 서울서 부산까지 다섯 시간 걸린다고 항께, 그 정도는 걸리겠지. 오늘은 영동에서 약속이 많으니까 옥천 공사 현장 들리지 말고 직접 영동으로 가."

코로나가 고속도로로 진입했다. 고속도로는 눈이 훤하도록 시원하게 뻗었다. 고속도로를 달리는 차도 별로 없었다. 트럭이나 버스는 보이지 않고 승용차가 가끔 빠르게 달려갈 뿐이었다. 이동하는 눈을 감으면서 현대건설 같은 큰 회사는 고속도로에서 돈을 가마니에 끌어 담고 있을 것이라고 생각했다.

영동에 있는 이동하의 사무실은 조용했다.

이동하를 기다리고 있는 군수를 비롯하여 경찰서장, 세무서장, 농협조합장, 산림조합장, 우체국장 등 군내 유지들은 사무실이 아니라 문기출이 운영하는 태평관에서 조용히 담소를 하고 있었다.

"죄송해유, 오늘은 예약이 되어 있어서 딴 손님을 받을 수가 읎구만유."

가끔 모처럼 태평관에서 기생을 끼고 한잔 해야겠다는 생각으로 손님들이 들어왔다. 문기출은 그답지 않게 두 손을 쓱쓱 비비면서 민망한 얼굴로 손님을 내보냈다.

"허! 어뜬 대단한 양반이 영동의 태평관을 전세 냈댜?"

"저 안에 봉께, 영동군 기관장들이 죄다 모였구먼,"

"요새는 기관장 회의를 기생집에서 하는 모냥이지?"

"원래 잘난 사람들은 기생집에서도 회의를 하고, 기생하고 이불 속에서도 회의를 하고 그라는 거여."

"젠장, 돈 갖고 술 팔아 준다는데도 싫다는데 딴 데로 가는 수밖에 읎지 머."

나름대로 태평관에서 술을 마실 정도가 되면 자기 주변에서는 돈 좀 있다는 말을 듣는 자들이다. 그들은 졸지에 찬밥 신세가 된 걸 아쉬워하면서도 안방을 차지하고 앉아 있는 사람들이 기관장들이라는 걸 알고 순순히 물러설 수밖에 없었다.

이동하는 곧장 기관장이 있는 태평관으로 가지 않고 지구당 사무실로 갔다. 사무실 안에는 취직 부탁부터 시작해서 이런저런 일 때문에 이동하를 만나려고 대기하고 있는 사람 십여 명이 기다리고 있었다.

"유진표가 아까부텀 기다리고 있슈."

사무장 여도환이 초췌한 얼굴로 구석에 앉아 있는 유진표를 턱으로 가리켰다.

"왜?"

이동하는 유진표가 벌써 석방될 때가 안 됐다는 생각에 걸음을 멈추고 유진표를 바라봤다.

"의원님께 직접 말씀을 드리겠답니다."

"그려? 그람 젤 먼저 사무실로 들여보내. 인삼차 한 잔하고……."

이동하 뒤에 서 있는 차승태를 손가락으로 불렀다. 민원인들을 한 명씩 만나서 사정을 들어본 후에 선별해서 면담하거나, 대충 돌려보내라고 지시한 후 자기 사무실로 들어갔다.

이동하를 따라 들어온 송미향이 양복을 받아서 옷걸이에 걸었다. 이동하는 오늘따라 송미향의 목이 유난히 뽀얗게 보였다.

"송 비서는 딴 사람 안 만나나?"

"저 같은 여자를 누가 좋아하겠어요."

옷을 옷걸이에 걸었으니까 송미향은 얼른 나가서 인삼차를 끓여 와야 한다. 그런데도 이동하의 양복 윗도리에 먼지가 묻어 있지 않은데도 먼지를 터는 척하며 고혹적인 눈빛으로 바라봤다.

"영동에 사는 남자들은 죄다 눈이 삤나 보구먼. 송 비서 같은 미인을 몰라보다니? 맘에 두고 있는 남자 읎으면 내가 중신 좀 서 줄까?"

이동하는 책상 앞에 앉았다. 여도환이 책상 위에 올려놓은 서류는 바라보지도 않고 송미향의 위아래를 뜯어봤다. 들례만큼 육감적인 몸은 아니다. 하지만 여자는 옷을 벗겨 봐야 진가를 알 수가 있다. 들례도 한복을 입고 있을 때는 비루먹은 강아지다. 하지만 알몸은 상류로 기어올라 가려는 잉어처럼 푸드득거린다. 자신도 모르게 입안에 고이는 뜨거운 침을 삼키고 나서 은근한 목소리로 말했다.

"어머! 정말이에요? 저는 의원님 같은 남자라면 무조건 오케이예요."

송미향이 이동하 곁으로 갔다. 금방이라도 이동하 무릎에 엉덩이를 걸치고 앉을 것 같은 몸짓으로 이동하를 바라봤다.

"내가 남자로 보여?"

이동하는 더 이상 참을 수가 없었다. 송미향의 탄탄한 엉덩이를 쓰다듬으며 은근한 눈빛으로 바라봤다.

"어머! 그럼 의원님을 남자로 보지 않는 여자도 있어요?"

송미향은 좀 더 자극적으로 만져달라는 눈빛으로 의자 옆에 달라붙었다.

"하긴, 내 나이가 많은 나이는 아니지, 언지 우리 송 비서하고 오붓하게 식사라도 한 끼 함서 중매 좀 서 볼까?"

이동하는 엉덩이를 쓰다듬던 손을 내려서 스커트 안으로 밀어 올렸다. 거의 동시에 사무실을 노크하는 소리가 들렸다.

"의원님이 사 주신다면 언제든 오케이예요."

송미향은 이동하에게 윙크를 해 보이고 나서 얼른 사무실 문을 열었다. 문 앞에는 여도환과 유진표가 서 있었다.

"인삼차를 두 잔 가지고 와야겠구먼."

이동하는 유진표를 본척만척한 얼굴로 서류를 바라봤다. 지난 한 달 동안 사무실 운영비며, 인건비 등 경비 지출 내역서다. 대충 훑어보고 나서 결재란에 사인하고 한 장을 넘겼다. 중앙당에서 온 공문이며, 경찰서와 군청 등에서 온 협조 공문 등을 살피면서도 유진표는 바라보지 않았다.

"사무장은 나가서 볼일 봐."

유진표가 죽을죄를 지었다는 얼굴로 책상 앞에서 멈췄다. 여도환은 밖으로 나가야 할지, 계속 서 있어야 할지 난감한 표정으로 이동하를 바라봤다. 이동하가 고개를 들지 않고 하는 말에 얼른 허리 숙여 인사하고 나서 뒤돌아섰다.

"의원님이 힘써 주신 덕분에 삼 개월 감형을 받고 출소했습니다. 인사를 드리려고, 이렇게 찾아왔습니다."

유진표는 잔뜩 목이 쉰 사람처럼 쇳소리가 섞인 목소리로 말하며 인사를 했다.

"그럼, 슬슬 흑산도에 갈 준비를 해야겠네유?"

이동하는 유진표가 감형을 받는 데 도움을 준 것은 없었다. 그렇다고 해서 굳이 내가 힘써 준 것이 없다고 말을 할 필요도 없다고 생각했다. 비로소 고개를 들고 책상 위에 있는 담배통에서 작년 12월부터 팔기 시작한 청자 담배 한 개비를 꺼냈다. 주머니를 뒤적거렸으나 라이터가 없었다. 라이터를 원갑룡에게 주었다는 것이 생각이 나서 인터폰을 누르려는데 유진표가 얼른 성냥불을 그어서 대령했다.

"흑산도 쪽은 바라보지도 않겠다고 결심했습니다. 앞으로 제가 얼마나 살게 될지는 모르겠지만, 남은 여생은 의원님을 위해서 살겠다고 결심했습니다."

노크 소리와 함께 송미향이 인삼차 두 잔을 들고 들어왔다. 이동하는 말없이 일어나서 응접용 소파 상석에 앉았다. 송미향이 인삼차를 자연스럽게 이동하 앞에 한 잔 내려놓고, 남은 한 잔은 유진표가 앉을 만한 자리 앞에 내려놓았다.

"나는 감옥을 두 번씩이나 갔다 온 전과자의 도움을 받을 정도로 궁하지 않아유. 그랗게 어여, 윤상배한테나 가 보슈. 그 사람이 눈이 빠지도록 기다리고 있을 거 아뉴?"

이동하는 오른 손가락에 사이에는 담배를 끼고, 왼손으로 인삼차 잔을 들어서 후후 불었다.

"죄송합니다. 제가 생각이 짧아도 너무 짧았습니다. 염치없는 부탁이지만 이번 한 번만 더 용서해 주십시오."

유진표는 침통한 얼굴로 응접테이블 앞에 털썩 무릎을 꿇고 앉았다.

"내가 알기루는 출소를 하고, 누가 기자회견을 하기로 했던 거 같던데, 그건 잘 진행되어 가고 있슈?"

이동하가 이병호에게 배운 처세술은 약자에게는 잔인하도록 강하게, 강자 앞에서는 쓸개까지 빼놓고 순종해야 된다는 것이다. 유진표는 옥살이를 해서 그런지 얼굴이 형편없이 망가졌다. 윤기라고는 찾아 볼 수가 없고, 햇빛을 마음대로 보지 않아서 백지장처럼 흰 얼굴에는 핏기라고 찾아 볼 수 없었다. 마치 죽음을 목전에 둔 폐병 3기 환자처럼 보였지만 눈길도 주지 않았다.

"그, 그건?"

"내 참, 조선 사람은 뒷간에 갈 때하고 갔다 와서는 맘이 변한다고 하드니. 근데 인삼차가 왜 이리 싱겁댜. 맹물을 마시는 거 같아서 못 마시겄구먼."

"그렇지 않아도 윤 위원장님을 만나 봤습니다. 심사숙고해 본 후에 정계 은퇴 선언을 하시겠답니다."

"참말유?"

"믿어 주십시오. 적어도 이달 안에는 은퇴 선언을 하실 겁니다."

"알았슈, 그렇게 알고 있을 모냥이니께 그만 나가 봐유."

"의원님, 저희 자식이 가, 각서라는 걸 써 준 모양인데……."

"각서가 아니고 천만 원짜리 차용증서로 알고 있는데유."

"예……. 차, 차용증서를 돌려주시면……."

유진표는 자신도 모르게 바닥에 납작 엎드리며 사정을 했다.

"오늘이 팔월 삼십일인가?"

이동하가 유진표를 싸늘하게 내려다보며 물었다.

"예……."

유진표가 얼른 고개를 들고 대답했다.

"나도 생각이 있는 사람잉께 딱 삼십일 주겄슈. 삼십일 안에 무슨 말이 읎으면, 차용증서 법원에 집어 넣겄슈. 사무장, 담 사람 들여보냐."

이동하는 파랗게 질려 있는 유진표는 바라보지 않고 일어섰다. 책상 앞으로 가서 인터폰을 들고 점잖게 말했다.

"의, 의원님, 제가 무슨 수를 쓰더라도 위원장님이 기자회견을 하도록 하겠습니다. 그러니 제발 차용증서를 돌려주십쇼."

"의원님, 영동 주곡리 이장이 꼭 좀 뵙겠다고 찾아왔습니다."

여도환이 사무실로 들어와서 말했다.

"유진표 씨 데리고 나가게. 주곡리 이장은 들어오라고 하고……."

이동하는 눈물까지 글썽이는 유진표를 매정하게 외면하고 인삼차를 마셨다.

이동하가 태평관 안으로 들어가기 전에 차승태가 먼저 바쁘게 앞장을 섰다. 태평관을 개업하기 전에 안방으로 쓰던 큰방의 장지문은 활짝 열려 있었다.

"의원님 오셨습니다."

"어! 그렇습니까?"

군수가 차승태의 말이 떨어지기도 전에 벌떡 일어났다. 그것을 신호로 방 안에 앉아 있던 사람 전원이 일어서서 대문을 지켜봤다.

"아이구, 어서 앉으세유, 츰 보는 사이도 아닌데 어색하게……."

이동하는 영동군의 모든 기관장들이 기립해서 자신을 맞이하니까 기분이 너무 좋았다. 함박 웃는 얼굴로 손을 내저으며 방으로 들어갔다.

"보좌관님 오랜만유. 내려오시느라 애먹었쥬? 음식은 언제 올릴까유?"

문기출이 마당에 서 있는 차승태에게 다가가서 귓속말로 물었다.

"음식은 이따 제가 신호를 보내겠습니다."

차승태는 가볍게 웃어주고 나서 방문 앞으로 갔다. 품 안에서 수첩을 꺼내서 이동하의 말을 메모할 준비를 하고 방 안을 지켜봤다.

"군수님 그동안 별일 없으셨쥬?"

이동하가 아랫목의 상석에 앉아서 군수를 바라보며 점잖게 물었다.

"네, 의원님이 장 신경을 써 주시니까 영동군은 잘 돌아가고 있습니다."

이동하 맞은편에 양반다리를 하고 앉아 있던 군수는 자신도 모르게 얼른 무릎을 꿇고 앉았다.

"별말씀을 다 하시네. 임기가 언지까지유? 내가 알기루는 올해 말까지로 알고 있는데?"

"네, 그렇습니다."

"여기 임기가 끝나면 본청으로 들어가남유?"

"의원님, 저는 황간이 고향이유. 본청에 들어가서 퇴직을 하기보담은, 여기서……."

"아이구, 훌륭하신 생각이네유. 죄다 들으셨쥬? 딴 사람 같으면 본청에 올라가서 무슨 국장이라도 하고 퇴직을 하실라고 하는데, 우리 군수님은 영동의 발전을 위해서 영동에서 퇴직을 하고 싶으시다네유. 우리 모두 박수로 환영해야 될 거 가튜."

이동하의 걸쭉한 목소리가 끝나자마자 여기저기서 박수 소리가 울려 퍼졌다.

"군수님, 머 어려운 것이 있으시면 그때그때 전화하셔유. 그라고 서로 모르는 사이도 아닌데 편히 앉아유. 제가 거북하네유."

"개인적으로 어려운 것은 읎는데, 여기 분위기가 안 좋아서 요새 잠을 못 자겄슈."

군수가 엉거주춤한 자세로 양반다리를 하고 앉으면서 말했다.

"하여튼 야당 놈들은 무슨 명분도 없이 반대를 위한 반대를 해서 문제라고 봅니다. 한일 협정 문제부터 시작해서, 월남 파병, 향토예비군 창설 때도 얼마나 반대를 했습니까? 또 지난번에 경부고속도로 건설 시공 때는 광주의 김대중이가 건설 현장 길바닥에 누워서 행패를 부리지 않았습니까? 이건 도대체 무슨 명분이 있어야지, 명분도 없이 무조건 반대만 하는 통에 사람 돌아 버리겠습니다."

경찰서장은 이동하의 시선이 자신에게 옮겨지는 것을 보고 기다렸다는 얼굴로 입에 거품을 물며 성토를 했다.

"여기 계신 분들도 오늘 열시에 장충단체육관에서 임시 전당대회가 있었다는 걸 알고 계실 걸로 믿구만유. 아! 누구 땜시 우리나라 경제가 이만큼이나 발전이 됐슈? 김영삼이 때문이유? 아니면 아까 경찰서장님 말씀처럼 고속도로 건설 현장에 둔너서 공사하지 말라고 떼거지를 쓴 김대중 때문이유? 아니면 그 빌어먹을 신민당 총재가 발전을 시켰슈? 아니잖유. 우리 위대하신 영도자 박정희 대통령 각하의 힘이잖유."

"의원님 참말로 말씀 잘하시네유. 야당 놈들은 우리가 무슨 헌법을 위반한다고 하던데, 제 귀에는 헌법에 헌 자도 모르는 놈들이 깽판 치는 소리로벢에 안 들려유. 엄연히 법 절차를 거쳐서 헌법을 개정하자는 야긴데, 야당 놈들은 그 말은 쏙 빼놓고 법을 어겨가면서 삼선 개헌을 한다고 소문을 내고 댕기는 모양유."

"저도 군수님하고 생각이 가튜. 우리나라는 엄연히 민주주의 국가 아뉴. 민주주의에서 그렇게 중요한 것을 헌법에서 말하는 절차 읈이 하자는 건 아니잖유. 그라고 요새도 심심치 않게 북한 빨갱이 놈들이 공비들을 내보내고 있잖유, 그기 무슨 뜻이겠슈? 어디 점잖으신 우체국장님이

277

한번 말씀을 해 보셔유.

이동하가 밖에 서 있는 차승태에게 음식을 들여보내라고 눈짓을 보냈다. 군수 혼자만 말을 하면 곤란하다는 생각에 천장을 물끄러미 바라보고 있는 우체국장을 바라봤다.

"저도 의원님 말씀에 무조건 동감합니다. 아! 당장 지난 유월 십칠일에도 흑산도에 무장공비 여섯 명이 들어온 걸 우리 군인들하고 경찰하고 예비군들이 죄다 사살을 했다고 하데유. 그뿐유? 지난 칠월 십사일에도 경기도 김포에서 무장공비 한 명을 생포했다고 하대유. 한 달이 멀다 하고 공비들이 쳐들어오는 마당에 누가 이 나라를 지켜유. 군인 출신인 박정희 대통령님이 아니면, 누가 북한 빨갱이들한테서 이 나라를 지키냐 이거유. 그런 의미에서도 반드시 삼선 개헌은 통과가 되야 한다고 생각합니다."

"야! 난 우체국장님이 평소 말씀이 없으시길래 나라가 돌아가는 판세 같은 거하고는 거리가 먼 분인지 알았는데 안 그렇구만유. 솔직히 저는 빨갱이라믄 자다가도 벌떡 일어나서 이를 박박 가는 사람유. 여기 앉아 계신 기관장님들 중에 아시는 분이 계시는지는 몰라도 말유. 저는 우리 할아부지하고 할머니가 모두 한날한시에 빨갱이들 손에 돌아가셨슈. 야당 놈들은 빨갱이들이 절대로 쳐들어올 리 없다고 큰소리치지만 말유. 막상 빨갱이들이 쳐내려오믄 젤 먼저 꼬리 감추고 피난 갈 놈들유. 안 그러유, 조합장님?"

"큼! 제가 알기로는 농민들은 삼선 개헌을 반대하고 있는 것 같지 않습니다. 일단 국회에서 개헌안이 통과만 되면……."

농협조합장이 잔기침부터 하고 상 앞으로 당겨 앉아서 입을 열었다.

"조합장님, 개헌안이 국회에서 통과되는 것은 식은 죽 먹기나 마찬가지유. 지난 팔월 칠일 정식으로 제출한 개헌안은 공화당 의원만 서명한 것이 아녀유. 정우회 회원 열두 명 중에 열한 명이 서명을 했고, 신민당 의원도 세 명이나 서명했슈. 그게 먼 뜻이겠슈? 신민당도 겉으로는 결사 반대를 하고 있는 거 같지만, 그중에는 나라의 발전을 생각해서 찬성하는 의원도 있다는 말 아니겠슈?"

이동하가 조합장의 말을 끊고 소리 없이 웃는 얼굴로 자신 있게 말했다.

"아! 조합장은 걱정할 거를 걱정햐. 쪽수로 밀어붙여도 개헌안은 통과하게 되어 있어. 안 그려유, 의원님?"

구석에서 홀짝거리며 술을 비우고 있던 산림조합장이 끼어들었다.

"에이, 민주주의에서 힘으로 밀어붙일 수 있남유? 그리고 국회에서 해야 할 일은 여기 앉아 있는 국회의원이 책임지고 밀어붙일 모양잉께, 올 시월에 있을 국민 투표 때는 반드시 찬성표가 나올 수 있도록 힘써 주세유."

"의원님 걱정 안 해도 됩니다. 직원들을 시켜서 매일 동태를 파악하고 있는데 각 면마다 골수 야당 몇몇 사람을 제외하고는 박정희 대통령이 계속 나라를 이끌어야 된다는 여론이 강합니다."

"조합장님 화끈하시구먼. 조합장님처럼만 단속을 하시면 영동은 걱정 안 해도 되겠슈. 하지만 말유. 구월 일일부텀 당장 정기국회가 열리잖유, 그란데도 오늘 여러분들을 이렇게 모이시라고 한 것은 시방 말씀을 드린 것처럼 삼선 개헌이 반드시 통과를 해야 한다는 역사적 사명감 땜시 부랴부랴 영동으로 내려온 거유. 그리고 톡 깨놓고 말해서 말유. 각하가 물러나시면, 여기 계신 여러분들도 죄다 옷을 벗어야 해유. 제 말 틀렸슈?"

"지당하신 말씀이라고 봅니다. 원래 정권이 바뀌면 우리 같은 사람들이 젤 먼저 옷을 벗게 되어 있잖유."

경찰서장이 긴장한 얼굴로 하는 말에 방 안에 있는 사람들은 일제히 약속이나 한 것처럼 고개를 푹 숙였다.

서울 충무로에 있는 대연각 호텔 로비에는 공화당과 정우회 소속 국회의원 70여 명이 끼리끼리 모여 앉아서 차를 마시며 조용히 가벼운 이야기를 나누고 있었다. 대화는 자주 끊어져서 이내 침묵이 감돌다가, 상대방이 새로운 화제를 꺼내면 몇 마디 이어가다가 이내 입을 다물고 자주 시간을 확인했다.

"원 의원님한테 한 가지 물어보고 싶은 것이 있슈."

이동하가 주변에 있는 의원들의 눈치를 살피며 귓속말로 물었다.

"뭡니까?"

"워틱하면 의원님처럼 다른 의원들이 모여들 수 있슈? 지가 가만히 봉께, 이 정치 바닥이라는 것이 혼자서 큰다는 것은 참말로 어렵다고 봐유. 정치의 뜻을 같이하는 사람들끼리 힘을 합쳐야 큰일을 할 수 있다고 봐유. 그란데 워틱하믄 뜻을 같이하는 사람들을 모을 수 있는지 방법을 몰라서유."

"허! 이 의원님 인제 보니 앞으로 국회의장 자리까지 넘보고 계시는구면. 여기 앉아 있는 사람들이 지역구에 가면 죄다 잘난 분들인데 누구 말을 듣겠슈. 차라리 내 생각하고 비슷한 의원을 찾아가는 것이 빠르지?"

원갑룡은 마음속으로는 영동 촌놈이 다 컸군, 이라고 생각하면서도 두루뭉술하게 대답해 버렸다. 계파를 만드는 방법을 알려주면 심심치 않게 돈을 던져 주는 돈줄이 끊겨져 버릴 것이라는 생각에서였다.

"아니, 의원님. 초선 의원도 아니시면서 아직도 그걸 모르고 계십니까?"

원갑룡 옆자리에 앉아 있던 박광호가 놀랐다는 얼굴로 물었다.

"모, 모른다기보담은, 무슨 특별한 비법이 있나 해서유."

이동하가 갑자기 허를 찔린 기분으로 더듬거렸다.

"저는 비법은 따로 없고, 군대 생활을 하면서 보니까, 동기들 중에서 리더십이 있는 동기는 일단 사심이 없어 보입니다. 정치판도 마찬가지라고 봅니다. 일단 의원님 가슴을 열어 보여야 다른 의원들이 다가온다고 봅니다."

"그, 참, 쉽지는 않구먼. 상대방이 가슴을 열어 보이지 않는데 지가 워티게 가슴을 열어 보인다는 거유?"

"그래서 정치라는 것이 묘한 것 아닙니까?"

원갑룡이 회심의 미소를 지으며 말했다.

"모리부텀 주택복권이라는 것이 발행된다고 하데유."

이동하가 민망한 얼굴로 깍지 낀 손가락을 까닥까닥하다가 화제를 바꿨다.

"주택복권이라는 것이 뭡니까?"

박광호가 이동하의 뜬금없는 말에 원갑룡에게 시선을 돌렸다.

"복권 몰라? 복권."

"복권이라는 건 알겠는데, 주택복권이라는 말은 금시초문입니다."

"나도 오늘 오전에 신문 보고 알았어. 복권 한 장에 백 원씩인데, 그것이 일등에 당첨이 되면 삼백만 원을 준다는 거야."

원갑룡은 맥없는 목소리로 말하고 나서 물컵을 들었다. 컵이 비어 있다는 것을 알고 웨이터를 바라보며 빈 컵을 들어 보였다.

"그거, 괜찮겠네. 백 원으로 삼백만 원을 딴다는 말 아닙니까?"

박광호가 이동하에게 물었다.

"근데 그기 말처름 쉽지가 않아유. 오십만 대 일이거든유."

"오십만 대 일이라면……. 오천만 원어치를 발행한다는 말이군요. 그거, 괜찮은 장사군요. 보통 상품 마진율이 많아야 삼십 프로를 보는데, 오천만 원어치 팔고 삼백만 원만 준다면 대동강물을 팔아먹은 식이네요. 복권을 사는 사람은 오십만 대 일이라면 그림의 떡이겠습니다."

"제가 볼 때는 돈 있는 사람들보다 돈 읎는 사람들이 복권을 더 많이 살 거 가튜. 생각해 보세유. 돈 있는 사람이 뭐가 부족해서 백 원짜리 복권을 사겠슈."

"저도 이 의원님 생각에 동의합니다. 서민들이 복권 사서 팔자 고칠 생각을 하지, 집칸이나 있는 사람들은 안 살 거 같아요. 아직 시간이 많이 남았는데 뭣 좀 시켜 먹을까요? 아니면 요 뒷골목에 설렁탕 잘하는 집이 있는데 거기 가서 해장국이나 한 그릇씩 먹고 올까요?"

"처남, 별도 지시가 있을 때까지 여기를 떠나면 안 된다고 했잖습니까?"

박광호가 입맛을 다시며 작은 목소리로 말했다.

"저도 배가 출출하구만유. 가만있어 보자, 여기는 양식밖에 안 되네유."

이동하가 테이블 가운에 있는 메뉴판을 끌어당겨서 살펴보며 말했다.

"내 생각에는 빨라야 새벽 한 시는 넘어야 행동 개시를 할 거야. 지금 열 시밖에 안 됐잖아. 통금되기 전에 얼른 나가서 한 그릇씩 먹고 오자고, 이따 큰일 하려면 배가 든든해야 하잖아. 이 의원님 안 그렇습니까?"

원갑룡이 일어서면서 이동하를 바라보고 싱긋 웃었다.

"금강산도 식후경이라고 했잖유. 딴 의원님도 식사를 하러 가셨는지 빈자리가 많네유."

이동하는 일어서면서 웨이터를 불렀다. 밥 좀 먹고 올 테니까 이 자리에 손님을 받지 말라고 말했다.

호텔 뒷골목에 있는 설렁탕 전문집에는 일반 손님들은 보이지가 않았다. 모두 정장차림에 국회의원 배지를 단 의원들이 설렁탕을 먹고 있거나, 설렁탕이 나오길 기다리고 있었다.

"수육도 하나 주문할까유?"

이동하는 메뉴를 읽었다. 다른 곳에서는 설렁탕이 백 원씩인데, 호텔 근처라 그런지 백오십 원이다. 수육은 천 원씩이다.

"소주도 딱 한 잔씩 했으면 좋겠는데, 괜히 신문기자 놈들에게 찍힐 우려가 있으니까 이따 끝난 다음에 해장하기로 합시다."

종업원이 다가와서 보리차를 한 컵씩 따라 주었다. 원갑룡이 마른입을 다시며 이동하를 바라봤다.

"청진동 해장국이 유명하잖유. 거기서 해장하기로 하고 시방은 설렁탕이나 한 그릇씩 먹기로 하쥬."

이동하는 주전자를 들고 서 있는 종업원에게 주문을 하고 나서 텔레비전 쪽으로 시선을 돌렸다. 텔레비전에서는 국회의사당을 보여주고 있었다. 긴장한 얼굴로 복도를 오가는 신민당 의원들이며 야당 의원들의 얼굴이 보였다. 그중에는 비밀요정에서 밤을 새워 술을 마시고 춤을 추던 의원 얼굴도 보인다.

날이 바뀌고 9월 14일 새벽 2시가 되었다.

반도호텔에서 진을 치고 있던 지휘부에서 은밀하게 국회의사당으로 집결하라는 지시가 떨어졌다.

이동하는 긴장한 얼굴로 박광호의 승용차에 동승했다. 통행금지가 풀리려면 두 시간이나 남은 거리는 유령도시처럼 텅 비어 있었다. 국회의원들을 태운 승용차만 줄을 지어서 반도호텔 쪽으로 질주를 했다.

"일단 차는 여기 세워 두게."

이동하는 9월 한밤중 밤바람에 담배 연기를 날리며 소리를 죽여 국회의사당 앞을 피해서 시청 뒤쪽으로 향했다. 가로등 불빛이 창백하게 내려앉은 무교동을 거쳐서 제3별관 후문 쪽으로 향했다.

후문 앞에는 큰길 건너에 있는 본회의장에서 보일지도 모른다는 염려에 가로등이 꺼져 있었다.

"의원님들 담배는 절대로 피우지 마시오."

사복 차림의 인솔 책임자가 어둠 속에서 작고 날카로운 목소리로 말했다. 가로등이 꺼진 도심의 골목은 먹물을 뿌려 놓은 것처럼 캄캄했다. 이동하는 입안에 뜨겁게 고여 오는 침을 꿀꺽 삼키며 구둣발 소리를 죽이며 걸었다.

3별관 앞에는 2백여 명의 사복 경찰이 어둠 속에서 삼엄히 경계하고 있었다. 중부소방서 뒤쪽 길도 겹겹이 장막을 이루며 어둠을 노려보고 있었다.

그려, 내가 역사의 증인이 되는 거여. 대통령께서 반드시 삼선을 하셔야, 이 나라가 발전하는 거여.

이동하는 지금 자신이 새로운 역사를 만들어 가는 데 중요한 역할을 하고 있다는 생각만 해도 가슴이 떨렸다. 연신 입안에 가득 고여 오는 뜨거운 침을 삼키며 3별관 후문 앞에 도착했다. 저승에 계신 아버지가 만약 역사의 한 장에 '삼선 개헌'이라는 어마어마한 기록을 남기기 위해 새벽 2시에 걷고 있는 자신을 보면 자랑스러워하실 것이라는 생각이 들었다.

"이쪽으로 오십시오."

3별관에 들어서자 사복을 입은 사람들이 출입문 안으로 안내를 했다. 출입문 안에는 국회사무처 직원들과 비서들이 3층 회의실까지 안내했다. 3층 계단과 회의장 문 앞은 당원들과 비서들이 만약의 사태에 대비해서 이중으로 바리케이드를 치고 있었다.

이동하는 비장한 각오를 한 얼굴로 회의장 안으로 들어갔다. 시간을 확인해 보니까 2시 10분이다. 회의장 안에는 파란색 천으로 가려진 여섯 개의 기표소와 투표함이며 명패함 등이 마련되어 있었다. 역사의 장을 기록할 속기사를 비롯한 사무처 직원들도 긴장한 얼굴로 대기하고 있었다.

"이동하 의원 어디 있습니까?"

"의원님 여기 계셨구먼유."

이동하는 자신을 찾는 작은 목소리가 들리던 지점을 더듬어서 어렵지 않게 원갑룡을 찾아갔다.

"우린 역사를 위해 큰일을 하는 겁니다."

원갑룡이 굳은 얼굴로 속삭였다.

"당연하쥬. 각하가 아니믄 누가 이 나라를 발전시키겠슈."

이동하는 침을 꿀꺽 삼키며 자신도 모르게 주먹을 쥐었다.

여기저기서 누가 책상에 무릎을 찍었는지, 어이쿠! 악! 하는 짧은 비명 소리가 새어 나왔다. 어느 순간 불이 환하게 들어왔다. 임시 사회석에 미리 와 있던 국회의원이 작은 몸짓으로 어깨를 움츠린 자세로 앉아 있었다.

회의장에는 의원석이 스무 개 정도밖에 준비가 되어 있지 않았다. 이동하는 원갑룡과 함께 서 있을 수밖에 없었다.

"제 육차 본회의를 개회합니다."

국회의장이 방망이를 두들기는 것으로 회의는 시작됐다.

"의원님들을 이곳으로 모신 것은 야당 의원들이 본회의장을 점거하고 농성을 부리고 있어서 불가피한 결정이었으니 이해해 주시기 바랍니다. 그리고 공일인 일요일에 회의를 개최하게 된 것은 김택재 의원 외 육십육 명의 본회의 재개 요구가 있어서입니다."

국회의장의 간단한 인사말이 끝나자마자 개헌안의 표결이 있겠다는 발표가 있었다.

"김요한 의원님."

국회사무처 의사국장이 호명하기 시작됐다. 호명을 받은 의원은 엄숙한 얼굴로 앞으로 나가서 기표소를 통해 기명투표를 했다.

이동하는 호명을 받고 앞으로 나갔다. 굳이 기표소까지 갈 필요가 없다는 생각에 다른 의원들이 보든 말든 찬성란에 표시를 했다. 다른 의원

몇몇도 이동하처럼 반공개적으로 기표했다.

아부지, 드디어 제가 이 나라의 역사를 바꾸는 데 한몫을 했슈.

이동하는 시계를 봤다. 2시 40분이다. 삼선 개헌안은 찬성 쪽으로 결정이 났다. 내일부터는 새로운 세상이 열릴 것이라는 생각이 들면서 감격의 눈물이 솟구쳐 오르는 것을 참으며 원갑룡 의원이 어디 있는지 둘러보았다.

황인술은 아침을 먹자마자 곧바로 집을 나섰다. 방천길로 올라서니까 박태수의 사과밭이 한눈에 들어온다. 사과는 모두 신문지로 만든 봉지에 들어 있어서 지금쯤 색깔이 났는지, 크기는 얼마나 큰지 알 수가 없었다.

한 나무에서 한 상자씩만 따도 얼매여?

과수원에 있는 사과는 요즘 가장 비싸게 팔린다는 홍옥이다. 한 상자에 이천 원씩만 계산해도 사과나무가 300주니까 육십만 원이라는 생각이 드는 순간 자신도 모르게 걸음이 멈춰졌다. 뒤돌아서 과수원을 다시 바라봤다.

유, 육십만 원? 태수 마누라 크게 한탕 쳤구먼. 육십만 원이믄 땅이 대관절 몇 마지기여. 오만 원에 한 마지기만 잡아도 일 년에 열두 마지기를 살 수 있는 돈이라는 말이 되는가?

황인술은 갑자기 숨이 막힐 정도로 속이 답답했다. 온 가족이 매달려서 과수농사를 짓는 것도 아니다. 상규가 공일날 좀 도와주고, 박평래가 가끔 도와줄 뿐 순전히 상규네 혼자 관리를 하는 것이나 마찬가지다. 그런데도 일 년에 땅을 열 마지기 넘게 살 수 있는 돈을 척척 벌어들인다고 생각하니 식은땀이 날 정도로 가슴이 답답하다.

그려, 학산에서 방앗간을 하는 사람들도 과수원을 하고 있잖여. 과수원을 하고 있응께 방앗간도 그렇게 크게 할 수 있능개비구먼…….

황인술은 과수원을 바라보며 슬그머니 쪼그려 앉았다. 또랑 자갈밭위에서부터 벌똥골까지 쭉 훑어봐도 더 이상 개간을 할 만한 곳은 없었다. 비봉산을 바라봤다. 이동하의 선산은 그림의 떡이니까 군유림 쪽을 바라봤다. 산이 워낙 악산이라서 삼천 평은커녕 이백 평을 개간할 공간도 찾아볼 수가 없다.

"뭐해유?"

황인술은 나도 어떡하면 상규네처럼 과수원을 개간할 수 있을까를 궁리하느라 김춘섭이 리어카에 나락 가마니를 실고 다가오는 것도 보지 못했다. 김춘섭이 리어카를 세우고 물을 때서야 놀란 얼굴로 시선을 돌렸다.

"응……. 뭣 좀 생각하느라고, 나락 찌러 가는 길여?"

황인술이 일어서서 김춘섭과 보폭을 맞춰서 걸으며 물었다.

"나락 쪄 봤자, 이리 떼 주고 저리 떼 주다 보믄 남는 것도 읎슈."

"그래도 작년보담은 나을 거 아녀?"

"구장님은 워떤지 모르겄지만 우리는 외려 작년이 낫슈. 올게 타작을 함서 가만히 계산해 봉게, 나락단을 백 단을 털어야 제우 한 섬이 나오데유."

"우리도 마찬가지여, 작년에는 평균 예순다섯 단을 털면 한 섬이 나왔거든."

"학산 장날 본 누가 그라는데 전라도는 더 심하다고 하데유. 지난 팔월에 수해를 입었던 지역은 삼십 프로나 감산했다고 하데유. 그란데도 높은 사람이 온나면서 논에다 풍년기를 꽂으라는 지시를 내려서 면직원들이 지덜 맘대로 풍년기를 꽂았대유."

"농사꾼들이 귀경만 하고 있었댜?"

"우는 놈 따귀를 때려도 유분수지, 농민들이 가만있었겠슈. 죄다 빼서 보또랑에 내다 버렸다고 하데유."

"전라도는 죽어라 죽어 하는구먼, 구월 초순에 전라도 지방에 괴질이 번져서 사백오십 명 가까이 감염이 됐다잖여. 그중에서 서른 몇 명이 죽어 나갔다. 괴질이 번진 동리 입구에는 '유사호열자 발생지역'이라는 팻말을 세워 놓고 감옥소처럼 출입을 금지시켰어도 소용이 읐었다느만."

"경남 삼천포에도 이백 명이 걸렸다잖유. 어떤 동리는 젖먹이부텀 시작해서 늙은이들까징, 싹 걸렸대유."

"날이 가라 앉아서 다행이지. 며칠만 더 더웠으믄 떼죽임당할 뻔했다드만."

"근데 그 괴질이 먼 병이래유?"

"글씨, 광일이 말로는 콜레란가 하는 그 전염병이라고 하던데, 난 잘 몰라."

"콜레라라믄 돼지괴기 먹고 생기는 병이구먼. 근데 워딜 가시는 거유?"

"응, 농협에 볼일 좀 보러 가는 길여?"

"대출 갚으러 가시는 길이구먼."

"대출받으러 가는 길여."

"워디다 쓸라고 대출을 받을라고 하는데유?"

"광일이한테 연락이 왔구먼. 영동군에 경운기가 스무 대 배정이 됐댜. 경운기 한 대 살라고"

황인술은 어깨를 반듯하게 폈다. 일부러 김춘섭의 얼굴은 바라보지도 않고 정면을 바라보며 별일도 아니라는 표정을 지었다.

"경운기라면?"

"그려, 오토바이마냥 지름을 넣으면 달달달 하고 차처럼 갈 수 있는 그걸 말하는 거여. 광일이가 그라는데 경운기 한 대에 나락 가마니를 열 다섯 가마니 이상은 충분히 실을 수 있다 하드만, 지름도 오토바이처럼 휘발유를 쓰지 않고 경유를 쓰기 땜시, 유지비도 얼매 안 든댜."

"그거 비쌀 텐데?"

김춘섭은 자신도 모르게 고개를 돌려서 리어카에 실려 있는 나락가마니를 바라봤다. 겨우 두 가미를 실었을 뿐인데도 길바닥이 움푹 패인 곳을 지나갈 때는 용을 써야 한다.

"그려, 육 마력짜리가 있고 팔 마력짜리가 있다드만. 팔 마력짜리가 사만 원만 내면 살 수 있다고 하드만."

"그거 이십팔만 원씩 한다고 하던데."

"누가 그런 말을 했는지 모르겠지만, 그 말을 한 사람은 모르고 한 말여. 국가에서 보조를 해 주는 금액이 구만팔천팔백사십 원이고, 융자가 십사만천구백육십 원에, 따로 대출을 받아야 하는 돈은 정확히 삼만구천이백 원이라고 하드만. 그랑께 사만 원만 내면 경운기를 끌고 올 수 있다는 말이 되는 거지."

"국가에서 십만 원 돈을 보조해 준다믄 공짜나 마찬가지겄네유?"

김춘섭이 리어카를 세웠다. 주머니에서 새마을을 꺼내 한 개비 입에 물고, 황인술에게도 권했다.

"융자도 이자가 거의 공짜나 마찬가지로 싸다고 하드만."

황인술은 김춘섭이 내미는 담뱃갑에서 한 개비를 꺼내며 대수롭지 않다는 표정을 지었다.

"이따우 리어카는 한 대에 사천오백 원이믄 뒤집어 쓰는데……."

"그래도 리어카 땜시 많이 편해졌잖아. 옛날 같았으면 지게로 몇 번씩이나 지고 날라야 하는 걸, 리어카로 하면 심 들이지 않고 한 번에 할 수 있잖여."

"에이, 경운기가 어른 심이라믄, 리어카는 제우 서너 살 먹은 아나 같쥬, 머."

"하긴 경운기 한 대 있으면 학산 갈 때도 시방처름 걸어댕기지 않아도 되고, 방앗간에 나락가마니며 보릿 가마니를 리어카에 심들게 실고 갈 필요도 읎잖여."

"광일이한테 말해서 나도 한 대 신청해 줘유. 경운기가 있으믄 나무하러 가기도 좋겄네. 하긴 요새는 나무보담 연탄 때는 집이 많아서 옛날처름 장작도 안 팔려유. 그래도 경운기는 신청해 달라고 부탁 좀 해 줘유."

"그랴, 추석이 올 팅게 그때 내가 잘 말해 볼게."

"근데, 구장님 경운기 운전하실 줄 알아유?"

다리 앞에 도착했다. 김춘섭은 양산 쪽으로 가야 한다. 김춘섭이 리어카를 세우고 물었다.

"어린아들이 타는 세발자전거보담 쉽댜. 농협 최 부장한테도 물어봤는데 한 시간만 타 보면, 학산에서 모산까지 오는 것은 둔너서 떡 먹기보담 쉽다는 거여. 한 사흘 타 보면 웬만한 산길도 올라갈 수 있다드만."

"하긴, 학산에서 경운기 끌고 댕기는 사람 봉께, 별로 어려워 보이지는 않데유. 그람 댕겨 오셔유."

"그려, 낼부텀은 학산 갈 일 있으믄 나하고 경운기 끌고 같이 가자고."

황인술은 김춘섭에게 손을 번쩍 들어 보이고 학산 가는 쪽으로 방향을 틀었다. 앞으로는 이 길을 걸어서 다니지 않고 경운기를 타고 다닐 것을 생각하니까 발걸음이 가볍기만 했다. 그릿고개를 막 넘어서는데 양산 쪽으로 완행버스가 먼지를 꼬리에 달고 달려온다.

그려, 앞으로 이 길을 걸어 댕길 필요가 읎겠지. 오늘은 마지막으로 한번 걸어 보자.

어서 경운기를 보고 싶은 생각에 버스를 세우려고 손을 들었다. 그러나 이내 슬그머니 손을 내리고 빠른 걸음으로 걷기 시작했다. 버스 운전사가 지금 똥개 훈련시키냐고 비웃기라도 하듯 빠른 속도로 옆을 스쳐 지나가면서 먼지를 밀어냈다.

"에이, 운전 좀 똑바루 하지. 넓은 길 두고 해필이믄 내 옆으로 바짝 붙어서……."

황인술은 흙먼지를 잔뜩 뒤집어썼다. 평소 같았으면 걸음을 멈추고 길길이 날뛰며 욕을 했을 것이다. 그러나 오늘은 경운기를 장만하는 신성한 날이라는 생각에 흙먼지를 털어내며 부지런히 걸었다.

농협에 도착한 황인술은 사무실로 들어가기 전에 마당에 세워져 있는 경운기 앞으로 갔다. 빨간색 엔진에 매달려 있는 파란색 적재함이 날렵해 보였다. 의자에 앉아서 양손으로 핸들을 잡았다. 기어가 1단, 2단, 3단이다. 브레이크라고 써진 곳에 기어 손잡이가 정지해 있었다.

"구장님도 다방에서 레슬링 귀경할라고 나오셨슈?"

"요새도 레슬링 귀경하는 사람 있나? 나는 요새 한물간 걸로 알고 있는데?"

"김일이 다시 물이 올랐대유. 오늘 김일하고 일본의 아토믹이 아주선수권쟁탈전을 하는데 장열철도 나온다고 하데유."

"난 레슬링 안 보는 사람여. 이 경운기가 급햐."

"아따, 서류에 도장만 찍으면 그건 구장님 경운기유."

최 부장이 변소에 가기 위해 밖에 나왔다가 경운기에 앉아 있는 황인술을 바라보며 웃었다.

"참말로 세상이 좋기는 좋구먼. 이걸로 쟁기처름 밭도 갈고, 논도 갈수가 있단 말이쥬?"

황인술은 경운기에서 내려 손을 슥슥 비비며 뒤로 물러섰다. 융자금도 엄연히 빚이다. 그냥 바라볼 때는 쇠뭉치처럼 보이지만 십팔만 원 돈을 빚내서 사야 하는 물건이다. 광일이 말로는 영동군에 20대밖에 배정이 되지 않는 귀한 물건이기는 하지만 십팔만 원짜리를 타고 멋 부릴처지는 아니다.

"뭔 생각하고 있슈?"

최 부장이 변소에 갔다가 나오면서 황인술에게 물었다.

"저기 비싸긴 비싸구먼. 십팔만 원 돈을 들여서 저놈을 끌고 댕겨야하나 말아야 하나를 생각하고 있슈."

"아따, 구장님은 위째 하나만 알고 둘은 몰라유?"

"먼 소리유?"

"내 돈 십팔만 원 들어가는 것만 생각하지 말고, 정부에서 십만 원 돈을 그냥 주는 건 왜 생각 못해유?"

"허긴……."

"군청 황 주사님이 특별히 부탁해서 주는 거유. 그래도 정 싫다믄 관둬유, 만 원짜리 한 장 붙여서 인수한다고 하는 사람이 있응게."

"그건 또 먼 말유?"

"구장님이 인수하기 싫다면 딴 사람한테 넘기겠다는 말이지 먼 말유. 그냥 넘기는 것이 아니고 만 원짜리 한 장을 붙여 준대유."

"그람, 공짜로 만 원이 생긴다는 말유?"

"왜 아니겄슈? 만 원 받아서 사이좋게 오천 원씩 농글까유?"

"에이, 그래도 광일이가 신경 써서 배정받게 한 경운기를 제우 돈 만 원 받고 넘기믄 되겄슈? 어여 들어가서 서류에 도장 찍어유."

황인술은 이내 표정을 바꾸고 최 부장의 등을 밀며 농협 사무실 안으로 들어갔다.

최 부장인 미리 준비를 해 두었던 서류를 황인술 앞으로 내밀었다. 황인술은 약관이며, 대출약정서의 내용 같은 것은 읽어보지 않았다. 최 부장이 손가락으로 찍어주는 부분에 열심히 도장을 찍는 것으로 경운기 주인이 됐다.

"절대로 술 마시고 타면 안 돼유. 저기 만만하게 보일지 몰라도, 팔 마력짜리유. 마력이라는 말이 먼 말인지 알고 있슈?"

최 부장이 서류를 차곡차곡 맞춰서 철끈으로 묶으면서 황인술을 바라봤다.

"에이, 사람 우습게 아는 기질이 있구먼, 경운기는 팔 마력짜리가 있고, 육 마력짜리가 있잖유."

"내 참, 그런 말이 아니고 마력이라는 말의 뜻이 먼지 아느냐 이거 유?"

"그걸 내가 워티게 알아유. 난 그냥 경운기가 육 마력짜리가 있고 팔 마력짜리가 있다는……"

"내 말 잘 들어 봐유. 마력이라는 말이 먼 말이냐 하믄, 한문으로 그대로 쓰면 말 '마' 자에 힘 '력' 자를 써유."

최 부장은 철끈으로 서류를 묶다 말고 빈 종이에다 한문으로 마력(馬力)이라고 써 보이며 설명을 했다.

"그랑께 말이 끄는 힘을 말하는 거구먼."

"용케 알아들으시는구먼. 그람 팔 마력은 말 몇 마리가 끄는 힘유?"

"그럼 머여. 말 여덟 마리가 끄는 힘이라, 시방 그 말유?"

황인술이 놀란 얼굴로 물었다.

"그랑께 술 마시고 경운기를 몰다가는 워티게 되겠슈?"

"황천으로 가겠구먼?"

"꼭 황천으로 간다는 말은 아니지만, 술 마시고 운전을 하다 크게 다칠 수도 있다 이거유. 두 번째로 주의할 점은 비탈길을 내려올 때는 항상 일단으로 운전해야 해유. 만약 삼단으로 기아를 놓으면 뿔난 망아지처럼 위디로 뛸지도 모릉께. 그렇게 알고 일단 운전을 해 봐유."

"난 먼 말인지 하나도 모르겠구먼."

"내가 옆에서 알켜 줄 모양잉께 한번 타 봐유."

최 부장은 서류를 결재 파일에 집어넣고 일어섰다.

"누가 그라는데 자동차를 사면 고사를 지내야 사고가 안 난다고 하던데……"

"경운기는 자동차법으로 관리하는 것이 아니고, 원동기법으로 관리를 해유."

"발통이 네 개면 자동차가 아닌가?"

"용달차는 발통이 세 개지만 자동차유."

"그람 기준이 머유?"

"용달차는 발통이 세 개지만 엔진이 차 엔진잉께 자동차고, 경운기는 발통이 네 개지만, 엔진이 오토바이처럼 원동기 엔진잉께 자동차에 속하는 것이 아니고 농기구에 속해유."

"그람, 대관절 고사를 지내야 되는 거유, 말아야 되는 거유."

"마른 명태에 돼지머리나 올려놓고 고사를 지내서 나쁘란 밥은 없을 뀨. 사오천 원짜리 리어카하고는 분명히 틀링께."

마당으로 나간 최 부장은 경운기 앞으로 갔다. 기어와 브레이크, 액셀러레이터의 기능을 설명해 주고 시동 거는 법을 직접 시범 보였다.

"한번 해 봐유."

최 부장이 시동을 끈 다음에 황인술에게 직접 시동을 걸어 보라고 했다.

"이거 방앗간에 있는 발동기하고 똑같구먼……."

황인술은 손바닥에 침을 퉤퉤 뱉고 엔진 옆에 섰다. 최 부장이 했던 것처럼 한 손으로는 엔진 옆에 붙어 있는 시동모터를 힘껏 돌렸다. 텅텅텅! 소리와 함께 엔진이 돌아가기 시작했다. 온몸이 짜릿해지도록 희열이 감도는 것을 느끼며 씩 웃었다.

"구장님 인제 보니 기술자시구먼. 한 번 더 해 봐유."

최 부장이 시동을 끄고 뒤로 물러섰다. 담배를 입에 물며 황인술을 지겨봤다.

"이까짓 꺼!"

황인술은 두 번째로 보란 듯이 단번에 시동을 걸었다.

"시동 거는 거 봉께 경운기 운전도 잘하시겄어. 인제부터 운전하는 거 알켜 줄께유."

최 부장이 씩 웃으며 경운기에 올라탔다. 황인술도 옆자리에 앉으라고 한 후에 양쪽 핸들을 잡고 능숙하게 출발했다.

제15장

1970년

형제

형은 하나만 알고 둘은 몰라,
월남 가서 우리 군인들이 얼마나 죽는지 알아?
암만 돈을 많이 벌어 오면 뭐햐.
이 나라도 아니고, 전쟁 통에 죽은 자식 부모 생각해 봤남?
월남이 어디에 붙어 있는지도 모르는 부모님들은 가슴에 피멍이 들어.

담벼락 밑이나 변소 뒤 같이 햇볕이 좋은 곳에는 냉이며 쑥이 마른 덤불을 헤집고 파랗게 잎을 내밀고 있지만 들에 나가 일하기에는 이른 계절이다. 이동하의 집 마당에도 노란 햇볕이 아침부터 넘실거리고 있었다. 석류나무며 대추나무 가지의 그림자가 땅바닥에 먹물로 그림을 그려 놓은 것처럼 선명했다. 대나무로 받쳐 놓은 빨랫줄에는 애자가 시집을 올 때 함진아비가 함을 묶어 왔던 무명천이 기저귀 크기로 잘려서 널려 있었다.

"마님!"

박평래는 팔뚝만 한 잉어 두 마리가 들어 있는 자루를 등에 지고 변소 옆 뒷문을 통해 마당으로 들어섰다. 봄기운에 축축하게 젖어 있는 작약밭 앞을 지나서 안채 앞으로 갔다. 늘 그랬던 것처럼 대청 앞에 반듯하게 서서 보은댁을 불렀다.

"왔슈?"

안방 문이 열리면서 보은댁과 옥천댁이 같이 대청으로 나왔다. 젊은 옥천댁은 한복 차림인데, 나이 든 보은댁은 겨울 스웨터에 재색 바지를 입었다. 옥천댁은 말없이 인사만 하고, 보은댁이 박평래를 기다렸다는 얼굴로 바라봤다.

"예, 모리 강가에서 괴기를 잡아 파는 강 씨한테 갔더니, 마침 두 마리가 있어서 얼른 사 왔슈."

박평래는 등에 지고 두 손으로 잡고 있던 자루를 마당에 내려놓았다.

"커유?"

보은댁이 대청 끝에 서서 자루를 내려다봤다. 옥천댁은 신발을 신고 마당으로 내려서서 박평래 곁으로 갔다.

"뵈드릴께유."

박평래가 자루를 벌려서 잉어의 아가미에 손가락을 넣어서 불끈 들어올렸다. 주둥이에 누런 빛깔이 도는 잉어의 크기는 웬만한 어른 팔뚝 크기였다.

"아따! 대단하구면."

보은댁이 입을 딱 벌리며 놀란 표정을 지었다.

"할머! 나 잉어 안 먹어!"

안방에서 애자의 짜증 난 목소리가 흘러나왔다. 보은댁은 애자의 말은 신경 쓰지 말라는 표정으로 박평래를 바라봤다.

"고생 많았슈. 돈은 얼매씩 줬슈?"

옥천댁이 조용한 목소리로 물었다.

"이동하 국회의원님 따님이 드실 거라고 항께, 돈은 생각하지 말고 그냥 갖고 가라고 하데유. 하지만 의원님 체면이 있으시지. 워티게 그냥 와유. 그래서 쌀 한 말 값 주고 왔슈. 돈을 안 받겠다고 저만큼이나 도망을 가길래, 그 집 안방에 떤져 두고 왔슈."

"참말로 잘했슈. 상규 할아부지는 워쩌면, 하시는 일마다 야무지게 하시는지 놀랠 때가 많다니께유. 작년 가을에도 상규 할아부지가 안 계셨으믄 도지 받을 엄두도 못 냈을 거유."

옥천댁이 자루 안에 있는 잉어를 바라보다가 박평래에게 시선을 옮기고 말했다.

"상규 할아부지가 느 시아부지하고 한두 해 겪었남!"

보은댁은 박평래가 똑똑한 것이 아니고 이병호가 확실하게 처세하는 법을 알려주었기 때문이라는 표정을 지었다.

"그람유, 어르신이 살아계실 때 이건 이렇게 하고, 저건 저렇게 하라고 매냥 꼼꼼하게 알려주셨기 때문에 저는 그냥 그리하는 것밖에 읎슈."

"모리까지 댕겨 오시느라 심들었쥬. 집에 애자 아부지가 안 계싱께, 탁주는 읎지만 정종이 있슈, 얼른 채려 드릴 팅께 한잔하고 가셔유."

"아이구, 머 큰일 했다고 술을 은어 마셔유. 여기, 아까 주신 돈 중에 쌀 한 말 값 제하고 남은 돈유. 요새, 쌀 한 말에 오백오십 원 한다고 하데유."

박평래는 옥천댁의 말에 손사래를 치면서 주머니에서 쌀 한 말 가격을 제한 돈을 내밀었다.

"아뉴, 어채피 잉어 두 마리를 살라믄 천 원은 줘야 한다는 생각에 내

준 돈유, 그랑께 그 돈은 그냥 넣어 두세유."

"에미 말대로 그 돈은 갯주머니에 넣어 뒀다, 난중에 탁주나 사 잡사. 잉어는 워티게 손질을 해야 하는지 에미 너는 아냐?"

보은댁이 옥천댁에게 물었다.

"지가 해 주고 싶지만, 귀한 분이 드시는 것이라서 부정 탈깨비 해 줄 수는 읎지만 말유. 잉어는 그냥 배만 따면 된대유. 그라고 잉어 한 마리에 인삼 오년 근 세 뿌리하고 대추 한 주먹씩 계산하믄 된다고 하데유. 그렇게 알고 저는 그만 가 볼께유."

박평래는 돈을 뜰팡에 내려놓으려고 대청 앞으로 갔다. 옥천댁이 돈을 받아서 박평래의 주머니에 넣어 주었다.

"정종은 입에 안 맞으시니까 그 돈으로 순배 영감이며, 팔봉이 아부지하고 해룡네 가서 탁주 한잔하셔유."

옥천댁은 박평래가 주머니에 있는 돈을 꺼내지 못하게 그의 손을 잡고 말했다.

"허 참, 번번히 이러시믄 안되는데……. 참! 내 정신 좀 봐. 의원님 언지 한번 안 내려오시남유?"

박평래가 민망한 얼굴로 돌아서려다 말고 옥천댁과 보은댁을 번갈아 바라봤다.

"애자 얼굴 한번 본다고, 날이나 모리 한번 내려오신다고 했슈. 근데 왜유?"

보은댁은 말을 하지 않고 옥천댁이 물었다.

"며느리가 의원님 오시믄 말씀 디릴 것이 쫌 있다데유."

"상규 어머가요?"

옥천댁이 뜻밖이라는 얼굴로 보은댁을 바라봤다.

"예……."

"상규 아부지가 방앗간 일로 의원님을 보겠다는 것이 아니고, 상규 어머가 보자고 했단 말유?"

보은댁이 믿어지지 않는다는 얼굴로 박평래에게 물었다.

"딴 것이 아니고, 땅을 좀 샀으믄……."

"아! 무슨 말씀인지 알겄구먼유. 우리 논을 사고 싶다는 말씀이구먼유?"

옥천댁이 가볍게 웃는 얼굴로 박평래를 바라봤다.

"죄, 죄송해유……."

박평래가 무슨 큰 죄나 진 것처럼 고개를 숙이며 말꼬리를 흐렸다.

"죄송하긴유……. 그렇지 않아도 어머님도 땅이 너무 많다면서 좀 정리를 하고 싶다는 생각을 갖고 계셔유. 어머님 제 말씀이 맞쥬?"

"어?"

보은댁이 무슨 뚱딴지같은 말이냐는 표정으로 반문했다.

"아이, 어머님께서 땅 관리하는 것도 심들고 항께, 먼 데 있는 것은 좀 정리를 하는 것이 좋다는 말씀을 하셨잖유?"

옥천댁이 박평래 모르게 보은댁에게 눈짓을 보내며 은근한 목소리로 말했다.

"그, 그려, 죽을 때 땅을 지고 가는 것도 아니고, 상규네 같은 집은 작년에 사과 농사를 져서 돈 좀 돌아가니께, 벌똥꼴 끄트머리 있는 땅이나, 또랑가에 있는 땅을 안 사나? 라는 말을 며느리가 한 것이 아니고, 내가 말을 한 적이 있슈."

보은댁은 옥천댁이 왜 자신에게 눈짓을 보내는지 이유를 알 수 없었다. 하지만 옥천댁의 말을 무시하면 박평래 앞에서 체면을 구길 것 같아서 맞장구를 치는 척했다.

"아이구, 마님들이 그렇게 말씀을 하시니께, 저는 쥐구멍이라도 들어가고 싶구만유. 솔직히 며느리가 그 말을 했을 때, 지는 천부당만부당한 생각이라고 반대했었거든유. 딴 사람 땅도 아니고, 감히 면장님 댁 땅을 살 생각을 워티게 하느냐고 말여유."

박평래는 한시름 덜었다는 얼굴로 양손을 삭삭 비비며 어쩔 줄 몰라 했다.

"상규 할아부지가 즈희들 사정 생각해 주시는 것은 고마워유. 하지만 승철이 아부지는 원래 농사하고는 담 싸신 분이잖유. 게다가 방앗간이나 건설 회사니 해서 사업하는 것만 해도 엄청 바쁘시잖유. 그랑께 부담 느끼시지 않아도 괜찮아유. 그렇게 아시고, 승철이 아부지는 날이나 모리 애자 보러 집에 온다고 했응께, 그때 한번 들리셔유."

"참말로 이 은혜는 죽어도 못 잊어유. 어여 가서, 며느리한테 말을 해 줘야겄슈, 참말로 고마워유······."

박평래는 몇 번이나 인사를 하고 좋아서 덩실덩실 춤을 추고 싶은 걸 간신히 참는 얼굴로 뒷문 쪽으로 향했다.

"너, 시방 제정신여? 내가 언지 땅을 내논다고 했냐?"

박평래의 발자국이 멀어지는 것을 느낀 보은댁이 굳은 얼굴로 옥천댁을 노려봤다.

"어머님, 승철이 애비도 땅을 어느 정도는 처분해야겄다고 말했슈. 하지만 어머님이 땅을 내놓겠다고 말해 놓으면, 땅은 어채피 팔 땅이고 항께, 낯이 서실 거 아뉴. 그래서 어머님을 앞세웠슈."

"벌써부텀 나를 송장 취급하는 거여? 그 땅이 누구 땅인데, 느덜 둘이 서 팔아먹을 생각을 하는 거여?"

보은댁이 대청에 앉으면서 옥천댁을 싸늘하게 노려봤다.

"어머님, 승철이 애비가 그라는데, 땅에서 농사 져 돈 버는 시대는 지나갔대유. 농사는 지면 질수록 손해라는 거유. 옛날과 다르게 농사를 그냥 지는 것이 아니잖유. 당장 비료를 뿌려야 하고, 농약도 쳐야 하고, 품도 사야 하는데, 품삯은 해마다 오르지만 쌀값은 안 오르잖유. 그래서 땅은 시방보다 절반 정도로 줄일 생각이래유."

"야, 좀 봐. 농사 츰 져 보냐? 우리가 왜 손해라는 거냐? 우리가 비료를 사는 것도 아니고, 농약을 사는 것도 아니고, 품삯을 주는 것도 아닌데?"

"이런 말씀은 드리기가 민망해서 안 드릴라고 했는데유. 승철이 애비 말로는 모산에 땅 열 마지기 갖고 있는 것보담, 읍내에 한 마지기 갖고 있는 것이 낫대유."

"너, 시방 내가 늙었다고 워틱하나 섬 해 보는 거여?"

보은댁이 갈수록 태산이라는 얼굴로 엉덩이를 들썩거리며 삿대질을 했다.

"할머, 엄마 말이 맞어. 모산 땅값이 오르면 얼마나 오르겠어요? 지금도 모산 땅 열 마지기 팔아서 영동 읍내에 있는 땅 이백 평 사기 힘들어. 아버지가 누구예요? 돈 버는 데는 할아버지보다 백번 나아요. 당장정미소에서 벌어들이는 돈이 일 년에 도지로 받아들이는 나락 가마니보다 다섯 배는 많잖아요. 또, 건설 회사에서는 나락을 찧을 필요도 없이 인부들만 동원시켜서 돈을 벌고 있잖아. 우리 그이가 그라는데, 아버지 건설 회사에서 한 달 벌어들이는 돈이 얼마나 되는 줄 아세요?"

안방에 누워 있던 애자가 임신 10개월째 들어서는 몸으로 만삭의 배를 앞세운 채 답답하다는 얼굴로 나왔다. 보은댁 앞에 힘겹게 앉아서 보은댁의 손을 잡고 차근차근 말했다.

"언젠가 의원님이 그라시는데 도, 돈을……. 많이 번다고 하기는 하드라……."

보은댁이 옥천댁을 노려볼 때와 다르게 슬그머니 목소리를 줄이며 애자를 바라봤다.

"할머 놀라지마?"

"할머 놀래실 정도면 나중에 말씀드리려."

옥천댁이 말과 다르게 궁금하다는 얼굴로 뜰팡으로 올라섰다.

"한 달에 벌어들이는 돈이 천만 원이 넘댜. 그중에 오백만 원은 월급이며 운영비로 나가고, 오백만 원은 순전히 남는데요 오백만 원이면 쌀이 몇 가마닌 줄 알어? 쌀 한 가마니에 요즘 얼마나 하는지 모르지만, 넉넉잡아 칠천 원씩 계산해도, 백 가마니면 칠십만 원이잖아. 칠칠은 사십구니까 칠백 가마니가 넘어요 한 달에 칠백 가마니면 열 달이면 칠천 가마니잖아."

"대관절 애자가 시방 머라고 하는 거여?"

보은댁은 한 달에 쌀 칠백 가마니 폭으로 돈을 벌어들인다는 말이 너무 엄청나서 얼른 이해가 되지 않았다. 옥천댁을 바라보며 물었다.

"어매! 그람 일 년에 사천 석을 넘게 한다는 말이구먼."

"사, 사천 석?"

"하지만 몇 개월만 있으믄 고속도로 공사가 끝난다고 항께, 그때는 또 모르쥬."

"참말로 의원님이 대단하시구먼. 그라고 봉께 언진가 의원님이 그라드만, 방앗간만 해도 여간 신경 쓰는 거이 아닌데 머할라고 건설 회사를 세울라고 하느냐고 물응께, 고속도로 현장에 들어가기만 하믄 돈을 깔구리로 끌어 모을 수 있다고 말여. 그런 돈벌이가 있응께 기를 쓰고 국회의원을 할라고 했구먼. 솔직히 난 느 시아부지가 왜 자꾸 애비를 국회의원을 시킬라고 돈을 물 쓰듯 할까, 하고 대단하게 생각은 안 했구먼. 하지만 애자 말을 들어 봉께, 느 시아부지가 참말로 그 대단하신 분이라는 생각이 든다. 자식이 많은 것도 아니고, 달랑 하나밖에 읎는 자식이 한 달에 쌀을 칠백 가마니 폭으로 벌어들인다는 걸 느 시아부지가 알고 있다면 얼매나 좋을까. 어이구, 박복한 양반, 쪼매만 더 사시지……."

보은댁은 눈물을 흘리면서 먼 하늘을 바라봤다. 푸른 하늘에 떠 있는 뭉게구름이 얼핏 이병호의 얼굴처럼 보여서 말끝을 흐리며 눈물을 닦았다.

"어머님, 승철이 애비가 잘나가고 있응께, 저승에 계신 아버님도 편히 계실거유. 그랑께, 너무 상심하지 마세유."

옥천댁은 보은댁이 눈물을 보이니까 이병호 생전에 표시 나게 효도 한번 해 드리지도 못했다는 생각이 들어서 눈물이 났다. 보은댁 옆에 앉아서 치맛말기로 눈물을 찍어냈다.

"엄마, 우리 집에 웬 군인이 들어오는데?"

보은댁과 옥천댁이 눈물을 흘리든 말든 하품을 하고 있던 애자가 옥천댁의 어깨를 흔들었다.

"군인이라니?"

보은댁이 내가 언제 눈물을 짰느냐는 목소리로 마당을 바라봤다. 애자 말대로 웬 군인이 뒷문 쪽에서 씩씩하게 걸어오고 있다.

"어매, 자가, 상규 동생 진규 아녀? 자가 벌써 제대를 했나?"

옥천댁이 눈물을 닦아내고 일어서서 마당으로 내려섰다. 가까이 다가오는 진규를 바라보고 놀란 얼굴로 가까이 다가갔다.

"안녕하셨슈. 두 번째 휴가 나와서 인사드리러 왔슈. 할머니 저, 둥구나무거리 사는 박 자, 태 자, 수 자 쓰시는 아버님 둘째 아들 박진규유. 할머니는 더 건강하신 거 갸튜."

"어이구, 니가 충남대학교 댕기다 군대 갔다는 둘째여?"

보은댁이 부러운 시선으로 진규를 바라보며 일어서서 손을 내밀었다.

"어머, 나, 너 보고 싶었는데. 나 누군지 알지? 이애자야. 나도 대전에서 고등학교 다녔거든. 하지만 충남대학교는 못 들어갔어. 정말 반갑네. 어서 이리 들어와."

애자도 진규라는 말에 반가워하는 얼굴로 일어섰다.

"아뉴, 딴 집에도 인사를 드리러 가야 해유. 난중에 갈 때 들릴게유."

"아녀, 할아부지를 봐서도 그냥 가면 안 되는 거여. 갈 때는 내가 삼계탕 해놀 팅게, 와서 먹고 가는 걸로 하고 어여 올라가. 내가 금방 상을 차려 올 팅게 어여 들어가. 응? 그래 시방 워디서 근무하능 겨?"

옥천댁은 뒤로 물러서는 진규의 손을 잡고 뜰팡 위로 올라섰다.

"경기도 포천에서 근무해유."

"거긴 서울에서 그릏게 안 멀지? 어여 구두 벗고 올라가."

옥천댁은 머뭇거리고 있는 진규의 군화를 기어이 벗게 하고 정지로 갔다.

"참, 잘생겼다. 복학하면 여학생들이 줄줄 따르겠……."

애자가 붙임성 있는 표정으로 진규를 바라보며 입을 열었다.

"야 좀 봐. 아 날 날이 얼매나 남았다고, 입을 지 맘대로 놀려?"

보은댁이 깜짝 놀란 얼굴로 얼른 애자의 입을 손바닥으로 막았다.

"할머니, 내가 뭐랬다고……."

"야, 이눔아 니가 잘나서 아를 낳는 거이 아니고, 삼신할미가 점지해 줘서 아를 낳는 거여……."

"할머니 말씀이 옳아. 아를 낳을 달에는 매사 조심을 해야 하능 겨…….. 진규도 알겠지만, 워낙 촌이라 차릴 것이 읎구먼. 마침, 애자가 사온 과자하고 작년에 깎아 놓은 곶감이 있길래 쪼금 가져왔구먼. 군인잉깨, 술도 한 잔씩 하지? 승철이 애비한테 들어온 양주 좀 갖고 올까?"

옥천댁이 바쁘게 개다리상에서 다과를 차려 들고 들어와서 앉으며 말했다.

"아녀유. 딴 집에 인사를 가는데, 술 먹고 가면 안 되잖유."

"에이, 군인이 양주 한 잔 정도는 괜찮지 뭐. 엄마, 어서 가져와요 내가 따라 줘야지……."

"애자야. 너 안 되겠다. 어여 방에 들어가자."

보은댁이 더 이상 앉아 있으면 큰일 나겠다는 얼굴로 애자의 손을 잡아 일으켰다.

"알았어, 알았어. 시방부텀 입 뚝 닫고 가만히 앉아 있겠습니다. 뚝 닫고……. 근데 요즘은 군대 생활 몇 개월씩 해? 나 대학 다닐 때는 삼십 개월로 알고 있었는데?"

"요즘은 삼십삼 개월로 늘었슈. 지난 육십팔년 일월 이십일일에 김신조 일당이 청와대를 습격하겠다고 침투했잖유. 그때부터 삼개월이 늘었슈. 워티게 보믄 재수가 읎는 셈이고, 또 워티게 생각해 보믄 나라를 지키는 일잉께 당연한 거고……."

"나라를 지킨다고 생각햐. 그람 맘이 편할 겨. 내가 한잔 따라 줘도 되지?"

옥천댁이 조니워커를 들고 왔다. 진규 앞에 정종을 마실 때 사용하는 종재기 잔을 내밀며 물었다.

"이거, 마시고 얼굴 빨가믄 동리 어른들이 싸가지 읎는 놈이라고 할 텐데……."

"면장 댁에서 마셨다고 하믄 머라고 하는 이들이 읎을 겨. 우리 며느리가 누구한테 양주를 대접하는 거는 츰 보는구먼. 그만큼 진규를 따로 생각하고 있어서 따라 주는 거 같응께, 받아 마셔."

보은댁이 진규의 얼굴을 가만히 바라보고 있다가 말했다.

"그람 딱 한 잔만 주셔유."

"할머, 나는 마시믄 안 되지?"

"애자 말 들을 필요는 읎고, 난도 양주라는 걸 한븐 마셔 보자. 엄청 독하다고 하는데, 참말로 독한지……."

"어머님, 미국 사람들은 이 술을 약으로 마신대유, 그랑께 한 잔 정도는 괜찮을 꺼유."

옥천댁이 웃는 얼굴로 보은댁 앞에 종재기 잔을 내밀고 술을 채웠다.

"진규야. 작년 십이월에 대한항공 비행기가 북한으로 납치됐잖아. 그 사람들은 돌아왔어? 내 기억으로는 많은 사람들이 비행기에 타고 있었다고 하던데?"

"그것 땜시 작년 십이월 십일일부터 비상이 걸렸슈. 그래서 휴가며 외박, 외출이 일체 금지됐잖유. 저도 그래서 요번 달에 휴가를 나왔슈. 승객 마흔일곱 명하고 승무원 네 명을 태우고 강릉에서 서울로 출발한 쌍발여객기래유. 공중으로 뜬지 십사 분 만에 강원도 평창군 대관령 하늘에서 남파 간첩 조창희라는 놈이 권총으로 위협해서 원산시 선덕비행장으로 끌고 갔다고 하데유."

"시방 그것이 먼 말여? 원산이라믄 이북이잖여. 우리나라 비행기를 이북으로 끌고 갔단 말여?"

옥천댁이 놀란 얼굴로 진규를 바라봤다.

"아이고! 이기 술여, 식초도 아니고, 간장도 아니고, 먼 술이 이렇게 쓰고 독하댜, 속에 불이 붙은 거 같구먼. 앞으로는 당최 마시지 말아야겠구먼."

진규가 뭐라고 말을 하려고 할 때였다. 보은댁이 종재기 잔에 들어 있는 술을 홀짝 마시고 나서 속이 탄다는 얼굴로 가슴을 빠르게 문질렀다.

"할머, 어여 물 마셔. 물 마시믄 괜찮아요."

"니가 그걸 워티게 아능 겨?"

옥천댁이 얼른 일어나서 안방 안으로 들어갔다. 주전자와 컵을 들고 나와서 애자를 흘겨봤다.

"어머머! 서울 집에 가면 양주밖에 없어요. 우리 그이도 양주만 마셔."

"이 술 한 병에 만 원이 넘는다고 하던데, 고 서방이 이 비싼 술만 마신다능 겨?"

"에이, 월급을 얼마나 탄다고 양주를 사 마셔요. 아버지 집에 갈 때마다, 아버지가 고 서방 갔다 주라고 서너 병씩 주신다구요."

"어이구, 이 독한 걸 맨날 마시믄, 그놈의 속이 남아 도냐? 다 녹아 뻐리겄구먼. 앞으로는 당최 마시지 말라고 혀. 시방은 젊은 삭신잉게 견뎌내겄지만, 앞으로 나이가 들면 골병 들어. 그랑께 절대 마시지 말라고 햐. 의원님 오시믄 앞으로는 고 서방 절대로 양주 주지 말라고 해야 겄구먼."

보은댁은 물 한 컵을 모두 마셨더니 속에 불이 붙은 것처럼 확확 달아오르는 것이 사라졌다. 양주병을 들어서 이리저리 살펴보며 고개를 살래살래 흔들었다.

"첨에는 독한 거 같지만 자주 마시면 괜찮아. 오히려 소주나 맥주보다는 화끈한데 뭐."

"야 좀 봐. 진규 앞에서 못하는 말이 읎구먼. 순 술탁보네, 맥주는 몰라도, 소주도 마신단 말여?"

옥천댁이 진규 보기 민망해서 견딜 수가 없다는 표정으로 애자 등을 때리는 시늉을 했다.

"저는 그만 가 볼께유. 참말로 술 독하네유. 한 잔 마셨는데 얼굴이 화끈거리네유."

진규는 얼굴이 붉게 달아오르는 것을 느꼈다. 양손으로 얼굴을 문지르며 일어섰다.

"그려, 휴가는 며칠 동안 은은 거여?"

"이십오일유. 어제 나왔응게 벌써 이십삼 일 남았네유."

진규는 보은댁하고 애자에게 인사하고 대청 끝에 걸터앉아서 군화에 발을 집어넣었다.

"그랴. 그람 부대 들어가기 전에 저녁은 우리 집에 와서 먹어. 내가 삼계탕 해놀 팅께."

"야 좀 봐. 야는 한번 퍼지면 정신이 읎당께. 그때쯤이면 애자가 애기를 낳아서 대문에 금줄 쳐 놓을 때여. 금줄 쳐 놓은 집에서 무슨 닭을 잡는댜?"

"내 정신 좀 봐. 참말로 그때는 애자가 애기를 낳을 때구면유. 그람, 잠깐 기달려 봐."

옥천댁은 진규가 군화 끈 매는 모습을 지켜보다가 바쁘게 안방으로 들어갔다.

"할머니, 양주 잘 마시고 가유. 그리고 누나도 예쁜 애기 낳길 빌게유."

"잠깐만, 이거 얼매 안 되지만, 부대 들어갈 때 기차 안에서 김밥이나 사 먹든지, 용산역에 내리면 배고플 팅께 뭐 좀 사 먹어."

옥천댁이 진규에게 반으로 접은 오백 원짜리를 내밀었다.

"아닙니다. 저, 군대서 월급 받은 거 있슈."

진규는 군화 끈을 매다 말고 손사래를 치며 뜰팡 아래로 내려섰다. 옥천댁이 맨발로 내려와 주머니 속에 넣어 주는 통에 겸연쩍은 얼굴로 고맙다고 인사를 했다.

방천길에서 막 동네로 들어선 박태수는 어둠 속에서 걸어가는 남자의 뒷모습이 꼭 김춘섭처럼 보였다.

"거기 춘섭이 아녀?

"오늘이 말일인가?"

김춘섭은 등 뒤에서 들려오는 목소리에 걸음을 멈추고 돌아섰다. 방천길에서 내려오고 있는 남자는 박태수다. 주머니를 뒤져서 담배를 꺼내 입에 물고 박태수가 가까이 다가오길 기다렸다.

"진규가 어지 휴가 나왔다잖여."

"어지 휴가 나왔으믄 아직 스무 며칠 더 있어야 귀대하잖여."

"내 말이 바로 그 말여. 근데 아부지하고 마누라가 오늘 꼭 들어오라고 상규를 시켜서 즌화를 및 번씩이나 해 대는 통에 들어오는 길여. 워디 갔다 오는 길여?"

박태수는 김춘섭과 보조를 맞춰 걸으면서 멀리 보이는 둥구나무를 바라봤다. 어둠 속에서 시커멓게 보이는 둥구나무 가지가 흔들리는 소리가 여기까지 들린다. 비로소 집에 왔다는 생각이 들었다.

"또랑에 뭣 좀 갖다 버리고 오는 길여. 오랜만에 만났응께 탁주 한잔 하고 갈까?"

김춘섭이 해룡네 집 앞에서 멈추며 물었다.

"두말하믄 잔소리지."

박태수는 김춘섭의 등을 밀며 해룡네 집 술청 안으로 들어갔다.

"코코코! 입입입!"

해룡네는 방에서 손자를 무릎 위에 얹어서 말을 가르치고 있었다. 해룡이는 벌렁 누워서 오른쪽 무릎 위에 올려놓은 다리를 덜렁거리며 응응응 콧노래를 부르고 있다. 안성댁은 등잔불 앞에서 소쿠리를 양쪽 다리로 감싸고 콩나물 콩을 가리고 있다.

"아이구, 돌벡이도 안 되는 아한테 말 갈키고 있구먼."

"가, 이름이 머여?"

술청 안에는 난로가 없어서 썰렁했다.

"찬수여, 김찬수."

해룡네가 아이를 아랫목에 조심스럽게 눕혀 놓고 술청으로 나오며 대답했다.

"어허! 그람 해룡이가 나하고 종씨란 말여? 어디 김씨여?"

김춘섭이 놀랐다는 얼굴로 물었다.

"몰라, 호적을 떼어 보면 나올라나? 근데 김씨는 확실햐."

해룡네는 술단지를 저어서 바가지로 주전자에 막걸리를 퍼 담았다. 주전자에 묻은 막걸리를 행주로 닦아서 김춘섭과 박태수가 앉아 있는 술청에 올려놓았다.

"두부 한 모 줘 봐. 그람 혼인신고는 했남?"

박태수가 술 주전자를 들어서 김춘섭의 잔에 따르며 물었다.

"혼인신고야 했지. 순배 영감님이 직접 면에 가서 해 주셨응게 확실하게 했을 겨."

"그람, 순배 영감님은 무슨 김씬 줄 알고 계실 겨. 날 한번 물어봐."

김춘섭이 박태수가 들고 있는 주전자를 받아서 박태수의 잔에 술을 따랐다.

"왜? 종씨면 해룡이 동생 삼을라고?"

"내 마누라하고 자식들도 건사 못하는 판국에, 시영 동생까지 삼으란 말여? 진규는 제대할 때 안 됐남?"

해룡네가 대야 안의 물속에 담가 두었던 두부 한 모를 꺼내서 정지 안으로 들어갔다. 김춘섭은 막걸리 몇 모금을 마시고 나서 손바닥으로 입술을 닦았다.

"안직 멀었구먼. 상규한테 얼른 들응게, 복무기간이 삼십삼 개월로 늘어서 내년 일월 달이나 제대를 한다는 거 가텨."

"자네는, 성공했어. 상규 면사무소 잘 댕기고 있겄다. 어른이 얼른 하시는 말을 들어봉게 올게 정식 직원이 된다면서? 하지만 정식 직원이 대순가? 과수원만 해도 평생 먹고사는 데는 지장 읎을 거 아녀. 진규야 원체 똑똑하기로 치면 학산면 전체에서 알아주는 앙께, 지 밥벌이는 지가 할 거 잖어. 그 밑이 인자는 농협 직원잉께 서로 데리고 갈라고 할 거 아녀. 인숙이도 진규 못지않게 똑똑하다면서, 집안 능력이 있응게 대학을 보내서 선생 같은 것이나 시키다가 부잣집으로 시집보내면 그만이고…… 내가 큰일여. 암만 생각해 봐도, 도저히 앞이 안 보여"

해룡네가 냄비에 물을 끓여서 두부를 뜨겁게 데쳤다. 김장 김치와 들고 와서 김춘섭 옆에 앉았다.

"철용이 날망집 경훈이하고 서울에서 돈 잘 번담서, 먼 걱정여. 나도 한잔 줘 봐."

박태수가 해룡네에게 잔을 돌리며 김춘섭을 바라봤다.

"지난 구정 때 와서 이십만 원을 내놓드만."

"워매, 이십만 원씩이나 내놨단 말여?"

철용네가 막걸리를 마시다 말고 놀란 얼굴로 김춘섭을 바라봤다.

"전에 즈 어머 아프다고 전보 쳐서 내려올 때도 오만 원 내놓드만. 그 돈 일 원짜리 한 장 빼쓰지 않고 지 이름으로 도장 파서 통장을 맨들어 농협에 너 뒀잖어. 요번 구정에 내놓은 돈도 죄다 넣어 놨어."

"그라지 말고 농협 빚을 갚아. 저금에서 나오는 이자보다 대출 이자가 높잖여. 돈 벌어서 철용이 돈은 채워 넣으면 되잖어."

"철용이 어머도 그 야기를 하드만. 하지만 돈 빼쓰기는 쉽지만 채워 놓기는 어렵잖여. 꼭 채워 넣어야 할 돈도 아닝께, 말이 채워 놓는 거지, 이리저리 급한 돈 쓰다 보믄 어느 시절에 채워 놓겠어. 그래서 그 돈은 어차피 읎었던 돈잉께, 읎는 셈 치고 저금해 놓는 것이 좋다고 항께, 철용이 어머도 내 말이 맞다고 하드만."

"돈은 쓰라고 나와 있는 거지, 저금해 놓으라고 나온 것이 아니잖여."

해룡네가 빈 잔을 박태수 앞으로 내밀며 말했다.

"장가를 보내야 할 거잖여. 팔도 성치 않은 아들 장가 보낼라믄 집칸이라도 있어야지. 팔도 저렇지, 집도 절도 읎으면 어뜬 집에서 처자를 보내주겠어. 안성댁 같은 여자라믄 몰라도……."

등잔불 앞에서 콩을 가리고 있던 안성댁이 자기를 거론하는 김춘섭의 말에 고개를 들고 히죽 웃는다.

"귀는 밝구먼."

박태수가 웃는 얼굴로 중얼거렸다.

"참말로 듣자듣자 항께 둘이서 아주 입이 척척 맞구먼. 우리 며느리가 워뗘서. 밥 잘하겄다. 애 쑥쑥 낳겄다. 나 없을 때는 술도 잘 팔겄다. 머가 문제여?"

"안성댁이 술도 팔아?"

김춘섭이 장난스럽게 물었다.

"아! 나 장 보러 갈 때는 누가 팔아. 우리 며느리가 팔지."

"하긴, 이 동리 사람 중에 안성댁한테 술값 속여 먹을 사람이 누가 있겄어. 그만 가지."

박태수는 실실 웃으며 막걸리 값을 식탁 위에 내놓고 일어섰다. 3월인데도 눈이 올 날씨처럼 별 하나 없는 하늘이 칠흑처럼 어둡다. 면장 댁 불이 켜져 있는 것으로 보아서 10시는 되지 않은 것 같았다.

"올게부텀은 요 앞에 있는 열 마지기는 자네가 부쳐."

박태수가 둥구나무 앞으로 가기 전에 걸음을 멈췄다. 바지춤을 내리고 오줌을 누면서 열 마지기 땅을 턱으로 가리켰다.

"먼 말여?"

"왜, 스무 마지기 농사짓기는 가쁜가?"

"철재가 있응게 스무 마지기가 아니라 서른 마지기라도 질 자신은 있지만, 밑도 끝도 읎이 열 마지기를 나한테 부치라고 항게, 내가 못 알아듣잖여."

"명색이 촌에 살면서 쌀을 사 먹을 수는 읎잖여. 요 앞에 있는 열 마지기는 자네가 부치라는 말여. 내 말 안직도 무슨 뜻인지 모르겄어."

박태수는 막걸리를 마시고 오줌을 눴더니 몸이 부르르 떨렸다. 자신도 모르게 부르르 떨고 나서 돌아섰다.

"아이구, 이렇게 고마울 때가 있나? 춘부장도 그렇게 알고 계신가?"

"아부지한테는 오늘 밤에 야기할 팅게 걱정 안 해도 되아. 상규 어머도 늘 철용이네 걱정을 하는 사람잉게, 내가 그라자고 하믄 두말읎이 찬성할 사람이라는 거 자네도 잘 알고 있잖여."

"그렇구먼. 이럴 줄 알았으믄 아까 탁주 값은 내가 내야 하는 건데, 술 읃어 마시고, 땅까지 부쳐 먹게 생겼응게 미안해 죽겄구먼. 아녀, 이랄 기 아니라. 다시 가서 한 되 더 마시자구. 요번에는 내가 살 팅게 걸쭉하게 마셔 보자구."

김춘섭이 어둠 속에서 하얗게 웃으며 박태수의 손을 잡았다.

"아녀, 오늘은 진규도 왔응께 그만하고, 언지 영동으로 나와. 내가 참 말로 걸쭉하게 한잔 살 팅께."

박태수는 김춘섭이 잡은 손을 풀었다. 그의 어깨를 툭툭 두들겨 주고 나서 자기 집이 있는 쪽으로 방향을 틀었다.

"애비냐?"

안채 안방문 앞에 앉아 있던 박평래가 발자국 소리에 방문을 열었다.

"안 주무시고 머 하세유."

박태수는 신발을 벗고 방으로 들어갔다. 인숙이를 제외한 온 식구가 등잔불을 가운데 두고 앉아 있다. 윗목에 앉아 있던 진규가 벌떡 일어서서 군대식으로 경례를 했다.

"애비가 온다는데 잠이 와?"

아랫목에 앉아 있던 청산댁은 박태수가 앉을 수 있도록 자리를 비켜 줬다.

"어머는 거기 앉아 계셔유."

박태수는 윗목으로 가서 진규 옆에 앉았다.

"아부지는 더 건강해지신 거 가튜. 어머는 나이가 들어 보이시는데."

"군대 생활은 할만 혀?"

박태수는 진규가 묻는 말에는 대답하지 않고 짧게 깎은 머리를 쓰다 듬었다.

"재미는 읎지만 할만 해유."

진규는 뒷머리를 긁적이며 어색하게 웃었다.

"나는 월남까지 갔다 온 사람여. 월남 가서 보믄 한국은 양반이지."

상규가 어깨를 으쓱거리며 말했다.

"누가 가라고 했어? 오빠가 시방 월남 가고 있는 중이라는 편지를 보냈잖여. 그 편지를 읽고 어머가 얼마나 울었는지 알아?"

제법 숙녀 티가 나는 인자가 상규를 흘겨보았다.

"쓸데없는 소리를 하고 있구먼."

"어머가 참말로 울었단 말여?"

상규가 믿어지지 않는다는 얼굴로 상규네를 바라봤다.

"작은오빠 군대 가는 날은 늦가을이라서 추운 날이라도 일하러 갔지만, 큰오빠 군대 가는 날은 추석 전이라 별로 춥지 않은데도 칭일 방 안에만 계셨어. 왜 그랬겄어?"

"쓸데없는 야기는 집어쳐. 저녁은 워티게 먹었슈? 삼계탕 끓여 놨는데 잡술래유?"

상규네가 인자의 말을 무시해 버리고 박태수에게 물었다.

"저녁 생각은 없지만, 웬 삼계탕여? 진규 왔다고 닭 사 왔나?"

"아, 글씨. 진규 자가 군대에서 월급을 얼매씩 타는지 모르겄지만, 월급을 저금해 놨다가 휴가를 옴서 찾아서 들고 왔다는 거여. 영동에서 즈 할아부지하고 할머 준다고 닭 두 마리에다, 인삼까지 사 왔구먼."

청산댁이 생각하면 생각할수록 기특하다는 표정으로 진규를 바라보며 말했다.

"군대에서 월급을 얼매씩 탄다고 그걸 모았냐?"

"요새는 상병이라 육백사십 원씩 타유."

"작은오빠는 군대서 사 먹고 싶은 것도 없나벼. 제우 육백사십 원씩 타는 월급을 죄다 모았다는 것이 말이나 되능 겨?"

"인자, 너는 농협에서 월급을 얼마나 받는지는 모르겄지만 돈은 쓰기 나름여. 군대서도 있는 집 자식들은 한 달에 돈 만 원도 우습게 써."

진규가 웃는 얼굴로 말했다.

"야, 말도 안 되는 소리는 하지도 마라. 위티게 돈 만 원씩 쓴다는 거여? 군대 피엑스 물건 죄다 사도 만 원어치 안 되겄다. 월남 가서 미군 부대 안에 있는 피엑스를 가 봉께, 거기는 웬만한 백화점처름 읎는 것이 읎드라. 냉장고에 텔레비전까지 팔드라."

"형, 그 대신 우리나라는 돈 많은 집 자식들은 인사계한테 짜웅하고, 포대장한테 짜웅해서 노상 외출이다, 외박이다, 특별휴가다 해서 군인인지, 사회인인지 구분이 안 갈 정도란 말여."

"짜, 짜웅이란 말이 뭐여?"

박평래가 박태수를 바라보며 물었다.

"요새 아들이 쓰는 말인데, 그 머셔. 남 모르게 돈이나 선물 같은 걸 주는 걸 말하능 거요."

"돈이나 선물을 줄라믄 떳떳하게 주지. 왜 남 모르게 준댜?"

"할머도 참, 남한테 돈을 왜 주었어? 나쁜 짓을 해도 눈감아 달라고 주는 거여. 그랑께 남모르게 주지."

"군대서도 나쁜 짓을 하면 쓰나, 나라를 지키는 군인들이."

청산댁이 진규를 바라보며 말했다.

"할머, 다 그렇다는 것이 아니고, 그런 사람들이 있다는 거유. 그랑께 너무 신경 안 써도 돼유.

"요새도 상규처럼 월남 지원하는 군인들이 있냐?"

상규네가 등잔에 걸어두었던 철사 토막으로 등잔불 심지를 높이며 물었다.

"내 생각에는 월남전이 얼매 안 가서 끝날 거 가튜. 미국 대통령 닉슨이 그라는데, 월남에 있는 미군 사십오만사천 명 중에 절반은 본국으로 보낸다고 하대유. 베트콩들하고 암만 싸워 봤자, 승산이 읎응께 슬그머니 꼬리를 빼자는 수지 뭔 수 겄슈."

"그려? 미국처럼 큰 나라가 베트콩한테 진단 말여?"

박평래는 진규가 무슨 말을 하는지 이해할 수가 없었다. 지금 진규가 무슨 말을 하느냐는 표정으로 박태수를 바라봤다. 박태수가 믿어지지 않는다는 목소리로 물었다.

"미국 안에서 반대가 엄청 심하대유. 왜 남 나라 전쟁에 참가해서, 돈을 일 년에 몇 백억 달라씩 퍼붓냐고유. 내가 생각해도 그 말은 맞는 거 가튜. 우리 한국군도 빨리 철수하는 것이 옳다고 봐유."

"무슨 소리여. 우리나라도 월남에 가서 딸러를 벌어들이고 있잖여. 월남에 한국사람들이 얼마나 많이 가 있는 줄 알어? 만사천오백사십칠 명이 가 있다능 겨. 그 사람들이 작년까지 한국에 보낸 돈이 일억 이천오백만 딸라라능 겨. 월남서 벌어들인 돈이 총 오억 삼천만 달란데, 그중에 이십삼 프로가 근로자들 월급을 송금한 거……."

"잠깐만, 상규야, 너 뭘 알고 떠드는 거여? 아니믄 생각나는 대로 한번 해 보는 말여?"

박태수가 상규의 말을 끊어 버리며 물었다.

"당신도 별 소리를 다 하시네유. 아! 상규가 신문을 얼마나 열심히 보는 안데, 그냥 해 보는 말이 아니고, 신문에 난 걸 읽고 하는 말유."

"그렇게 머리가 좋은 아가 왜 공부는 하기 싫을까?"

"아부지, 지는 공부를 안 해도 먹고살 자신이 있응께 안 하는 거라고 몇 번이나 말씀을 드렸잖유."

"그려, 그려. 우리 장손은 공부를 안 해도 똑똑항께 앞으로 먹고사는 거는 이 할머도 걱정 안 햐."

청산댁이 상규의 머리라도 쓰다듬어 줄 기세로 기특하다는 표정을 지었다.

"형은 하나만 알고 둘은 몰라, 월남 가서 우리 군인들이 얼마나 죽는지 알아? 암만 돈을 많이 벌어 오면 뭐햐. 이 나라도 아니고, 전쟁통에 죽은 자식 부모 생각해 봤남? 월남이 어디에 붙어 있는지도 모르는 부모님들은 가슴에 피멍이 들어."

"너야말로 하나만 알고 둘은 모르는 말이구먼. 사람 운명은 다 정해져 있는 거여. 월남 갔다고 다 죽는 것이 아니고, 월남 안 갔다고 다 안 죽는 것이 아녀. 월남 안 가고 군대에 있어도 이런저런 사고로 죽는 사람들이 한둘이 아니잖여."

"내 말은 사람 나고 돈 났지, 돈 나고 사람 난 것이 아니란 말여."

"내가 볼 때는 진규 말도 맞고 상규 말도 틀린 말이 아녀. 내가 해서는 안 될 말이지만, 육이오 사변 후에 이 동리에서도 그런 사건이 있었구먼. 그렇게 알고 그런 거 갖고 니 말이 맞니, 네 말이 맞니 하지 말고 할애비 말 좀 들어 봐. 상규는 인제라도 검정고신가 하는 그걸 공부해서 최소한 고등핵교 졸업장이라도 따 놔야지. 지 형제들은 여동생들까지 죄다 고등핵교 이상 졸업장이 있는데, 명색이 장남이라는 아가, 그라믄 쓰겄어."

박평래는 조끼 주머니에서 담배와 성냥을 꺼냈다. 담뱃갑에서 담배를 꺼내느라 고개를 숙이고 점잖게 말했다.

"으런 말씀을 들으면 자다가도 떡이 생기는 벱여. 내 생각에도 검정고시 공부를 해서 대학은 안 가더래도 고등핵교 졸업장 정도는 따 놔야, 난중에 장가가서 자식을 낳아도 큰소리칠 수 있을 겨."

"어머, 면서기들 중에 국민학교만 나온 사람들 많어. 부면장님도 국민학교 출신이고, 재무계장님도 국민학교만 나왔어. 그래도 일만 잘하시드라. 난 그래도 중학교 맛을 봐서 에비시(ABC)도 할 줄 알잖여. 그랑께 내 걱정하지 마. 충분히 잘 살아갈 수 있응께."

"그려. 상규 너는 그만한 배짱이믄 됐다. 그라고 아부지, 아까 춘섭이를 만나서 해룡네집에서 탁주 한잔했슈."

"잘했다."

박평래는 오늘따라 담배 연기가 매웠다. 문을 한 뼘 정도 열었다. 찬 바람이 빨려 들어와서 얼른 닫고 박태수를 바라봤다.

"딴 기 아니고 말여유. 당신도 들어야 할 야깅께 잘 들어 봐. 요 앞의 둥구나무거리에 있는 열 마지기 있잖유. 그 논은 올게부텀 춘섭이한테 부치라고 그랬슈. 그랑께 아부지가 허락을 하셨냐고 묻데유."

박평래는 이놈이 뜬금없이 뭔 소리를 지껄이고 있는 거여, 라는 말을 입안으로 삼키며 상규네를 바라봤다.

"그래서 뭐라고 대답했슈?"

"그렇지 않아도 아부지가 먼저 말씀을 하셨다고 했드니 엄청 좋아하드라구요. 당신도 허락할 거라고 그랬지. 그랬더니 팔짝팔짝 뛸 거처름 좋아하드래니까."

"잘하셨슈. 그렇지 않아도 당신 들어오면 아버님하고 상의해서 그 말을 할라고 했슈. 구장네를 줄까 생각했지만, 그 집은 광일이가 다믄 얼매씩이라도 보태 줄 거고, 광성이가 있잖유. 군대에 간 광배도 제대를 하믄 농사를 짓던지 워딘가 취직을 하겄쥬. 또, 향숙이네는, 향숙이가 대전으로 가고 내외밖에 없응께 먹고사는 데는 지장이 읎을 것이고 해서, 철용이네를 생각하고 있었슈. 아버님 생각은 어떠셔유?"

"나야, 에미 생각이 그릏다믄 더 이상 할 말이 읎지 머."

"나한테는 왜 안 물어보능 겨?"

"아! 당신한테 물어볼 것이 머 있어. 당신이 모 한 포기를 심어, 모 심을 때 샛밥을 들고 가. 농사야 에미가 짓는 겅께, 에미 요량으로 하게 내비 두는 거이 원측이지."

"먼 놈의 말라비틀어질 원측이랴. 땅이 열 마지기믄 닷 마지기 농산데. 그 큰 논을 남한테 밀어 줌서, 즈 시어머니는 말라비틀어진 겉보리보다 못하게 여긴다는 것이 말이나 되능 겨? 어디 입이 있으면 말해 봐."

청산댁은 엉덩이를 들썩거리며 상규네를 몰아붙였다.

"느 어머 저런 줄 츰 아는 거 아닝께, 한 귀로 흘려보내고 내 말 좀 들어 봐. 면장 댁, 마님한테 땅 문제에 대해서 물어봤구먼. 그릏치 않아도 땅 관리하기가 심이 들어서 쪼끔씩 팔라고 그랬다능 겨. 벌똥골에 있는 땅을 판다고 하드만."

"벌똥골 땅을 팔아유, 누구한테유?"

박태수가 상규네와 박평래를 번갈아 바라보며 물었다.

"작년에 사과 팔아서 농협에 넣어 둔 돈이 삼십만 원가량 되잖유. 이자도 별로 안 붙고 해서, 땅을 쫌 살라고 아버님에게 면장 댁 마님한테 좀 물어보라고 했슈. 그랬더니 벌똥골 땅을 판대유."

"허! 이 집에서 나는 머여?"

박태수가 기분 나쁜 얼굴로 상규네를 노려봤다.

"잘 논다. 잘 놀아! 즈 어머만 겉보리 취급하는 것이 아니고, 서방 알기를 마당에서 집이나 지키는 개같이 아는구면."

청산댁이 뒤로 물러 앉아 벽에 기대며 한심하다는 얼굴로 상규네를 바라봤다.

"어머님 죄송해유, 입 심심하신데, 무수 깎아 드릴까유? 인자야, 정지에 꽝우리에 무수 몇 개 있다. 정지칼하고 그것 좀 가져와."

상규네는 청산댁의 손을 잡고 손등을 쓰다듬어 주면서 인자에게 눈짓을 보냈다.

"내 말은 말 같지 않응 겨?"

박태수가 볼멘 목소리로 다시 물었다.

"땅을 산 것도 아니고, 시방 말이 나왔잖유. 그라고 작년에는 여름에 솎아주는 걸 잘못해서 낙과가 많았지만, 올게는 솎아주는 것만 잘하믄 오십만 원은 너끈히 올라올 거유. 그랑께, 농협에 있는 돈으로 땅을 사 놓은 것이 났다는 생각이 드네유. 땅값이야 오르면 올랐지, 떨어지지는 않잖유, 당신 생각은 어떠유?"

"그, 그람, 몇 마지기를 산다는 겨?"

박태수는 상규네의 말을 가만히 들어보니 마냥 화를 낼 것이 아니라고 생각했다. 내가 언제 화를 냈느냐는 얼굴로 목소리를 낮추고 물었다.

"어머, 벌똥골에 있는 논은 죄다 천수답이잖유. 천수답을 사서 머할라고 그래유?"

박태수의 목소리가 누그러드는 것을 본 상규가 물었다.

"형, 원래 천수답에서 생산되는 쌀알이 굵고 단단하잖여. 집에서 먹는

쌀은 천수답 쌀이 좋은 겨."

"그건 진규 말이 맞다. 원래 천수답은 나락벡에 못 심응께 땅이 좋아서 나락이 찰지잖여. 그람 및 마지기를 샀으믄 좋겠슈? 아버님이 한번 말씀해 보셔유."

"요새, 땅값이 얼매씩이나 할라나, 이 동리는 통 매매가 없어서……."

"동리 앞에야 오만 원씩은 줘야 할 뀨. 하지만 천수답이라서 삼만 원씩은 안 하겄슈?"

"그람, 삼십만 원이믄 내 땅 열 마지기를 살 수 있다는 말이냐?"

박평래가 담배를 눌러 끄고 나서 침을 꼴깍 삼키며 상규네를 바라봤다.

"사과농사 져서 땅 열 마지기 샀다믄 소문이 어디까지 날 거유. 부자 됐다고 소문 나서 나쁠 것은 읎지만, 원래 빈 냄비가 요란한 법이라서 안 좋은 일이 생길 수도 있슈. 올게는 한 닷 마지기만 사쥬. 둥구나무거리에 있는 열 마지기를 철용네한테 물려 줬응께 모 심을 걱정은 안 해도 돼유."

"어머, 참말로 우리 논도 생기는 거여?"

인자가 정지에서 무와 정지칼을 들고 와서 두 눈을 반짝 빛냈다.

"야는, 시방 먼 말을 하는 거여. 그람 과수원은 우리 땅이 아니고 넘 땅여?"

상규네가 대수롭지도 않다는 얼굴로 말했다.

"거기는 밭이잖여. 하지만 논은 없응께 하는 말이지."

인자는 청산댁 옆에 앉았다. 무를 깎으면서 청산댁을 바라보고 싱긋 웃었다. 청산댁도 논을 산다는 말에 큼! 헛기침을 하고 천장을 바라봤다.

까닭을 알 수 없는 눈물이 뜨겁게 흘러내렸다.

"저, 주책! 또 주책 부리는구먼. 벌똥골에 있는 논 중에 구장이 농사짓는 거 스 마지기는 사면 안 될걸. 그 땅은 은젠가 구장이 사야 할 땅여. 원래 지덜 땅이었잖여."

박평래가 청산댁을 흘겨보고 나서 방문을 향해 돌아앉으며 점잖게 말했다.

"구장 요새도 경운기 잘 몰고 댕겨?"

박태수가 상규네에게 물었다.

"그 양반, 경운기 사고 아주 신이 났슈. 워쩔 때는 학산을 하루에 두 번씩이나 나가는 거 가튜. 광일이 어머가 그라는데, 경운기 사고부텀 고주망태가 돼서 들어오지 않는 건 좋은데, 언진가는 경운기 몰고 읍내까지 나갔다 왔대유."

"어머, 경운기 그거 엄청 위험한 겨. 양산 수두리에 사는 어떤 이는 경운기에 나락 가마니 싣고 가는데, 갑자기 경운기가 신작로 바깥으로 내달리는 통에 깔려 죽었댜. 그 사람 말고도 경운기에 다치는 사람들이 많다는구먼."

"구장은 하도 약아 빠져서 그런 일은 없을 겨."

상규가 하는 말에 고개를 끄덕이며 듣고 있던 박평래가 길게 하품을 하고 나서 말했다.

태평로 2가에 있는 음식점 춘향(春香)은 예전부터 국회의원들이 자주 이용하는 식당이다. 마당 가운데는 연못이 있었다. 몇 년 전에는 일본에서 직수입을 한 팔뚝만 한 금잉어들이 수초 사이를 헤엄치고 다녔는데 지금은 부평초만 떠 있다.

이동하는 밀창문을 한 뼘 정도 열었다. 그 틈으로 마당 가운데 있는 연못을 바라보면서 담배를 피웠다.

전생에 나하고 원수였을 겨. 그랗께 죽어서도 나를 이렇게 괴롭히지.

유진표가 쥐약을 먹고 자살할 것이라고는 꿈도 꾸지 않았다. 하지만 자살했다고 해서 양심에 찔리거나, 안됐다는 생각이 드는 것은 아니다. 놈이 쥐약을 먹고 죽었든, 목을 매서 죽었든, 자다가 고요하게 돌연사를 했던 그건 놈의 숙명일 뿐이다. 문제는 그렇지 않아도 여론이 안 좋아지고 있는데 놈 때문에 내년 선거 결과가 불투명하다는 점이다.

영동사무실을 책임지고 있는 사무장 여도환의 말에 의하면 놈이 장례를 치른 날 상여가 사무실이 있는 건물 앞에서 세 시간이나 진을 치고 있었다는 것이다.

"이동하! 나오란 말여! 이동하 나와서 우리 아부지한테 사과하란 말여!"

여도환은 유진표의 아들 유철수가 상복을 입고 고래고래 소리를 질러도 문을 잠가 버리고 대꾸를 하지 않았다고 한다. 나중에 누가 던졌는지 모르지만 날아온 돌이 유리창을 깨트렸을 때야, 옳거니 한 건 잡았다는 생각으로 얼른 경찰서에 전화를 했다고 한다.

"지역사회라서 당신들이 아무리 깽판을 쳐도 안직까지 의원님한테 보고를 드리지 않았구먼. 하지만 난도 참을 만큼 참았어. 시방부터 딱 열까지 셀 거여. 열 셀 동안 이 앞에서 떠나지 않으면, 당장 의원님에게 전화를 해서 네놈도 깜방에 집어 처넣을 팅게 알아서 햐. 하나……"

여도환은 경찰의 호위를 받으며 삼베옷에 망건을 쓰고 대나무지팡이를 들고 있는 유철수 앞으로 갔다. 유철수를 노려보며 손가락으로 숫자를 헤아리기 시작했다고 한다.

"철수야, 너 이동하 의원님 승질 몰라? 너도 당하기 전에 빨리 가자. 요령잽이는 머 하는 거여. 어서 출발햐. 까딱 잘못하다가는 만상제도 험한 꼴 당하게 생겼단 말여."

유철수의 옆집에서 건어물상을 하는 서정기가 하얗게 질린 얼굴로 유철수를 다독이고, 요령잽이를 재촉해서 상여를 출발시켰다고 한다. 하지만 행상이 지나가는 것만 해도 구경거리인데, 행상이 국회의원 사무실 앞에서 세 시간 동안이나 머물렀고, 유진표가 이동하 때문에 자살을 했다는 것을 윤상배 측 조직원들이 아주 동네방네 나팔을 불고 다니는 통에 여론이 극도로 나빠졌다는 것이다.

"우선 따뜻한 차라도 한잔 하시겠어요?"

이동하는 밀창문이 조용히 열리는 소리에 시선을 돌렸다. 낯이 익은 20대 후반의 종업원이 한복 차림으로 서 있다. 문득 희고 긴 손가락에 시선이 간다. 마치 절이라도 할 것처럼 두 손을 교차해서 아랫배 앞에 대고 있는 모습이 갑자기 등골을 후려갈기는 것 같은 색정을 일으켰다.

"문 닫고 잠깐 일루 와 봐."

이동하는 마당 쪽으로 나 있는 문을 닫고 돌아앉았다.

"하실 말씀이 있으세요?"

종업원이 문을 닫고 이동하 앞으로 와서 멈췄다.

"여기 좀 앉아 봐."

이동하가 종업원이 손을 잡고 앉혔다. 종업원이 한쪽 무릎을 세우고 얌전히 앉았는데도 잡은 손을 놓지 않고 만지작거렸다.

"이름이 머여?"

"손영미라고 해요"

손영미는 이동하가 잡고 있는 손을 빼려고 했다. 하지만 손을 빼려 할수록 이동하가 더 힘을 주어서 고개를 숙였다.

"이런 데서 일하기는 아까운 여자구먼. 및 살이여?"

"스물여덟 살이에요"

"집은 서울인가?"

"원래 고향은 충청돈데 시방은 남동생하고 서울에서 살아요"

"부모님은?"

"아, 안 계셔요"

"저런, 내가 괜한 걸 물었구먼. 내가 누군지는 알지?"

"이름은 모르지만, 국회의원님이시라는 점은 잘 알고 있어요"

손영미는 이동하가 잠깐 방심하고 있는 틈을 타서 슬쩍 손을 뺐다. 다시는 이동하에게 손을 잡히지 않으려고 두 손을 웅크려 잡았다.

"나도 고향이 충북 영동여. 이런 데서 동향 사람을 만나는구먼. 충청도 어디여?"

"대전에서 살았었어요"

"그렇구먼, 이거 얼매 되지는 않지만 차비나 보태 써. 그리고, 난중에 머 어려운 것이 있으믄 나한테 전화햐. 내가 도와줄 모양잉께."

이동하는 하마터면 나도 대전에 너만 한 딸이 두 명이나 있다는 말을 할 뻔했다. 가까이서 보는 손영미는 이목구비가 뚜렷하고 더 예쁘다. 한복 저고리를 입어서 젖가슴이 얼마나 큰지는 모르겠지만, 목선이며 살짝 드러나는 쇄골이 뇌쇄적이다. 자신도 모르게 지갑에서 오백 원짜리 두 장을 꺼냈다. 한국은행에서 갓 인출한 것처럼 빳빳한 오백 원짜리 두 장과 명함을 손영미 손에 쥐어 주며 손등을 쓰다듬었다.

"의원님, 고맙습니다."

손영미는 뜻하지도 않게 천 원씩이나 팁을 주는데 손을 뺄 수가 없었다. 손등을 쓰다듬던 이동하의 손가락이 손목 위로 올라가 팔을 쓰다듬을 때서야 못 이기는 척하며 뒤로 물러났다.

"그려, 언제든 연락햐."

손영미의 살결은 영동의 송미향과 달랐다. 송미향의 손가락을 만지는 느낌이 아줌마를 만지는 감촉이라면, 손영미의 나긋나긋한 손가락의 감촉이며, 촉촉한 음기가 배어 있는 팔목의 감촉은 느낌이 낯설지 않다. 들례가 알몸으로 가슴에 착 안겨 들 때 땀이 촉촉하게 배어 있는 젖가슴처럼 아랫도리를 무겁게 만들었다.

"어이구, 좀 늦었습니다."

"여전히 신수가 훤하십니다."

손영미가 밖으로 나가고 담배 한 가치를 피울 무렵이다. 원갑룡과 박광호가 반갑게 손을 흔들며 들어왔다.

"저도 금방 왔슈. 그동안 별고 없으셨쥬?"

이동하는 허리를 숙이며 원갑룡이 내미는 손을 잡았다. 박광호하고도 굳게 악수를 하고 나서 자리에 앉았다.

"술상 들여보낼까요?"

손영미가 이동하를 바라보며 물었다.

"그려, 그려!"

이동하는 손영미와 특별한 관계라도 되는 것처럼 부드럽게 대답하며 손을 슬쩍 들어 보였다.

"의원님은 여전히 신수가 훤합니다."

원갑룡이 점잖게 먼저 말을 걸었다.

"아이구, 두 분이야말로 워디 좋으신 데 댕겨 오셨는지 얼굴이 환하시네유."

이동하도 활짝 웃는 얼굴로 인사를 했다.

"여기는 예전보다 장사가 안 되는 거 같습니다."

박광호가 괜히 방 안을 두리번거리며 중얼거렸다.

"요새는 웬만큼 잘 꾸며놓지 않고는 손님이 쳐다보지도 않아유. 그래도 여기는 국회의사당하고 가까운 거리라서 그럭저럭 장사가 되는 거 가튜."

"와우 아파트 붕괴 사건 때문에 결국 김현옥 서울 시장이 사표를 썼드만. 이 의원님은 아파트 같은 것은 건설 안 하십니까?"

원갑룡이 이동하에게 물었다.

"우리 회사는 토목 전문유. 아파트 같은 걸 질라믄 설계팀을 새로 맨들어야 해유. 그건 문제가 아닌데, 영동 그쪽은 아직까지는 아파트를 질 형편이 못 돼유. 와우 아파트는 신문을 봉께 아파트를 받치는 기둥에 철근을 원래 설계대로 안 썼다고 하데유. 비탈길에 아파트를 세우면서 젤 중요한 걸 부실로 시공했응께 무너지는 것이 당연하쥬."

"의원님은 건설 회사를 경영하시는 전문가라서 그쪽으로 유심히 보셨나 봅니다. 사람이 서른세 명이나 죽고, 서른아홉 명이 크게 다쳤다는데 책임을 안 질 수가 없을 겁니다. 더구나 작년 십이월 이십육일에 준공을 하고 올 사월 팔일에 무너졌으니까 몇 개월 만에 터진 사곱니까?"

"약 사 개월 만에 터진 사고구먼. 요번 선거에도 군인 출신들이 많이 나올 거 같은데? 뭣 좀 아는 거 있는가?"

원갑룡이 슬슬 본론으로 돌아가자는 박광호에게 물었다.

"청와대 비서실하고 경호실이나 중앙정보부에 근무했던 군 출신들이 여기저기 들이대고 있는 것 같습니다. 한 이십 명 된다고 하더군요"

"혁명 주체 세력들은 전국구보다 지역구를 많이 노리고 있다든데?"

"전국구는 아무래도 일회용밖에 안 되니까, 지역구를 잡으려고 노력을 많이 하는 거 같습니다."

"공화당 사무국에서도 열 명 정도를 생각을 하고 있던 거 같던데?"

"시도지부가 폐지되니까, 놀고 앉아 있을 수는 없지 않습니까? 배운 것이 도둑질이라고 정치라도 해야 먹고살지……"

"영화배우 신영균도 영등포 을구당에 내정 됐다고 하데유. 을구당 개편대회 하는데, 신성일이며, 윤정희까지 동원돼서 엄청났다고 하데유."

이동하는 원갑룡과 박광호처럼 당내 속사정에 밝지 않았다. 그들이 하는 말을 가만히 듣고 있다가 나도 한마디 해야겠다는 표정으로 끼어들었다.

"영등포 을구당이 신민당 김수한 의원이잖아. 신영균이 아니고, 신영균 할아버지가 붙어도 안 될 거야."

"김진규도 충남 서천에 나왔다고 신민당에서 야단입니다. 정치가 무슨 영화지 아느냐고요. 영등포에서는 벌써, 정치인은 국회로, 배우는 무대로라는 캐치프레이즈가 걸렸답니다. 한마디로 쏘하지 말라는 거죠"

밀창문이 양쪽으로 열리고 한복을 입은 종업원 두 명이 교자상을 들고 들어왔다. 신선로가 있는 한식 정식에 술은 이동하가 즐겨 마시는 조니워커다. 박광호는 말꼬리를 흐리며 담배를 재떨이에 눌러 껐다.

"대낮부터 양주 마셔도 되는지 모르겠네."

원갑룡이 이동하가 내미는 양주잔을 받으며 중얼거렸다.

"아, 내년 오월이 팔대 국회의원 선거잖유. 딱 일 년 남았슈. 내년 선거에도 이겨서 만날 것을 약속하는 날이라고 생각하고 진탕 마셔 봐유. 오늘은 지가 확실하게 모실 모양잉께유."

"저하고 처남은 지역구가 탄탄한데 영동은 괜찮습니까?"

이동하가 내미는 술잔을 받으며 박광호가 물었다.

"죽겠슈. 옛날 자유당 때부텀 나한테 물귀신처럼 달라붙던 놈이 얼매 전에 자살을 했슈. 그놈 땜시 요즘 아주 환장하겠슈."

박광호가 술병을 들이댔다. 이동하가 두 손으로 술을 받으면서 그 말을 기다렸다는 얼굴로 말했다.

"자유당 때부터 물귀신 작전을 쓰던 작자라면 지난번에 명예훼손으로 감옥에 보냈다는 그 작자를 말하는 겁니까?"

"워티게 기억하고 게시네유. 맞아유. 유진표라고 하는 놈인데, 자유당 때 영동경찰서 정보과장을 하던 놈이거든유. 그놈이 감옥에 들어가 있는데, 자식 놈이 절 찾아왔잖유. 그것도 정월 초하룻날 찾아와서 하는 말이, 즈 애비를 꺼내주믄 신민당의 윤상배가 정치 은퇴를 하겠다는 기자회견을 하도록 맨들겠다는거유. 한마디로 저를 가지고 놀겠다는 수작이지 뭐겠슈."

"그래서?"

원갑룡이 재미있다는 얼굴로 박광호를 바라보고 나서 이동하에게 시선을 돌렸다.

"아, 지가 명색이 삼선 의원인데 인제 군대에서 제대한 새카맣게 어린 놈 말에 넘어가겄슈. 옛말에 뛰는 놈 위에 나는 놈 있다는 말이 있잖유. 그래서 지가 그랬쥬. 내가 법관이 아니라서 감옥에 간 사람을 내놓지는 못한다. 하지만 노력은 하겄다. 그 대신 천만 원짜리 차용증서를 한 장 써 놓고 가라고 말했슈."

"아니, 천만 원짜리 차용증서를 쓰라고 하니까 정말 썼습니까?"

"아이구, 박 의원님두 참, 아! 지 입으로 먼저 그랬슈. 약속을 못 지키면 전 재산을 내놓겠다고 말여유. 그랑께 꼼짝없이 써낼 수밖에 읎잖유. 츰에는 천만 원짜리를 워티게 쓰냐고 몸을 사리길래, 몇 마디 했더니 써 내드라구유."

"이 의원도 대단하네. 애비 구명 운동하러 온 자식에게 천만 원짜리 차용증서를 받았다면 대단한 거 아닌가?"

"제 생각도 그렇습니다. 그럼 그 천만 원짜리 차용증서 때문에 유진표가 자살을 했단 말입니까?"

박광호가 소갈비를 물어뜯다 말고 물었다.

"결론은 그렇쥬. 형을 감형 받고 나와서 찾아왔길래, 한 달 안에 약속을 안 지키면 차용증서를 법원에 집어넣겄다고 했드니, 혼자 고민고민하다가 작년 구월에 목구녕에 쥐약을 털어 놓은 모양유."

"그럼, 그 차용증서는 어쨌습니까"

원갑룡이 이동하의 빈 잔에 술을 채우며 물었다.

"차용증서는 유진표가 쓴 것이 아니고, 자식 놈이 썼잖유. 그래서 안직까지 그냥 갖고 있슈. 문제는 그놈이 즈 아부지 초상을 치를 때 상여를 사무실 앞으로 몰아서 깽판을 놓는 통에 여론이 엄청 안 좋다는 거유. 내가 죽일 놈이 됐당께유. 이걸 워틱하믄 좋겄슈?"

"내게 좋은 수가 있습니다. 여론을 악화시킨 놈이 그 유진푠가 하는
죽은 놈의 자식이라고 했죠?"

원갑룡이 갑자기 목소리를 낮추고 물었다.

"예, 맞아유, 그 애비에 그 자식이라고, 지하고 무슨 철천지원수를 졌
는지, 애비가 죽고 낭께 자식 놈이 바통을 이어받아서 그 지랄을 하고
있슈."

"그 자식 놈을 조용히 부르세요. 불러서, 돌아가신 분은 안됐다. 너라
도 먹고살아야 할 거 아니냐. 내가 먹여 살려 줄 테니까 윤상배한테 붙
어서 약점을 가지고 와라, 라고 타협을 해 봐요."

"그 자식 놈이 충북대학교 법대를 댕기는 놈이라서 보통 놈이 아녀유.
머리가 아주 비상해유."

"충북대학교 법대가 아니라 미국 하버드를 다닌다고 해도, 집에 압류
를 넣어서 가정을 풍비박산 만들겠다는데 버티지는 못할 겁니다."

박광호가 싱글벙글 웃으며 원갑룡의 편을 들었다.

"참말로 그놈이 겁을 주면 넘어올까유?"

"우리끼리니까 하는 말인데, 이번 선거에 선거자금은 얼마나 생각하
고 있습니까?"

원갑룡이 이동하가 묻는 말에는 대꾸를 안 하고 은근하게 물었다.

"글쎄유. 워낙 여론이 안 좋아서 삼천만 원에서 오천만 원은 써야 할
거 같은데……."

"야, 역시 이 의원님은 저보다 통이 크시네. 삼천만 원이면 세비를 몇
개월 모아야 하는 금액인지. 요즘 이십오만 이천 원씩 받잖아요. 이십오

만 원씩만 쳐도 이천오백만 원이면, 백 개월……. 세비 백이십 개월이면 몇 년입니까?"

박광호가 원갑룡에게 물었다.

"사람두 참, 일 년 열두 달씩이니까. 아! 십 년 아닌가."

"그렇게 치면 엄청난 거 같지만, 쓸라고 보믄 암것도 읎슈. 요번에도 보나마나 신민당의 윤상배는 꼭 나올 거고, 민중당하고 대중당에서 한 명씩 나오면 저하고 네 명이 붙잖유. 영동 유권자가 대략 오만삼 천 표유. 그중에 못 받아도 이만 표 이상은 받아야 당선권에 든다는 얘긴데 이만 표를 은을라면 고무신을 사만 켤레는 돌려야 한다는 건데, 요새 고무신 한 켤레에 백이십 원씩유. 달랑 고무신 값만 해도 오백만 원 돈유."

"이런 말 하기는 뭐 하지만, 언제까지 고무신 선거할 겁니까. 영동은 시골이니까 구장이 있고, 반장이 있을 거 아닙니까? 그 사람들한테 돈으로 몰아주는 것이 훨씬 효과가 큽니다. 무작정 나눠 주지 말고, 몇 표 끌어 올 자신 있느냐고 물어본 다음에, 한 표당 오백 원씩 쳐서, 열 표면 오천 원, 백 표는 오만 원, 천 표는 오십만 원. 만 표 해 봤자, 오백만 원, 당선권인 이만 표는 천만 원 아닙니까?"

원갑룡이 이동하가 말을 하는 동안 신선로 국물을 홀짝홀짝 떠먹고 있다가 수저를 내려놓으며 말했다.

"아! 그런 수가 있었구면. 그거 참 확실한 방법이네유."

이동하가 손뼉을 짝 소리가 나도록 치며 웃었다.

"우선 그 유진푼가 하는 놈의 자식부터 구워삶으세요. 원래 소금 먹은 놈이 물 찾는다고, 여론이 나쁘니 안 좋니 해도 돈 처먹은 놈들은 찍어 주게 되어 있습니다."

박광호는 이동하의 술잔을 채워주며 점잖게 웃었다.

"시방 생각해 봉게 그 자식 놈을 구워삶을 자신이 있구만유."

이동하는 갑자기 서정기의 얼굴이 떠올랐다. 서정기는 차용증서에 연대보증을 했다. 서정기를 어르고 달래면 나이 어린 유철수는 쉽게 넘어올 것이라는 생각에 잘게 웃으며 술잔을 들었다.

"이 의원님 내 말 좀 들어 봐요. 작년 시월 십칠일에 삼선 개헌 반대 투표율이 몇 프로였습니까?"

"글쎄유. 제 기억으로는 칠십칠 점 일 프로가 투표를 해서, 육십오 점 일 프로가 찬성한 걸로 알고 있는데……."

이동하는 원갑룡이 긴장한 얼굴로 묻는 통에 덩달아 굳은 목소리로 대답했다.

"삼선 개헌을 반대한다고 대학생들이며 야당에서 지난번 그 난리를 쳤는데도 육십오 프로가 찬성을 했다는 것은 무얼 말하는 겁니까?"

"그야, 아직은 국민들이 각하를 원하고 있다는 증거 아닙니까?"

이동하가 대답하기 전에 박광호가 반문했다.

"중요한 것은 삼선 개헌 투표는 대통령의 신임을 묻는 투표나 성격이 같다는 점이지. 국민들이 왜 삼선 개헌 투표를 한다고 생각하겠어? 각하가 대통령을 한 번 더 하겠다시는데, 좋냐, 나쁘냐? 그걸 묻는 투표잖아. 그런데 결과는 어땠어? 지난 육대 대통령 선거에서 각하가 얻은 득표율은 간신히 절반을 넘는 오십일 점 사 프로였잖아."

"그럼 처남의 말씀은 각하의 지지율이 육대 선거보다 십사 프로나 뛰었다는 점을 강조하시는 겁니까?"

"제 생각에는 달리는 말에 채찍질을 하라는 말처름, 대폭적인 물갈이가 있다는 말씀으로 들리네유."

박광호의 말이 끝나자마자 이동하가 조심스럽게 원갑룡의 눈치를 살폈다.

"야! 이 의원님 정말 다시 봐야겠습니다. 바로 그겁니다. 그래서 드리는 말씀인데, 이번 선거에는 특별히 신경을 써야 합니다. 아마, 공천을 받는 것도 전처럼 쉽지는 않을 겁니다. 비록 선거 때보다 개헌안 찬성율이 높기는 하지만 안심할 지지율은 아니지 않습니까?"

"이 의원님 말씀이 맞습니다. 이대로 나가다가는 공화당이 무너질 수도 있습니다. 다음 선거에서는 백 프로 당선권에 들려면 특단의 조치가 필요하다는 생각이 드는군요."

박광호는 이동하가 돈과 운으로 국회의원이 된 줄 알았다. 나름대로 정세를 바라보는 눈이 있다는 걸 뒤늦게 알았다.

"원 의원님이 하시는 말씀 잘 알아들었슈. 지가 삼성의 이병철이나, 현대의 정주영처럼 재벌은 아니지만, 의원님을 실망시켜 드리지는 않을 자신이 있슈. 그랑께, 아무쪼록 시방처름 잘 이끌어 주시믄 반드시 보답을 하겠습니다유."

이동하는 원갑룡의 말뜻을, 공천헌금을 지난번 선거보다 많이 준비해야 한다는 것으로 알아들었다. 자신도 모르게 커다란 덩치를 벌떡 일으켜서 두 손으로 방바닥을 짚고 정중하게 절을 했다.

— 3부 8권에 계속 —